ATRIUM

AF217019

ANNE HOLT IM ATRIUM VERLAG

Die Hanne Wilhelmsen Reihe
Blinde Göttin · *Selig sind die Dürstenden* · *Das einzige Kind* ·
Im Zeichen des Löwen · *Das achte Gebot* · *Das letzte Mahl* ·
Die Wahrheit dahinter · *Der norwegische Gast* · *Ein kalter Fall* ·
In Staub und Asche

Die Selma Falck Reihe
Ein Grab für zwei · *Ein notwendiger Tod* · *Eine Idee von Mord*

ANNE HOLT ist mit zehn Millionen verkauften Büchern weltweit
eine der erfolgreichsten Krimiautorinnen Skandinaviens. Sie ist
ehemalige Justizministerin Norwegens, Anwältin, Journalistin, TV-
Nachrichtenredakteurin und Moderatorin. Zu großem Ruhm als
Autorin gelangte sie mit den zwei Krimiserien um Hanne Wilhelmsen und um Inger Johanne Vik (verfilmt als »Modus. Der Mörder
in uns«). Ihre neueste Serie dreht sich um die Juristin Selma Falck.
Im Atrium Verlag sind die Krimiserien um Hanne Wilhelmsen und
Selma Falck erhältlich.

GABRIELE HAEFS übersetzt seit über fünfundzwanzig Jahren u. a.
aus dem Norwegischen, Dänischen und Schwedischen. Sie wurde
mit dem Gustav-Heinemann-Friedenspreis und der Königlich Norwegischen Verdienstmedaille ausgezeichnet. Zu den von ihr übertra-
genen Autor:innen zählen neben Anne Holt unter anderem Jostein
Gaarder und Camilla Grebe.

ANNE HOLT

DIE WAHRHEIT DAHINTER

HANNE WILHELMSENS SIEBTER FALL

Aus dem Norwegischen von Gabriele Haefs

Atrium Verlag · Zürich

Die deutsche Erstausgabe erschien 2005 im Piper Verlag, München.

This translation has originally been published with the financial support of
NORLA, Norwegian Literature Abroad

Taschenbuchausgabe
1. Auflage 2024
© Atrium Verlag AG, Zürich, 2024
Copyright © Anne Holt 2003
Die Originalausgabe erschien 2003 unter dem Titel *Sannheten bortenfor*
bei Cappelens Forlag, Oslo.
Für die vorliegende Ausgabe wurde die deutsche Übersetzung
von der Übersetzerin überarbeitet.
Published by agreement with Salomonsson Agency
Umschlaggestaltung: zero-media.net, München
Umschlagmotiv: GettyImages,
Shabby vintage grain Struktur: FinePic®, München
Satz: Pinkuin Satz und Datentechnik, Berlin
Druck und Bindung: GGP Media GmbH, Pößneck
Printed in Germany
ISBN 978-3-03882-145-8

www.atrium-verlag.com
www.facebook.com/atriumverlag
www.instagram.com/atriumverlag

DONNERSTAG, 19. DEZEMBER

Der Hund war alt. Seine Hüften waren durch Verkalkungen steif und ungelenk geworden. Durch die Krankheit ähnelte das Tier fast einer Hyäne, mit kräftiger Brust und einer gewaltigen Nackenpartie, die zu dem mageren Hinterteil hin jählings schmaler wurde. Der Schwanz krümmte sich um die Hoden.

Das räudige Tier kam und ging. Niemand konnte sich daran erinnern, wann es zuerst aufgetaucht war. Es gehörte in gewisser Weise zu dieser Gegend dazu; eine Unannehmlichkeit, die man nicht vermeiden konnte, wie das Scheppern der Straßenbahnen, die falsch geparkten Wagen und die bei Glatteis nicht gestreuten Wege. Man musste sich eben vorsehen. Die Kellertüren verschlossen halten. Die Katze über Nacht ins Haus holen. Im Hinterhof sorgfältig die Deckel auf die Mülltonnen legen. Manchmal beschwerte jemand sich bei der Gesundheitsbehörde, wenn an drei Morgen hintereinander Essensreste und andere Abfälle bei den Fahrradständern herumlagen. Eine Reaktion kam nur selten, und nie wurde auch nur der Versuch unternommen, das Tier zu fangen.

Wenn sich jemand die Frage gestellt hätte, wie dieser Hund eigentlich lebte, dann wäre die Antwort gewesen, dass er sich nach einem gewissen Muster durch den Stadtteil bewegte, einem Muster, das unregelmäßig und deshalb nicht so leicht zu durchschauen war. Wenn jemand sich dafür interessiert hätte, hätte dieser Jemand erkennen können, dass der Hund nie weit weg war,

dass er selten sein Revier verließ und dass dieses Revier nur fünfzehn oder sechzehn Häuserblocks umfasste.

So lebte der Hund seit fast acht Jahren.

Er kannte sein Revier und machte um andere Tiere einen großen Bogen. Er wich Schoßhunden an bunten Nylonleinen aus
und wusste schon längst, dass Rassekatzen mit einer Glocke am
Hals eine Versuchung darstellten, der er besser nicht erlag. Er war
ein herrenloser Bastard in Oslos nobelstem Westend und blieb
deshalb lieber in Deckung.

Die unerwartet hohen Temperaturen vor Weihnachten lagen
hinter ihnen. Ein eiskalter Frost hatte den Asphalt überzogen. In
der Luft lag ein Hauch von Schnee. Der Hund kratzte mit seinen
Krallen über das Eis, und er zog ein Hinterbein nach. An der
linken Seite seines Hinterteils leuchtete im Laternenlicht eine
Schramme, sie schimmerte im spärlichen Fell violett und war ver-
schmiert mit gelbem Eiter. Er war am Vorabend an einem Nagel
hängen geblieben, auf der Suche nach einem Schlafplatz.

Der Wohnblock lag ein Stück abseits der Straße. Ein Plattenweg durchschnitt den Vorgarten. Feuchtes, totes Gras und ein
von einer Plane bedecktes Blumenbeet lagen in einem auf Knie-
höhe von einer schwarz angestrichenen Kette abgegrenzten Bereich. Rechts und links des Eingangs stand je ein mit elektrischen
Kerzen geschmückter Weihnachtsbaum.

Der Hund unternahm an diesem Abend schon den zweiten
Versuch, in ein Haus zu gelangen. In der Regel gab es immer
irgendeinen Weg. Natürlich war es bei unverschlossener Tür
am einfachsten. Ein leichter Sprung, ein Pfotenhieb gegen die
Klinke. Ob die Tür sich nach außen oder nach innen öffnete,
spielte normalerweise keine Rolle, unverschlossene Türen waren
sowieso eine Kleinigkeit. Sie waren aber auch selten. In der Regel
musste er nach angelehnten Kellerfenstern suchen, nach lockeren

Brettern an Mauern, die renoviert werden sollten, nach Luken unter morschen Kellertreppen. Nach Eingängen, die außer ihm alle vergessen hatten. Es gab nicht überall welche, und manchmal waren die Luken repariert worden, die Fensterblenden festgenagelt und die Mauern neu verputzt. Oft war alles dicht und undurchdringlich. Dann zog er weiter. Es konnte Stunden dauern, bis er einen Unterschlupf für die Nacht gefunden hatte.

In diesem Haus gab es einen Zugang. Er kannte ihn, der Weg war einfach, aber er musste vorsichtig bleiben. Er schlief immer nur eine Nacht am selben Ort. Bei seinem ersten Versuch an diesem Abend war jemand gekommen. Das konnte durchaus passieren. Dann lief er ganz schnell davon, zwei oder drei Blocks weiter. Legte sich unter einen Busch, einen Fahrradständer, versteckt für alle, die nicht so genau hinsahen. Später machte er noch einen Versuch. Ein brauchbarer Zugang war schon zwei Versuche wert.

Aber in der letzten Stunde war der Frost stärker geworden. Und es schneite jetzt wirklich; trockene, leichte Flocken, die den Boden mit Weiß bedeckten. Er zitterte, und er hatte seit mehr als vierundzwanzig Stunden nichts mehr zu fressen gefunden.

Jetzt lag das Haus ganz still vor ihm.

Die Lichter zogen ihn an und machten ihm zugleich Angst.

Licht barg stets die Gefahr, dass man gesehen wurde. Und dann war es eine Bedrohung. Aber Licht bedeutete auch Wärme. Das Blut pochte schmerzhaft in der entzündeten Schramme. Zögernd stieg er über die niedrig hängende Kette. Er wimmerte, als er sein Hinterbein hob. Sein Durchgang, der Weg in den Verschlag mit dem achtlos in eine Ecke geworfenen alten Schlafsack, lag hinten im Haus, zwischen der Kellertreppe und zwei nie benutzten Fahrrädern.

Aber die Haustür war heute auch nur angelehnt.

Haustüren waren gefährlich. Er könnte eingesperrt werden. Aber ein warmes Licht lockte ihn trotzdem an. Treppenhäuser waren besser als Keller. Ganz oben, wo nur selten jemand vorbeikam, war es warm.

Mit gesenktem Kopf näherte er sich der Steintreppe. Er blieb mit erhobener Vorderpfote stehen, dann trat er langsam in den Lichtkegel hinein, der aus dem Treppenhaus herausfiel. Nirgendwo war auch nur eine Bewegung zu sehen, kein bedrohliches Geräusch war zu hören, nur das ferne, vertraute Rauschen der Stadt.

Und dann war er im Haus.

Wo es noch eine offene Tür gab.

Es roch nach Essen, und es war ganz still.

Es roch so sehr nach Essen, dass er nicht mehr zögerte. So schnell er konnte, humpelte er in die Wohnung hinein, blieb in der Diele aber stehen. Er knurrte tief in der Kehle und fletschte die Zähne, als er den Mann auf dem Boden sah. Nichts passierte. Der Hund ging weiter, neugierig jetzt, eher neugierig als ängstlich. Vorsichtig näherte seine Schnauze sich dem bewegungslosen Körper. Behutsam leckte er an der Blutlache, die den Kopf des Mannes umgab. Seine Zunge wurde schneller, schrappte über den Boden, befreite die Wange des Mannes von der geronnenen Masse, bohrte sich ins Loch gleich neben der Schläfe: Der ausgehungerte Hund leckte alles, was er aus dem Schädel nur herausholen konnte, ehe ihm aufging, dass er für seine Nahrung gar nicht so hart zu arbeiten brauchte.

In der Wohnung lagen drei Körper. Sein Schwanz peitschte vor Begeisterung.

»Hier gibt's nichts zu diskutieren. Nefis muss sich verdammt noch mal an unsere Sitten halten.«

Marry knallte die Tür zu.

»Eins, zwei, drei, vier«, zählte Hanne Wilhelmsen, und bei vier stand Marry wieder im Zimmer.

»Wenn ich zu Weihnachten zu diesen Muslimisten fahren müsste, dann würde ich auch essen, was sie mir vorsetzen. Das ist doch eine Frage der Höflichkeit, wenn du mich fragst. Sie ist ja nicht mal fromm. Das hat sie mir schon ganz oft gesagt. Heiligabend gibt's in Norwegen eben Schweinerippe. Und damit basta!«

»Aber Marry!« Hanne setzte resigniert zu einem neuen Versuch an. »Können wir nicht geräuchertes Hammelfleisch essen? Damit wäre das ganze Problem gelöst. Wir hatten doch letztes Jahr schon Rippe.«

»Das Problem?«

Marry Samuelsen hatte früher einmal als Harrymarry gelebt, Oslos älteste Straßennutte. Hanne war drei Jahre zuvor in Verbindung mit einem Mordfall über sie gestolpert. Marry war damals arg verkommen gewesen, Drogen und Großstadtkälte hatten ihre Spuren hinterlassen. Jetzt lebte sie als Haushälterin bei Hanne und Nefis in deren Siebenzimmerwohnung in der Kruses gate. Marry fuhr sich eifrig mit ihren gichtig geplagten Händen über die Schürze.

»Das Problem, beste Hanne Wilhelmsen, ist, dass die einzige Weihnachtsrippe, die ich je in mein zahnloses Maul schieben konnte, als ich dich und Nefis noch nicht kannte, wässrig und kalt war und auf einem Pappteller der Heilsarmee lag.«

»Das weiß ich, Marry. Wir können doch auch zwei Gerichte einplanen? Wir können uns das leisten, das weißt du.«

Hanne Wilhelmsen sah sich mit resignierter Miene im Zimmer um. Das einzige Möbelstück aus der Wohnung in Lille Tøyen, wo Hanne mehr als fünfzehn Jahre gelebt hatte, war ein antiquarischer Sekretär, der in einer Ecke am Ausgang zu einem riesigen Balkon fast verschwand.

»Weihnachten ist kein Platz für Kompromisse«, erklärte Marry feierlich. »Wenn du so wie ich Jahr für Jahr, einen Heiligabend nach dem anderen, an einem Speckstück gelutscht hättest, das zu zäh zum Essen war, und wenn du dabei einsam und vergessen in einer Ecke gesessen hättest, dann wüsstest du, dass es hier darum geht, dass wir auf unsere Träume aufpassen müssen. Heiligabend mit Kristall und Silber, einem Baum in der Ecke und einer dicken, fetten Rippe mitten auf dem Tisch mit einer so knusprigen Schwarte, dass sie kracht. In all den Jahren hab ich davon geträumt. Und so machen wir das jetzt endlich. So viel Respekt könnt ihr einer armen Alten, die vielleicht nicht mehr lange zu leben hat, ja wohl entgegenbringen.«

»Hör doch auf, Marry. Du bist doch wunderbar in Form. Und besonders alt bist du auch nicht.«

Marry machte abermals auf dem Absatz kehrt, sagte kein Wort mehr und marschierte davon. Sie zog das eine Bein heftig nach. Mit rhythmischem Hinken verschwand sie in der Küche. Hanne hatte beim Einzug gemessen, war die Entfernung abgeschritten, als sie sich ungesehen geglaubt hatte: sechzehn Meter vom Sofa zur Küchentür. Vom Esszimmer bis ins größere Badezimmer waren es elf Meter. Vom Schlafzimmer bis zur Haustür sechseinhalb. Die Wohnung schien sozusagen aus Entfernungen zu bestehen.

Sie goss sich aus einer stählernen Thermoskanne neuen Kaffee ein und schaltete den Fernseher ein.

Zum allerersten Mal hatte sie sich über Weihnachten freigenommen. Ganze zwei Wochen. Nefis und Marry hatten alle Welt zu einem ausgiebigen Frühstück am ersten Weihnachtstag eingeladen, und zwischen den Jahren hatten sie allerlei Mittagessen geplant, zu Silvester dann ein großes Fest. Am Heiligen

Abend selbst aber würden sie unter sich sein. Glaubte Hanne. Man wusste ja nie.

Hanne Wilhelmsen fürchtete sich vor diesem Fest, und zugleich freute sie sich darauf.

Das Fernsehen brachte eine Verfilmung der Weihnachtsgeschichte. Das Jesuskind hatte seltsamerweise blaue Augen. Maria war stark geschminkt und hatte blutrote Lippen. Hanne schloss die Augen und stellte den Ton leiser.

Sie versuchte, nicht an ihren Vater zu denken. In letzter Zeit kostete das immer zu viel Kraft.

Der Brief hatte sie zu spät erreicht. Es war jetzt drei Wochen her. Hanne ging davon aus, dass ihre Mutter ihn ganz bewusst mit der Post geschickt hatte. Alle wussten schließlich, dass auf die Post kein Verlass mehr war. Die Todesanzeige war sechs Tage unterwegs gewesen. Und als der Brief ankam, hatte die Beerdigung schon stattgefunden. Was im Grunde ja keine Rolle spielte. Hanne wäre doch nicht hingegangen. Sie konnte sich alles lebhaft vorstellen: die Familie in der ersten Reihe. Der Bruder. Die Hand der Mutter in seiner, eine abstoßende Kralle, überwuchert von Ekzemen, sodass Hautschuppen über die dunkle Hose des Sohnes rieselten. Die Schwester trug eine teure Kreation, sie schluchzte immer wieder laut auf, war aber doch nicht so gebrochen, dass sie nicht auf alle Trauergäste einen überaus eleganten Eindruck gemacht hätte; die Kollegen des Vaters aus dem In- und Ausland, die eine oder andere akademische Berühmtheit, betagte Damen, die ihre Morgentoilette nicht mehr ganz im Griff hatten und deshalb in den Bankreihen den unerträglichen Geruch altmodischen Parfüms verströmten.

Das Telefon klingelte mit einem arabischen Tanz. Marry hatte mit dem Tonmenü experimentiert und gedacht, Nefis werde sich darüber freuen. Hanne nahm ab, damit Marry ihr nicht zuvorkam.

»Billy T. hier«, hörte sie, noch ehe sie etwas sagen konnte. »Du solltest mal hier vorbeischauen.«

»Jetzt? Es ist schon nach elf.«

»Trotzdem. Riesensache.«

»Morgen ist mein letzter Arbeitstag vor den Ferien, Billy T. Das bringt ja wohl nichts, dass ich mich an einen Fall mache, wo ich dann wirklich nur noch den Anfang mitkriege.«

»Die Ferien kannst du dir abschminken, Hanne.«

»Spinn hier nicht rum. Bis dann. Ruf jemand anders an. Ruf die Polizei an.«

»Sehr komisch. Komm schon. Vier Leichen, Hanne. Mutter, Vater, Sohn. Und dann noch einer, von dem wir nichts wissen.«

»Vier ... vier Leichen? Vier *Ermordete*?«

»Yep. Und das ganz in deiner Nähe. Wenn du willst, sehen wir uns da.«

»Quadrupelmord ...«

»Hä?«

»Soll das heißen, dass wir es mit einem vierfachen Mord zu tun haben?«

Aus dem Hörer kam ein demonstratives Seufzen.

»Wie oft muss ich das denn noch wiederholen?«, fragte Billy T. wütend. »Vier Tote. In einer Wohnung in der Eckersbergs gate. Allesamt erschossen. Grauenhafter Anblick. Die Leichen sind nicht nur durchsiebt, sondern ... es war ... danach war noch irgendetwas hier. Ein Tier. Oder so ...«

»Herrgott ...«

Auf dem Bildschirm klopfte Josef jetzt in der Abenddämmerung an Türen. In einer kurzen Großaufnahme seiner Hand, die an eine rustikale Tür in Bethlehem pochte, stellte Hanne fest, dass der Schauspieler vergessen hatte, seine Uhr abzulegen.

»Absurd«, murmelte sie. »Ein Tier?«

»Ein Hund, nehmen wir an. Er hat ... sich bedient, könnte man wohl sagen.«

»Eckersbergs gate, hast du gesagt?«

»Nummer fünf.«

»Bin in zehn Minuten da.«

»Bei mir kann es etwas länger dauern.«

Sie legten gleichzeitig auf, Hanne trank den letzten Schluck Kaffee und erhob sich.

»Willst du noch weg?«

Marry stand breitbeinig in der Tür und stemmte die Hände in die Hüften. Ihr Blick zwang Hanne dazu, sich wieder zu setzen. Sie hob abwehrend die Hände.

»Das ist wirklich ein sehr wichtiger Fall«, sagte sie.

»Du kannst mich mal mit deinem Wichtig«, bellte Marry. »Nefis kommt in einer halben Stunde nach Hause. Sie ist schon unterwegs vom Flugplatz. Jetzt war sie eine ganze Woche weg, und ich stehe seit sieben in der Küche. Du bleibst hier!«

»Ich muss dahin.«

Marry biss sich auf die Lippen. Für einen Moment schien sie an etwas ganz anderes zu denken.

»Dann musst du was zu essen mitnehmen. Triffst du dich mit diesem Grobian?«

»Mmm.«

Zehn Minuten später war Hanne fertig. In ihrer Schultertasche lagen zwei Plastikdosen mit Rentierbraten, ein halbes, in Scheiben geschnittenes Brot mit einer dicken Schicht Butter, zwei Äpfel, anderthalb Liter Cola, eine große Tafel Schokolade, eine Packung Servietten, zwei Plastikbecher und außerdem Silberbesteck. Sie versuchte zu protestieren.

»Es ist doch mitten in der Nacht, Marry. So viel brauch ich wirklich nicht.«

»Aber sicher doch. Wir wissen schließlich nie, wann wir dich wieder sehen«, murmelte Marry. »Und vergiss nicht, das Silberbesteck wieder mitzubringen.«

Dann schloss sie sorgfältig hinter Hanne die Tür ab, alle drei Schlösser.

Sie würde sich wohl nie an diese Straßen gewöhnen. Die großen Lücken zwischen den prachtvollen Mietshäusern und den abweisenden, dunklen Villen schufen eine Atmosphäre der Angst, des drohenden Unheils. Ab und zu überquerte ein Fußgänger mit niedergeschlagenem Blick die Straße und bemühte sich, mit niemandem Blickkontakt aufzunehmen. Dass Marry sich einschloss, war nur natürlich. Nach fast einem halben Jahrhundert Drogenkonsum brauchte sie einfach eine gewisse Isolation. Warum alle anderen in dieser Gegend sich aber genauso einigelten, war unbegreiflich. Vielleicht waren sie immer verreist. Vielleicht wohnte hier in Wirklichkeit kein Mensch. Ganz Frogner ist eine Kulisse, dachte Hanne. Sie zog ihre Winterjacke fester um sich.

Doch bei dem Steinhaus Eckersbergs gate 5 war der Bär los. Rot-weißes Absperrband hielt eine kleine neugierige Zuschauergruppe zurück, doch innerhalb des abgegrenzten Gebietes wimmelte es nur so von Uniformen. Hanne erkannte mehrere Presseleute, die immer die jüngsten und unerfahrensten Polizisten ansprachen, geschockte Bereitschaftsleute, unerfahren, erregt, leicht zum Reden zu bringen. Es kamen immer neue Presseleute dazu, unerklärlich schnell, als ob sie alle in der Gegend wohnten. Als sie Hanne Wilhelmsen sahen, zogen sie in der Kälte einfach nur die Schultern hoch oder hoben kurz den Kopf zu einem gleichgültigen Gruß.

»Hanne. Wie schön!«

Oberwachtmeisterin Silje Sørensen riss sich von einer Gruppe eifrig gestikulierender Kollegen los.

»Himmel«, sagte Hanne und musterte die andere von Kopf bis Fuß. »Du trägst Uniform? Hier scheint ja wirklich was los zu sein.«

»Hatte eine Sonderschicht. Aber stimmt, hier ist wirklich was los. Komm mit rein.«

»Ich warte noch. Billy T. kommt gleich.«

Die provisorische Beleuchtung, die die Polizei schon aufgebaut hatte, blendete die Augen und machte es fast unmöglich, sich von der Straße einen allgemeinen Eindruck zu verschaffen. Hanne trat einige Meter zurück und hielt sich die Hand wie einen Schirm über die Augen. Das half ein wenig, und sie ging auf die andere Seite hinüber.

»Was suchst du denn?«, fragte Silje Sørensen, die ihr gefolgt war.

Silje fragte immer irgendwas. Nervte. Was suchst du? Was tust du? Was denkst du? Wie ein Kind. Wie ein aufgewecktes, aber ein wenig anstrengendes Kind.

»Nichts. Ich seh mich einfach nur um.«

Das Haus war in Altrosa gestrichen und hatte breite Gesimse. Über jedem Fenster kämpfte eine Männergestalt mit einem entsetzlichen Fabeltier. Der Vorgarten war klein und von Steinfliesen durchzogen, und ein breiter Gehweg, der um die westliche Hausecke herumführte, ließ auf einen beeindruckenderen Hinterhof schließen. Im Haus schien es nur vier Wohnungen zu geben. In der oben links gelegenen brannte kein Licht. Aus dem Erdgeschoss und dem ersten Stock rechts fiel sparsames Lampenlicht. Damit stand fast schon fest, wo das Verbrechen sich abgespielt hatte. Hinter drei Fenstern unten links sah Hanne Menschen in weißen Overalls und mit Haarnetzen, die sich hin und her bewegten, energisch und offenbar zielstrebig. Jemand zog einen Vorhang vor.

Hanne wurde von hinten umarmt und hochgehoben. »Ja, scheiße«, grölte Billy T., »du hast zugenommen!« Sie versetzte ihm mit dem Stiefelabsatz einen Tritt gegen das Schienbein.

»Au! Du hättest ja wohl was sagen können.«

»Und du brauchst mich nicht immer hochzuheben. Darum hab ich dich schon tausend Mal gebeten.«

»Das sagst du nur, weil du immer fetter wirst«, grinste er und schlug ihr freundschaftlich auf die Schultern. »Früher hast du dich nie beklagt. Nie. Da hat es dir gefallen.«

Der Schnee fiel jetzt dichter, in leichten, lockeren Flocken.

»Ich finde nicht, dass du dicker geworden bist«, sagte Silje rasch, aber Hanne stand schon fast auf der anderen Straßenseite.

»Gehen wir rein«, murmelte sie und merkte, dass ihr vor Angst schlecht geworden war.

Der Älteste der vier Ermordeten erinnerte an das berühmte Bild von Albert Einstein. Die Leiche lag im Flur, mit einer Hand unter dem Kopf, als habe sie es sich richtig gemütlich machen wollen. Die Haare umgaben den kahlen Schädel als üppiger Kranz. Mitten auf dem Kopf ragte ein einzelnes Büschel auf. Und die Zunge hing aus dem Mund, ganz unnatürlich weit sogar. Er hatte die Augen weit aufgerissen.

»Das sieht ja aus, als ob der Bursche einen Schock erlitten hätte. Einen Elektroschock!«

Billy T. beugte sich neugierig über den alten Mann.

»Aber da ist ja auch noch das hier.«

Er zog einen Kugelschreiber hervor und wies auf ein Einschussloch unter dem linken Auge. Es war nicht gerade groß und eher schwarz als blutrot.

»Und das. Und das.«

Der Arzt, der offenbar das Hemd des Toten behutsam zur Seite geschoben hatte, winkte Billy T. fort. Hanne konnte zwischen der spärlichen grauen Körperbehaarung zwei weitere Wunden erkennen.

»Wie viele Schüsse waren es eigentlich?«, fragte sie.

»Kann ich noch nicht sagen«, erwiderte der Arzt kurz. »Viele. Wenn ihr mich fragt, dann brauchen wir hier einen Pathologen. Wird höchste Zeit, dass ihr mit der Rechtsmedizin einen brauchbaren Dienstplan abmacht. Ich kann nur sagen, dass diese Leute hier tot sind. Ich glaube, den da hat es am schlimmsten getroffen.«

Hanne Wilhelmsen wollte »den da« eigentlich nicht ansehen. Sie musste sich dazu zwingen, um den alten Mann herumzugehen und die mit einem Mantel bekleidete Leiche genauer zu betrachten. Einer von der Spurensicherung stieß ein verstimmtes Grunzen aus, er konnte es nicht ertragen, wenn die Ermittler am Tatort herumtrampelten.

Hanne achtete nicht auf ihn. Als sie sich über die der Wohnungstür am nächsten liegende Leiche beugte und sah, dass von der Wunde in der Schläfe alles ausgetretene Blut abgeleckt worden war, verstärkte sich ihre Übelkeit. Rasch richtete sie sich auf, schluckte und zeigte auf den dritten Toten. Sie schätzte sein Alter auf vielleicht vierzig.

»Preben«, stellte Billy T. vor. »Der Älteste von Papa Hermann da hinten. Soweit wir wissen, zumindest.«

Die Arme lagen eng und gerade am Körper an, als habe der Sohn des Hauses vor dem Aufprall auf den Boden noch zu einem militärischen Salut ansetzen wollen. Sein Hemd war hellblau und wies in Höhe der Brusttasche zwei kleine Einschusslöcher auf. An der Schulter waren dunkle, fleischige Wunden erkennbar.

Der Arzt nickte fast unmerklich.

»Ich habe ihn mir noch nicht näher ansehen können. Der Hund hat da wirklich kräftig zugelangt ... falls es sich um einen Hund handelt.«

»Komm!«

Billy T. winkte sie zur Küche, die hinten in der großen, dunklen Diele lag. Er sah komisch aus in dem weißen Overall, den grünen, über die Schuhe gezogenen Socken und dem viel zu engen Papiernetz auf dem Kopf.

Am Spülbecken lehnte eine Frauenleiche. Sie war kahl. Neben ihr auf dem Boden lag eine Perücke. Der Schädel der Frau war bleich und mit Narben übersät. Sie trug ein elegantes rosafarbenes Kleid, und ihre Augen waren weit geöffnet, scharf und fast vorwurfsvoll. Ein verwirrter junger Polizist machte einen unbeholfenen Versuch, ihr die Perücke wieder überzustülpen, und wurde von Billy T. zurückgehalten.

»Spinnst du, oder was? Nicht anfassen! Verdammt, was hast du hier überhaupt zu suchen? Dieser Ort ist wirklich überbevölkert!«

Gereizt machte er sich daran, die Spreu vom Weizen zu trennen. Hanne blieb stehen und versuchte, den Anblick zu begreifen, der sich ihr hier bot.

Die Frau stand wirklich und wahrhaftig aufrecht da.

Ihr Gesicht ließ kaum auf ihr Geschlecht schließen. Das musste daran liegen, dass ihr die Haare fehlten. Als Hanne näher trat, sah sie, dass die Augenbrauen der Frau unnatürlich aussahen, sie waren aufgemalt, saßen etwas zu hoch, waren zu kräftig. Über dem linken Auge beschrieb die gezeichnete Braue einen Bogen zum Nasenrücken, was den skeptischen Ausdruck noch verstärkte. Die Augen standen offen. Sie waren blassblau, klein und wimpernlos. Der Mund dagegen war wohlgeformt, und die Lippen waren füllig. Der Mund sah jünger aus als das restliche Gesicht, frisch repariert, sozusagen.

»Turid Stahlberg«, sagte Billy T., er hatte die Hälfte der Anwesenden aus der Wohnung geschickt, was die Stimmung beträchtlich beruhigt hatte. »Sie heißt Turid, wird aber in der Familie Tutta genannt.«

»Stahlberg«, sagte Hanne leicht verwirrt und schaute sich in der gediegenen Küche um. »Doch nicht *die* Familie Stahlberg?«

»Doch. Hermann, der Vater des Hauses, ist auch der Älteste der drei in der Diele. Preben habe ich dir ja schon vorgestellt. Er ist zweiundvierzig. Wieso fällt die Frau da eigentlich nicht um?«

Billy T. beugte sich vor und versuchte, hinter die stehende Frau zu schauen. Ihr breites Hinterteil lehnte gegen das Spülbecken. Ihre Füße standen breitbeinig auf dem Boden, als sei sie dem Mörder mit gespreizten Beinen entgegengetreten.

»Sie stützt sich hier ein wenig auf«, murmelte Billy T. »Mit dem Hintern. Aber der Oberkörper ... warum fällt sie nicht?«

Ein schwaches, reißendes Geräusch hätte ihn warnen sollen, als er sich über die Leiche beugte und nach einer Erklärung suchte. Die Frau, die mindestens siebzig Kilo wog, brach über ihm zusammen und brachte ihn aus dem Gleichgewicht. Zuerst fiel er auf die Knie. Der Boden war vom Tee aus einer zerbrochenen Thermoskanne und von etwas wie Honig oder Sirup verklebt. Billy T.s Knie glitt blitzschnell zur Seite.

»Hanne! Verdammt! Hilfe!«

Billy T. lag zappelnd unter einer rosa gekleideten, kahlköpfigen Frauenleiche.

»Was zum ...«

Die Verwünschungen von zwei Kollegen von der Spurensicherung hallten von den Wänden wider.

»Bleib still liegen. Bleib ganz still liegen!«

Fünf Minuten später durfte Billy T. dann endlich aufstehen, und er wirkte kleinlauter, als Hanne ihn seit einer Ewigkeit erlebt hatte.

»Tut mir leid, Jungs«, murmelte er und wollte ihnen dabei helfen, die Tote auf eine Bahre zu legen.

»Verschwinde hier«, fauchte der eine Kollege. »Du hast schon genug Unheil angerichtet.«

Erst jetzt fiel Hanne im Spülbecken, vor dem die Frau gestanden hatte, eine sauber geleckte Kuchenschüssel auf. In Resten fetter Sahne waren die Spuren einer Tierzunge zu ahnen. Struppige graue Haare klebten an den Rändern.

»Tutta ist immerhin vom Hund verschont geblieben«, sagte sie trocken. »Gerettet von der Sahnetorte.«

»Ich glaube, sie wollten etwas feiern«, sagte Billy T. »Im Wohnzimmer steht eine geöffnete, aber unangetastete Champagnerflasche. Vier Gläser. Ja, ja, ich geh ja schon. Ich hau ab, hab ich gesagt!«

Die Spurensicherung brachte gerade die Bahre aus der Küche hinüber in das Wohnzimmer.

»Vier Gläser«, wiederholte Hanne und folgte ihm in das große, üppig möblierte Zimmer.

»Und Schnittchen. Oder Butterbrote.«

Die Schnittchenplatte stand auf dem Esstisch. Sie wies nur noch ein Salatblatt und drei Gurkenscheiben auf, von denen die Mayonnaise abgeleckt worden war.

»Hatten sie einen Hund?«, fragte Hanne zerstreut.

»Nein«, sagte Silje Sørensen, und Hanne fiel zum ersten Mal auf, dass sie sich hereingeschlichen hatte. »Hier im Haus waren Hunde verboten. Genauer gesagt, die Eigentümerversammlung hatte beschlossen, dass niemand ein Tier halten darf:«

»Woher weißt du das jetzt schon?«

»Die Nachbarin«, sagte Silje und zeigte vage in Richtung Straße. »Ich habe mit einer Frau gesprochen, die hier genau gegenüber wohnt.«

»Was hast du sonst noch erfahren?«

»Nicht viel.«

Silje Sørensen feuchtete die Fingerspitzen an und blätterte in einem Spiralblock. An ihrer rechten Hand funkelte ein gediegener Diamantring.

»Die Leute von oben«, sie zeigte zur Decke, »sind verreist. Sie haben ein Ferienhaus in Spanien und sind seit November dort.«

»Und kümmert sich niemand um die Wohnung?«

»Diese Frau von gegenüber, Aslaug Kvalheim, sagt, dass die Tochter ab und zu vorbeischaut. Sie war seit ein paar Tagen nicht mehr hier, behauptet Frau Kvalheim. Und um ehrlich zu sein ...«

Silje lächelte kurz.

»... glaube ich, dass Frau Kvalheim so ungefähr alles weiß, was hier in der Straße passiert. So eine richtig aufmerksame Nachbarin mit großem Interesse an ihren Mitmenschen.«

»Schön für uns«, sagte Hanne. »Was hat sie heute Abend gesehen?«

»Leider gar nichts. Sie ist um sieben zum Bingo gegangen und vor einer Stunde zurückgekommen. Und da waren wir ja schon hier.«

Hanne schnitt eine Grimasse.

»Und die anderen Wohnungen?«

»Gegenüber«, Silje hob den Daumen, dann blätterte sie weiter in ihrem Block, »da wohnt ein gewisser Henrik Backe. Alter, übellauniger Mann. Ich habe mit ihm gesprochen, und er war reichlich angetrunken. Stocksauer, weil wir so viel Lärm machten. Er hat mich nicht reingelassen.«

»Er hat dich nicht reingelassen? Du hast gar nicht mit ihm geredet und ihn einfach in Ruhe gelassen?«

»Nicht doch, Hanne. Reg dich nicht so auf. Jetzt gerade sind zwei Beamte bei ihm. Bisher weiß ich nur, dass er behauptet, den ganzen Abend zu Hause gewesen zu sein und nichts gehört zu haben.«

»Das kann doch nicht sein«, rief Billy T. »Schau dich doch um. Das muss ja wie die Hölle geknallt haben!«

»Ob das sein kann oder nicht, wissen wir ja wohl noch nicht«, sagte Silje leicht gereizt. »Der Typ kann schließlich einen Schalldämpfer benutzt haben. Und auf jeden Fall holen die Jungs Henrik Backe heute Nacht noch zur Vernehmung, da kann er protestieren, so viel er will. Dann werden wir ja sehen.«

»Wer hat uns eigentlich informiert?«

»Ein Typ, der ganz zufällig vorbeikam. Den werden wir natürlich auch noch überprüfen, aber das war ein jüngerer Mann, der einfach nur ...«

»Schon gut. Alles klar.«

Hanne ertappte sich bei der Überlegung, wie groß die Wohnung wohl war. Das Wohnzimmer musste über siebzig Quadratmeter messen, auf jeden Fall, wenn man den nach hinten gelegenen Wintergarten dazuzählte. Die Möbel hatten etwas Erdrückendes, aber sie waren schön, wenn sie jedes Stück gesondert betrachtete. Vor einer Längswand thronte ein Büfett aus schwarzem Eichenholz mit geschnitzten Spiegeltüren und Glasfenstern vor den oberen Fächern. Um den Esstisch herum stand ein Kreis von zwölf Armsesseln. Neben der Manilagruppe im Wintergarten fanden hier noch drei weitere Sitzgruppen Platz. Nur eine schien häufiger benutzt worden zu sein. Die Polster der Möbel vor dem Fernseher waren sichtlich abgenutzt. Die Gemälde an den Wänden schienen alle echt zu sein, und alle zeigten nationalromantische oder maritime Motive. Vor allem ein unmittelbar bevorstehender Schiffbruch an der Wand zur Küche fiel Hanne auf. Sie trat näher.

»Peder Balke«, sagte sie halblaut. »Meine Güte.«

Die Eiswürfel im Sektkühler waren schon längst geschmolzen. Hanne studierte das Etikett, ohne die Flasche zu berühren.

»Das ist doch was für dich«, sagte Billy T. »Sauteuer.«

»Wissen wir eigentlich irgendetwas Wichtiges?«, fragte Hanne, ohne ihren Blick von der Flasche zu lösen. »Zum Beispiel, was sie feiern wollten?«

»Vielleicht wollten sie einfach nur gemütlich zusammen sein«, sagte Silje Sørensen. »Es ist doch bald ...«

»Bis Weihnachten sind es noch fünf Tage«, fiel Hanne ihr ins Wort. »Das hier ist ein ganz normaler Donnerstag. Diese Flasche da kostet im Laden achthundertfünfzig Kronen. Das ist zu viel bloß für einen netten Abend. Die wollten etwas feiern. Und zwar irgendwas Großes.«

»Wir wissen doch nicht ...«

»Schau mal her, Silje.«

Hanne zeigte auf den Fernseher. Der Schirm war zur Hälfte von Holzlamellen verdeckt, der ganze Apparat war ein schweres Möbelstück aus Mahagoni oder Teak.

»Der Fernseher ist mindestens dreißig Jahre alt. Das Sofa ist so abgenutzt, dass du die Kettfäden sehen kannst. Die Bilder ... das da jedenfalls ...«

Sie zeigte auf den Peder Balke.

»Das ist ziemlich wertvoll. Im Kühlschrank gibt es nur drei Sorten Brotbelag: Käse, Leberwurst und Marmelade. In der Vitrine da hinten stehen dagegen Gläser, die ein Vermögen wert sind. Diese Wohnung hier muss ihre sieben, acht Millionen wert sein. Mindestens. Sein Pullover ...«

Sie drehte sich um und schaute kurz zur Diele hinüber, wo Hermann Stahlberg gerade auf eine Bahre gelegt wurde.

»... stammt von irgendwann aus den Siebzigerjahren. Sauber, ordentlich und doch an den Ellbogen gestopft. Was sagt dir das alles?«

»Geizkragen«, sagte Billy T., ehe Silje Zeit zum Nachdenken finden konnte. »Knauserig. Aber reich. Komm, wir gehen.«

Hanne blieb stehen.

»Weiß wirklich niemand, wer der Mann in der Diele ist?«

»Den haben sie jetzt weggetragen«, murmelte Silje.

»Dem Teufel sei Dank dafür«, rief Billy T. »Aber wissen wir etwas über ihn?!«

»Nix.«

Silje Sørensen blätterte ziellos in ihren Notizen.

»Keine Brieftasche. Kein Ausweis. Aber schön angezogen. Anzug. Feiner Mantel.«

»An dem Typen ist nichts schön«, sagte Billy T. mit einem Schaudern. »Dieser Köter hat ...«

»Mantel«, fiel Hanne Wilhelmsen ihm ins Wort. »Er trug einen Mantel. War er gerade gekommen, oder wollte er gerade gehen?«

»Gekommen«, schlug Silje vor. »Sie hatten den Champagner doch noch nicht angerührt. Und bei all den Männern im Flur ...«

»In der Diele«, korrigierte Billy T. »Groß genug für drei Leichen, pfui Spinne.«

»In der Diele, von mir aus. Sieht aus wie ein Willkommens-komitee. Ich wette, dass der Fremde eben erst gekommen war.«

Hanne ließ ein letztes Mal ihren Blick durch das Zimmer schweifen. Sie beschloss, sich den Rest der Wohnung später an-zusehen. Hier waren einfach zu viele Leute. Auf kurzen Tritt-leitern balancierten Fotografen. Techniker von der Spurensicherung bewegten sich mit ihren Stahlkoffern leise durch die Räume, mit Plastikhandschuhen und voller Zielbewusstsein. Der Arzt, grau, verhärmt und sichtlich verstimmt, wollte die Wohnung gerade verlassen. Die Stille, mit der die Techniker sich umgaben, wurde nur durch kurze, einsilbige Befehle unterbrochen. Etwas von Effektivität lag darin, von guter Kooperation, aber auch ein schlecht verborgenes Missvergnügen darüber, dass die Ermittler sich überhaupt hergewagt hatten. Später, dachte Hanne, den Rest sehe ich mir später an. Auf diesen Gedanken folgte unmittelbar eine widerwillige Erleichterung darüber, dass auch dieses Jahr nichts aus ihrem Weihnachtsurlaub werden würde. Sie ertappte sich bei einem Lächeln.

»Was ist los?«, fragte Billy T.

»Gar nichts. Gehen wir.«

In der Diele begegnete Hanne ihrem eigenen Spiegelbild. Für einen Moment blieb sie stehen. Billy T. hatte recht. Sie hatte zugenommen. Ihr Kinn war runder geworden, ihr Gesicht eine Spur breiter, ein fremder Zug über der Nasenwurzel ließ sie den Blick abwenden. Bestimmt war an allem der vor Alter schwarz gesprenkelte Spiegel schuld.

Die Leiche einer übel zugerichteten und bisher nicht identifizierten männlichen Person von Mitte fünfzig war inzwischen entfernt worden. Das Markierungsband hob sich leuchtend vom Parkett ab.

»Verdammt, der hat nicht mal eine Blutspur hinterlassen«, sagte Billy T. und ging in die Hocke. »Der Köter hat sich ja köstlich amüsiert.«

»Hör jetzt auf«, sagte Hanne. »Mir ist schlecht.«

»Ich hab Hunger«, sagte Billy T. und folgte ihr aus der Wohnung.

Beiden fiel das Türschild auf, als sie die Tür hinter sich zuzogen. Gediegen, fast beängstigend, aus altersmattem Messing mit schwarzen Buchstaben.

Hermann Stahlberg.

Kein Wort von Tutta. Oder Turid. Und von den Kindern, obwohl das Schild offenbar schon lange dort befestigt gewesen war, ehe sie das Elternhaus verlassen hatten.

»Hier hat Hermann Stahlberg gewohnt«, sagte Billy T. »Der König auf dem Hügel.«

Sie saßen vor Hannes Wohnung in der Kruses gate auf der Treppe. Sie hatte zum Sitzen Zeitungen aus dem Papiercontainer geholt.

»Picknick mitten im bittersten Winter«, sagte Billy T. mit vollem Mund. »Können wir nicht doch hochgehen? Verdammt, ich erfrier hier noch.«

Hanne versuchte, einer einzelnen Schneeflocke mit Blicken zu folgen. Es war jetzt noch kälter geworden. Die Kristalle wirbelten. Sie fing eines in der Handfläche auf. Das fünfeckige symmetrische Gebilde funkelte auf und war dann verschwunden.

»Lass uns die anderen nicht wecken.«

»Was glaubst du?«, fragte er und nahm sich noch ein Brot.

»Dass sie aufwachen, wenn wir hochgehen.«

»Dumme Nuss. Über den Fall, meine ich. Da war nichts gestohlen.«

»Das wissen wir noch nicht.«

»So sah es aber aus«, sagte er ungeduldig. »Das Silber war noch da. Die Bilder ... du hast selbst gesagt, dass sie teuer sind. Für mich sieht es aus, als ob nichts verschwunden wäre. Also kein Raubmord.«

»Das wissen wir nicht, Billy T. Don't jump ...«

»... to conclusions«, beendete er den Satz resigniert und erhob sich.

»Danke für das Essen«, sagte er und wischte sich Schnee ab. »Geht's gut mit Marry?«

»Wie du siehst«, sagte Hanne und nickte zu den Essensresten hinüber. »Methadon, Isolation und Hausarbeit wirken Wunder. Und Nefis und sie sind zusammen so.«

Sie kreuzte in der Luft zwei Finger, und Billy T. lachte laut.

»Aber es ist trotzdem manchmal ein bisschen hart«, sagte Hanne. »Für mich. Es stehen im Alltag zwei gegen eine.«

»Pah. Das findest du doch toll. Hab dich seit Jahren nicht mehr so glücklich gesehen. Nicht seit ... den alten Zeiten, sozusagen. Fast kommt mir alles so vor wie früher.«

Sie räumten schweigend auf. Es war jetzt kurz nach zwei. Wind war aufgekommen, ein messerscharfer, abrupt einsetzender Wind. Ihre Spuren auf dem Hof waren verweht. Aus den Wohnungen fiel kein Licht mehr. Nur die Straßenlaternen vor der Gartenmauer machten den Schnee sichtbar, der jetzt überall lag. Hanne schaute aus zusammengekniffenen Augen ins Nichts.

»Nichts ist wie früher«, sagte sie leise. »Sag das nie wieder. Jetzt ist jetzt. Alles ist anders. Cecilie ist tot. Nefis ist gekommen. Du und ich sind ... wir sind älter. Nichts ist wie früher. Das wäre unmöglich.«

Er war schon losgegangen, unsicher im Schneegestöber, die Hände tief in den Taschen. Sie schaute ihm hinterher.

»Geh nicht«, rief sie hinter ihm her. »Ich meinte doch nur ...«

Billy T. wollte nichts hören. Als er das Tor erreicht hatte, schaute er sich rasch um. Seine Miene machte ihr Angst. Zuerst begriff sie nicht. Dann wollte sie nicht begreifen. Sie wollte nicht hören, was er murmelte, bestimmt hatte sie sich verhört. Er war schon zu weit weg. Der Schnee machte die Konturen unscharf und die Geräusche vage.

Sie griff nach ihrer Tasche, zog mit Mühe die Schlüssel heraus und schloss die Tür auf.

»Verdammt«, sagte sie mit zusammengebissenen Zähnen. Sie ließ den Fahrstuhl stehen und ging langsam die Treppen hoch.

FREITAG, 20. DEZEMBER

Die Stille weckte sie in aller Frühe. Morgens hatte sie schon immer einen leichten Schlaf gehabt, und ohne den vertrauten, freundlichen Lärm der Oststadt und die Lkws in Tøyen brauchte sie keinen Wecker mehr. Nicht einmal sicherheitshalber. Obwohl sie erst vor zwei Stunden eingeschlafen war, wusste sie, dass es keinen Zweck hätte, sich noch einmal umzudrehen. Ein offenes Fenster wäre ihr natürlich eine Hilfe gewesen. Mit etwas mehr Geräuschen hätte Hanne noch eine Stunde oder sogar zwei schlafen können. Schweißnass schlug sie die Decke beiseite und stand auf. Nefis murmelte im Schlaf, unter ihrer dünnen Decke ragten Teile ihres Körpers hervor. Neben dem dunkelblauen orientalischen Muster sah ihre Haut bleicher aus, als sie war. Sie sah kindlich aus, wie sie so dalag, mit aufgerissenem Mund und über dem Kopf verschränkten Armen. Ein dünner Speichelfaden hatte einen Fleck auf dem Kissen hinterlassen. Im Zimmer waren es über zwanzig Grad. Hanne hatte schrecklichen Durst.

Die Zeitung war bereits gekommen. Es duftete nach frisch aufgebrühtem Kaffee, als sie in die Küche kam und leise die Tür hinter sich schloss. Wie immer hatte Marry die Kaffeemaschine auf halb sechs programmiert. In der Küche wimmelte es nur so von absurden Hilfsmitteln, von Uhren und Regulatoren für alle denkbaren und undenkbaren Zwecke. Nefis wollte sie haben, Nefis konnte sie sich leisten. Nefis hatte Geld für alles Mögliche. Nefis hatte im Alter von achtunddreißig Jahren ihr erstes wirkliches Zuhause gegründet und füllte es nun entzückt mit überflüssigen Dingen, die Marry begeistert und überraschend geschickt in Gebrauch nahm, obwohl sie kaum imstande war, sich durch eine Gebrauchsanweisung hindurchzuquälen.

Hanne füllte einen Becher mit Kaffee und gab Milch dazu. Dann trank sie einen halben Liter Saft aus dem Karton und merkte, dass sie keinen Hunger hatte. Morgens sehnte sie sich immer schrecklich nach einer Zigarette. Das überraschte sie. Als sie ein gutes Jahr zuvor endlich mit Rauchen aufgehört hatte, hatte sie sich vor allem vor den Abenden gefürchtet. Vor dem Alkohol. Vor dem Zusammensein mit anderen. Vielleicht auch vor dem Stress bei der Arbeit. Aber dann hatten die Morgen sich als das wirkliche Problem erwiesen. Sie lugte zum Schrank über dem Herd hinüber, wo Marry ihren Drehtabak deponierte, den Nefis einmal im Monat kaufte und den Marry, die sich sogar mit Nefis' Befehl abfand, nur in ihrem eigenen kleinen Bereich der Wohnung zu rauchen, in Plastikdosen versiegelte.

Die Zeitung brachte gewaltige Schlagzeilen. Fast die ganze erste Seite war den Morden in der Eckersbergs gate gewidmet. Das Foto lief über sechs Spalten; die Fassade des Wohnhauses diente im Layout als Hintergrund für drei Privatfotos von Mutter, Vater und ältestem Sohn Stahlberg. Hermann Stahlberg war offenbar an Bord eines Bootes aufgenommen worden; er stand in einem feschen Blazer mit Goldknöpfen und dem Emblem der Reederei an der Reling. Er lächelte ein wenig, schob das Kinn vor und sah an der Kamera vorbei. Seine Frau lächelte etwas strahlender auf einem im Haus aufgenommenen Bild. Sie zerschnitt eine Sahnetorte mit mehr Kerzen, als Hanne zählen mochte, das Blitzlicht spiegelte sich in ihren Brillengläsern und gab der Frau etwas leicht Hysterisches. Prebens Bild war unscharf. Er wirkte viel jünger als seine über vierzig Jahre. Er hatte halblange Haare, und sein Hemd stand offen. Das Bild musste schon etliche Jahre alt sein.

Woher nehmen die das?, dachte Hanne und ertränkte ihre Tabaksucht im Kaffee. Zwei, drei Stunden nach dem Mord, und schon schütteln sie private Bilder aus dem Ärmel. Wie machen sie das? Welche Fragen stellen sie, wenn sie sich an Bekannte und Verwandte wenden, noch ehe am Tatort das Blut geronnen ist? Und wer rückt solche Bilder heraus?

»Meine Hanna«, sagte Nefis mit sanfter Stimme.

Hanne fuhr zusammen und drehte sich um. Eine splitternackte Nefis breitete die Arme aus.

»Du bist immer so schreckhaft. Was soll ich denn dagegen tun, dass ich dich immer erschrecke? Mir eine Klingel um den Hals binden?«

»Glocke«, sagte Hanne. »Um den Hals trägt man Glocken. Kühe und Schafe und so. Du brauchst eine Glocke. Guten Morgen.«

Sie tauschten einen leichten Kuss. Nefis roch nach Nacht und bekam eine Gänsehaut, als Hanne ihren Rücken streichelte.

»Lauf nicht so hier rum. Marry kann doch hereinkommen.«

»Marry verlässt ihre Gemächer nie vor acht Uhr«, sagte Nefis, nahm aber dennoch einen riesigen Wollpullover von einer Stuhllehne und zog ihn über den Kopf. »So. Bin ich jetzt ... anständig genug?«

Nefis hatte sich mit derselben Begeisterung wie für fast alles Norwegische auf die neue Sprache gestürzt. Obwohl sie noch immer kein Schweinefleisch essen wollte und auf einem unerträglich warmen Schlafzimmer bestand, strickte sie jetzt voller Hingabe, war eine durchaus passable Skiläuferin geworden und zeigte ein unbegreifliches Interesse an der Osloer Straßenbahn. Sie schrieb wütende Leserinnenbriefe, um gegen die dauernden

Einsparungen im öffentlichen Nahverkehr zu protestieren. Wenn Hanne ein seltenes Mal an ihre erste Begegnung zurückdachte, 1999 auf einer Piazza in Verona, dann hatte sie dabei eine ganz andere Frau vor Augen, es war eine fast unwirkliche Erinnerung. Die Nefis von damals war für Hanne ein einziges großes Geheimnis gewesen. Bei ihrer Begegnung mit Norwegen schien sie es eilig zu haben, als wolle sie etwas aufholen, das sie nicht ganz durchschauen konnte, das ihr aber immer verwehrt geblieben war, solange sie ihrer beeindruckenden akademischen Karriere zum Trotz vor allem die geliebte Tochter einer schwerreichen türkischen Familie gewesen war.

Nefis konnte Wörter wie Paradigmenwechsel benutzen. Aber den Namen ihrer Lebensgefährtin lernte sie einfach nicht.

»Hanna«, sagte sie entzückt und wirbelte in dem knielangen Pullover herum. »Das kratzt. Komm, wir gehen wieder ins Bett.«

Hanne schüttelte den Kopf. Sie leerte die Tasse und goss nach.

»Ist das dein Fall?«

Nefis nickte zur Zeitung hinüber.

»Ja.«

»Wir haben heute Nacht die Nachrichten gehört. Marry und ich. Grau-en-haft.«

Sie dehnte dieses Wort so lang, dass Hanne lächeln musste. »Geh wieder schlafen. Ich dusch nur schnell, und dann fahr ich ins Büro.«

Aber Nefis zog einen Stuhl an den Tisch und setzte sich. »Erzähl«, sagte sie. »Ist das eine berühmte Familie? Das klang so in den Nachrichten.«

»Berühmt ...«

Hanne zögerte.

»Das nicht gerade. Aber wer rosa Zeitungen liest, kennt den Namen schon.«

»Rosa Zeitungen«, wiederholte Nefis unsicher, dann fiel es ihr ein. »Wirtschaftszeitungen!«

»Ja. Ich weiß das alles noch nicht so genau. Aber die Familie ... also, der Vater, glaube ich«, sie zeigte auf Hermann Stahlberg, »besaß eine mittelgroße Reederei. Nicht wirklich groß, aber ziemlich lukrativ. Er war clever genug, um immer rechtzeitig vor den Konjunkturschwankungen in andere Tonnageklassen zu wechseln. Aber besonders prominent war er wohl nie. Nicht außerhalb der Branche. Ich hatte weder von ihm noch von der Reederei je gehört. Als der Streit losging. In der Familie, meine ich. Das muss so ... «

Sie überlegte.

»Zwei Jahre her sein? Eins? Schwer zu sagen. Ich weiß die Details nicht. Absolut nicht. Ich gehe davon aus, dass ich im Laufe des Tages sehr viel mehr erfahren werde. Aber wenn ich mich nicht sehr irre, dann geht es darum, dass der eine Sohn dem anderen vorgezogen wurde.«

»Die alte Geschichte also.«

»Ach, hier sitzt ihr?«

Marry schlurfte zur Kaffeemaschine. Ihr gesteppter rosa Morgenrock löste sich an der Brust auf und wurde um ihre Taille mit einer altmodischen seidenen Gardinenschnur zusammengehalten. Die Puschel schlugen bei jedem ihrer hinkenden Schritte gegen ihre Oberschenkel. Sie sah aus wie ein lustiger Luftballon.

»Hallo, Marry«, sagte Nefis lachend. »Du bist aber früh dran.«

»Weißt du überhaupt, was ich vor Heiligabend noch alles erledigen muss?«

Wütend zählte sie an ihren mageren Fingern ab.

»Erstens: Es fehlen noch immer zwei Sorten. Zimtsterne und Kokosmakronen. Zweitens: Der Christbaumschmuck vom letzten Jahr muss gesäubert und vielleicht repariert werden. Zu

Silvester ist es ja hoch hergegangen, wenn ich das richtig in Erinnerung habe. Außerdem muss ich noch allerhand neuen Kram testen. Drittens: Ich muss ...«

»Ich gehe jetzt jedenfalls«, sagte Hanne und erhob sich.

»Das hab ich mir gedacht, ja. Und wann kommst du zurück, wenn ich die Dame fragen darf?«

»Ich rufe an«, sagte Hanne kurz und steuerte das Wohnzimmer an.

»Du, Hanne«, sagte Marry und packte ihren Arm. »Soll das heißen ...«

Sie wies mit einem gekrümmten Zeigefinger auf die Zeitung.

»Bedeutet das, dass wir von deinem Weihnachtsurlaub nur noch träumen können?«

Hanne lächelte kleinlaut und schwieg.

»Also wirklich, Hanna.«

Nefis sprang auf und stand nun neben Marry, mit ihr eine Art Mauer bildend. Diese anklagende Haltung, in der sich die beiden immer einig waren, kannte sie nur allzu gut.

»Ich rufe an«, sagte Hanne mürrisch und ging.

Als sie zwanzig Minuten darauf im Auto saß, spürte sie noch immer den matten Schlafgeschmack aus Nefis' Mund auf der Zunge.

Sie hätte sich am liebsten krankgemeldet. Vielleicht sollte sie das einfach tun. Nichts leichter als das. Sie würde diesen Tag abwarten und sich dann nachher entscheiden. Nachmittags, vielleicht.

Oder nach dem Wochenende.

In einer Wohnung im Blindernvei saß eine ältere Frau und weinte. Neben ihr auf einem harten Sofa saß eine Pastorin und versuchte, sie zu trösten.

»Ihr Sohn wird bald hier sein«, sagte die Pastorin, eine Frau, die noch keine dreißig war. »Sein Flugzeug ist jetzt schon gelandet.«

Viel mehr gab es nicht zu sagen.

»Aber, aber«, sagte sie hilflos und streichelte die Hand der Frau.

»Auf jeden Fall ist er glücklich gestorben«, sagte die Witwe plötzlich.

Die Pastorin setzte sich erleichtert auf.

»Er starb in meinen Armen«, sagte die ältere Frau, und ihr verweintes Gesicht zeigte ein Lächeln.

Die Pastorin starrte in das verweinte Gesicht, ein wenig schockiert, mehr noch verlegen, und fragte:

»Wie wäre es mit einer Tasse Kaffee? Jetzt wird Ihr Sohn bald hier sein.«

»Darüber kann ich doch nicht mit ihm reden. Das wäre einfach nur peinlich. Für uns beide. Dass sein Vater und ich noch immer Freude an den körperlichen Seiten einer Beziehung hatten, geht meinen Sohn nun wirklich nichts an. Um Himmels willen! Welchen Tag haben wir heute?«

Die Pastorin dachte kurz nach, wagte diesmal aber nicht, ihre Erleichterung zu zeigen.

»Den 20. Ja, der 20. Dezember. Bald ist Heiliger Abend.« Sie hätte sich die Zunge abbeißen können. Die Witwe brach wieder in Tränen aus.

»Das erste Weihnachtsfest ohne Karl-Oskar. Das erste, nach so vielen ...«

Der Rest ging in ihrem heftigen Schluchzen unter. Wenn sie nur weinen könnte, dachte die Pastorin. Wenn sie nur weinen könnte. Und wenn ihr Sohn doch nur bald hier wäre!

»Wir feiern sonst immer in Duvamåla«, sagte endlich die

Witwe. »Ja, das ist unser Ferienhaus, wissen Sie. Ich heiße Kristina und mein Mann Karl-Oskar, und da fanden wir das sehr witzig. Duvamåla.«

Die Pastorin verstand gar nichts, griff dieses Thema aber begeistert auf.

»Unser Ferienhaus heißt Friedlich«, stammelte sie.

»Warum das?«, fragte die alte Frau.

»Na ja …«

»Immerhin ist er glücklich gestorben«, sagte die Witwe noch einmal mit bedrohlichem Unterton.

Sie duftete nach einem leichten, sommerlichen Parfüm und wirkte bemerkenswert gefasst dafür, dass sie vor zwölf Stunden ihren Mann verloren hatte. Die Pastorin nahm ihren eigenen Stressschweiß wahr und presste die Arme an den Leib, um die Schweißringe zu verbergen.

»Ist es hier zu warm?«, fragte Kristina Wetterland. »Sie könnten vielleicht die Balkontür öffnen. Wann landet mein Sohn?«

»Er ist schon längst gelandet«, sagte die Pastorin, die jetzt ziemlich verzweifelt war. »Wie ich vorhin schon gesagt habe, sollte seine Maschine um …«

»Sie sind doch wirklich Pastorin, ja?«

Die Stimme klang jetzt ein wenig schärfer. Aber konzentriert.

»Ja, Vikarin.«

»Sie sind jung. Sie haben noch viel zu lernen.«

»Ja«, piepste die Pastorin.

Kristina Wetterland, die Witwe von Karl-Oskar Wetterland, Anwalt beim Obersten Gericht, putzte sich mit einem sauberen, gebügelten Taschentuch energisch die Nase. Danach faltete sie es sorgfältig zusammen, schob es in den Ärmel ihrer Golfjacke und holte tief Atem.

Jetzt hörten sie das Klirren von Schlüsseln. Jemand betrat die Wohnung. Gleich darauf erschien ein Mann mittleren Alters in der Wohnungstür. Er war hochgewachsen, gut angezogen und zutiefst erregt.

»Mama«, rief er. »Meine Mama. Wie geht es dir jetzt?«

Er lief auf sie zu, fiel vor seiner Mutter auf die Knie und umarmte sie.

»Wann ist das passiert? Und wie ... ich habe es heute früh erfahren. Warum hast du nicht angerufen?«

»Herzchen«, sagte die Frau und streichelte den Kopf des Mannes, der doppelt so groß war wie sie. »Dein Vater ist gestern schon gestorben. Gegen sieben. Er ist im Schlaf gestorben, mein Schatz. Wollte nur ein Nickerchen machen. Er hatte um acht noch einen Termin. Wir wollten uns nur ein wenig ausruhen, wie wir das oft gemacht haben, weißt du. Nach dem Essen. Ich glaube nicht, dass er leiden musste. Und damit müssen wir uns wohl trösten, Lieber. Damit müssen wir uns trösten.«

Plötzlich fiel ihr Blick auf die Pastorin.

»Jetzt können Sie gehen, Frau Pastorin. Danke für Ihren Besuch.«

Die junge Frau schlich davon und zog leise die Wohnungstür hinter sich zu. Sie hatte den Sohn nicht einmal begrüßt. Sie unterdrückte das Weinen, bis sie die Straße erreicht hatte.

Dichter Schnee fiel, und in vier Tagen war Jesu Geburtstag.

»Das ist doch einfach unfassbar«, sagte Hanne Wilhelmsen gereizt und schaute auf die Armbanduhr. »Der Mann sieht norwegisch, gepflegt und wohlhabend aus. Hier ist nicht die Rede von irgendeinem verirrten Ausländer oder einem armen, obdachlosen Penner. Wieso ist es so verdammt schwierig, in Norwegen einen Norweger zu identifizieren?«

Billy T. zuckte resigniert mit den Schultern und fuhr sich mit der Hand über den Schädel.

»Wir arbeiten ja daran. Wir haben hier ganz schön viel zu tun, Hanne.«

»Ja, das kannst du wohl sagen. Aber offenbar hat die ganze Truppe vergessen, dass es nun mal vier Tote waren. Da sollte man doch meinen, es sei das Wichtigste, festzustellen, wer dieser vierte Tote ist.«

Staatsanwalt Håkon Sand schnitt eine Grimasse, ehe er die Brille abnahm und mit seinem Hemdzipfel polierte. Er saß zurückgelehnt in einem überdimensionalen Schreibtischsessel hinter einem mit Papieren übersäten Schreibtisch. Ein Telefon klingelte. Er wühlte verwirrt zwischen den Mappen. Das Telefon verstummte, ehe er den Apparat gefunden hatte.

»Wir kommen schon noch dazu«, sagte er müde. »Reg dich ab, Hanne. Wie viele arbeiten jetzt eigentlich an dem Fall?«

»Bisher insgesamt vierzehn«, antwortete Billy T. »Aber heute im Laufe des Tages werden noch welche dazukommen. Der Abteilungschef streicht wie besessen Urlaub und verbietet es, Überstunden abzubummeln. Mit anderen Worten, im Haus herrscht Bombenstimmung.«

»Na gut«, sagte Håkon Sand und starrte aus zusammengekniffenen Augen durch seine Brille, die noch nicht viel sauberer geworden war. »Und wann werdet ihr unseren vierten Mann identifiziert haben, was glaubt ihr?«

»Ziemlich bald«, sagte Silje Sørensen in der Absicht, die gereizte Stimmung ein wenig zu entschärfen. »Irgendwer muss ihn doch vermissen.«

Hanne Wilhelmsen ließ den Blick auf ihrem Spiegelbild im Fenster ruhen. Draußen war es noch dämmerig, obwohl es schon ziemlich spät war. Das Licht drang einfach nicht richtig durch.

Ein schwerer Kältedeckel drückte auf die Stadt. Auspuffgase durchzogen die Straßen, allerlei Dreck lag grau am Straßenrand, und sogar die Schneeflocken, die hinter der Glasscheibe mit Hannes Spiegelbild tanzten, wirkten schmutzig.

»Streng genommen ist wohl dieser Unbekannte nicht gerade das Wichtigste für unsere Ermittlungen«, sagte Billy T. »Hier sind ein paar Informationen über die Familie. Und dabei handelt es sich nur um Zeitungsausschnitte. Außerdem sammeln wir gerade alle Korrespondenz und alle anderen Informationen, die wir auftreiben können. Die Anwälte beider Seiten haben sich natürlich auf die Hinterbeine gesetzt. Der alte Spruch von der Schweigepflicht. Aber am Ende werden wir gewinnen. Und das hier sind jedenfalls öffentlich zugängliche Auskünfte.«

Er warf einen inhaltsreichen Ordner auf Håkon Sands Schreibtisch. Håkon rührte ihn nicht an, sondern gähnte laut.

»Wir wissen alle, dass es in dieser Familie Streit gegeben hat«, sagte er endlich, noch immer, ohne den roten Ordner anzurühren. »Das kommt in den besten Familien vor. Aber deshalb begeht man doch noch keinen Mord.«

Alles schwieg. Silje Sørensen machte sich an ihrem Ring zu schaffen und starrte verlegen zu Boden. Billy T. grinste. Hanne Wilhelmsen starrte Håkon Sand an. Håkon spuckte Tabak in einen Papierkorb. Dann setzte er sich gerade, zog den Sessel an den Tisch heran und seufzte laut.

»Ich spreche nachher mit Kriminalchef Puntvold«, sagte er und fuhr sich mit den Fingern durch die Haare. »Dieser Fall ist so ungeheuer... die Medien haben uns ja schon oft gequält, aber ich glaube, so schlimm war es noch nie. Sie sind jetzt überall. Der Chef meint, wir brauchten ein koordiniertes Vorgehen, das auch die Staatsanwaltschaft und den Polizeibezirk Oslo einbezieht. Schon von Anfang an, meine ich.«

»Und wenn ich mich nicht total irre, wird Jens Puntvold die Kiste wohl schmeißen.«

Hanne lächelte säuerlich. Nach einer Karriere, die bei der Polizei von Bergen begonnen und ihn dann über das Justizministerium ins im Januar 2001 eingerichtete Polizeidirektorat geführt hatte, hatte der stellvertretende Polizeichef und Kriminalchef Jens Puntvold sieben Monate zuvor sein Amt als zweithöchster Polizeibeamter Oslos angetreten. Er war Mitte vierzig, überaus selbstsicher, blond und kinderlos. Zu allem Überfluss lebte er mit der elegantesten Meteorologin des Senders *TV2* zusammen und trat mit oder ohne Freundin bereitwillig zu jeder Art von Interview an.

Wieder seufzte Håkon, fast demonstrativ. Hanne wusste nicht so recht, ob dieser Seufzer ihr oder Puntvold galt.

»Er spricht immer lobend über die Truppe«, sagte er in tadelndem Tonfall. »Immer, Hanne. Er ist vielleicht zu oft in den Medien zu sehen, na gut, aber die Polizei wurde bisher mit positiver Berichterstattung nicht gerade verwöhnt. Puntvold allein hat es geschafft ...«

»Er ist tüchtig«, fiel Hanne ihm ins Wort. »Mich stören nur diese ewigen Aktionen, die er in Gang setzt. Viele sind doch einfach das pure Werben ums Publikum.«

»Das Publikum bestimmt schließlich darüber, welche Mittel uns zur Verfügung stehen«, sagte Håkon. »Aber hören wir auf damit. Ich möchte nur mit euch dreien reden, ehe ich mich mit ihm treffe. Auf jeden Fall wird Annmari Skar als verantwortliche Juristin den Fall begleiten. Ich werde wohl enger mit ihr zusammenarbeiten als sonst, und es wäre mir auch lieb, wenn ihr anruft, sobald sich etwas ergibt. Dieser Fall ... o verdammt.«

Er schüttelte den Kopf und schob einen neuen Priem ein.

»Ich würde gern mal einen Blick in den Ordner werfen«, sagte Silje Sørensen, während Håkon an seiner Oberlippe herumfummelte; der Tabak war trocken und haftete nicht richtig. »Einiges habe ich ja mitgekriegt, hier und da so ein bisschen, aber ich ... «

»Ich fasse das gerade mal zusammen«, sagte Billy T. »Da geht es um eine mittelgroße Reederei, Norne Norway Shipping. Hermann Stahlberg ist der Gründer. Hat von 1961 bis heute die ganze Sache aufgebaut. Tüchtiger Mann. Steinhart. Zyniker, falls man den Zeitungskommentaren glauben darf.«

Sein blutig gebissener Finger tippte auf den roten Ordner.

»Der Mann hat drei Kinder. Der Älteste, Preben, ist 1981 zur See gegangen. Hatte sich mit dem Vater gestritten und wollte nicht auf Papas Schiffen anheuern. Einige Jahre darauf geht er dann in Singapur an Land. Macht seinen eigenen Laden auf. Als Schiffsmakler. Das Ganze läuft hervorragend. Hier zu Hause ist er total abgeschrieben. Ein jüngerer Sohn, Carl-Christian, tritt nach und nach an den für den Bruder reservierten Platz in der Reederei. Er ist offenbar umgänglicher als der andere. Aber nicht so vielversprechend.«

»Nicht so stark«, warf Hanne dazwischen. »Eher bereit, sich dem Vater unterzuordnen, mit anderen Worten.«

»Kann schon sein«, sagte Billy T. ungeduldig. »Aber jedenfalls passiert dann Folgendes: Carl-Christian schuftet und schuftet für Hermann. Er macht seine Sache auch gut, zeichnet sich aber nie besonders dabei aus. Der Vater wird langsam ungeduldig. Er weigert sich, dem Sohn die Reederei zu überschreiben, solange er nicht von dessen Fähigkeiten überzeugt ist.«

»Aber Preben«, fragte Håkon. »Wann ist der nach Hause gekommen?«

»Vor zwei Jahren.«

Billy T. packte den Ordner mit den Zeitungsausschnitten und fing an zu blättern.

»Da hatte er den Laden in Asien verkauft und kam mit reichlich Kohle in der Tasche nach Hause. Der Alte war natürlich noch immer stocksauer und abweisend, bis der verlorene Sohn dann plötzlich eine ziemliche Summe ins Familienunternehmen reinpustete und sich geradezu als Reinkarnation des Vaters entpuppte. Er kriegt eine Chance in der Reederei, und nach zwei oder drei geglückten Transaktionen sonnt er sich wieder in der Gunst des alten Herrn. Der kleine Bruder wird mehr und mehr zur Seite geschoben.«

»Und dann geht der Spaß los«, seufzte Silje.

»Genau. Es hagelt Anklagen. Derzeit laufen zwei Prozesse, weitere könnten bevorstehen.«

»Aber die bleiben uns jetzt ja erspart«, sagte Hanne trocken und gähnte.

»Aber wer ist Nr. 3?«, fragte Silje.

»Nr. 3?«

»Du hast gesagt, dass Hermann und Tutta Stahlberg drei Kinder hatten. Welche Rolle spielt das dritte in der ganzen Geschichte?«

»Ach, die ... das ist ein Mädchen. Nachkömmling. Eine strahlende Schönheit, soweit ich weiß. Sie ist die Rose der Familie, wird von allen geliebt. Und von niemandem respektiert. Scheint sich wohl als Vermittlerin versucht zu haben, das aber vergeblich. Nach allem, was ich heute Nacht herausgefunden habe, scheint sie ihre Zeit vor allem damit zu verbringen, ein gewaltiges Vermögen aus dem Fenster zu schmeißen, das ihr Alter ihr zum zwanzigsten Geburtstag geschenkt hat. Hier steht ein bisschen was über sie.«

Wieder war irgendwo in dem Chaos auf dem Schreibtisch ein Klingeln zu hören.

»Sand«, sagte Håkon knapp, als er den Hörer endlich gefunden hatte.

Dann lauschte er drei Minuten lang wortlos. Seine Stirn runzelte sich unter der dicken Brillenfassung. Er fischte einen Kugelschreiber hervor und kritzelte etwas auf seinen Handrücken. Hanne kam es vor wie ein Name.

»Knut Sidensvans«, sagte er langsam, als das Gespräch beendet war. »Das vierte Opfer. Er heißt Knut Sidensvans.«

»Komischer Name«, sagte Billy T. »Und wer ist er?«

»Bisher wissen sie noch nicht viel. Er ist dreiundsechzig und arbeitete als eine Art Verlagslektor. Und Schriftsteller. Ist eigentlich Elektriker.«

Håkon schüttelte verwirrt den Kopf und sagte dann:

»Dass er nicht als vermisst gemeldet worden ist, ist vielleicht kein Wunder. Er lebt allein. Keine Kinder. Stilles, ruhiges Leben, also hätten Tage vergehen können, ehe jemand sich fragt, wo er wohl stecken mag. Aber er hätte heute Morgen beim Verlag etwas abliefern sollen, etwas Wichtiges, und deshalb haben sie einen Boten geschickt, als er nicht verabredungsgemäß auftauchte. Und da er nicht aufmachte, dachte der Bote, der Mann sei vielleicht krank, und danach dauerte es nur noch zwei Stunden, bis die Sache aufgeklärt war. Knut Sidensvans ist also das vierte Mordopfer in der Eckersbergs gate.«

»Aufgeklärt«, sagte Billy T. »Von aufgeklärt kann hier ja wohl kaum die Rede sein ...«

»Nein. Aber es ist doch ein klarer Fortschritt zu wissen, wer die Opfer überhaupt sind. Findest du nicht?«

Hanne sprang auf.

»Drei Reiche aus dem besten Westend und ein Elektriker, der in einem Verlag arbeitet. Ich freu mich schon darauf zu erfahren, was diese Menschen verbunden hat. Ich fahre jetzt zurück auf die Wache. Falls das alles war, Håkon?«

»Ja. Halt mich auf dem Laufenden. Und du ... ich freue mich

auf den Heiligen Abend. Toll von euch, uns alle einzuladen. Die Kinder freuen sich wie besessen.«

»Tja, dumm gelaufen«, grinste Billy T. »Das sollte doch eine Surprise-Party für Hanne werden. Du hättest nichts verraten dürfen!«

Håkon Sand ließ seinen verwirrten Blick von Hanne zu Billy T. wandern.

»Aber ich … Karen hat nichts gesagt … tut mir leid. Tut mir wirklich leid.«

»Ist schon gut«, sagte Hanne, ohne eine Miene zu verziehen. »Ich wusste das doch längst. Ist schon gut. Natürlich wusste ich das.«

Sie fuhr herum und verließ das Büro des Staatsanwalts. Ehe Billy T. Unterlagen, Schlüssel und Mobiltelefon zusammengerafft hatte, war Hanne schon verschwunden, gefolgt von Silje. Auf der Straße stellte er fest, dass sie den Dienstwagen genommen hatten.

Es war der letzte Freitag vor Weihnachten, und kein Taxi ließ sich auftreiben. Als er endlich den Versuch aufgab, eins anzuhalten, war er durchgefroren.

»Blöde Kuh«, fauchte er und stapfte missmutig los.

Der junge Mann, der soeben das Büro von Kommissar Erik Henriksen verließ, als Hanne Wilhelmsen den zweiten Stock des Polizeigebäudes erreichte, kaute Kaugummi, als ginge es um sein Leben. Seine Hose war drei Nummern zu groß. Sein Pullover löste sich am Hals auf, das Bündchen war zur Hälfte losgerissen. Die Baseballmütze saß umgedreht auf bleichen Haarstoppeln. Er sah aus wie ein Bengel in der Pubertät, aber sein Gesicht ließ vermuten, dass er mindestens fünfundzwanzig war. Sein Nasenrücken war scharf gezeichnet. Unter den Augen hatte er bläulich leuchtende Ringe, und um seinen Mund spielte ein gewohnheitsmäßiges, verärgertes Grinsen, das er sich sicher in jahrelanger Mühe erarbeitet hatte. Er bedachte Hanne mit einem unergründlichen Blick, dann schlurfte er zur Treppe, ohne Erik Henriksens ausgestreckte Hand zu schütteln. Der Kommissar verdrehte die Augen und winkte Hanne zu sich hinein.

»Der Nachbar«, erklärte er. »Er wohnt schräg gegenüber von Stahlbergs. Genau gegenüber von Backe, dem übellaunigen Alten, meine ich.«

»Der wohnt da doch nicht allein«, sagte Hanne skeptisch. »Dieser Knabe?«

»Doch. Dot.com-Typ. Lars Gregusson. Hat als Neunzehnjähriger einen Haufen Geld verdient und war vernünftig genug, es in Immobilien zu investieren. Warum so ein Typ in diesem Mausoleum in der Eckersbergs gate wohnen will, kann man sich zwar fragen, aber er will nun einmal.«

»Ist er interessant für uns?«, fragte Hanne und griff ohne zu fragen nach einer Anderthalbliterflasche Cola.

»Kaum. Aber ich hol ihn noch zweimal rein, damit wir sicher sein können.«

Erik Henriksen kratzte sich in seinen karottenroten Haaren und nahm selber die Flasche. Trank ausgiebig daraus und drehte den Verschluss wieder zu.

»Er war nicht zu Hause, behauptet er. Was ja auch stimmen kann. Diese Frau ...«

Eriks ungepflegtes Äußeres, seine zerzausten Haare und seine lose hängenden Hemdenzipfel, bildeten einen seltsamen Gegensatz zu seinem sonstigen, fast femininen Ordnungssinn. Die vielen Ordner auf seinem Tisch waren nach Farben sortiert und wurden von Buchstützen aus gebürstetem Stahl aufrecht gehalten. Auf der einen Seite einer ledernen Schreibunterlage lagen drei Kugelschreiber strikt parallel zueinander in einer länglichen

Schale. Sogar die Vorhänge sahen aus wie frisch gebügelt, und in der Luft hing ein leichter Duft von Waschmittel. Hanne ertappte sich bei der Überlegung, ob Erik sein Büro wohl eigenhändig säuberte und aufräumte. Es war eigentlich seltsam, dass sie ihn nicht besser kannte. Seit vielen Jahren bildete er eine zumeist übersehene, hinterhertrottende Nachhut. Dienstanwärter, Bereitschaftspolizist, Wachtmeister; er war in den Dienstgraden nach oben gestiegen und hatte dabei seine mutlose Verliebtheit in Hanne Wilhelmsen gepflegt. Diese Verliebtheit hemmte ihn bei der Arbeit und schien ihn zu einem ewigen Junggesellen zu machen. Erst als sie anderthalb Jahre zuvor ziemlich verängstigt ihre Partnerschaft mit Nefis hatte registrieren lassen, hatte er aufgegeben. Er war zum Kommissar befördert worden, dann mit einer Kollegin aus der Bereitschaftsabteilung zusammengezogen und zeigte nun endlich aller Welt, dass er wirklich ein fähiger Ermittler war.

»Frau Kvalheim«, sagte Erik gerade, ohne in seinen Unterlagen nachzusehen. »Aslaug Kvalheim. Eine Nachbarin von gegenüber. Silje hat heute früh mit ihr gesprochen, und sie hat gesagt, als sie um kurz vor sieben zum Bingo ging, seien die Fenster von Vedes dunkel gewesen, das ist das Ehepaar, das den Winter im Süden verbringt. Eine andere Nachbarin hat das bestätigt. Bei Gregusson brannte nachmittags und abends ein einzelnes Licht, wie eine Lampe, die jemand vergessen hat. In Henrik Backes Wohnung war das Wohnzimmerlicht eingeschaltet, während Stahlbergs erleuchtete Fenster auf allerlei Besuch hinwiesen, wie Frau Kvalheim das ausgedrückt hat. Sie meint außerdem, dass im Kamin ein Feuer brannte. Sagt, sie habe das Flackern der Flammen durch den Vorhang sehen können.«

»Die passen ja wirklich auf«, sagte Hanne. »Die Nachbarn. Behalten alles und jeden im Auge.«

»In diesem Fall sollten wir dafür doch dankbar sein.«

»Wir können also davon ausgehen, dass Henrik Backe als Einziger in der Nachbarschaft zu Hause war, als die Schüsse fielen?«

»Nicht ganz. Wir kennen den genauen Zeitpunkt der Morde ja noch nicht. Vorläufig müssen wir davon ausgehen, dass sie zwischen acht und neun passiert sind. Und was unseren Freund Backe angeht, der war so blau, als wir ihn heute Nacht hergeschleift haben, dass er vor der Vernehmung erst mal seinen Rausch ausschlafen musste.«

»Hier? Hier im Haus?«

»Sie hatten ihn schon hergeschleift, ja. Zum Glück konnte Silje dem Trottel von der Streife dann klarmachen, dass wir die Leute nicht einfach aus ihrer Wohnung holen und in die Ausnüchterungszelle stecken können, solange sie gar nichts angestellt haben. Also wurde er zum Schlafen nach Hause gefahren. Hat hier einen wilden Tanz aufgeführt. Wir können nur hoffen, dass er jetzt umgänglicher ist. Er soll um …«

Ein Blick auf die Wanduhr ließ ihn stutzen. Er schaute sicherheitshalber auch noch auf die Armbanduhr.

»Jetzt. Kann jeden Moment hier sein. Willst du zuhören?«

Hanne dachte kurz nach. Als sie gerade antworten wollte, wurde an die Tür geklopft. Plötzlich stand ein älterer Mann im Zimmer.

»Henriksen?«

Die Stimme klang grob und rau. Seine Gestalt beugte sich aggressiv vor. Hanne nahm den unverkennbaren Geruch wahr, der auf Alkoholismus hindeutet: schlechte Hygiene und selbstbetrügerische Mentholpastillen. Überraschenderweise war er pünktlich.

»Ich bin das«, sagte Erik jovial und erhob sich zur Begrüßung. »Kommissar Erik Henriksen.«

»Ich möchte eine Dienstaufsichtsbeschwerde einreichen«, sagte der Mann.

»Das hier ist Hauptkommissarin Hanne Wilhelmsen«, sagte Erik und zeigte auf sie. »Bitte, setzen Sie sich doch.«

»Ich möchte wissen, mit welchem Recht ich heute Nacht hergebracht worden bin«, sagte Backe und hustete bedrohlich, blieb jedoch aufrecht stehen. »Und diese Antwort verlange ich schriftlich.«

»Natürlich werden Sie eine Antwort auf Ihre Beschwerde erhalten«, sagte Erik. »Aber jetzt bringen wir erst einmal diese Vernehmung hinter uns, ja? Danach helfe ich Ihnen dann bei den Formalitäten. Möchten Sie einen Kaffee?«

Henrik Backe war von dieser Freundlichkeit sichtlich überrascht. Er wirkte plötzlich unsicher, schien alle Kräfte verbraucht zu haben, indem er eine drohende Haltung eingenommen hatte, an deren Grund er sich jetzt nicht mehr erinnern konnte. Mit verwirrter Miene fuhr er sich über die Stirn und setzte sich neben Hanne in einen Sessel, offenbar ohne ihre Anwesenheit bemerkt zu haben.

»Ich hätte gern ein Glas Wasser.«

»Das geht natürlich auch«, sagte Erik Henriksen und beugte sich vertraulich über den Schreibtisch. »Ich verspreche, dass wir so schnell machen wie möglich. Sie möchten sicher bald wieder nach Hause. Hier …«

Er stellte dem alten Mann eine ungeöffnete Flasche Mineralwasser und ein Glas hin, dann schaltete er seinen Computer ein.

»Erst die Personalien«, sagte er dann. »Vollständiger Name und Geburtsdatum.«

»Henrik Heinz Backe. 17. 10. 29.«

»Beruf? Rentner vielleicht?«

»Genau. Rentner.«

»Und früher?«

»Früher ... wie meinen Sie das?«

»Was waren Sie, bevor Sie in Rente gegangen sind?«

»Ach ...«

Backe versank in Gedanken. Sein Gesicht wurde flach, ausdruckslos. Sein Mund stand halb offen. Seine Zähne waren braun, und unten fehlte ein Schneidezahn. Die Augenbrauen hingen so schwer über der Iris, dass nur der untere Teil der Pupille zu sehen war.

»Ich war Sachbearbeiter«, sagte er plötzlich und zog eine Packung Prince hervor. »Bei einer Versicherungsgesellschaft.«

»Versicherungsangestellter«, sagte Erik lächelnd und notierte.

Backes Hände zitterten heftig, als er versuchte, eine Zigarette aus der Packung zu ziehen. Drei Stück fielen ihm zu Boden, aber er machte keine Anstalten, sie aufzuheben.

»Ich werde mich beschweren«, sagte er laut.

»Das kommt schon noch«, beruhigte Erik ihn. »Lassen Sie uns erst die Formalitäten erledigen. Die Adresse kenne ich ja.«

Schnell gab er sie ein und schaute dann den alten Mann wieder an.

»Trifft es zu, dass Sie gestern den ganzen Nachmittag und Abend zu Hause waren?«

»Ja. Ich war zu Hause.«

»Was haben Sie gemacht?«

»Gelesen.«

»Gelesen. Die ganze Zeit?«

»Ich habe die ganze Zeit gelesen.«

»Ja, aber Sie haben vielleicht noch etwas anderes gemacht. So zwischendurch. Ich möchte das ganz genau wissen. Fangen wir mit dem Morgen an. Sie sind aufgestanden. Wann?«

»Ich habe ein Buch gelesen. Ein Machwerk. Unglaublich, dass so etwas veröffentlicht wird. Einer von diesen neumodischen Kriminalromanen, wo ...«

Er verstummte. Hanne beugte sich instinktiv zur Seite. Der Gestank der schmutzigen Kleidung und des ungewaschenen Körpers machte ihr jetzt zu schaffen.

»Ist das die Toilette?«, fragte Backe und zeigte auf einen neben der Tür gelegenen Garderobenschrank.

Erik sah ihn verwirrt an.

»Nein, das ist ein Schrank. Wollen Sie auf die Toilette? Ich kann Ihnen den Weg zeigen.«

»Ich möchte lieber auf meine eigene gehen«, sagte Backe, jetzt mit dünner Stimme.

Das Zittern war stärker geworden. Hanne Wilhelmsen legte ihm eine Hand auf den Rücken. Die Schulterblätter bohrten sich fast durch den verschlissenen Stoff des Hemdes hindurch. Er starrte sie überrascht an, als sei sie eben erst ins Zimmer getreten.

»Ich zeige Ihnen den Weg.«

Erik stand neben der Tür. Backe versuchte, sich zu erheben. Seine Knie wollten nicht gehorchen.

»Das sind furchtbar schlechte Autoren«, nuschelte er. »In diesem Buch, in diesem Gefasel ... wo ist der Barschrank?«

Er hatte die Augen weit aufgerissen, und offenbar wusste er nicht mehr, wo er war. Hanne und ihr Kollege wechselten einen Blick.

»Ich glaube, wir bringen Sie jetzt zu Ihrem Barschrank«, sagte Hanne gelassen. »Ich hole eine nette junge Dame, die Sie fährt.«

»Ich will mich beschweren«, jammerte Backe. Jetzt weinte er fast. »Ich will einen schriftlichen Protest einreichen.«

»Wenn Sie das wollen, dann ist das kein Problem. Aber möchten Sie nicht vielleicht doch lieber nach Hause?«

Henrik Backe hielt sich mühsam auf den Beinen. Dann steuerte er den Schrank an. Hanne hielt ihn freundlich zurück.

»Komm«, sagte sie leise. »Wir gehen jetzt.«

»Hast du vielleicht irgendwo ein Bier«, murmelte der Alte und ließ sich zögernd aus dem Büro führen. »Ein Glas würde mir jetzt guttun. Ja, ganz bestimmt.«

Er stapfte hinter der Hauptkommissarin zu den Fahrstühlen. Erik blieb stehen und schaute hinter ihnen her. Erst jetzt fiel ihm auf, dass Backe unter seinen weiten Hosenbeinen links einen Stiefel und rechts einen Schuh trug.

Hermine Stahlberg ließ ihr Glas auf den Boden fallen. Das spröde Kristall zerbrach. Die Whiskyreste auf den Glasscherben funkelten bernsteingelb. Zerstreut versuchte sie, die größten Scherben aufzulesen. Eine bohrte sich unterhalb des Daumens in ihre Handfläche. Als sie die klaffende Wunde an ihren Mund hob, nahm sie einen süßlichen Eisengeschmack wahr. Eisen, Alkohol und Handcreme. Sie würgte und erbrach sich.

»Herrgott, Hermine!«

Carl-Christian Stahlberg war halb verärgert, halb besorgt, als er seine Schwester ins Badezimmer führte, das Medizinschränkchen öffnete und ihr unbeholfen einen Verband anlegte. Noch immer strömte das Blut. Er fluchte und machte noch einen Versuch. Am Ende riss er eine Menge Toilettenpapier ab, faltete es zu einem dicken Kissen zusammen und befestigte es mit Zahnseide. Hermine stand apathisch neben ihm und starrte ihre Hand an. Die erinnerte sie an Zuckerwatte mit Erdbeerflecken, und sie musste kichern.

»Du bist betrunken«, schimpfte ihr Bruder. »Klasse. Und was, wenn die Polizei jetzt wieder aufkreuzt? Hast du daran gedacht? Hast du dir überlegt, dass es sogar wahrscheinlich ist, dass die Polizei zurückkommt?«

»Wie bist du reingekommen?«, nuschelte Hermine.

»Die Tür war offen. Komm.«

Er packte ihre unversehrte linke Hand und führte sie ins Wohnzimmer. Widerstrebend gehorchte sie.

»Ich habe mit der Polizei gesprochen«, sagte sie. »Viele Stunden lang. Sie sind so nett. Mitfühlend, richtig sympathisch.«

Carl-Christian drückte sie in einen italienischen Designersessel, der kaffeebraun und unbequem war. Sie versuchte aufzustehen, doch ihr Bruder hielt sie fest. Er stützte sich auf die Armlehnen aus gebürstetem Metall und beugte sich über sie. Ihre Gesichter waren nur wenige Zentimeter voneinander entfernt. Ihr Atem stank nach Erbrochenem und Schnaps, aber Carl-Christian wich nicht zurück.

»Hermine«, sagte er, und seine Stimme zitterte ein wenig. »Wir stecken in der Scheiße. Verstehst du das? Wir haben richtig dicken Ärger.«

Wieder versuchte sie, sich loszureißen. Er hielt sie an ihrer verbundenen Hand fest.

»Au«, heulte sie. »Loslassen!«

»Dann musst du mir zuhören. Versprichst du mir das? Versprichst du, still zu sitzen?«

Sie nickte, fast unmerklich. Er ließ los und ging vor ihr in die Hocke.

»Haben sie dich vernommen?«, fragte er.

Hermine schnitt vor Schmerz heftige Grimassen.

»Haben sie dich vernommen?«

»Wie meinst du das?«, quengelte sie. »Ich habe mit ihnen gesprochen. Sie waren hier. Heute Nacht. Mit einem Geistlichen und allem, was dazugehört. Presseleute. Die waren draußen. Jede Menge Presseleute. Am Ende musste ich die Klingel ausschalten. Und das Telefon. Aber warum willst du das alles wissen? Mutter und Vater sind tot, und ich finde, du solltest ... ich ...«

Jetzt weinte sie wirklich. Große Tränen vermischten sich in

ihrem Gesicht mit Schminke und Blutflecken und zerliefen in rosa Streifen.

»Ich kapiere gar nichts mehr«, nuschelte sie und wischte sich mit dem Ärmel Rotz ab. »Ich kapiere überhaupt nichts. Mutter und Vater und ... Preben!«

Sie schluchzte und bebte nur noch. Das Toilettenpapier war vom Blut durchweicht, und sie hielt es hilflos von sich weg. Der Bruder legte den Arm um sie. Er drückte sie an sich. Lange, hart.

»Hermine«, sagte er endlich in ihr Ohr. »Das ist entsetzlich. Grauenhaft. Aber wir müssen ... «

Seine Stimme schlug in ein nervöses Falsett um, und er schluckte laut, um sie wieder unter Kontrolle zu bringen. Dann richtete er sich mit steifen Bewegungen auf und setzte sich ihr gegenüber aufs Sofa. Er stützte die Arme auf die Knie und versuchte, ihren betrunkenen Blick aufzufangen.

»Wir müssen miteinander reden«, sagte er mit mühsam erkämpfter Ruhe. »Hat die Polizei dich verhört? Oder wollten sie dir nur von den Todes... davon erzählen, was passiert ist?«

»Ich weiß nicht so recht. Sie waren eigentlich total lieb. Echt, sehr ... einfühlsam. Sie sind auch nicht lange geblieben. Dann haben sie gefragt, ob ich Gesellschaft haben wollte. Ob du ... sie haben gesagt, sie hätten mit dir gesprochen und ob ich wollte, dass du kommst. Oder sonst jemand. Ob irgendwer kommen sollte.«

»Haben sie dich auch danach gefragt, was passiert ist?«

»Ich weiß nicht, was du meinst.«

»Na gut. Dann machen wir es ganz einfach. Haben sie dich nur gefragt, ob jemand kommen soll, oder wollten sie noch mehr wissen?«

»Das weiß ich nicht mehr. *Das weiß ich nicht mehr, Carl-Christian!*«

Der Bruder schlug die Hände vors Gesicht und wiegte sich langsam hin und her.

»Herrgott«, sagte er mit halb erstickter Stimme. »Kann das möglich sein? Kann das möglich sein!«

Dann sprang er auf und riss die Jacke an sich, die er aufs Sofa geworfen hatte.

»Nicht mehr trinken«, sagte er. »Hör mit dem Trinken auf. Okay. Ich bin in zwei Stunden wieder da. Dann musst du einigermaßen nüchtern sein.«

»Ich muss zum Arzt«, jammerte Hermine, von ihrer Hand tropfte jetzt wieder Blut.

»Das geht nicht«, sagte der Bruder energisch. »In diesem Zustand kannst du nicht zum Arzt. Gestern Abend sind deine Eltern und dein Bruder ermordet worden, und du hast dich sternhagelvoll laufen lassen. Das tut man einfach nicht.«

»Das tut man einfach nicht«, äffte sie ihn nach. »Das ist das große Credo in dieser Familie. Das tut man einfach nicht! O verdammt, das muss doch genäht werden!«

»Du bleibst hier. Ich komme nachher wieder!«

Er ging mit energischen Schritten auf die Haustür zu, sie torkelte hinterher.

»Das tut man einfach nicht«, höhnte sie immer wieder. »Diese Familie interessiert sich doch nur dafür, was man tut und was nicht. Ich hab das alles so satt.«

»Wie schön für dich«, sagte Carl-Christian und legte sich sorgfältig seinen Schal um. »Dass fast niemand mehr davon übrig ist. Von der Familie, meine ich.«

»*Schön*«, schrie sie so laut, dass der Bruder zusammenfuhr. Sie war nicht mehr Hermine, die liebe, fügsame Schwester, die niemand wirklich ernst nahm. »Ich hab sie ja ohnehin gehasst. Ich hasse Vater. Und Mutter, die immer nur kriecht und alles überspielt und tut, als wäre nichts passiert. Diese ganze Familie ist doch nur eine hübsche Schale um eine Wirklichkeit, die so schrecklich ist, dass sie das Tageslicht noch nie ertragen hat. Ich bin so ... «

Jetzt konnte sie nur noch weinen. Carl-Christian versuchte, ihr den Arm um die Schultern zu legen, steif und hilflos.

»Jetzt ist ja doch alles zu spät.«

Sie zwang sich dazu, ruhiger zu atmen, und richtete sich gerade auf. Sie tauschten einen langen Blick, den beide nicht als Erster abwenden wollten. Auch Hermine, deren Gehirn vernebelt war von den vielen Pillen aus einem Versteck, von dem ihr Bruder keine Ahnung hatte, begriff in diesem überwältigenden Moment, dass sie diesen Bruder liebte. So, wie ihr Bruder auch sie liebte, auf jene Art, wie Mitglieder der Familie Stahlberg einander überhaupt zugetan sein konnten. Aber dennoch, trotz dieses warmen und wahren Gefühls, wussten sie es beide plötzlich ganz sicher: Sie hatten kein Vertrauen zueinander.

Das war schon immer so gewesen, und sie schloss hinter ihm die Tür ab.

Knut Sidensvans' Wohnung lag in der Nähe des Carl Berners plass. Niedrige Klinkerbauten schienen sich in die grüne Lunge Ola Narr hineingefressen zu haben, wo einige kleine Kinder in dicken Overalls und mit Rodelbrettern herumstapften. Die Mütter standen in kleinen Gruppen zusammen, der eine oder andere Vater blieb für sich und rauchte eine Zigarette nach der anderen, um sich warm zu halten. Es war Zeit zum Abendessen. Keines der Kinder wollte nach Hause. Ein Junge schrie und heulte. Seine Mutter versuchte, ihn zu trösten. Hanne Wilhelmsen atmete tief durch. Das war Luft, die sie kannte, Kälte und gekochtes Gemüse, Tandoori und Lkw-Verkehr in der Finnmarkgata. Der Bus Nr. 20 schaukelte in Richtung Tøyensenteret davon.

»Das war ein wunderbarer Spaziergang«, sagte Silje Sørensen leicht außer Atem. »Gute Idee. Hier ist es eigentlich ziemlich schön, trotz des vielen Verkehrs.«

»Ja«, sagte Hanne, »hier ist es schön.«

Sie vermied es, sich nach Lille Tøyen umzuschauen, nach dem Klinkerblock, in dem sie in einer anderen Zeit gewohnt und gelebt hatte.

Die Wohnung des vierten Mordopfers lag im ersten Stock, nach Osten. Der Schlosser saß auf der obersten Treppenstufe und schien sich zu Tode zu langweilen.

»Endlich«, sagte er verärgert und warf einen oberflächlichen Blick auf die Papiere, die Hanne ihm hinhielt.

Er brauchte vier Minuten, um die Tür zu öffnen.

»Der Zylinder ist noch in Ordnung«, sagte er. »Soll ich ihn trotzdem austauschen, damit ihr einen neuen Schlüssel benutzen könnt?«

»Warten Sie einen Moment«, sagte Hanne und betrat die Diele.

In einem knallroten Schlüsselschrank fand sie das Gesuchte. Vorsichtig schob sie den Schlüssel in die Haustür.

»Bingo«, sagte sie. »Wir nehmen lieber diesen mit. Danke. Bis dann.«

Auf dem Gang gab es außer diesem Schlüsselschrank noch eine Reihe von Haken, an denen ein Regenmantel, eine Windjacke und ein Schal in Burberry-Imitat hingen.

Im Wohnzimmer dagegen herrschte Chaos. Das Zimmer mochte an die fünfundzwanzig Quadratmeter groß sein, die drei Fenster wiesen nach Osten. Zwischen zweien davon war eine große Korktafel angebracht. Die restlichen Wände waren von oben bis unten mit überfüllten Bücherregalen bedeckt. Außerdem lagen überall auf dem Boden Stapel von Zeitungen und Zeitschriften, Büchern und Magazinen herum. Bei genauerem Hinsehen schien das alles eine Art System zu haben. Die Zeitungen waren nach dem Datum sortiert, und als Hanne sich über einen Stapel neben dem kleinen Heizofen in der Ecke beugte, fragte sie sich, ob zwischen allem auch eine Art thematischer Zusammenhang bestand.

»Breites Spektrum an Interessen«, sagte Silje und hielt in der einen Hand eine intellektuelle Literaturzeitschrift und in der anderen etwas, das aussah wie ein Lehrbuch über Schwachstrom.

»Mmm«, sagte Hanne abwesend und wandte sich dem Schreibtisch unter dem Fenster zu.

Neben einem Scanner, zwei riesigen Druckern und vielen Stapeln leerer Papierbögen ragte ein moderner Siebzehn-Zoll-Bildschirm auf. Dazu gab es mehrere Stapel mit Heften und Broschüren und etwas, wobei es sich um Computerausdrucke handeln konnte. Die Korkscheibe zwischen den Fenstern war ganz und gar bedeckt mit Zetteln, Zeitungsausschnitten, Notizen und der einen oder anderen Fotografie. Auf den ersten Blick konnte nichts davon Hannes Interesse wecken. Sie überflog einen Artikel über den Lachsparasiten Gyrodactylus und eine Liste mit E-Mail-Adressen.

»Was haben sie eigentlich gesagt?«, fragte Hanne. »In seinem Verlag, meine ich.«

»Dass er früher so eine Art Lehrbuchlektor war. Für alles, was mit Elektrizität zu tun hatte. Für Schulen, meine ich, nicht für die Uni. In den letzten Jahren haben sie ihm dann auch andere Aufträge gegeben. Artikel und so. Einen schreibt er übrigens wohl gerade für ein größeres Werk über Polizeigeschichte.«

»Polizeigeschichte?«

»Ja. So viele Einzelheiten weiß ich auch wieder nicht. Soll ich mich noch genauer erkundigen?«

Hanne blätterte vorsichtig in einem Buch über den legendären Defraudanten Gjest Baardsen. Es war alt, abgegriffen und mit vielen Merkzetteln versehen, die wie schlaffe gelbe Zungen zwischen den Seiten hervorhingen.

»Sidensvans war bestimmt ein typischer Nerd«, sagte sie und legte das Buch weg. »Trotz des Alters. Diese Computeranlage ist doch der pure Wahnsinn, wenn ich das richtig sehe. Ziemlich toll, dass er das alles noch gelernt hat. Aber er hat offenbar ...«

Ihr Blick wanderte über die Bücherregale und die hohen Wissenstürme, die überall vom Boden aufragten.

»... immer noch das geschriebene Wort vorgezogen. Auf Papier, meine ich.«

Hanne zog sich, fast verlegen, die Haare ins Gesicht.

»Als Kind fand ich immer, dass Lexika so gut riechen. Zu Hause hatten wir jede Menge davon. Eins hieß *Familienbuch*. Das war so ein komisches mehrbändiges Werk mit Artikeln über alles Mögliche. Ich habe schrecklich gern darin geblättert. Eben weil so viel darinstand, aber auch, weil die Bände sich so gut anfühlten. In den Fingern. In den Händen. Und sie rochen, sie dufteten sogar. Das fand ich schön. Das hat mir gefallen.«

Silje blieb ganz still stehen. Ihr fiel gar nicht auf, dass ihr Mund halb offen stand. Diese Situation hatte etwas Besonderes, Silje hatte das Gefühl, auf einer Lichtung im Wald zu stehen und einen scheuen Vogel zu beobachten.

»Ab und zu denke ich daran«, sagte Hanne vage. »Dass ich aus meiner Kindheit nur diese Liebe zu dicken, großen Büchern behalten habe. Nefis lacht darüber. Ich lese immer nur dicke Bücher, die riechen am besten. Merkst du das?«

Sie holte tief Luft und lächelte ein wenig.

»Hier riecht es nach Bibliothek.«

»Das mit deinem Vater tut mir leid, Hanne. Ich hätte das

schon früher sagen sollen, aber du bist so ... ich habe irgendwie keine Gelegenheit gefunden.«

»Woher weißt du das?«

Jetzt klang Hannes Stimme wieder schroff, scharf.

»Von Billy T. Mein Beileid.«

Hanne griff nach ihrer Brieftasche. Rasch zog sie einen Zeitungsausschnitt heraus, den sie zusammengefaltet hatte. Sie reichte ihn Silje.

»Hier«, sagte sie kurz, es klang wie ein Befehl. »Lies das.«

Es war eine Todesanzeige. »Unser geliebter William Wilhelmsen« war verschieden, nach langer Krankheit. Das Kreuz war mit den Buchstaben R. I. P. geschmückt.

»Requiescat in pace«, sagte Silje verdutzt. »So was schreiben in Norwegen doch nur Katholiken. Bist du Katholikin, Hanne?«

»Meine Eltern sind konvertiert, als ich so um die fünfzehn war. Weil es einen interessanten Eindruck machte. Sie waren beide nicht sonderlich religiös, dazu waren sie viel zu versnobt. Sie hielten sich für durch und durch intellektuell, obwohl ich wirklich finde, dass dermaßen engstirnige Menschen sich nicht so nennen sollten. Sie fanden den Katholizismus nur viel eleganter, weißt du, als das solide Luthertum. Meine Mutter fand das ganze Brimborium schön. Die vielen prachtvollen Bauwerke. Die Liturgie. Sie waren jedes Jahr zweimal in Rom. Wohnten in Luxushotels und besuchten um Mitternacht die Messe, ziemlich angetrunken von dem guten Wein, den sie sich gönnten. Ich habe auch den Verdacht, dass meine Mutter ganz einfach ein wenig auf die Kostüme abfuhr. Auf den Papst und das Purpur der Kardinäle, wenn du verstehst, was ich meine. Mein Vater wollte einfach nur etwas Besonderes sein. Das wollte er schon immer.«

Sie kniff die Augen zusammen und deutete mit Daumen und Zeigefinger einen Zwischenraum von zwei Millimetern an.

»Mit dem Katholizismus haben sie sich nur geschmückt. Scheiß drauf. Lies weiter.«

> »Wir sind nur Gast auf Erden
> und wandern ohne Ruh
> mit mancherlei Beschwerden
> der ew'gen Heimat zu ...«

»Verschon mich damit«, sagte Hanne rasch. »Das ist bestimmt das Werk meiner Schwester. Die bildet sich wirklich ein, sie könnte dichten. Herrgott ...«

Ihre Schulter streifte Siljes, als sie sich vorbeugte, um auf die Anzeige zu deuten.

»Findest du mich da?«, fragte sie, ohne eine Antwort zu erwarten. »Siehst du da irgendwo meinen Namen?«

Die Liste der trauernden Hinterbliebenen von Professor Dr. phil. William Wilhelmsen war lang. Sie enthielt Gattin, Sohn und Tochter, Schwiegertochter und Enkelkinder. Drei Schwestern und zwei Schwäger fanden Platz dort, dazu Nichten und Neffen. Sogar ein »Gaute Nesby, treuer Freund« tauchte unter den Trauernden auf. Das viel zu umfangreiche Gedicht und die endlose Liste der Angehörigen machten einen pompösen Eindruck. Der ganze Text, ja, sogar das Format der Anzeige hatte etwas abstoßend Unbescheidenes.

»Nein, du wirst nicht erwähnt«, sagte Silje leise, ohne den Blick von dem Ausschnitt zu heben.

»Nicht gut genug für sie«, sagte Hanne. »War ich noch nie.« Sie lachte verkrampft.

»Ich hab mich dann hingesetzt und meine eigene Anzeige verfasst. Ungefähr so: ›Mein mich verleugnender Vater, William Wilhelmsen, ist endlich nach zweiundvierzig Jahren beschissener

Behandlung seiner jüngsten Tochter abgekratzt. Schickt Blumen zu ihm nach Hause, am besten giftblaue Nelken. So viele wie möglich.‹ Ich hatte sogar schon Briefmarken auf den Umschlag geklebt. Nefis hat mich glücklicherweise zurückgehalten.«

»So was hätten die doch nie im Leben gedruckt!«

»Nein, aber ich hätte mich blamiert. Und das ist mir erspart geblieben. Stattdessen schlepp ich das hier mit mir rum.«

Sie steckte die Anzeige wieder in ihre Brieftasche.

»Das ist eine Art umgedrehter Mitgliedskarte«, sagte sie. »Ein Beweis dafür, dass die Familie mich nicht will. Und ich will sie auch nicht.«

Ihr Lächeln kam nicht bei ihren Augen an. Sie hielt die Hand auf die Brieftasche mit der Anzeige gepresst und schaute sich leicht verdutzt um, als wisse sie nicht so recht, warum sie hier über den Tod ihres Vaters gesprochen hatten.

»Hier ist irgendwas«, sagte sie und hob vorsichtig einen der vielen Ordner auf dem Schreibtisch hoch. »Genau, als ob ... «

Etwas war da. Sie erstarrte in ihrer Bewegung.

»Sieh dich um«, sagte sie und legte den Ordner wieder hin.

»Das hab ich schon einige Male gemacht«, sagte Silje. »Worauf soll ich denn achten?«

»Sidensvans hatte offenbar ein System«, sagte Hanne leise, wie um ihre eigene Überlegung nicht zu stören. »Eine Säule dort bei der Tür besteht nur aus Zeitschriften und Magazinen. Da hinten findest du medizinische Literatur. Und dort ... «

Über ihrer Nasenwurzel zeichnete sich eine Falte ab.

»Aber auch, wenn alles eine Art Ordnung aufweist, so macht doch alles zusammen, dieses ganze Zimmer, eher einen Eindruck von Unordnung. Von Chaos. Nichts liegt ordentlich aufeinander, es gibt keine Symmetrie. Keine klaren Muster, um das mal so zu sagen. Oder nicht?«

»Doch ...«

Silje versuchte, sich mit neuem Blick umzusehen.

»Aber hier«, sagte Hanne und hob über dem Schreibtisch gebieterisch die Handfläche, »hier liegen die Unterlagen nebeneinander, parallel und linear. Auffällig.«

Silje sagte nichts dazu.

Sie trat näher. Jetzt stand sie mit Hanne Schulter an Schulter da und nickte kurz.

»Du hast recht, natürlich, aber er kann doch ... er kann doch mit dem, woran er gerade arbeitete, sehr genau gewesen sein, aber trotzdem nicht überall Ordnung gehalten haben, verstehst du? Sodass es sonst ein wenig ... durcheinander aussieht.«

»Genau«, sagte Hanne säuerlich. »Du kannst das besser, Silje. Es gibt eine viel näherliegende Erklärung. Diese Dokumente hat kürzlich noch jemand in der Hand gehabt. Und dann wieder zurückgelegt.«

»Er war vor weniger als einem Tag noch hier, Hanne. Natürlich hat sie jemand in der Hand gehabt – Knut Sidensvans.«

Silje musterte Hanne verstohlen. Die Hauptkommissarin wirkte jetzt um einiges älter. Die dunklen Haare wiesen an den Schläfen einen grauen Schimmer auf, wodurch Hanne ein wenig resigniert aussah. Es stand ihr nicht, und sie hätte etwas dagegen unternehmen sollen. Die Falte, die sich vom Nasenflügel zum Mundwinkel zog, war scharf ausgeprägt, trotz der neuen Rundheit des Körpers; die Alterszulage sorgte gerade dafür, dass die Hose ein wenig zu eng saß. Als Hanne sich plötzlich zu ihr umdrehte, sah Silje, dass nur ihre Augen sich nicht verändert hatten. Tiefblau, ungewöhnlich groß und mit einem markanten schwarzen Ring um die Iris.

»Das mit den Schlüsseln macht mir Gedanken«, sagte Hanne.

»Na gut«, sagte Silje abwartend.

»Sidensvans' Leiche wurde in ihrem Mantel gefunden. Er hatte keine Brieftasche bei sich. Und keine Schlüssel.«

»Keine Schlüssel?«

»Ich habe den Bericht gelesen, bevor wir hergefahren sind. Keine Brieftasche, keine Schlüssel. Verdammt komisch.«

»Warum? Er kann sie irgendwo hingelegt ...«

»Was hast du gerade alles bei dir, Silje?«

»Was ich bei mir habe?«

»Ja. Was hast du in den Jackentaschen?«

Münzen klirrten, als Silje nachsah.

»Wechselgeld. Brieftasche. Telefon. Eine kleine Taschenlampe. Und ... Schlüssel. Und hier. Willst du?«

Sie bot Hanne Kaugummi an.

»Da siehst du's«, sagte die, ohne zuzugreifen. »Schlüssel haben wir immer bei uns. Wo stecken die von Sidensvans?«

Hanne wartete nicht auf Antwort, sondern bat um Siljes Maglite. Nachdem sie einige Minuten lang Unterlagen, Bücher und Ausdrucke betrachtet hatte, schüttelte sie langsam den Kopf.

»Du hast natürlich recht«, sagte sie. »Wir können nichts mit Sicherheit sagen. Aber trotzdem ...«

Sie erstarrte in der Bewegung, als sie die Taschenlampe zurückgeben wollte.

»Aber irgendetwas stimmt hier nicht«, erklärte sie plötzlich voller Überzeugung. »Jedenfalls kommt mir das so vor. Ich werde eine richtige Durchsuchung der ganzen Wohnung beantragen. Fingerabdrücke. Biologische Spuren. Alles.«

»Unsere Mittel sind begrenzt, Hanne. Ist es nicht wichtiger, sich auf den Tatort zu konzentrieren? Und auf Familie Stahlberg?«

»Das werden wir ja auch tun«, sagte Hanne und knöpfte ihre Jacke zu, ehe sie zur Wohnungstür hinübernickte. »Wir werden unendlich viel Zeit auf die Familie Stahlberg verwenden. Aber wir müssen uns auch für diese Wohnung Zeit nehmen. Es gibt vier Opfer. Nicht nur drei.«

Sie schloss sorgfältig hinter sich ab und befestigte den Schlüssel an ihrem eigenen Bund, dann kam ihr plötzlich eine Idee.

»Hast du Lust, mit mir nach Hause zu kommen, Silje? Zum Essen?«

»Ja, sehr gern! Ich ... ach, nein. Ich muss nach Hause. Tom geht heute Abend zu einer Weihnachtsfeier, und ich muss auf Simen aufpassen.«

»Schade«, sagte Hanne leichthin. »Da verpasst du was. Marry ist die absolute Küchenfee geworden. Ein andermal vielleicht.«

»Ja, bestimmt! Ich würde sehr gern, weißt du, aber bei einem kleinen Kind und ... dann kann man nicht mehr so spontan sein.«

Auf Siljes Wink hin hielt ein Taxi. Sie stieg ein und winkte Hanne durch das Rückfenster zu, bis der Wagen im nachmittäglichen Stoßverkehr verschwunden war. Hanne blieb mit hochrotem Gesicht stehen.

Das war die Schuld der Psychologin. Und die von Nefis. Du musst direkter sein, Hanne, damit nervten die beiden sie ständig. Sag anderen, was du willst, damit lagen sie ihr die ganze Zeit in den Ohren. Da passiert nichts. Die anderen freuen sich. Versuch es einfach, Hanne.

Jetzt hatte sie es versucht. Sie hatte mit Silje Marrys freitägliche Frikadellen essen und vielleicht ein paar Bier trinken wollen. Nefis wäre froh über diesen unerwarteten Besuch gewesen. Marry hätte geschimpft, weil Hanne nicht angerufen hatte, aber sie hätte dann doch mit dem schönsten Porzellan gedeckt und türkisches Bier aus dem Kühlschrank geholt.

Hanne hatte getan, was Nefis und die Psychologin ihr geraten hatten.

Die Röte wich nur sehr langsam aus ihren Wangen.

Der verstorbene Karl-Oskar Wetterland war ein Anwalt der alten Schule gewesen. Bei seinem Tod besaß er eine geräumige Wohnung in Oslo, ein Ferienhaus auf der Insel Hvaler, das im Winter keine Wasserversorgung hatte, einen Volvo Baujahr 1992 und ein nettes kleines Bündel von Aktien. Dieses Portfolio war konservativ zusammengesetzt und wurde vorsichtig verwaltet. Dazu kamen drei Hochzinskonten, und alles hatte er in einem versiegelten und mit dem Namen seines Sohnes versehenen Umschlag hinterlassen. Seine Witwe würde in den ihr verbleibenden Jahren gut davon leben können.

Darin fand der Sohn Trost.

Der Vater hatte zeit seines Lebens gut für seine Familie gesorgt, und an der Übersichtlichkeit, mit der er seine Hinterlassenschaft geordnet hatte, konnte man ablesen, dass er auf den Tod vorbereitet gewesen war. Terje Wetterland, das einzige Kind des Anwalts, erbte nicht eine Krone. Das entlockte ihm ein Lächeln, als er durch das Büro seines Vaters wanderte und den einen oder anderen Gegenstand berührte. Natürlich fiel alles der Mutter zu. Terje war siebenundvierzig und lebte geschäftlich erfolgreich in Frankreich, mit Frau, Kindern und einem Einkommen, das den Ertrag, den sein Vater aus seiner kleinen Kanzlei gezogen hatte, bei Weitem überstieg. Die Mutter sollte sich einen schönen Lebensabend machen können. In dieser Hinsicht waren sie ganz einer Meinung gewesen, sein Vater und er. Sie sollte sich eine Hilfe im Haushalt leisten können. Sie sollte lange Sommer mit den Enkelkindern in der Provence verbringen können, ohne sich dazu einladen lassen zu müssen. Auf jeden Fall sollten solche Einladungen nicht offen geschehen müssen. Sie hatten vor einem guten halben Jahr eines Abends darüber gesprochen. Vater und Sohn hatten am Mittsommerabend mit einem Cognac auf einer Felskuppe gesessen. Die Kinder hatten am Strand herumgekreischt, und der Abend hatte einfach kein Ende genommen. Da und dort hatten sie entschieden, wie alles geregelt werden sollte. Und so war es dann auch gekommen.

Vorsichtig ließ Terje Wetterland seine Finger über ein in Silber gerahmtes Bild fahren, das ihn und seinen Vater zeigte, halb nackt und nass, es war Spätsommer, und beide waren dunkelbraun. Sie saßen am Rand eines Stegs, der Vater hatte den Arm um seine Taille gelegt, und Terje war ein glücklicher Bengel von vier oder fünf Jahren.

Er wischte mit dem Zipfel seines Hemdes Staub vom Bilderrahmen. Dann steckte er das Bild in seine Aktentasche. Es war das einzige aus diesem Zimmer, das er behalten würde. Obwohl sein Vater noch immer den einen oder anderen Mandanten betreut hatte, fehlte Terje die Zeit, sich jetzt um diese Kunden zu kümmern. Er würde sich bei der Mutter nach den Mandanten erkundigen. Viele konnten es nicht mehr sein, da sein Vater sich vor drei Jahren in den Ruhestand zurückgezogen hatte. Nur alte Gewohnheit und einige eigenwillige, bejahrte Mandanten hatten dafür gesorgt, dass er weiterhin zweimal pro Woche seine Kanzlei besucht hatte. Der Sohn würde diese Klienten aus Frankreich anrufen und alles klären. Und wenn etwas eilte, würden sie sich sicher bei der Mutter melden.

Er warf einen oberflächlichen Blick auf einige Unterlagen auf dem Tisch, dann legte er alles in den Safe und schloss ihn ab. Er löschte die Lichter in der Kanzlei seines Vaters und ging nach Hause zu seiner Mutter.

Der Frost hing schwer über den Loipen. Der alte Mann versuchte, seine Skier in einer Schneewehe zu verbergen. Der Schnee war zu hart. Also legte er sie beiseite, neben die Spur. Sie würden schon nicht gestohlen werden. Es war schließlich fast Mitternacht. Die

Leute waren um diese Zeit zu Hause. Oder wanderten in dieser Vorweihnachtsnacht zumindest nicht bei klirrender Kälte durch Nordmarka. Der Mann grinste bei dieser Vorstellung. Aber die Skier wären unter einer Tanne vielleicht doch besser aufgehoben, einige Meter neben dem Weg, gut versteckt. Schließlich konnte man nie wissen.

Diese nächtlichen Ausflüge waren ihm zur Gewohnheit geworden. Vor dreißig Jahren war er auf die Kätnerstelle seiner Kindheit zurückgekehrt. Jetzt lebte er vom Wohlwollen des Gutsbesitzers und von der Arbeit, die sich im Wald eben so ergab. Ein Spaziergang vor dem Schlafengehen sorgte für einen guten Schlummer. Im Sommerhalbjahr wanderte er stets zu Fuß durch das Abendlicht, das sich in den vielen Seen von Marka spiegelte. Wenn im Herbst dann Schnee lag, machte er sich auf geteerten Holzskiern auf den Weg. Er kannte seinen Wald und die Wege, die diesen durchzogen, wie seine Westentasche.

Der Frost biss ihm in die Wangen und ließ seine Augen tränen. Das fand er beruhigend. Er ging einige vorsichtige Schritte über einen schmalen Weg, der zu einem Weiher führte, in dem er bei warmem Wetter gern schwamm. Hier und dort brach er durch die Schneekruste. Zweimal hätte er fast das Gleichgewicht verloren. Nach knappen fünfzig Metern stand er auf einer Felskuppe, die sich pittoresk aus dem verschneiten Weiher erhob. Es herrschte völlige Stille. Er hörte nur noch das Plätschern eines unter dem Eis verlaufenden Baches. Vorsichtig, damit er auf dem glatten, kalten Fels nicht ausrutschte, tastete er sich weiter, um dann aus dem eiskalten See zu trinken. Er ging in die Hocke und hielt seine gekrümmte Hand ins Wasser. Die offene Rinne glitzerte im blauen Mondlicht. Es würde seine Zeit brauchen, bis der Weiher ganz gefroren wäre, die Frostkälte hatte erst in den letzten Tagen eingesetzt.

Dann bemerkte er auf dem anderen Ufer eine Bewegung. Er erstarrte, denn er glaubte, es handele sich um ein Tier, dem er keine Angst machen wollte. Seine Hand, die, mit Wasser gefüllt, halb seinen Mund erreicht hatte, zitterte vor Kälte und Anspannung. Sehr langsam richtete er sich zu seiner vollen Höhe auf. Hinter ihm wuchs dichter Nadelwald. Seine Kleidung war dunkel, bestimmt verschmolz er mit seiner Umgebung. Eine leichte Brise wehte ihm entgegen. Wenn er sich nicht bewegte, würde das Tier wohl kaum seine Witterung aufnehmen können.

Aber es war kein Tier. Das sah er jetzt. Jetzt, wo er aufrecht stand, konnte er einen Mann oder jedenfalls einen Menschen erkennen. Dieser Mensch stand nicht am Ufer, sondern bewegte sich auf dem Eis. Er bückte sich. Irgendetwas geschah dort drüben.

Er gab sich alle Mühe, um zu horchen. Sein Gehör war jedoch nicht mehr das alte, er nahm nur seinen eigenen Puls und das gleichmäßige Plätschern des Bachlaufes wahr. Der Mensch dort hinten bewegte sich nun endlich in Richtung Waldrand, langsam, einige Male unsicher, als schleiche er in seinen eigenen Fußspuren zurück. Bald war er in Richtung Osten verschwunden.

Der Alte zögerte. Er begriff selbst nicht so recht, warum er sich nicht bemerkbar gemacht hatte. Er hatte Angst gehabt, das ging ihm zu seiner Überraschung jetzt auf, er hatte sich in der Dunkelheit verkrochen, um nicht gesehen zu werden, doch warum er das getan hatte, konnte er nicht so recht erklären. Wieder strengte er sein Gehör an, legte den Kopf schräg und hielt sich die eiskalte Hand hinters Ohr.

Es war still.

Er war jetzt hellwach. Fürchtete sich ein wenig, wollte nun aber unbedingt wissen, was passiert war, was diese Gestalt hier zu suchen gehabt hatte, mitten in einer Dezembernacht auf einem vereisten Waldsee in Nordmarka. Eine alte Neugier erwachte, ein längst unterdrücktes Gefühl, vergessen und verdrängt, da es ihm nur Ärger gemacht hatte.

Er würde nur einige Minuten brauchen, um den Weiher zu überqueren, der Weg am Ufer entlang würde vielleicht eine halbe Stunde dauern. Er dachte zurück an das milde Wetter, das noch im Oktober geherrscht hatte, und entschied sich trotzdem für den Landweg.

Er rang um Atem, als er die Stelle erreicht hatte. Das Asthma presste ihm die Kehle zusammen. Vorsichtig folgte er den Fußspuren dieses anderen Menschen. Sie zeichneten sich fast schwarz vor der blauweißen, verschneiten Fläche ab. Wenn das Eis diesen Menschen getragen hatte, dann brauchte sicher auch er sich nicht zu fürchten. Außerdem hatte er es ja nicht weit.

Ein Loch.

Es war nicht groß, aber groß genug, um Fische herauszuziehen. Irgendwer war zum Eisfischen hier gewesen, mitten in der Nacht, bei klirrender Kälte.

Er lachte leise und schüttelte den Kopf über den Unverstand der Menschen.

SAMSTAG, 21. DEZEMBER

Hanne Wilhelmsen lag im Bett und starrte die Decke an. Die Hitze im Zimmer ließ die Luft schwer und stickig werden, und Hanne feuchtete sich die ausgedörrten Lippen mit der Zunge an. Zum Glück hatte sie im Laufe der Nacht ihre Decke weggestrampelt. Trotzdem klebte Schweiß auf ihrer Haut. Mit steifen Bewegungen setzte sie sich im Bett auf und rückte ihr Kissen zurecht, ehe sie sich wieder zurücksinken ließ.

»Du hättest mir etwas von dem Fest zu Heiligabend sagen können«, sagte sie leise.

Nefis drehte sich ihr zu und gähnte.

»Meine Hanna, wenn ich dir von dem Fest erzählt hätte, wäre da nie etwas draus geworden. Du hättest Nein, Nein, Nein gesagt, und dann hätten wir dagesessen. Du und ich und Marry.«

»Ja, und das wäre mir auch am liebsten gewesen.«

Nefis stöhnte und schlug sich vor die Stirn.

Ihre schwarzen Haare klebten an ihrer Haut, und sie lächelte strahlend.

»Kleines Schönchen. Du bist komisch. Eigentlich willst du immer nur, dass wir zu dritt zusammen sind. Die ganze Zeit. Ich will echte Weihnachten! Jetzt, wo ich in einem Winterland feststecke, mit diesen vielen lustigen Weihnachtssitten, will ich sie auch alle haben! Jede Menge Dekoration und Kerzen und Masse, Masse Menschen am Tisch.«

»Viele«, sagte Hanne und wollte aufstehen. »Das heißt viele

Menschen. Und du hättest fragen können. Außerdem wusste ich nicht, dass du das Gefühl hast, festzustecken.«

»Aber Hanna.«

Nefis streckte die Hand aus, um Hanne zu berühren, aber die war zu schnell. Sie lief ins Badezimmer.

Sie ließ sich Wasser über den Rücken strömen und lehnte die Stirn an die gefliste Wand. Sie drehte das Wasser langsam kälter. Noch kälter. Sie spürte, wie ihre Haut sich zusammenzog und wie ihr Kopf leichter wurde.

Nefis hatte recht. Nefis hatte immer recht. Meistens jedenfalls. Diese seltsame Familie in der Kruses gate würde ein Einsiedlerinnenleben führen, wenn sie Hanne ihren Willen ließe.

Dieser Gedanke entlockte ihr ein Lächeln.

»Hanna, du lächelst!«

Nefis setzte sich auf den Toilettendeckel aus Mahagoni mit Intarsienmuster im Inka-Stil; Edelholz und Metall kitzelten eiskalt an ihren nackten Oberschenkeln.

Hanne versuchte, ihr Lächeln zu unterdrücken.

»Ha, du lachst sogar«, rief Nefis und klatschte in die Hände. »Du freust dich über das Fest!«

»Überhaupt nicht«, wehrte Hanne ab und hielt ihr Gesicht unter den Strahl der Dusche.

Hanne freute sich. Sie ärgerte sich nicht einmal darüber, dass die Entscheidung über ihren Kopf hinweg gefallen war, so wie alle Entschlüsse mit einer gewissen Tragweite von Nefis getroffen wurden, im Alleingang. Nefis buchte eine Reise auf die Seychellen und sagte zwei Tage vorher Bescheid; den Urlaub für Hanne hatte sie längst bewilligt bekommen. Nefis kam mit einem Prospekt über eine riesige Wohnung in einem Neubau in Frogner zurück in die Wohnung in Lille Tøyen. Sie hatte diese Wohnung bereits gekauft. Nefis bestellte den Möbelwagen und sorgte für die amtliche Ummeldung, sie arrangierte das Einweihungsfest und den Termin beim Standesamt, sie kaufte Möbel und richtete die Wohnung ein.

Nefis behandelte Hanne so wie eine liebevolle Ehefrau einen sturen, alten Ehemann. Und Hanne gefiel das, auch wenn sie es eigentlich nicht zugeben wollte. Sie protestierte oft und heftig, aber niemals lange.

Nefis fand für jedes Problem irgendwelche Lösungen, mit denen sie leben konnten. Sie nahm Rücksicht auf Hanne, doch nie auf Kosten ihrer selbst und ihrer eigenen Bedürfnisse. Die Wohnung in der Kruses gate wirkte eher wie eine bizarre Wohngemeinschaft als wie eine wirkliche Familie, wie ein Zusammenschluss von Menschen, die scheinbar kaum Gemeinsamkeiten aufwiesen. Auf andere zumindest, die es nicht besser wussten, die sie nicht kannten und deshalb nicht ahnten, dass Nefis und Hanne verheiratet waren und dass Nefis sich ein Kind wünschte. Hanne kannte die Nachbarn nicht, und auf dem Türschild standen drei Namen. Nicht zwei, diese gefährlichen zwei Namen, die die Leute dazu brachten, Rückschlüsse auf die Bewohnerinnen und deren Beziehung zueinander zu ziehen.

Ab und zu hatte Hanne das Gefühl, glücklich zu sein. Nicht oft, aber dann und wann, wenn Marry durch die abenddunkle Wohnung schlurfte, wenn Nefis sie ansah, weil sie sich von Hanne unbeobachtet glaubte, wenn sie im Schlaf eine Hand im Rücken spürte. In solchen Momenten fühlte Hanne sich ganz und gar geborgen. Diese Geborgenheit war ihr Glück, und Glück hatte sie nie wirklich gekannt, ehe sie Nefis begegnet war.

Hanne kam unter der Dusche hervor.

»Aber wer kommt denn nun eigentlich alles?«

»Alle! Karen und Håkon, Håkons Kinder, Billy T., Tone-Marit und …«

»Nicht alle seine Kinder«, sagte Hanne. »*Please!* Das wäre doch die pure Hölle!«

»Nein. Die sind über die Feiertage bei ihren Mamas. Nur Jenny kommt mit.«

»Und wer noch?«

Hanne trocknete sich die Haare ab und fürchtete das Schlimmste.

»Na ja ...«

Nefis streichelte ihr das nackte Kreuz.

»Zwei alte Freundinnen von Marry. Nur ...«

»Nein!«

Hanne riss sich das Handtuch vom Kopf und schleuderte es auf den Boden.

»Weißt du nicht mehr, was letztes Jahr passiert ist? Na?«

»Aber dieses Jahr wird alles anders. Sie haben versprochen, nichts mitzubringen und ...«

Hanne fiel ihr ein zweites Mal wütend ins Wort und schlug mit der flachen Hand gegen die gefliese Wand.

»Nefis! Hör zu. Auf Drogensüchtige kannst du dich nie verlassen. Sie können so laut und lange schwören, wie sie wollen, aber irgendwas schmuggeln sie immer ein. Außerdem wäre es so ungefähr Mord, sie daran zu hindern. Sie können einen Tag ohne Stoff einfach nicht überleben. Und deshalb kommt das einfach nicht infrage, Nefis.«

Sie lief mit energischen Schritten ins Schlafzimmer und streifte ihre Kleider vom Vortag über.

»Außerdem haben sie bestimmt AIDS. Und das werden Håkon und Karen ganz besonders toll finden, wenn ihre Kinder zusammen mit zerschrammten, ausgehungerten, AIDS-infizierten Nutten Weihnachtsrippe essen sollen!«

Nefis' Hand war nur noch wenige Zentimeter von Hannes

Wange entfernt, als sie im Schlag innehielt. Hanne fasste sich an ihr unversehrtes Gesicht. Und so standen sie dann da, Nefis mit erhobener Hand, Hanne leicht zurückgelehnt.

»Da hast du etwas Entsetzliches gesagt, Hanna. Etwas ganz Entsetzliches. In unserer Familie wird so etwas nicht gesagt.«

»In unserer Familie wird auch nicht geschlagen!«

»Ich habe nicht geschlagen«, sagte Nefis und machte auf dem Absatz kehrt. »Aber die Götter mögen wissen, dass ich es gern getan hätte.«

Hanne Wilhelmsen war schlechter Laune, als sie elf Minuten zu spät den großen Besprechungsraum betrat, wo der Abteilungschef sechzehn Ermittler, zwei Polizeijuristen und zwei Büroangestellte um den Tisch versammelt hatte. Sie nickte dem stellvertretenden Polizeichef kurz zu, und der antwortete mit einem strahlenden Lächeln. Sie ignorierte Silje Sørensen, Erik Henriksen und Billy T. und suchte sich einen Platz am Tischende, zwischen zwei Studierenden der Polizeihochschule. Während der Abteilungschef die Lage zusammenfasste, starrte sie die Tischplatte an und versteckte die Augen hinter ihrem Pony. Sie schien überhaupt nicht zuzuhören. Auf diese Weise verbreitete sie Unruhe, die anderen wichen zurück, als löse Hannes Nähe bei ihnen ein körperliches Unbehagen aus.

»Es kann jedenfalls kein Zweifel daran bestehen, dass der Konflikt zwischen den Familienmitgliedern reichlich brutal ausgetragen wurde«, sagte Billy T. »Wir verfügen über eine umfassende und komplexe Materialsammlung, aber der Hauptpunkt bei dem Streit war, inwieweit Hermann Stahlberg sich verpflichtet hatte, die Reederei Carl-Christian zu überlassen. Nach Prebens Rückkehr wurde immer deutlicher, dass der ältere Sohn ein besserer Geschäftsmann war als sein Bruder. Die Firma brachte jetzt viel mehr ein und expandiert seither. Unter anderem haben sie gerade erst zwei neue Minikreuzfahrtschiffe bestellt, die in anderthalb Jahren fertig sein sollen. Vor einem Jahr wurden alle Papiere ausgefertigt. Die Reederei, die eine nicht börsennotierte Aktiengesellschaft ist und sich ganz und gar im Besitz von Hermann und Turid Stahlberg befindet, sollte auf Preben überschrieben werden. Carl-Christian und Hermine sollten zwar beide einen minderen Aktienposten erhalten, aber dem großen Bruder wäre alle Macht zugefallen. Wenn ich sage, dass die Papiere ausgefertigt wurden, dann muss ich darauf hinweisen, dass sie niemals unterschrieben worden sind. Carl-Christian hat seinen Vater verklagt und Unterlagen vorgelegt, die seiner Ansicht nach beweisen, dass Hermann die Reederei bereits mit bindender Wirkung ihm zugesagt hatte.«

Billy T. quetschte sich zwischen Wand und Stühlen zu einem Overheadprojektor durch und machte sich am Lichtschalter zu schaffen. Dann legte er eine Folie verkehrt herum auf die Glasplatte. Silje Sørensen kam ihm zu Hilfe, und endlich konnten alle eine grafische Darstellung der Dynastie Stahlberg sehen.

»Ich glaube«, sagte nun Billy T., »dass es für uns alle wichtig sein kann, einen Einblick in den Aufbau dieser Sippe zu gewinnen. Hier haben wir also Mutter und Vater.«

Mit einem Filzstift zog er einen Kreis um die ältere Generation.

»Die Steuerangaben vom letzten und von diesem Jahr sind bescheiden. Etwas über vier Millionen an Einkünften und knapp über fünfundzwanzig an Vermögen. Aber wir wissen ja alle ...«

Er grinste und schaute Silje an. Die drehte ihren gediegenen Diamantring nach unten, zu ihrer Handfläche hin; das machte sie immer so, wenn von Geld die Rede war.

»... dass solche Zahlen lügen. Sie werden so weit wie möglich nach unten gedrückt.«

»Trotzdem ist hier die Rede von einem gewaltigen Vermögen«, sagte der Abteilungsleiter.

»Mir kommen fünfundzwanzig Millionen auch wie verdammt viel Geld vor«, sagte Billy T. »Aber es geht hier trotzdem nicht um den Multimilliardär Røkke.«

Wieder kreiste er einen Namen auf der Folie ein.

»Preben Stahlberg ist also das älteste der Kinder. Seine Frau ist Australierin, Jennifer Calvin Stahlberg. Sie ist Hausfrau, ausgebildete Ernährungswissenschaftlerin, spricht kein Norwegisch. Drei minderjährige Kinder. Diese Hinterbliebenen sind ohne größere Bedeutung für unseren Fall, möchte ich annehmen. Das hier dagegen ist schon spannender ...«

Er wies mit dem Stift auf den Namen des jüngeren Sohnes.

»Carl-Christian Stahlberg. Geboren 1967. War also noch ein Teenie, als sein Bruder sich abgesetzt hat. Er behauptet, dass er eigentlich Tierarzt werden wollte, dann aber auf Drängen seines Vaters die Handelshochschule besucht hat. Einer der Briefe seines Vaters aus dieser Zeit sollte übrigens vor Gericht vorgelegt werden als Beweis dafür, dass die Reederei schon längst Carl-Christian zugesagt war.«

»Aber ...«

Erik Henriksen kniff im Licht des Overheadprojektors skeptisch die Augen zusammen.

»Kann man denn wirklich so einen Anspruch geltend machen, nur weil Papa das irgendwann mal versprochen hat? Ist ein einfaches Versprechen juristisch gesehen überhaupt bindend?«

»Kann schon sein«, sagte Polizeijuristin Annmari Skar. »Unter gewissen Voraussetzungen kann ein Versprechen ebenso verpflichtend sein wie eine gegenseitige Abmachung.«

»Auf jeden Fall«, sagte Billy T. dann, »hat der Junge vor fünf Jahren eine komische Person geheiratet. Damals hieß sie May

Anita Olsen. Als sie und CC geheiratet haben, hat sie sich nicht nur einen neuen Nachnamen zugelegt. Sondern sie hat gleich doppelt zugeschlagen. Jetzt heißt sie Mabelle Stahlberg.«

Zwei der jüngeren Männer grinsten vielsagend, als Billy T. die Folie wechselte. Jetzt sahen sie eine gut gebaute Blondine, langhaarig und mit Lippen, die ihr eindeutig nicht in die Wiege gelegt worden waren. Sie wölbten sich über einem pikanten Kinn unnatürlich weit vor. Auch die Nase war wohl vom Messer nicht ganz verschont geblieben, sie war ultraschmal und schnurgerade. Hanne Wilhelmsen prustete los. Damit äußerte sie sich zum ersten Mal während dieser Besprechung. Billy T. hob beschwichtigend die Hand und legte eine neue Folie auf.

»Hat sie nicht so eine Modezeitschrift?«, fragte Silje, ehe er weitersprechen konnte.

»Stimmt. M & M. Mode und Meinungen. Sehr viel vom Ersten, so gut wie nichts vom letzteren. Hochglanzkiste. Läuft natürlich nicht sonderlich gut, das tun ja nur wenige Zeitschriften dieser Art, aber sie kommt wohl so halbwegs zurecht. Jedenfalls verliert sie kein Geld. Und Geld hat ja Carl-Christian. Oder um es mal so zu sagen: Das haben die beiden geglaubt, CC und Mabelle. Dass sie zu Geld kommen würden.«

Den letzten Satz ließ er im Raum stehen.

»Auf jeden Fall«, fügte er nach einigen Sekunden des Schweigens hinzu, »hat also diese Mabelle eine interessante Vergangenheit. Nichts Kriminelles, mit einer Ausnahme, auf die ich noch zurückkommen werde. Wichtig in diesem Zusammenhang aber ist, dass ihre Schwiegereltern von Anfang an gegen sie waren und ihr alle möglichen Steine in den Weg gelegt haben. Sie konnten die Frau einfach nicht ausstehen. Sie war schon nicht gut genug für Carl-Christian und längst nicht fein genug für die bedrückenden Gemächer in der Eckersbergs gate. Sie haben in Las

Vegas geheiratet, klammheimlich, weit weg von Papas wütenden Protesten. Hermann hat später sogar einen Versuch unternommen, die Ehe für ungültig erklären zu lassen. Dabei hat er natürlich auf Granit gebissen, er hatte ja wirklich keinerlei Grundlage für einen solchen Schritt. Aber das sagt ja schon einiges. Über die Stimmung, meine ich, in der Familie.«

»Du hast da etwas Kriminelles erwähnt«, erinnerte Erik ihn.

»Ja ... «

Billy T. kratzte sich zerstreut im Schritt.

»Vor einem halben Jahr hat Vater Hermann Mabelle wegen Diebstahls eines Gebrauchtwagens angezeigt. Sie wurde von der Polizei angehalten und überhaupt. Fuhr in einem Audi 8 durch die Gegend, der eigentlich eine Art Firmenwagen der Reederei war, der aber Carl-Christian und Mabelle zur Verfügung stand. Hermann hatte damals die Zügel angezogen und die Rückgabe des Autos verlangt. Als nichts passierte, meldete er den Wagen gestohlen, ohne der Polizei die Sache näher zu erklären. Und das hat eine gewaltige Wildwest-Show nach sich gezogen. Als eine Streife den Wagen entdeckte, hielt Mabelle nicht an, bis die ganze Fahrt in Grefsen im Straßengraben endete. Die Frau sagte, sie habe Angst gehabt und das Ganze für einen Überfall gehalten. Sie wurde in Handschellen abgeführt und für sechs Stunden in eine Zelle gesteckt, bis CC die Sache endlich klären konnte. Der Alte ließ sich nicht erweichen und wollte die Schwiegertochter vor Gericht stellen, aber die Ermittlungen wurden wegen Mangels an Beweisen eingestellt. Es war einfach zu absurd.«

»Reizende Familie.«

Der Abteilungschef gähnte und versuchte, sich wachzuschütteln.

»Weißt du noch mehr, Billy T.?«

»Nur, dass die Sippe ziemlich umfangreich ist. Diverse Tanten und Onkel. Vettern und Cousinen noch und nöcher. Und dann ist da ja noch Hermine. Das Schwesterchen.«

Hinter Hermines Namen auf der Folie tauchte ein Fragezeichen auf. Ihr Name war in eine Ecke der Übersicht gequetscht worden.

»Über sie wissen wir nicht viel. Jedenfalls noch nicht. Sie scheint ein bisschen einfältig zu sein. Keine Ausbildung. Keine richtige Arbeit, obwohl sie gesund zu sein scheint. Sie hat ab und zu für ihre Schwägerin bei M & M ausgeholfen, rein äußerlich passt sie ja dorthin. Außerdem hat sie kleine Jobs für ihren Vater und für einen Onkel übernommen, mit dem sie viel zu tun hat. Er ist Kunsthändler, oder war das zumindest. Das Seltsame ist, dass sie ...«

Aller Augen waren jetzt auf Billy T. gerichtet.

»Dass sie zu ihrem zwanzigsten Geburtstag von ihrem Vater eine verdammt hohe Summe erhalten hat«, sagte er endlich und fuhr sich über den Schädel, seine millimeterlangen Haarstoppeln wurden langsam grau. »Zehn Millionen. Außerdem Wohnung, Auto, alles. Das zeigt doch, dass die Familie sehr viel mehr hat, als das Finanzamt erfährt, aber das ist jetzt uninteressant. Auffällig ist, dass der geizige Hermann Stahlberg da so großzügig war. Keiner von den Jungs hat unseres Wissens ähnliche Mengen erhalten. Und noch seltsamer scheint, dass Hermine sich offenbar als Einzige mit der ganzen Familie gut versteht.«

»Könnte das Geld eben dafür eine Belohnung gewesen sein?«, überlegte Erik.

»Es kann ja auch ein Pflaster auf ein schlechtes Gewissen gewesen sein«, sagte Hanne langsam. »Obwohl es sich dann um ein extrem schlechtes Gewissen gehandelt haben muss.«

Der ganze Raum schien sich ihr zuzuwenden, das Haus schien zu kippen, und der Schwerpunkt schien sich von den Autoritäten am Ende des Tisches, wo Billy T. neben Abteilungsleiter und stellvertretendem Polizeichef stand, zu ihr hin zu verlagern. Alle starrten die Studierenden und Hanne Wilhelmsen an.

»Oder als Bestechung. Damit die Kleine den Mund hält.«

»Worüber denn?«, fragte Billy T.

»Das weiß ich natürlich nicht«, sagte Hanne und rieb sich den Nacken. »Ich bin aber deiner Meinung. Es ist überaus seltsam, dass sie so viel Geld bekommen hat, unter diesen Umständen, meine ich. Diese ganze Sache mit Hermine macht einen merkwürdigen Eindruck.«

»Und deshalb werden wir sie zur Vernehmung holen, sobald die Beisetzung überstanden ist«, sagte der Abteilungsleiter und schaute auf die Uhr.

»Ich würde nicht so lange warten«, murmelte Hanne.

»Sonst noch was Wichtiges?«

Die Stimme des Abteilungsleiters klang schroff, und er sah sich mit einer Miene um, die deutlich zeigte, dass es ganz besonders wichtige Mitteilungen sein müssten, wenn jemand ihn noch länger in diesem stickigen, überheizten Zimmer festhalten wollte.

»Die Waffen«, sagte Erik und hob ganz leicht die rechte Hand. »Die vorläufigen Analysen.«

»Es geht also um mehr als eine«, sagte Billy T.

»Zwei. Zwei Typen Munition, 9 mm Parabellum und .357 Magnum. Eine Pistole und ein Revolver. Aus der Pistole wurden elf Schuss abgegeben, fünf aus dem Revolver. Die Typenbestimmung der Waffen liegt noch nicht vor.«

»Elf Schuss mit Pistolenmuni«, wiederholte Billy T. »Es gibt ziemlich viele Pistolen, deren Magazin so viel enthalten kann. Der Mörder brauchte also nicht nachzuladen.«

»Oder die Mörder«, sagte der stellvertretende Polizeichef Jens Puntvold und kratzte sich am Kinn, was den Bartstoppeln ein Raspelgeräusch entlockte. »Zwei Waffen weisen ja eigentlich auf zwei Mörder hin.«

»Nicht unbedingt«, sagte Hanne.

Es ärgerte sie mehr und mehr, dass Puntvold überhaupt zugegen war. Der Fall Stahlberg war ohnehin schon komplex und unübersichtlich genug. In solchen Fällen musste man eine Art Gleichgewicht der Effektivität finden; man brauchte genug Leute, um alle Arbeit zu erledigen, aber doch nur so viele, dass man den Überblick nicht verlor. Puntvold hatte sich im Laufe des Herbstes im Haus und in der Öffentlichkeit mit seinem Charme, seinen vielen Auftritten und seinem heftigen Engagement zum Besten der Truppe zwar beliebt gemacht, aber bei dieser Besprechung hatte er trotzdem nichts zu suchen. Das galt auch noch für andere, wie die Studierenden von der Polizeihochschule und die beiden Leute von der Bereitschaftspolizei. Streng genommen saßen in dem stickigen Raum mehr als doppelt so viele, als man brauchen konnte, und bei diesem Gedanken schnaubte Hanne resigniert.

»Es kann auch bedeuten, dass der Mörder clever ist«, sagte sie und versuchte, sich dabei nicht oberlehrerinnenhaft anzuhören. »Oder vorsichtig. Das mit dem Nachladen ist ein gutes Argument. Bei zwei Waffen ist das nicht nötig.«

»Ich nehme an, dass die technischen Untersuchungen so bald wie möglich vorliegen werden«, sagte der Abteilungsleiter und stand auf. »Ich will fortlaufend auf den neuesten Stand gebracht werden. Was die taktischen Ermittlungen angeht, so liegt es ja wohl auf der Hand, dass Carl-Christian, seine Frau und Hermine im Mittelpunkt stehen.«

»Vor allem bei diesen löchrigen Alibis«, fügte Billy T. hinzu. »Die sind so schlecht, dass sie fast wahr sein könnten. Mabelle und Carl-Christian waren zusammen zu Hause, niemand kann das bestätigen oder widerlegen. Hermine will den ganzen Abend geschlafen haben, auch zu Hause. Auch das lässt sich nicht beweisen.«

»Gut«, sagte der Abteilungsleiter, der jetzt sichtlich ungeduldig wurde. »Ich gehe davon aus, dass weitere Erkundungen über die Bewegungen eingezogen werden, die die Familienmitglieder am Mordabend ausgeführt haben oder auch nicht. Ich würde dich, Wilhelmsen, und Billy T. gern in einer Stunde in meinem Büro sprechen. Und dich.«

Er nickte zu Polizeijuristin Annmari Skar hinüber.

»Wir müssen überlegen, wie wir bei Vernehmungen und eventuellen Festnahmen vorgehen wollen. Und damit reicht es jetzt, wir müssen ...«

»Was ist mit Sidensvans«, fragte Hanne laut. »Ist der total uninteressant?«

Der Abteilungsleiter setzte sich langsam wieder hin.

»Nicht doch«, sagte er mit honigsüßer Stimme. »Nicht doch, Hanne Wilhelmsen. Ich versuche nur, hier ein wenig effektiv vorzugehen. Bei Besprechungen Zeit zu vergeuden, ist gewissermaßen nicht meine Art.«

»Das ist gut zu wissen«, sagte Hanne vorsichtig. »Die Familie wirkt natürlich interessanter. Schließlich haben Hermine und Carl-Christian einen Vorteil davon, dass der Rest der Herde ausgeschaltet worden ist. Trotzdem habe ich ein mulmiges Gefühl dabei, dass wir einfach nicht wissen, warum Knut Sidensvans bei ihnen war. Die Stahlbergs haben ihn ja offenbar erwartet. So sieht es jedenfalls aus, wo sie doch Kuchen und Champagner aufgefahren hatten. Es war mit vier Gläsern und vier Tellern gedeckt. Sie erwarteten also einen Gast. Aber was wollten sie von Sidensvans? Sollten wir nicht wenigstens das in Erfahrung bringen?«

»Liebe Hauptkommissarin«, sagte der Abteilungsleiter resigniert. »Wenn ich mich recht entsinne, dann behauptest du doch immer, dass die Lösung bei einem Mordfall meist ganz naheliegt. Immer erinnerst du uns daran, dass wir den Täter dort finden, wo das Motiv für die Tat liegt. Und ohne irgendeiner Erkenntnis vorgreifen zu wollen, möchte ich doch jetzt schon behaupten, dass die Motive in diesem Fall uns geradezu ins Gesicht springen. Dieser Sidensvans scheint ja wohl eher ein zufälliger Gast gewesen zu sein.«

»Schon möglich. Aber sollten wir das nicht mit Sicherheit in Erfahrung bringen? Ich finde ja auch, dass wir allen Grund haben, unseren Verdacht auf diese drei ...«, sie zeigte vage auf Billy T.s Skizze des Familienstammbaums, »zu richten. Aber deshalb brauchen wir doch noch lange nicht anzunehmen, dass alle drei dahinterstecken? Natürlich müssen wir feststellen, wer das stärkste Motiv hat. Aber wäre es nicht überaus nützlich, auch zu wissen, ob jemand von diesen dreien in irgendeiner Verbindung zu dem vierten Mordopfer gestanden hat?«

Der Abteilungsleiter senkte demonstrativ den Kopf. Dann setzte er sich plötzlich wieder aufrecht.

»Du hast natürlich recht.«

Er rieb sich die Augen und zwang sich ein Lächeln ab.

»Wir müssen wie immer alle Möglichkeiten offenhalten. Und da du ja trotz allem die Verantwortung für die Ermittlungen trägst, kannst du dich Montag und Dienstag mit Sidensvans befassen.«

»Aber das sind der 23. und der 24. Dezember«, protestierte Hanne. »Da ist es doch fast unmöglich, mit den Leuten zu reden.«

»Zwei Tage«, sagte ihr Vorgesetzter schroff. »Mehr bekommst du nicht. Bis auf Weiteres. Wenn du etwas herausfinden kannst, werden wir der Sache natürlich nachgehen.«

Nun wurde eine Kakophonie aus scharrenden Stuhlbeinen laut. Erik und Billy T. blieben auf dem Gang stehen und warteten auf Hanne. Sie verließ den fensterlosen Raum als Letzte und atmete tief durch.

»Da drinnen wird es ja verdammt heiß«, sagte sie leichthin.

»Was denkst du über diesen Verlagstypen?«, fragte Erik mit aufrichtiger Neugier.

»Das weiß ich nicht so recht«, sagte Hanne und legte Billy T. eine Hand auf den Arm. »Weißt du, ich bin total beeindruckt davon, wie viel du in zwei Tagen schon herausgefunden hast. Gute Polizeiarbeit. Wirklich, Billy T.«

Ein kurzes Lächeln huschte über ihr Gesicht, dann marschierte sie mit energischen Schritten zu ihrem eigenen Büro.

»Seltene Kost«, sagte Erik. »Lob von Ihrer Majestät!«

»Sie war nur ironisch«, sagte Billy T. sauer.

»Ich glaube, du irrst dich. Und ich dachte, ihr hättet euch wieder vertragen. Habt ihr das doch nicht?«

»Frag Hanne. Bei der Frau weiß man doch nie.«

Als er in derselben Richtung verschwand wie die Hauptkommissarin, schaute Erik ihm nach. Billy T. schien in sich zusammengefallen zu sein. Der gut zwei Meter große Mann ging jetzt ein wenig gebeugt. Sein Hintern war breiter geworden, schwerer. Er zog beim Gehen die Füße nach, und sein Pullover spannte unkleidsam in seinem Kreuz.

Hier habe ich nichts mehr verloren, sagte sich Erik Henriksen. Und auf jeden Fall muss ich Sport treiben. Und zwar ganz systematisch.

Hanne hätte am liebsten geweint.

Im letzten halben Jahr war alles so viel besser gegangen. Die protzige Wohnung in der Kruses gate war ihr nicht mehr ganz so fremd. Die wöchentliche Therapiestunde kam ihr nicht mehr so erniedrigend und beängstigend vor wie früher. Solange außer Nefis niemand wusste, dass Hanne klein beigegeben und professionelle Hilfe gesucht hatte, brachte ihr die Behandlung sogar eine gewisse Erleichterung. Sie war jetzt fast ein bisschen abhängig von diesen Gesprächen und hatte in neun Monaten nicht eine einzige Stunde verpasst. Noch immer hatte sie schreckliche Angst, dass irgendjemand davon erfahren könnte. Noch immer zog sie ihre Jacke enger um sich zusammen, wickelte sich den Schal um das halbe Gesicht und schaute sich nach allen Seiten um, ehe sie bei der Psychologin klingelte, so als betrete sie einen Pornoladen. Aber sie ging hin. Sie fand sich ein. Und das half.

Im letzten halben Jahr war alles besser geworden.

Billy T. und Hanne hatten etwas von dem wiedergefunden, was sie einmal geteilt hatten. Das geschwisterliche Gefühl zwischen ihnen und die namenlose Vertrautheit, die in einer Nacht voll Trauer und Sex verschwunden waren, während Hannes damalige Lebensgefährtin im Krankenhaus im Sterben lag und Hanne dort Trost suchte, wo keiner zu finden war, würden sich niemals wieder einstellen. Das wusste sie. Billy T. sehnte sich danach. Sie sah es ihm an, seinen Blicken und seinen Bewegungen, seiner unbeholfenen Nähe, wenn er, irrtümlicherweise, sie für zugänglich hielt. Und dann musste sie ihn abweisen, eiskalt werden, sich verschließen. Das aber passierte nicht oft. Sie arbeiteten gut zusammen, und Hanne hatte allmählich begriffen, dass sie ohne ihn nicht zurechtkam. Manchmal, selten, wenn er es schaffte, die Situation nicht herauszufordern, konnte sie die Nähe zwischen ihnen spüren, das intuitive Verständnis, das sie bei keinem anderen Menschen fand, nicht einmal bei Nefis.

Alles schien bereits besser zu werden. Doch dann war ihr Vater gestorben.

Sie empfand keine Trauer, auch wenn Nefis das behauptete. Hanne begriff selbst überhaupt nicht, warum sie so heftig reagierte. Ein Verlustgefühl, so nannte die Psychologin das, ein Verlust von etwas, das hätte sein können. Eine Wut über etwas, das anders hätte sein müssen. Hanne war nicht dieser Meinung. Sie rang mit einem Gefühl, das sie nicht recht deuten konnte, aber es ähnelte weder Zorn noch Trauer. Trotzdem war es ungeheuer bedrückend.

»Hallo ... «

Silje Sørensen schaute zur Tür herein. Hanne lächelte sie kleinlaut an und machte sich eilig über irgendwelche Unterlagen her.

»Ich dachte nur«, sagte Silje und verstummte dann. »Komme ich ungelegen?«

»Nicht doch. Komm rein.«

Hannes Lächeln war noch immer starr, und Silje zögerte. »Ich kann auch später noch mal vorbeischauen.«

»Jetzt setz dich schon.«

Silje setzte sich nicht. Stattdessen legte sie eine abgegriffene, fleckige weinrote Lederbrieftasche vor Hanne auf den Tisch.

»Was ist das?«, fragte die Hauptkommissarin.

»Eine Brieftasche«, sagte Silje fast bedauernd.

»Das sehe ich. Aber wem gehört sie?«

»Knut Sidensvans.«

»Ach. Wo ist die denn aufgetaucht? »

»Auf dem Fundbüro. Irgendwer hatte sie gefunden. In der Thomas Heftyes gate. Nicht weit vom Tatort entfernt, mit anderen Worten. Sie lag halb unter Schnee versteckt. Und sein Geld war noch darin, Hanne.«

Wieder klang ihre Stimme leicht beleidigt. Obwohl ihr nicht ganz klar gewesen war, worauf Hanne mit ihrem Gerede über fehlende Schlüssel und Brieftaschen eigentlich hinausgewollt hatte, konnte sie jetzt doch ahnen, dass diese Theorie so ziemlich ruiniert war.

»Das Geld war noch darin«, wiederholte Hanne. »Dann hat er sie wohl verloren.«

»Vermutlich.«

»Aber die Schlüssel hast du nicht gesehen?«

»Nein.«

Keine der beiden sagte etwas. Vor dem Fenster fiel Schnee. Die wirbelnden Flocken funkelten bläulich, als ein Streifenwagen den Ekebergvei hinaufheulte. Vom Gang her waren keine Schritte zu hören, kein Lärm aufgeregter Stimmen. Niemand lachte dort draußen. Keine Verhafteten setzten sich zur Wehr. Das ganze Haus schien schon Feierabend gemacht zu haben.

»Na gut«, sagte Hanne endlich. »Dann hat er die Brieftasche also verloren. Aber wir wissen nicht, ob er die Schlüssel in derselben Tasche hatte. Eigentlich ...«

Sie sprang auf und griff zu ihrem Dufflecoat, der hinter der Tür an einem Haken hing.

»Hier die Brieftasche«, sagte sie und klopfte sich auf den linken Oberschenkel. »Und die Schlüssel hier.«

Sie zog ein ziemlich umfangreiches Schlüsselbund aus der rechten Tasche.

»Damit nicht in einer zu viel steckt«, erklärte sie. »Eins links, eins rechts.«

»Worauf willst du hinaus, Hanne? Dass der Mörder die Schlüssel eingesteckt hat? Meinst du, die Morde seien *wegen* der Schlüssel geschehen? Aber was sollte irgendwer damit anfangen können? Wir waren doch dort, Hanne. In Sidensvans' Wohnung. Da gab es nichts. Nichts von Wert. Abgesehen von dem Computer. Niemand mordet wegen eines Computers. Außerdem ist er ja noch da. Das haben wir selbst gesehen.«

»Aber es kann doch etwas im Computer gewesen sein«, sagte Hanne und lächelte plötzlich breit. »Überhaupt kann dort etwas gelegen haben, in dem ganzen Chaos, etwas, das jetzt nicht mehr da ist. Genug davon. Ich muss mir das noch genauer überlegen. Danke für die Auskunft. Du solltest jetzt machen, dass du nach Hause kommst.«

Es war fünf nach sieben, und Silje zuckte mit den Schultern und gehorchte. Hanne blieb sitzen, ohne viel mehr zu tun als nachzudenken, bis Marry wütend anrief und sie nach Hause befahl.

Sie hatte die Kontrolle verloren.

Hermine Stahlberg war an Rauschmittel gewöhnt. Auch wenn ihre Familie immer wieder – und zumeist im Stillen – die Nase über ihr etwas zu liberales Verhältnis zum Alkohol gerümpft hatte, hatte doch niemand etwas von Hermines Konsum von Pillen und stärkeren Mitteln gewusst. Hermine bewegte sich in zwei Sphären. Sie war reich, schön, verwöhnt und heiß geliebt. Zugleich lebte sie in einer anderen Welt, auf der Schattenseite ihres eigenen Daseins. Bisweilen in Oslo, häufiger im Ausland. Seit einigen Jahren hatte sie die Kontrolle über ihr Leben gewonnen, ein Gleichgewicht in einer doppelten Existenz.

Jetzt hatte sie diese Kontrolle verloren.

Das Zimmer drehte sich um sie, und sie war die Achse. Sie versuchte, sich hinzulegen, verfehlte aber das Bett. Übelkeit stieg in ihrem Hals auf. Sie bekam keine Luft. Das Erbrochene war in ihrer Kehle stecken geblieben. Benommen drehte sie sich auf die Seite.

Ihr Bruder beugte sich über sie.

Sie glaubte jedenfalls, dass er es war. Sicher wusste sie es nicht. Es konnte auch Onkel Alfred sein. Ihr war das scheißegal.

»Verdammt«, nuschelte sie und grinste hilflos.

Sie konnte noch immer Laute von sich geben. Sie war nicht tot. Das Gesicht ihres Bruders war grün und verzerrt. Vielleicht war es ja doch Onkel Alfred. Es spielte keine Rolle. Die Gestalt beugte sich über sie. Das Gesicht verfärbte sich wiederum, es war jetzt gelb, mit roten Flecken, die sich ausbreiteten und zur Decke hochschwebten wie blutige Seifenblasen. Hermine lachte.

»Alfred«, stöhnte sie und riss den Mund auf.

Der Mann sagte etwas. Hermine konzentrierte sich auf seinen Mund. Der bewegte sich, in seltsamen Formen, sinnlos, denn es kam kein Geräusch. Sie hörte nichts. Sie war taub geworden.

»Taub«, sagte sie und lachte schallend. »Taub, Alfred.«

Carl-Christian Stahlberg legte seine Schwester auf die Seite. Er zögerte kurz, dann steckte er ihr die Finger in den Mund. Ihre Zunge kam ihm zu groß vor, doch er konnte sie nach vorn ziehen und ihren Mund von Schleim und Erbrochenem befreien. Er weinte ununterbrochen und konnte fast nicht erklären, wo er war, als er endlich den Notruf erreichte. Als der Krankenwagen eintraf, konnte er sich jedoch zusammenreißen. Er hatte sich den Gestank des schwesterlichen Verfalls abgewaschen.

Er hatte sogar seinen Schlipsknoten straff gezogen.

Der alte Mann im Wald fühlte sich nicht wohl in seiner Haut. Es war Samstag, und er hatte es sich mit Kaffee und einem Kuchen aus dem Laden vor dem Fernseher gemütlich machen wollen. Tiefe Stille hatte sich über Nordmarka gebreitet. Er hatte im leichten Schneefall seinen Abendspaziergang gemacht. Die herunterbrennenden Holzscheite im Kamin füllten seine Kate mit warmem Licht, und alles war behaglich und vertraut. Trotzdem war er nervös.

Und daran war der Eisfischer schuld.

Der keiner gewesen sein konnte. Der Schnee um das Loch im Eis war kaum festgetrampelt gewesen. Keine Spur hatte darauf hingewiesen, dass jemand dort gesessen hatte. Der Fremde schien gekommen zu sein, ein Loch ins Eis gebohrt und sich dann gleich wieder entfernt zu haben.

Der Alte war früher an diesem Tag noch einmal dort gewesen. Die Spuren waren verschwunden, verweht, der Schnee hatte den Besuch des Fremden unsichtbar gemacht. Aber der Alte hatte das Loch gefunden. Er hatte eine kleine Fläche dort, wo er es vermutete, vom Schnee befreit, und die feinen, frisch gefrorenen Ringe im Eis waren leicht zu entdecken gewesen.

Er staunte über seine Neugier. Als er sich jetzt wieder zu Wort meldete, dieser verdammte Drang, die Nase in fremde Angelegenheiten zu stecken, wusste er, dass alles mit diesem Mordfall unten in der Stadt zu tun haben musste.

Zuvor war er im Dorf gewesen und hatte alle Zeitungen gekauft. Die Polizei behauptete, eine Reihe von Spuren zu verfolgen. Das besagte ja eigentlich nichts. Aber er konnte zwischen den Zeilen lesen. Er wusste, worauf alles hinauslief. Und zwar auf diesen Jungen, diesen Sohn des Hauses.

Keine Waffen seien gefunden worden, sagte die Polizei.

Er müsste sofort mitteilen, was er gesehen hatte.

Andererseits machten solche Dinge immer schrecklich viel Ärger.

Er gähnte ausgiebig, klopfte seine Pfeife aus und goss den Kaffeesatz in den Kamin. Zum Geruch von verbranntem Kaffee und altem Tabak trottete er zum Bett und war bald eingeschlafen.

SONNTAG, 22. DEZEMBER

Mabelle Stahlberg brauchte normalerweise jeden Morgen eine Stunde im Badezimmer. Jetzt waren erst einige Minuten vergangen, seit sie aufgestanden war, aber schon saß sie vollständig angezogen an dem großen runden Glastisch mitten in der Küche. Ihr Gesicht wirkte ohne Schminke transparent und nichtssagend.

»Himmel«, sagte Carl-Christian und musterte sie von Kopf bis Fuß. »Was ist denn mit dir passiert?«

Ihre Hand zitterte, als sie die Kaffeetasse an ihre Lippen hob.

»Wann bist du nach Hause gekommen?«, fragte sie.

»Vor zwei Stunden. Wollte dich nicht wecken. Hab eine Runde im Gästezimmer geschlafen. Sie wird überleben.«

Mabelle zeigte keine Reaktion.

»Hörst du«, sagte er gereizt. »Sie wird überleben.«

»Schön für sie. Aber streng genommen haben wir doch andere Sorgen.«

Carl-Christian setzte sich ihr gegenüber an den Küchentisch und stützte das Gesicht in die Hände.

»Sie ist nur um Haaresbreite davongekommen, Mabelle. Wenn ich nicht vorbeigeschaut hätte, wäre es zu spät gewesen.«

Noch immer hielt seine Frau ausdruckslos die Tasse an ihren Mund. Der Dampf ließ ihr bleiches Gesicht feucht aussehen. Erst jetzt sah er, dass ihre Augen gerötet waren; ihm ging auf, dass sie nicht geschlafen hatte. Er beugte sich über den Tisch und versuchte, ihre Hand zu fassen.

»Was wird passieren?«, flüsterte sie. »Ich habe solche Angst.«

Jetzt nahm er ihre Tasse und knallte sie auf den Tisch. Braune Flüssigkeit schwappte über. Er griff nach ihrem Kinn und zwang sie, ihm in die Augen zu sehen. Der Blick, der seinem begegnete, war glasig, und für einen Moment fragte er sich, ob auch Mabelle irgendetwas eingeworfen haben könnte. Dann lächelte sie plötzlich düster.

»Es freut mich, dass Hermine durchkommt, CC. Wirklich. Was für ein Glück, dass du rechtzeitig bei ihr warst!«

Ein kalter Windhauch kam durch das halb offene Fenster herein, und er stand auf, um es zu schließen. Das graue Licht des Wintermorgens stahl sich jetzt durch die dunklen, nach Osten weisenden Glasscheiben ins Zimmer, schien aber nicht richtig durchzukommen. Die Dunkelheit in den Ecken machte ihn nervös, und er schaltete alle Lampen ein.

»Wann kommen sie?«, fragte sie.

»Das kann ich doch nicht wissen. Ich nehme an, dass sie bis nach der Beerdigung warten. Wir sind ja wichtige Zeugen, nehme ich an. Als die einzigen Überlebenden. Hermine und ich. Und irgendwie auch noch du. Jennifer und die Kinder sind natürlich auch noch da, aber sie ... das, was passiert ist, bringt ihnen ja nicht gerade einen Vorteil. Die Polizei wird uns sicher in die Mangel nehmen. Nach der Beerdigung.«

»Sie behalten uns die ganze Zeit im Auge.«

»Garantiert. Deshalb kann ich nicht hinfahren.«

»Du musst.«

»Noch nicht.«

»Du musst!«

Sie schrie auf. Ihre Arme fuchtelten wild und ziellos durch die Luft. Die Kaffeetasse schlitterte über die Glasfläche und fiel klirrend zu Boden. Mabelle brach in ein hysterisches Weinen aus und hörte erst auf, als Carl-Christian ihr die Hand auf den Mund presste. Er drückte ihr von hinten mit energischem Griff die Arme an den Leib.

»Ich lasse erst los, wenn du dich beruhigst«, flüsterte er ihr ins Ohr. »Ganz ruhig, Liebes. Psssst ... ganz ruhig.«

Endlich spürte er, dass das krampfhafte Zucken in ihrem Körper nachließ. Vorsichtig lockerte er seinen Griff. Mabelle weinte noch immer, war jetzt aber ruhiger. Schließlich drehte sie sich zu ihm um und ließ sich umarmen. Lange blieben sie so sitzen, und sie schmiegte ihr Gesicht an seinen Hals.

»Das Wichtigste ist jetzt, dass wir dieselbe Geschichte erzählen«, sagte er leise. »Dass wir beide wissen, was wir sagen.«

»Das Wichtigste ist, dass wir gar nichts sagen«, sagte sie in seinen Pullover hinein.

»Wir müssen. Es wirkt nur verdächtig, wenn wir die Aussage verweigern. Aber wir brauchen Zeit, Liebes. Wir müssen uns hinsetzen und uns einig werden.«

»Aber warum kannst du nicht hinfahren und nachsehen? Und Ordnung schaffen?«

»Wenn wir jetzt etwas nicht brauchen können, dann, dass die Polizei die Stelle entdeckt. Früher oder später wird das natürlich passieren. Aber später ist besser. Es ist durchaus möglich, dass sie uns gerade jetzt bespitzeln. Ich werde ... ich werde Ordnung schaffen, Mabelle. Das verspreche ich dir.«

Er ließ seine Finger in ihren dichten Haaren spielen. Von ihrem Duft war er noch immer benommen. Aus Angst vor den väterlichen Repressalien waren sie drei Jahre hindurch ein heimliches Liebespaar gewesen. Eine verrückte, spontane Trauung in Las Vegas ohne Zeugen außer einer kugelrunden Frau an einer Hammondorgel hatte einen fünf Jahre langen, ständig eskalierenden

Konflikt mit der Familie eingeleitet. Aber Mabelle hatte ihn nie im Stich gelassen. Seines Wissens hatte sie ihn auch nie betrogen. Selbst als sie bisweilen Phasen von distanzierter Gleichgültigkeit hatte, schien sie eine Entscheidung getroffen zu haben, für immer und ewig. Nach einer Weile wurde sie stets wieder sanft und wandte sich ihm wieder zu, fast schon unterwürfig verliebt.

Vor Mabelle hatte es keine gegeben. Die eine oder andere Bettgeschichte, natürlich; er hatte schließlich Geld und lernte früh, dass sich fehlender Charme dadurch ausgleichen ließ. Trotzdem war es nie zu mehr gekommen. Irgendwann mit Mitte zwanzig hatte er begriffen, warum. Er war feige. Er neigte zu Ausweichmanövern, etwas, das sich körperlich in seinem fliehenden Kinn niederschlug. Auch seine Augen waren nicht schön; sie waren zu groß, standen ein wenig hervor, wie bei jemandem, der zu einem leichten Kropf neigt.

Sein Vater hatte alles noch schlimmer gemacht. Je größer die Abhängigkeit von der Reederei und damit von Leben und Herrschaft des Vaters wurde, umso mehr schwand das bisschen Freiheit und Stärke, die Carl-Christian sich in seiner Jugend während einer kurzen Karriere als Skiläufer zugelegt hatte. Er hatte es auf den dritten Platz bei den norwegischen Juniormeisterschaften gebracht, ehe sein Vater solche unnötigen Unternehmungen untersagt hatte. Ski lief man sonntags. In der Woche wurde von acht bis sieben gearbeitet. Carl-Christian hatte das hingenommen. Jahr um Jahr.

Dann war Mabelle gekommen. Eine Schönheit, ein Wildfang. Sie war zielstrebig, wo Carl-Christian auswich, hob den Kopf, wo er sich nach dem Willen seines Vaters duckte.

»So hätte es nicht kommen dürfen«, flüsterte sie weinend an seinem Hals.

»So nicht, nein«, stimmte er ihr zu.

Mabelle durfte nicht zusammenbrechen. Denn wenn Mabelle nicht durchhielte, wäre alles verloren. Er war nicht stark genug; viel zu lange schon hatte sie ihm Kraft gegeben, nur sie.

»Was ist mit Hermine?«, fragte Mabelle verzweifelt. »Auf die Kleine ist doch einfach kein Verlass. Jedenfalls nicht jetzt, wo es darauf ankommt. Was sollen wir machen?«

Carl-Christian konnte nicht antworten. Hermine war in ihrer Lage tatsächlich ein Pulverfass.

»Es wird schon gehen«, tröstete er, ohne zu antworten. »Alles wird gut, Mabelle.«

Aber er glaubte selber kein Wort von seinen Beschwichtigungen.

Um zehn Uhr wurde Hanne Wilhelmsen aus dem Schlaf gerissen, weil eine Mandarine ihr Auge traf. Marry wollte über ihrem Bett einen Strumpf voll Leckereien aufhängen.

»Noch ist nicht Heiliger Abend«, sagte Hanne schlaftrunken. »Was machst du denn da?«

»Jetzt hab ich lang genug gewartet. Heute ist der vierte Advent. Jetzt wird geschmückt.«

Hanne streifte ihren Morgenrock über und stapfte ins Wohnzimmer. Die minimalistische Einrichtung ertrank in Glitzerkram und Tand. Unter der Decke hingen kreuz und quer rote und grüne Girlanden, an denen kleine Lichter funkelten.

»Fotozellen«, sagte Marry, die Hanne gefolgt war, hingerissen. »Wenn hier jemand durchgeht, dann ...«

»O Tannenbaum, o Tannenbaum«, brüllte ein Kinderchor. In der Ecke vor der Balkontür löffelte ein riesengroßer Weihnachtsmann seinen Brei.

»Hohoho«, lachte er und hob den Arm zu einem mechanischen Gruß.

»Herrgott«, flüsterte Hanne.

An den Wänden hingen rote und grüne Flechtkörbe, mit Sprühfarben bearbeitete Tannenzweige, Messingsterne und Goldranken. Wie ein Denkmal für schlechten Geschmack ragte der Baum auf und endete im größten Stern, den Hanne jemals gesehen hatte. Marry drückte aufgeregt auf einen Schalter an der Wand. »Stille Nacht«, klimperte der Stern zweistimmig und rotierte langsam.

Hanne musste lachen.

»Gefällt dir das nicht?«, heulte Marry. »Ich hab seit Mitternacht geschuftet!«

Jetzt war auch Nefis aufgestanden. Begeistert schaute sie sich um.

»Wunderbar«, keuchte sie inmitten des Chaos. »Wie ungeheuer norwegisch!«

»Nein«, schluchzte Hanne. »Das ist ... das ist ...«

Plötzlich war alles still. Marry hatte auf eine Art Hauptschalter gedrückt und starrte Hanne vorwurfsvoll an. »Was ist das, sag es noch mal?«

»Das ist ...«

Hanne breitete die Arme aus und lächelte strahlend.

»Das ist verflixt noch mal die fantastischste Weihnachtsdekoration, die ich je in meinem Leben gesehen habe! Marry, du bist einfach ein Märchen! So was ist mir noch nie passiert.«

»Echt? Nefis hat gesagt, ich dürfte bestellen, was ich will. Ist alles geliefert worden, weißt du. Ich hab mir solche Mühe gegeben!«

»Das sehe ich«, sagte Hanne, jetzt ruhiger. »Tausend Dank.«

»Dir auch tausend Dank«, schniefte Marry. »Jetzt bin ich wirklich froh, echt.«

Sie zog ein riesiges Taschentuch aus ihrem Pulloverärmel und wischte sich die Augen. Dann reichte sie Hanne einen gelben Zettel.

»Heute Morgen hat ein Typ angerufen. Unverschämt früh. Ich hab mich geweigert, dich zu wecken. Ich wollte eigentlich die Klappe halten. Aber jetzt bin ich froh, Hanne. Jetzt hast du eine alte Seele glücklich gemacht!«

Sie humpelte in die Küche. Glücklicherweise hatte sie vergessen, die lärmende Dekoration wieder einzuschalten.

»Ich bin rechtzeitig wieder da«, sagte Hanne und kam Nefis damit zuvor, während sie den Zettel kurz überflog. »Heute muss ich doch kochen. Versprochen.«

Sie hob einen Heiligenschein vom Boden auf und drückte ihn einer Putte aufs Haupt.

»Irgendwie ist es ja auch niedlich«, sagte sie und lächelte. Die Feiertage schienen die Neugier der Presseleute gedämpft zu haben. Auf jeden Fall war in dem beißenden Wind, der an den Häusern in der Eckersbergs gate entlangpfiff, keine Spur von ihnen zu entdecken. Nur eine Katze lief über den verlassenen Bürgersteig. Sie schüttelte bei jedem Schritt die Pfote und miaute jämmerlich.

»Ich habe mich oft gefragt«, sagte Erik Henriksen, als sie die versiegelte Haustür aufschlossen, »was solche Leute ihren Kindern erzählen, wenn sie nach Hause kommen und gefragt werden, was sie tagsüber gemacht haben. Tja, sagen sie dann vielleicht: Heute habe ich einen Mann gequält, der eben seine ganze Familie verloren hat. Oder: Heute habe ich eine Kronprinzessin verfolgt, die nur in Ruhe für eine Freundin Geschenke kaufen wollte. Heute habe ich ziemlich vielen Leuten das Leben reichlich sauer gemacht. O scheiße, was für ein Job.«

»Ich glaube nicht, dass die besonders viel erzählen«, sagte Hanne. »Wenn sie nach Hause kommen, meine ich. Klasse, dass du mitmachst.«

»Schon gut«, sagte er und rümpfte die Nase. »Aber ich begreife nicht, wozu dieser Besuch gut sein soll.«

Die Wohnung der Familie Stahlberg war viel zu warm. Noch immer glaubte Hanne, den süßlichen Geruch von Eisen und Chemikalien wahrnehmen zu können, von Blut und der Ausrüstung der Spurensicherungsbeamten. Vielleicht war das nur Einbildung. Auf jeden Fall riss sie ein Fenster auf. Die schweren Samtportieren bewegten sich langsam im Luftzug.

»Die Spurensicherung meint noch immer, dass Sidensvans' Leiche bewegt worden ist, nicht wahr?«

Sie hockte neben den mit Klebeband markierten Umrissen des toten Verlagsmitarbeiters.

»Ja. Und dass er über die Türschwelle gefallen ist.«

»Dass er also vor der Tür stand. Im Treppenhaus. Als er erschossen wurde, meine ich. Stimmt es, dass er im Rücken getroffen worden ist?«

Erik suchte in dem kleinen Ordner, den er unter dem Arm hielt. Er zog die Zeichnung eines Menschenkörpers hervor, stilisiert und flach, von vorn und von hinten, die Wunden waren als rote Flecken auf das weiße Papier gezeichnet.

»Zwei Schuss in den Rücken. Und einer von der Seite in den Kopf.«

»Streng genommen kann er also vor seinem Tod kein Wort mehr mit seinen Gastgebern gewechselt haben, nicht wahr?«

»Nein ... ich weiß nicht ... wie meinst du das?«

»Er ist bewegt worden. Das kann bedeuten, dass er weiter draußen im Treppenhaus lag, auf dem Absatz vielleicht, und dass der Täter die Leiche in die Wohnung schaffen wollte, um bei der Flucht die Tür hinter sich schließen zu können. Aber die Tür stand doch weiterhin offen. Oder etwa nicht?«

»Doch. Irgendwie muss der Hund ja reingekommen sein.

Außerdem ... der Mann, der die Sache gemeldet hat, wollte Lars Gregusson besuchen. Den Computer-Fredi im ersten Stock. Als niemand aufmachte, packte er die Haustür und rüttelte ein bisschen daran. Er war sauer, sagte er, weil die beiden eigentlich hier einen heben wollten, ehe sie in die Stadt loszogen. Aber dann stellte er fest, dass die Tür offen war. Sie war einfach nicht richtig ins Schloss gefallen. Und also schaut er ins Haus. Und sieht auf dem Treppenabsatz ein Paar Schuhsohlen und eine offene Tür. Gott sei Dank war er gescheit genug, um nicht weiterzugehen, sondern uns anzurufen.«

»Das heißt doch, dass Sidensvans vielleicht gar nicht geklingelt hat«, sagte Hanne und schaute wieder hinaus ins Treppenhaus. »Er kann auch einfach hineingegangen sein.«

»Ja, aber warum sagst du das?«

»Ach, einfach so. Gibt es hier eine ganz normale Gegensprechanlage?«

»Ja. Man klingelt unten und sagt, wer man ist, und dann drücken die Bewohner auf einen Knopf, der die Tür öffnet. Ganz normal.«

»Ganz normal«, wiederholte Hanne zerstreut. »Und hier lag Hermann.«

Die Umrisse von Hermann Stahlbergs Füßen waren höchstens zehn bis fünfzehn Zentimeter von Knut Sidensvans' Kopf entfernt.

Hanne, noch immer in der Hocke, stützte das Kinn in die Hand.

»Können wir annehmen, dass Hermann den Gast empfangen sollte?«

»Das können wir wohl. Aber wir wissen es nicht. Wenn ... falls du recht hast und Sidensvans nicht geklingelt hat, dann konnten sie ja nicht wissen, dass er im Anmarsch war.«

»Ich sage ja nicht, dass es so war. Ich sage, es könnte so gewesen sein. Das ist etwas ganz anderes.«

Erik blickte seine ältere Kollegin forschend an, Er hatte sie noch nie verstanden. Nicht einmal jetzt, wo er nicht mehr von dieser idiotischen Verliebtheit besessen war und sie deshalb nüchterner betrachtete, wusste er genau, was er von ihr halten sollte. So ging es aber allen. Hanne Wilhelmsen hatte schon längst den Ruf einer der besten Ermittlerinnen in Oslo oder vielleicht sogar im ganzen Land. Aber niemand wusste, was von ihr zu halten war. Auch nach all diesen Jahren nicht. Die meisten hatten deshalb längst aufgegeben. Hanne war eigen, unzugänglich, fast schon exzentrisch. So sahen sie sie, die allermeisten von ihnen, auch wenn ihr Ruf als Anleiterin der jüngeren und unerfahreneren Ermittler inzwischen legendär war. Fast alle frisch eingestellten Polizisten versuchten, ihre Karriere in Richtung Hanne Wilhelmsen zu manövrieren. Wo die älteren Kollegen eine zähe und eigenwillige Ermittlerin sahen, die es kaum über sich brachte, sich zu irgendeinem ihrer Schritte zu äußern, betrachteten die jüngeren Hanne als originelle, intuitive und gründliche Lehrmeisterin. Ihre Geduld, die allen Diensthöheren gegenüber millimeterdünn zu sein schien, konnte im Umgang mit Kollegen, von denen sie sich nicht sonderlich viel erwartete, gewaltige Ausmaße annehmen.

Erik Henriksen arbeitete seit zehn Jahren eng mit ihr zusammen.

»Ich wüsste ja gern, warum ich dich und deine Geheimnistuerei nicht zum Kotzen finde«, sagte er grinsend. »Könntest du mir zum Beispiel erzählen, was du gerade denkst? Oder muss ich einen Studi von der Polizeischule holen, damit der für mich fragen kann?«

Hanne erhob sich und schnitt eine Grimasse, um einen vom langen Hocken ausgelösten Wadenkrampf zu überspielen.

»Willst du das wirklich wissen?«, fragte sie zerstreut.

Sie stand mitten in Sidensvans' weißem Umriss. Sie schloss einen Moment die Augen. Dann ließ sie ihren Blick um die neben die Wohnzimmertür gezeichneten Umrisse von Prebens Körper wandern. Die drei Leichname hatten nebeneinandergelegen, Fuß an Kopf, eine Kette aus toten Menschen.

»Hmm«, sagte sie und schüttelte vage den Kopf.

»Ja«, sagte Erik. »Das will ich wissen. Hanne, wir wollen das immer wissen. Du bist diejenige, die nicht teilen will.«

»Doch«, sagte sie und konzentrierte sich noch immer auf den Versuch festzustellen, wie viel vom Wohnzimmer man von der Wohnungstür aus sehen konnte. »Ich teile gern.«

»Dann tu's doch endlich!«

Seine Stimme klang jetzt gereizt, und er schaute demonstrativ auf die Uhr.

Sie lächelte strahlend und legte ihm die Hand auf die Schulter.

»Hast du schon gegessen?«

»Nein …«

»Dann komm mit zu mir nach Hause. Und ich werde dir erzählen, was ich gedacht habe. Ich wohne gleich hier um die Ecke. Aber ich warne dich vor … vor der Haushälterin. Sie ist komisch. Lass dir einfach nichts anmerken. Und vor allem: Kein Wort gegen unsere Weihnachtsdekoration!«

»Aber natürlich nicht«, sagte er begeistert und lief hinter ihr her über den schmalen Gehweg vor dem Haus Eckersbergs gate 5.

Hermine Stahlbergs Überdosis wurde als Selbstmordversuch gedeutet, was Carl-Christian – nachdem er zwei Stunden gebraucht hatte, um die Schande zu verdauen, die einer solchen Diagnose schließlich anhaftete – als unbedingten Vorteil erkannte. Die Polizei würde seine Schwester nicht vernehmen können.

Noch lange nicht. Für ihn war das eine fast schon körperliche Erleichterung, die sich nicht von der wachsenden Sorge darüber verdrängen ließ, dass Hermine offenbar stärkere Sachen zu sich nahm als die, die im staatlichen Spirituosengeschäft zu haben waren. Die dröhnenden Kopfschmerzen, die ihn seit mehr als einem Tag gequält hatten, ließen jetzt langsam nach. Mit noch etwas Glück würde er die Lage unter Kontrolle haben.

Vor seinen Augen drehte sich alles, als er sich von dem Stuhl neben dem Krankenbett erhob, in dem Hermine eben eingeschlafen war. Er musste sich am Nachttisch festhalten, die Augen schließen und tief durchatmen.

»Alfred«, sagte er überrascht, als er sie wieder öffnete.

»Carl-Christian. Mein Junge!«

Der Onkel umarmte ihn. Carl-Christian stand schlaff und willenlos da und ließ es mit sich geschehen, lange. Der Gestank von Zigarren und der Körpergeruch eines Mannes, der sich nicht mehr sauber hielt, machten seiner Nase zu schaffen.

»Gut, dass du hier bist«, schnaufte der Onkel. »Ich habe schon versucht, dich anzurufen. Immer wieder. Wir haben uns am Freitagabend getroffen, die Tanten und wir Mannsbilder. Und einige Cousinen, übrigens. Benedicte hat vorbeigeschaut und …«

»Ich war nicht so ganz in Form, Onkel Alfred. Ich gehe im Moment nicht ans Telefon.«

»Kann ich verstehen«, flüsterte Alfred und schielte zu seiner schlafenden Nichte hinüber. »Wie geht es ihr denn?«

»Gut. Den Umständen entsprechend.«

»Sollten wir nicht bei mir zu Hause ein Gläschen trinken, mein Junge? Wir haben so viel zu besprechen. Nach diesen ganzen schrecklichen …«

»Ich dachte, du wolltest Hermine besuchen.«

»Aber die schläft doch. Ich kann das arme Kind schließlich nicht wecken!«

Onkel Alfred wirkte leicht beleidigt und hatte seinen Neffen schon am Arm gepackt. Er zog ihn energisch in Richtung Tür.

»Komm jetzt. Lass Hermine schlafen.«

»Nein!«

Carl-Christian riss sich los und fuhr selbst ein bisschen zusammen, als er hörte, wie scharf seine Stimme klang.

»Ich will nicht mit zu dir. Ich habe sehr viel zu erledigen. Ich bin beschäftigt, und trinken will ich auf keinen Fall.«

Alfred musterte ihn. Seine Augen, klein, blassblau und tief liegend, funkelten vor Wut, und sein Mund zog sich beleidigt zusammen. Carl-Christian ekelte sich vor diesen fülligen Lippen, sie waren immer blutrot und feucht, fast schon feminin. Er wandte sich zur Seite.

»Ich will nur meine Ruhe haben«, murmelte er.

»Da hast du mein vollstes Verständnis.«

Die Stimme des Onkels klang jetzt kühler, geschäftsmäßiger.

»Ich möchte dich jedoch daran erinnern, dass auch im Hinblick auf die Beerdigung noch allerlei zu erledigen ist. Und nicht zuletzt in Bezug auf die Erbauseinandersetzung. In dieser Hinsicht herrscht doch gelinde gesagt eine gewisse Unordnung, nicht wahr?«

Carl-Christian wusste nicht, was er sagen sollte. Die verblüffende Selbstsicherheit, die ihn noch vor einem Moment erfüllt hatte, war verflogen. Er ertappte sich dabei, dass er mit der Schuhspitze über den Boden scharrte, während er dem Onkel nicht in die Augen schauen konnte.

Er hatte Alfreds Stellung in der Familie eigentlich nie verstanden. Alfred war der jüngere und ziemlich unfähige Bruder des Vaters. Er war zwar immer mit irgendeinem geschäftlichen

Projekt beschäftigt, darauf wies zumindest sein ewiges Gerede über in nächster Zukunft erwartete Gelder hin. Aber es kam nie etwas dabei heraus. Früher, als Carl-Christian noch jünger gewesen war, hatte er sich bisweilen genauer mit den vagen Reden des Onkels befasst. Er hatte dann direktere Fragen gestellt, aber die Antworten waren selten konkret ausgefallen. Und die ganze Zeit hatte er sich als Kunsthändler bezeichnet, doch Carl-Christian hatte nie gehört, dass er auch nur ein einziges Bild verkauft hätte.

Es lag auf der Hand, dass Alfreds Lebensstandard nicht mit seinen Einkünften übereinstimmte. Carl-Christian hatte die vage Vorstellung, dass seine lange vor seiner Geburt verstorbenen Großeltern den beiden Söhnen eine hübsche Erbschaft hinterlassen hatten. Die Töchter hatten sich mit sehr viel weniger zufriedengeben müssen. Die Alten waren in der Textilbranche tätig gewesen, und da sie während des Krieges mit allen Seiten Geschäfte gemacht hatten, konnten sie ihren Kindern bei ihrem Tod 1952 wohl einen guten Start in die eigene Karriere ermöglichen. Aber dieses Geld musste trotzdem längst verbraucht sein.

Alfred Stahlberg hatte etwas Vages, Undurchschaubares an sich. Sogar Hermine, die Lieblingsnichte, die eigentlich eher seine Tochter zu sein schien als die ihres Vaters Hermann, konnte ab und zu eine auffällige Abneigung gegenüber allem an den Tag legen, was mit dem Onkel zu tun hatte. Als sie noch klein war, Carl-Christian dagegen bereits ein Teenager, hatte er ab und zu darüber gestaunt, wie rasch bei ihr warme Zuneigung zu dem bezaubernden, redseligen Taugenichts mit trotziger Ablehnung wechseln konnte. Später hatte Carl-Christian aufgehört, sich darüber Gedanken zu machen. Er wusste noch immer nicht, was er von Alfred zu halten hatte. Er begriff auch nicht, warum sein

Vater sich von dem jüngeren Bruder so viel gefallen ließ, obwohl sie einander doch eindeutig nicht nahestanden. Die Menschen lachten über Alfred, sie lachten ihn aber auch an. Sie redeten über ihn, aber gern auch mit ihm, und alle genossen die Anekdoten, die er aus dem Ärmel schütteln konnte. Lügengeschichten, fast poetisch in ihrer offenkundigen Übertreibung seiner Leistungen, seiner Geistesgegenwart und seines Geschäftssinnes. Alfred war inzwischen zwar zu fett und zu kräftig, aber noch vor wenigen Monaten war er trotzdem ein ziemlich eleganter Mann gewesen.

Jetzt roch er streng, und Carl-Christian wollte nicht noch länger neben ihm stehen.

»Ich muss nach Hause«, murmelte er, fast unhörbar.

Als er sich in der Tür umdrehte, sah er, dass Alfred sich an Hermines Bett gesetzt hatte. Er hielt ihre Hand. Als sie die Augen ein wenig öffnen konnte, lächelte sie.

Erik Henriksen starrte die Küche in der Kruses gate an.

»Verdammt«, sagte er endlich. »Das ist ja vielleicht klasse.«

»Guter Junge!«

Marry grinste breit und schenkte ihm eine großzügige Portion Punsch ein. Sie gab Nüsse und Rosinen dazu, bis das Ganze eher aussah wie ein Brei als wie ein Getränk. »Bisschen was zum Aufwärmen«, fügte sie zur Erklärung hinzu, als sie die Kreation mit Schnaps aus einer Flasche Sechzigprozentigem krönte.

»He«, protestierte Erik und wollte die Hand auf den Becher legen. »Es ist doch erst zwölf.«

»Ein Schnaps am letzten Adventssonntag hat noch nie jemandem geschadet«, erklärte Marry und knallte einen geflochtenen Korb voller Plätzchen auf den Tisch.

»Hier, iss. Selbst gebacken.«

»Danke«, murmelte Erik und biss pflichtschuldigst in einen

Lebkuchenmann, als Marry die Küche verließ und die Tür hinter sich zuzog.

Hanne hielt sich den Zeigefinger an den Mund und schlich zum Kühlschrank. Zwei Minuten darauf hatte sie vier riesige Butterbrote geschmiert.

»Ich hab Hunger«, flüsterte sie. »Aber Marry hätte sofort für eine ganze Kompanie Frühstück gemacht, wenn ich ihr etwas gesagt hätte. Ich habe behauptet, wir hätten vorhin gegessen. Deshalb ...«

Sie zeigte auf den Plätzchenkorb.

»Ihr seid wirklich lieb. Dass ihr euch so um sie kümmert.«

»Wir sind eigentlich gar nicht weiter lieb«, sagte Hanne. »Sie arbeitet wie ein Schwein. Hält die ganze Wohnung sauber und kocht fast immer. Und anderen Lohn als Kost und Logis will sie absolut nicht annehmen.«

»Ihr seid trotzdem lieb«, beharrte Erik. »Ich würde nie im Leben eine alte Nutte aufnehmen und ihr eine solche Chance geben. Auch wenn sie dir damals bei dem Fall mit dem Koch geholfen hat. Weißt du noch, wie sie den wichtigsten Beweis vom Tatort an sich gerissen hatte? Hast du sie nicht dadurch kennengelernt?«

»Ja. Danach hat sie sich an mich geklammert. Ich musste mich einfach eine Zeit lang um sie kümmern, wo wir doch von ihrer Aussage abhängig waren. Und dann ist sie einfach geblieben.«

»Ich hätte ihr das ganz bestimmt nicht erlaubt.«

»Du wohnst ja auch nicht so wie wir. Marry ist auch ein bisschen meinetwegen hier.«

»Was?«

»Ich ... ich bin ein wenig allergisch gegen Familie, Erik. Marry erinnert mich daran, dass das hier ... eine *freiwillige* Gemeinschaft ist. Und keine richtige Familie.«

»Eine Familie kommt doch auch freiwillig zustande«, sagte der deutlich verwirrte Erik. »Man verliebt sich, bekommt Kinder ...«

»Lass uns nicht weiter darüber reden«, fiel Hanne ihm ins Wort.

Schweigend aßen sie weiter. Erik verzehrte drei Brote und spülte sie mit winzig kleinen Grogschlückchen hinunter. Marry hatte recht, es wärmte auf. Rasch tippte er eine SMS-Mitteilung und schickte sie ab.

»An meine Freundin«, sagte er. »Damit sie weiß, dass es später wird.«

Erik wollte noch bleiben, in Hannes Küche, und zwar lange. Der Schnaps tat wirklich seine Wirkung. Alles wurde heiß, und er zog seinen Pullover aus. Erst jetzt fiel ihm auf, dass Hanne ihren Becher noch nicht berührt hatte. Er schob seinen ein Stück zurück.

»Hast du auch etwas Leichteres?«, fragte er kleinlaut.

»Marry trinkt nicht mehr«, erklärte sie. »Und wie zum Ausgleich will sie alle anderen mit Alkohol vollschütten. Vielleicht um zu beweisen, dass sie es ohne schafft.«

»Oder dass sie noch weiß, wie gut es schmeckt. Du ... woher kommt eigentlich das Geld?«

Hanne holte Apfelsaft aus dem doppelten Kühlschrank aus gebürstetem Stahl. Sie ließ sich Zeit damit, zwei Gläser zu füllen.

»Das geht dich nichts an«, sagte sie endlich.

»Alles klar. Ich frage aber trotzdem. Woher kommt das Geld?«

Hannes Gesicht blieb ausdruckslos. Lange blieb sie sitzen und sah ihn an, als erwarte sie, dass er seine Frage selbst beantwortete.

»Nefis«, sagte sie endlich.

»Ja, das ist mir schon klar. Ich gehe davon aus, dass wir es gehört hätten, wenn du im Lotto gewonnen hättest. Aber wieso ist sie so reich?«

»Ihr Vater. Der ist steinreich.«

»Das ist aber immer noch keine Erklärung«, sagte Erik resigniert. »Wieso ist der Vater so reich? Und warum gibt er seiner Tochter so viel davon ab? Ist er tot, oder was?«

»Jingle Bells« ertönte abermals mit unverminderter Stärke, als Marry und Nefis plötzlich die Küche betraten. Erik zuckte zusammen und ließ dabei sein Saftglas auf den Tisch fallen, sodass es platzte.

»Marry«, schrie Hanne. »So geht das nicht. Stell dieses schreckliche Gedudel ab. Und zwar sofort!«

»Ich dreh leiser«, sagte Marry sauer und verschwand wieder.

Ruhe trat aber erst ein, als Nefis den Stecker fand und ihn mit brutalem Griff aus der Steckdose zog.

»Ich glaube, ich habe es kaputt gemacht«, flüsterte Nefis hoffnungsvoll und begrüßte Erik, dann sagte sie:

»Schau mal, wer hier ist, Hanna!«

Hinter ihr stand Billy T.

»Hier ist ja wirklich Weihnachten. Und konspiriert wird auch, wie ich sehe. Warum habt ihr mich nicht eingeladen? Ich wollte nur ein wenig Ballast fürs Weihnachtsfest abwerfen, und da sitzen meine engste Kollegin und ein guter Mitarbeiter und reden ohne mich über den Laden.«

»Wir reden nicht ...«

Erik ließ seinen verlegenen Blick von Hanne zu Billy T. wandern.

»Ich wollte nur ...«

»Erzähl mir doch nichts.«

Billy T. ließ sich auf einen Stuhl fallen und zog sich damit an den Küchentisch.

»Du solltest den Klitsch da aufwischen«, sagte er und zeigte auf eine Lache aus Apfelsaft, dann bohrte sein Blick sich in Hanne. »Nefis sagt, dass du vorhast, deine Überlegungen zum Fall Stahlberg mit unserem rothaarigen Freund hier zu teilen.«

Nefis fuhr ihm kurz mit der Hand über die Schultern und fragte freundlich:

»Kann ich dir irgendwas anbieten, Billy T.? Kaffee? Vielleicht Wein?«

Billy T. zögerte. Dann lächelte er matt und bat um ein Glas Wein.

Erik war erleichtert. Für einen Moment hatte alles so hoffnungslos ausgesehen. Wenn Nefis nicht eingegriffen hätte, hätte er auch gleich nach Hause gehen können. Schon viel zu oft hatte er in den letzten Jahren gesehen, wie Hanne und Billy T. unzugänglich wurden, wenn sie zusammen waren; sie wurden sauer, verschlossen sich voreinander und vor anderen. Jetzt lächelten sie beide mit gesenkten Augen vor sich hin, wie Kinder, die einen Tadel eingesteckt haben.

»Also, lass hören!«

»Na gut.«

Hanne holte tief Luft und sah hinter Nefis her, die die Küche verließ.

»Ich denke Folgendes«, setzte sie an. »Ich denke mir, dass der Mord in der Eckersbergs gate vielleicht etwas mit diesen heftigen Familienproblemen zu tun hat.«

»Ungeheuer originell«, murmelte Billy T.

»Ich habe ›vielleicht‹ gesagt. Vieles weist darauf hin, dass entweder Carl-Christian, Hermine oder diese Mabelle etwas mit den Morden zu tun haben. Gemeinsam oder möglicherweise auch unabhängig voneinander. Es ist nicht schwer vorauszusagen, dass wir immer mehr Grund haben werden, in diese Richtung zu schielen, je weiter wir in unseren Ermittlungen kommen. Bei solchen Konflikten wird immer eine Menge Schlamm aufgewühlt.

Und dieser Schlamm kommt uns jetzt wie gerufen. Alles, was wir finden, wird unsere Theorie stärken.«

»Genau«, sagte Billy T. »Weil es eine gute Theorie ist.«

»Aber auch eine gefährliche. Sie schränkt uns ein, bringt uns in Versuchung, die Augen vor dem wichtigen Puzzleteil zu verschließen, das wir lieber nicht sehen wollen.«

»Sidensvans«, sagte Erik und nickte.

»Genau. Knut Sidensvans. Ich kann mich nicht von dem Gedanken lösen, dass er nicht zufällig dort war.«

»Wir haben aber keinerlei Anhaltspunkte«, sagte Billy T. »Verdammt, es ist doch unmöglich, auch nur eine einzige Verbindung zwischen Sidensvans und der Familie Stahlberg zu finden.«

»Wir haben uns aber auch keine große Mühe gegeben.«

»Nein, aber wie sollte so eine Verbindung denn aussehen? Wir haben schon jede Menge Bekannte und Verwandte der drei Ermordeten vernommen. Von denen hat kein Mensch von Sidensvans je auch nur gehört. Nichts gibt Grund zu der Annahme, dass die Stahlbergs ein Buch herausbringen oder auf irgendeine andere Weise die Hilfe eines Verlagslektors in Anspruch nehmen wollten. Sie brauchten wohl auch keinen elegant gekleideten Elektriker ohne Werkzeug, der ihnen an einem späten Donnerstagabend eine neue Leitung hätte legen können. Ich kapier das einfach nicht. Aber sie müssen den Burschen doch erwartet haben. Auf dem Büfett standen vier Gläser bereit, der Schampus war schon geöffnet.«

»Auch komisch, dass der Champagner geöffnet war«, sagte Hanne.

Erik sah sie aus zusammengekniffenen Augen an.

»Man macht das doch eigentlich, wenn alle Gäste da sind«, sagte sie. »Ist das halbe Vergnügen. Den Knall zu hören. Zu trinken, wenn es noch richtig prickelt. Oder stimmt das nicht?«

»Du musst es ja wissen«, murmelte Billy T. »Ich kann mir so was nicht leisten.«

Hanne ignorierte ihn und sagte:

»Wenn wir uns noch einmal der plausibelsten Lösung zuwenden, nämlich, dass diese Morde mit dem Familienkonflikt zusammenhängen, warum hat der Täter sich für gerade diesen Abend entschieden?«

»Ein Abend ist doch sicher so gut wie der andere«, meinte Erik.

»Nein«, sagte Hanne eifrig und beugte sich vor. »Wenn vier Menschen auf diese Weise kaltblütig ermordet werden, dann geht man immer schnell davon aus, dass das alles gründlich durchdacht worden ist. Ich sehe ja, dass die Zeitungen bereits anonyme Quellen aus unserem Haus zitieren: Die Morde waren geplant. Aber wenn jemand vorhat, drei von seinen eigenen Familienmitgliedern umzubringen, würde er dann nicht zumindest darauf achten, dass sie an diesem Abend allein sind? Würde er sich zum Beispiel nicht davon überzeugen, dass die Nachbarn ausgegangen sind und ...«

»Das waren sie doch«, fiel Erik ihr ins Wort. »Alle, außer Backe. Der ist senil und rund um die Uhr besoffen, und das weiß vermutlich das ganze Haus.«

»Backe ist nicht ganz auf der Höhe«, gab Hanne zu. »Aber er hat seine hellen Momente. Er kauft selber ein, und ab und zu geht er sogar ins Theater.«

»Woher weißt du das?«

»Ich habe ihn doch nach Hause gefahren. Sonst hatte niemand Zeit, also habe ich das übernommen. Er kann sich durchaus klar ausdrücken, wenn er nur genug Alkohol im Blut hat und wenn man ihm Zeit lässt. Was ich sagen will, ist, dass es mir eher impulsiv vorkommt, dass jemand am Donnerstag drei Stahlbergs in ihrer eigenen Wohnung umgebracht hat. Ein Plan, ein echter

Mordplan, wäre vermutlich anderswo durchgeführt worden. Im Wochenendhaus, zum Beispiel. Noch am vorigen Wochenende waren Hermann und Turid mit Preben und seiner Familie in Hemsedal. Ihr Haus liegt sehr einsam, bis zum nächsten Nachbarn ist es mehr als ein Kilometer. Ich hätte ... «

Sie ließ sich zurücksinken und verschränkte ihre Hände im Nacken. In ihren Mundwinkeln lauerte ein Lächeln, als sie hinzufügte:

»Wenn ich meine Eltern und meinen Bruder umbringen wollte, dann würde ich das an einem Ort tun, wo ich bestimmt nicht überrascht werden kann. Zu einem Zeitpunkt, an dem die meisten Menschen schlafen. Nicht in Oslo, an einem frühen Donnerstagabend. «

Erik und Billy T. wechselten einen Blick.

»Und dann bleibt uns immer noch eine ganze Reihe von Möglichkeiten. «

Hanne schaute hinüber zu dem Schrank, der Marrys Tabaksdepot enthielt, riss sich aber zusammen.

»Wenn ein oder mehrere Familienmitglieder dahinterstecken, dann handelt es sich wahrscheinlich um eine impulsive Tat. Um einen plötzlichen Einfall, der auch Sidensvans das Leben gekostet hat, weil er eben zufällig dort war. «

Hanne verstummte und schloss die Augen. Billy T. versuchte, sie nicht anzusehen. Er fühlte sich getroffen. Sie alle fühlten sich getroffen. Kein Schwein in der ganzen Truppe war von etwas anderem überzeugt, als dass die vier Opfer in der Eckersbergs gate irgendeinem Mitglied der Stahlberg-Sippe zum Opfer gefallen waren. Schon jetzt herrschte allgemein die Auffassung, dass die Morde detailliert geplant worden waren, vermutlich über einen längeren Zeitraum hinweg. Manche überlegten sogar schon, ob jemand absichtlich den hungrigen Hund dorthin gebracht haben könnte. Der Hund hatte die Ermittlungen jedenfalls um einiges erschwert.

»Wenn allerdings die Familie *nicht* dahintersteckt«, sagte Hanne plötzlich, »dann haben wir ein verdammtes Problem. Um das mal harmlos auszudrücken. Dann kann es sich um einen misslungenen Raubmord handeln. Oder um einen zufälligen Irren. Das ist nicht gerade wahrscheinlich, aber trotzdem.«

Sie fing Billy T.s Blick auf.

»Vielleicht war es ja auch so, dass eigentlich Sidensvans ermordet werden sollte«, sagte sie langsam. »Die Familie wurde dann nur geopfert. Entweder, um den Mord an Sidensvans zu tarnen. Das wäre nicht der erste Fall dieser Art. Oder er musste ...«

»... ermordet werden, ehe er Stahlbergs irgendetwas aushändigen konnte«, fiel Erik ihr ins Wort. »Oder etwas erzählen. Aber dann sind wir doch wieder bei Carl-Christian & Co. angekommen, oder? Als Verdächtige, meine ich?«

Hanne zuckte mit den Schultern.

»Schon möglich. Aber jedenfalls ... meinen vorläufigen Schlussfolgerungen werdet ihr doch sicher zustimmen.«

»Und wie sehen die aus?«, fragte Billy T. aufrichtig verzweifelt. »Ich finde, du springst beim Denken kreuz und quer in sämtliche Richtungen. Was meinst du eigentlich?«

»Zweierlei: Falls Familienmitglieder hinter den Morden stecken, dann ist das Ganze wahrscheinlich total impulsiv passiert. Es war nicht geplant. Jedenfalls nicht gut und nicht über lange Zeit hinweg. Außerdem: Es ist nicht nur eine fixe Idee, wenn ich sage, dass wir viel mehr über diesen Sidensvans herausfinden müssen. Und darüber, was in aller Welt er bei Hermann und Tutta zu suchen hatte.«

»Vielleicht hatte er etwas bei sich.« Erik ließ nicht locker. »Etwas, das der Täter dann bei seiner Flucht beseitigt hat?«

»Vielleicht, ja«, sagte Hanne und nickte. »Oder vielleicht hatte er eben gerade nichts bei sich. Vielleicht sind seine Schlüssel deshalb nicht gefunden worden. Oder vielleicht hat er nie ... Was, wenn er einfach nicht ...«

Hanne verstummte und überlegte.

»Deine Theorie, dass das so impulsiv passiert sein kann ...«

Billy T. war jetzt erregt, er gestikulierte.

»Die überzeugt nicht. Man legt sich nicht so einfach zwei Schusswaffen zu. Der Täter oder die Täter, ob nun Verwandte oder Außenstehende, müssen doch Zeit aufgewandt haben, um die Waffen zu besorgen! Meinst du wirklich, dass jemand so was einfach herumliegen hat, sozusagen für den Fall, dass man irgendwann mal das Bedürfnis verspürt, einen Mord zu begehen?«

Hanne gab keine Antwort. Sie hatte den Kopf schräg gelegt und schien in Gedanken versunken zu sein, als lausche sie auf etwas, wovon sie gar nicht sicher war, ob sie es überhaupt gehört hatte.

»Hallo«, sagte Billy T. »Stimmst du mir zu?«

»Was?«

Sie machte ein verwirrtes Gesicht und lächelte dann verlegen.

»Ich dachte nur gerade, dass Sidensvans vielleicht nicht ... es ist doch nicht sicher, dass er ... nein. Es muss Grenzen für Spekulationen geben. Sogar für meine.«

»Bleibt noch irgendwer zum Essen?«

Marry hustete in der Türöffnung wie eine Schwindsüchtige.

»Für die Kocherei ist heute die Gnädige persönlich zuständig, nur, damit das mal gesagt ist. Aber vielleicht ist es ja trotzdem essbar. Du musst loslegen, Hanne. Sonntags essen wir um drei. Wir sind ja keine Kanacken, die nachts fressen.«

Sie knallte eine riesige Tüte voller Lammkoteletts auf die Anrichte.

»Na, was ist?«

»Ich esse gern mit«, sagte Erik.

»Na gut«, sagte Billy T. »Wenn Marry darauf besteht.«

»Das tut sie aber nicht«, sagte Hanne und fing an, Kartoffeln zu schälen.

Ein Mann versuchte, Wechselgeld entgegenzunehmen und gleichzeitig in seine Wurst zu beißen. Die Kassiererin fand das unhöflich. Der Kapuzenpullover des Kunden unter der offenen, zerlumpten Fliegerjacke war fleckig. Sein Gesicht war von seiner Drogensucht entstellt, es war mager und wies mehrere offene, nässende Wunden auf. Sie legte das Geld auf den Tresen. Wütend pöbelte er mit vollem Mund.

»Scheiße! Ich will das Geld in die Hand! Ich bin verdammt noch mal kein Tintenfisch! Siehst du nicht, dass ich fresse?«

Er zitterte und musste einen Fuß anders stellen, um im Gleichgewicht zu bleiben. Dabei stieß er mit dem Ellbogen ein Kind an, das auf dem Arm seiner Mutter saß. Ein dicker Ketchupklecks fiel auf den Mantel der jungen Frau. Das Kind schrie wie besessen los. Der Mann in der Kutte schimpfte weiter und versuchte, das Geld aufzulesen. Die Frau hinter dem Tresen hatte jetzt sichtlich Angst, sie wich zurück und sah sich Hilfe suchend um.

»Hey! Du da!«

Ein kräftiger Mann von Mitte dreißig bohrte dem Junkie einen Finger in den Rücken.

»Immer mit der Ruhe, ja?«

Der Wurstesser drehte sich langsam um. Es sah aus, als müsse er sich alle Mühe geben, um seine Umgebung klar sehen zu können. Plötzlich knallte er dem anderen seine Essensreste vor die Brust.

»Misch du dich hier nicht ein«, nuschelte er und wollte gehen.

Als Antwort traf ihn eine Faust auf den Mund. Zwei Zähne brachen ab. Beim Sturz riss er drei Schachteln Pralinen und ein Stativ mit Klatschillustrierten mit sich.

Das Kind schrie ärger denn je, und die Mutter weinte verängstigt.

Die Verkäuferin hatte schon längst die Polizei alarmiert.

Mabelle Stahlberg legte sich gerade eine neue Wahrheit zu. Sie lag auf dem Boden ihrer Wohnung in der Odins gate und hörte Musik, während sie sich eine alternative Wirklichkeit schmiedete, eine Geschichte, von der sie sich und auch andere überzeugen könnte.

Sie hatte schon früher meditiert, ehe sie Carl-Christian gekannt hatte, vor ihrem Leben mit der Familie Stahlberg, damals, als alles und alle sich gegen sie verschworen hatten und ihr nichts glücken wollte. Immerhin war sie hübsch gewesen, und das war schon mal ein guter Start in einer Welt, die dem Oberflächlichen huldigte.

Schon mit vierzehn Jahren hatte sie ihren ersten Auftrag als Model erhalten. Es war nichts Großes gewesen, ein kleiner Werbeauftritt für einen Versandhauskatalog, aber doch überwältigend für ein Mädchen, das plötzlich begriff, dass ein gutes Aussehen die Flucht aus einer engen Wohnung ermöglichen konnte, wo eine unheilbar kranke Mutter sich langsam zu Tode rauchte und May Anita und drei kleinere Geschwister sich selber überließ. Mit siebzehn hatte sie festgestellt, dass sie immer mehr ausziehen musste, um neue Aufträge zu bekommen. In einem schmuddeligen Lokal in Sagene mit verhängten Fenstern und einer verdreckten Eckbadewanne sagte sie endlich Nein. May Anita wollte zu Mabelle werden. Sie hatte keine Ahnung, wie sie das schaffen sollte. Sie hatte keine Wohnung. Ihre Geschwister waren auf Pflegeheime verteilt, aber das Jugendamt hatte glücklicherweise keine großen Versuche unternommen, um etwas für die Älteste zu tun, schließlich wurde sie in vier Monaten achtzehn. May Anita hatte nichts, aber zum ersten Mal in ihrem jungen Leben begriff sie, dass sie eine gewisse Intelligenz besaß. Es war eine intuitive und von keinerlei Kenntnissen beschwerte Intelligenz, aber sie hatte sie doch vor Drogen bewahren können und sie dazu gebracht, bei Porno eine Grenze zu ziehen. In den folgenden sechs Jahren lebte sie von der Hand in den Mund. Hier ein kleiner Job, dort eine Arbeit, vielleicht für einen alten Bekannten, der sich von einem armen Mädchen, das trotz allem schöne Augen und einen annehmbaren Körper besaß, zur Freigebigkeit bewegen ließ.

May Anita schaffte es niemals richtig. Aber sie lernte viel.

Dann stieß sie eines Nachts auf Carl-Christian, er war betrunken. Sie selbst war nüchtern, wie immer. Der Mann hatte etwas Weiches, etwas Niedliches und wirklich Hilfloses an sich. Er hielt vor dem Seven Eleven im Bogstadvei den Kopf über eine Mülltonne.

May Anita hatte den ihr unbekannten jungen Mann nach Hause und ins Bett gebracht. Sie sah keinen Grund, ihn zu verlassen, als er in das breite Bett mit der seidenen Bettwäsche gefallen war. Im Gegenteil, sie blieb. Drei Tage später wurde sie Carl-Christians Geliebte.

Mit CCs Hilfe wurde sie zu Mabelle. Sie ließ ihre Nase begradigen, wie so viele Fotografen es ihr geraten hatten. Im gleichen Aufwasch waren ihre Lippen üppiger geworden, und als das alles geschehen war, machte er ihr einen Heiratsantrag.

Auf ihre Weise mochte Mabelle ihn gern. Er betete sie an. Seine Furcht, seine Angst, sie könnte ihn verlassen, gaben ihr Sicherheit. Dieses Ungleichgewicht zwischen ihnen, diese Schieflage in ihrer Beziehung war auf eine gewisse Weise befriedigend. Sie war abhängig von seinem Besitz. Er aber war abhängig von ihr.

Sie musste ihr Leben natürlich schönreden, als sie Carl-Christian kennenlernte. Nach und nach wurde sie wahr, die Geschichte, die sie so oft aufgetischt hatte, mit immer größerer Präzision und immer mehr Details. Es war wie mit Schminke, das hatte sie sich ab und zu überlegt, wie bei einer winzigen kosmetischen Operation: Wenn sie gut durchgeführt wurde, konnte nachher niemand mehr sehen, wie es früher gewesen war.

Sie log nicht. Sie erschuf die Wirklichkeit neu.

Mabelle Stahlberg hatte schon als Kind begriffen, dass Lügen durchaus zur Wahrheit werden konnten, wenn man sich in den Betrug hineinstürzte, daran festhielt und sich niemals beirren ließ. Wahrheit war im Grunde etwas für die, die sie sich leisten konnten, und Mabelle Stahlberg hatte durchaus nicht vor, jemals wieder zu May Anita Olsen zu werden.

Hermann und Tutta hatten den Tod verdient. Sie hatten es nicht anders gewollt. Hermann war schlecht, er war bis ins Mark hinein egoistisch und böse. Er war rachsüchtig, stur und eigensinnig. Hermann war ein Dieb, der vorhatte, ihnen ihr Leben zu rauben. Er wollte Carl-Christian bestehlen, seinen leiblichen Sohn, der sich jahrelang den Wünschen und dem Willen seines Vaters ergeben und sich abgearbeitet hatte. Tutta war nur ein törichter Anhang ihres Mannes, eine willenlose Nickpuppe. Sie musste selbst die Verantwortung dafür tragen, dass sie sich der Ungerechtigkeit, der Übervorteilung nicht widersetzt hatte. Hermann und Tutta waren selbst schuld an ihrem Tod.

Und das galt auch für Preben.

Mabelle schloss die Augen und versuchte, sich zu entspannen. Sie war jetzt müde, fast erschöpft. Sie wollte nicht an Preben denken.

Sie hatten nichts verbrochen. Und das war jetzt fast schon wahr.

»Aber ist das nicht der alte Snifflappen persönlich! Ich dachte, du hättest schon längst den Geist aufgegeben!«

Billy T. knallte dem Festgenommenen eine Faust in den Rücken.

»Ssiehsst du nicht, dassss ssie mir die Ssähne aussgesslagen haben«, lispelte der Mann in der Kutte und bleckte die noch vorhandenen Zähne. »Ssei nich sso gemein!«

»Du hattest doch nicht mehr so viele, dass es noch eine Rolle gespielt hätte«, sagte Billy T. und setzte sich dem anderen gegenüber an den Tisch im Vernehmungsraum. »Aber du scheinst ja auch nicht besonders viel zu kauen. O scheiße, was bist du mager geworden!«

»Krank«, murmelte Snifflappen und fuhr sich über die geschwollene Oberlippe. »Verdammt krank. Du sstinksst nach Wein.«

»Ich hab heute frei«, sagte Billy T. freundlich. »Hab eben bei einer netten Familie gegessen. Wollte eigentlich gar nicht herkommen. Aber dann hat jemand angerufen, weißt du. Und behauptet, du wolltest unbedingt mit mir reden. Und das ist hoffentlich ...«

Seine Stimme steigerte sich zu einem Brüllen:

»Wichtig!«

Snifflappen fuhr so heftig zusammen, dass er mit dem Kopf gegen die Wand knallte.

»Ich bin krank. Und du ssiehsst ja, dass ich blute.«

»Lass mich mit dieser Schweinerei in Ruhe, das sag ich dir. Ich hab gehört, du hast oben in der Vogts gate in einem Kiosk Scheiß gebaut. Hast die Kundschaft mit Blut versaut und so. Kleine Kinder und anständige Damen. Was soll denn das nun wieder, Snifflappen? Was sind denn das plötzlich für Manieren?«

»Das war Ketchup«, jammerte Snifflappen. »Kein Blut.«

»Und dann hattest du nicht Grips genug, um das hier loszuwerden, ehe unsere Leute auftauchten.« Billy T. schnalzte tadelnd mit der Zunge und hob eine kleine Plastiktüte mit unverkennbarem Inhalt hoch.

»Drei Gramm? Dreieinhalb? Aber Snifflappen! Du wirst alt!« Er kniff die Augen zusammen und schien den Beutel genau zu untersuchen.

»Ich hab was!«

»Du hattest«, sagte Billy T. mit harter Stimme. »Du hattest vier Gramm Heroin. Und jetzt hab ich sie.«

»Ich hab Infoss, Billy T. Ich weissss wass!«

Jetzt flüsterte er, laut und zischend durch die Zahnlücke in seinem Oberkiefer. Billy T. verzog resigniert das Gesicht. Er kannte Snifflappen aus seinen Jahren bei der Unruhe-Patrouille. Der Typ war einfach nicht in der Lage, drei Minuten hintereinander zusammenhängend zu reden.

»Echt! Ich sssswöre, Billy T. Ich weissss wass über diese ...« Er verstummte plötzlich und schaute sich paranoid im Zimmer um.

»Über wen?«, fragte Billy T.

»Ich will Immunität«, sagte Snifflappen, seine Blicke jagten wie gehetzt durch den Raum, als erwarte er, dass jemand aus der Wand trat. »Ich ssag erss wass, wenn ich Immunität krieg.«

»Snifflappen, Snifflappen, Snifflappen.«

Billy T. fuhr sich mit beiden Händen über den Schädel und grinste breit.

»So läuft das hierzulande nicht, weißt du. Hast zu viele Amifilme gesehen, scheint mir. Also raus damit. Was weißt du?«

»Ich ssag niksss.«

Snifflappen machte dicht, im wahrsten Sinne des Wortes. Er zog sich die Kapuze über den Kopf, verschränkte die Arme und schob die Schultern vor. Dann senkte er sein Gesicht auf die Brust. Er sah aus wie ein fastender Mönch aus dem Mittelalter, und er stank.

»Hör auf mit dem Scheiß. Jetzt red schon.«

Snifflappen saß da wie versteinert. Billy T. stand auf.

»Na gut«, sagte er schroff. »Bleib du nur sitzen. Jetzt kommt eine lange Zeit mit Rütteln an Gitterstäben.«

Dann steckte er das Heroin in seine Brusttasche und ging zur Tür.

»Hilf mir doch endlich!«

Jetzt jammerte Snifflappen. Billy T. glaubte für einen Moment, er werde gleich in Tränen ausbrechen.

»Ich kann jetsst nich ssitssen! Grad jetss nicht, Billy T. Hilf mir doch, bitte!«

Billy T. blieb stehen, drehte sich aber nicht um.

»Lass hören«, sagte er, zur Tür gewandt. »Wenn das, was du sagst, von irgendeinem Wert ist, dann sehe ich mal nach, ob diese Tüte etwas schrumpfen kann.«

Er schaute sich über die Schulter um.

»Okay?«

»Na ja, okay ,,, «

Billy T. schaute demonstrativ auf die Wanduhr und setzte sich wieder.

»Aber es muss wirklich eine fette Nachricht sein, Snifflappen. Komm mir jetzt bloß nicht mit irgendwelchem Scheiß. Okay?«

»Okay, ssag ich doch. Alsso hör ssu.«

Elf Minuten darauf war es Billy T. schon ziemlich warm. Ab und zu unterbrach er den Festgenommenen durch eine Frage. Er hatte sich einen Notizzettel geholt und füllte ihn aufgeregt. Als

Snifflappen sich endlich auf seinem Stuhl zurücksinken ließ und behauptete, fertig zu sein, schwieg Billy T. Snifflappen brachte seinen zahnlosen Oberkiefer zu einer Art Lächeln. Seine Mundwinkel waren rot, und das geronnene Blut bekam bei dieser Grimasse Risse.

»Iss doch fein, nich?«

Billy T. gab noch immer keine Antwort. Er saß nur da, auch er hatte die Arme übereinandergeschlagen, und er sah aus, als glaube er kein Wort von dem, was Snifflappen da erzählt hatte. Er hatte den Mund zu einer skeptischen Grimasse verzogen und die Augen halb geschlossen. Snifflappen rutschte auf seinem Stuhl ungeduldig hin und her und kratzte sich frenetisch an einer Wunde auf der Stirn.

»Komm sson. Kann ich jetss gehen?«

»Oddvar, oder? So heißt du doch in Wirklichkeit?«

»Ja ... mach jetss keinen Sseiss mit mir. Kann ich gehen?«

»Oddvar?«

Billy T. rief über die Sprechanlage einen Studenten von der Polizeischule herbei.

»Oddvar«, sagte er dann noch einmal. »Ich würde dir gern helfen. Aber das geht nicht. Zum einen sind vier Gramm zu viel, um ein Auge zuzudrücken. Zum anderen bist du so erschöpft, dass du bestimmt nicht noch eine Nacht in dieser Kälte überleben würdest. Und drittens ...«

»Ich kann bei meiner Sswesster wohnen«, sagte Snifflappen verzweifelt. »Verdammt, ich hab dir doch alless gessagt! Alless, wass ich weissss, Billy T. Ich kann jetss keine Sselle ertragen!«

Ein klapperdürrer junger Mann kam herein und legte Snifflappen eine Hand auf die Schulter.

»Komm jetzt«, sagte der Student und versuchte, sich energisch anzuhören.

»Der Teufel ssoll dich holen, Billy T. Der Teufel!«

Snifflappen schrie und jammerte, als er abgeführt wurde. Billy T. blätterte zerstreut in seinen Notizen.

»Die Aussage, die du da gemacht hast«, murmelte er. »Die muss Hanne mit eigenen Ohren hören.«

Dann steckte er das Notizbuch in die Brusttasche und erkundigte sich danach, welcher Polizeijurist gerade Überstunden machte. Sonst würde er einen anrufen müssen. Obwohl es nach sieben Uhr war.

Der alte Mann im Wald stand beim Holzschuppen und säuberte den alten Eisbohrer von Reisigstücken und Schmutz. Er hatte ihn seit vielen Jahren nicht mehr benutzt. Eigentlich angelte er gar nicht gern, und im Winter erst recht nicht. Eine stille Sommernacht am See konnte nett sein, mit Wurm und Schwimmer und Kaffee über dem Feuer und ab und zu der Begegnung mit einem Wanderer, der sich auf ein Schwätzchen niederließ. Er hatte jedoch nie begriffen, wozu es gut sein sollte, neben einem Loch im Eis zu sitzen und wie ein Hund zu frieren.

Aber sein Entschluss stand fest. Er wollte versuchen, festzustellen, was der Fremde hier getrieben hatte. Vermutlich würde es nichts bringen. Vermutlich würde er sich gewaltig blamieren. Es wäre aller Wahrscheinlichkeit nach ohnehin unmöglich, etwas zu finden. Aber trotzdem war etwas in ihm erwacht, eine Neugier, die sein Blut ein wenig schneller fließen ließ. Vage fühlte er sich an alte Tage erinnert, an Wanderungen durch fremde Häfen, auf Landurlaub oder weil er sein Schiff verpasst hatte, was immer häufiger vorgekommen war, immer häufiger war er betrunken und abgebrannt gewesen, aber immer auf der Suche nach neuen Möglichkeiten. Das Leben im Wald stand still, so wollte er es, dafür hatte er sich entschieden. Aber die Störung seines Alltags durch den Fremden, dieses plötzliche Element von Unverständlichem und Prickelndem, war ihm trotzdem willkommen, wie ein Weihnachtsgeschenk.

Niemand würde ihn sehen. Er würde am 23. Dezember bis nach neun Uhr abends warten, wenn alle braven Bürger zu Hause waren und den Weihnachtsbaum schmückten. Er würde seine Zeit zu etwas nutzen, das sich sicher als Blödsinn erweisen würde, und da sollte lieber niemand etwas mitbekommen.

Der Alte führte in der Luft eine Probebohrung durch und fuhr sich danach nachdenklich über die Bartstoppeln.

An dem Bohrer war nichts auszusetzen.

Zwei Stunden vor Mitternacht wurde Snifflappen im Arrest tot aufgefunden. In seinen entsetzlichen Entzugszuständen war er mit dem Kopf gegen die Wand gerannt. Der Arzt meinte, er müsse gewaltig Anlauf genommen haben, der Schädel war in zwei Teile zerbrochen. Als Billy T. davon erfuhr, schloss er sich in seinem Büro ein. Ganz allein.

MONTAG, 23. DEZEMBER

Außer Hanne Wilhelmsen hätte wohl niemand eine solche Vernehmung durchsetzen können, Billy T. versuchte, sein Lächeln zu verbergen, als sie ins Krankenzimmer geführt wurden. Noch eine halbe Stunde zuvor hatte es sich unmöglich angehört. Der Stationsarzt hatte sie so herablassend behandelt, dass Hanne in die Luft gegangen war. Als der Weißkittel dann endlich seine Zustimmung gegeben hatte, geschah das aufgrund von polizeilicher Arroganz und versteckten Androhungen von allerlei Unannehmlichkeiten in »ernsthaftem juristischem Zusammenhang«. Der bejahrte Arzt hatte an seinem Stethoskop herumgefummelt. Ein Schmuckstück, hatte Billy T. gedacht, ein Kastenzeichen, das Distanz und Erhabenheit zeigen soll.

Hermine war bei Bewusstsein.

Sie wurden mit totaler Gleichgültigkeit empfangen. Hanne stellte sich und Billy T. vor. Die Patientin zuckte kaum mit der Wimper, und Billy T. wusste nicht so recht, ob sie überhaupt begriffen hatte, wer sie waren.

»Polizei«, wiederholte er und lächelte aufmunternd. »Wir kommen von der Polizei.«

Sie saß halbwegs aufrecht in einem verstellbaren Bett. Ihre Haare waren verfilzt und ungepflegt, ihre Haut war fast so bleich wie das Bettzeug. Eine Art Ausschlag um den Mund, kleine Pusteln in einem Schmetterlingsmuster. Billy T. dachte an seine Tochter, die allergisch gegen Schnuller war. Hermine sah aus, als sei auch ihr so ein kindlicher Trost zuteilgeworden, den sie nicht vertragen konnte.

Trotzdem war sie hübsch, auf eine wehrlose Weise. Ihre Haare waren verfilzt, fielen jedoch weich und blond um ihr schmales Gesicht. Ihre Augen waren ausdruckslos, aber groß und blau. Allmählich schien Hermine Stahlberg wieder zu sich zu kommen, und jetzt lächelte sie Billy T. fast kokett an.

»Das habe ich gehört«, sagte sie. »Ich nehme an, dass es um meine Eltern geht. Und um Preben, ja. Ich habe schon auf Sie gewartet. Es geht mir nicht gerade gut, wie Sie sehen ...«, ein Blick voller Selbstmitleid wanderte zum Tropf hoch, »... aber mir ist natürlich klar, dass Sie mit mir sprechen müssen.«

Billy T. fühlte sich nicht wohl in seiner Haut. Hermines Blick schien an ihm zu kleben, sogar, als er von der Bettkante zur Fensterbank ging. Deshalb schwieg er und schaute in eine andere Richtung. Hanne war mit der nichtssagenden Einleitungsrunde beschäftigt. Die Formalitäten zuerst, gefolgt von Beileidsbekundungen und harmlosen Fragen mit den üblichen wertlosen Antworten. Die ganze Zeit über sah Hermine ihn an, nur ihn. Das Piktogramm an der Tür teilte mit, dass das Zimmer über eine eigene Toilette verfügte. Er bat um Entschuldigung. Pisste. Wusch sich gründlich die Hände. Spritzte sich Wasser ins Gesicht. Erst als er hörte, dass die Stimmen der beiden anderen lauter wurden, ging er zurück.

»Wirklich nur das«, sagte Hanne. »Ich will nur wissen, was Sie am 10. November gemacht haben. Am Sonntag, dem 10. November.«

Jetzt galt Hermines Aufmerksamkeit ihr.

»Das kann ich doch nicht wissen.«

Sie schien noch gar nicht gemerkt zu haben, dass er wieder da war. Sie gestikulierte eifrig.

»Ich kann mich nicht daran erinnern, was ich an einem Tag gemacht habe, der über einen Monat zurückliegt!«

»Was ist mit dem 16.?«, fragte Hanne. »Was haben Sie abends am 16. November gemacht?«

»Ich weiß wirklich nicht, warum Sie das wissen wollen.«

»Das ist auch nicht nötig. Es reicht, wenn Sie meine Fragen beantworten. Aber natürlich, wir können Sie auch zu einer offiziellen Vernehmung auf die Wache schleifen, wenn Ihnen das lieber ist. Wir versuchen nur, Ihnen entgegenzukommen. Die Sache etwas leichter für Sie zu machen.«

»Mir entgegenzukommen ... ha.«

Hermine ließ sich demonstrativ im Bett zurücksinken und schlug die Hände vors Gesicht. Halb ersticktes Schluchzen war zu hören. Hanne seufzte und beugte sich vor.

»Hören Sie, Hermine Stahlberg. Je schneller Sie unsere Fragen beantworten, desto eher verschwinden wir. Okay? Also frage ich noch einmal: Gibt es irgendetwas, das es Ihnen erleichtern könnte, sich daran zu erinnern, was Sie am 10. und 16. November gemacht haben? Einen Kalender? Ein Tagebuch vielleicht?«

Hermine schlug mit flachen Händen auf die Bettdecke.

»Ich will einen Anwalt«, sagte sie.

Ihre Stimme hatte sich verändert. Sie klang jetzt schärfer, wacher, als seien Überdosis und Bettlägerigkeit nur gespielt gewesen, inszeniert zum Schutz gegen unerwünschte Fragen und unangenehme Nachforschungen.

»Einen Anwalt ...«

Hanne kostete das Wort aus, ließ es sich auf der Zunge zergehen, zuckte mit den Schultern und lächelte freundlich.

»Sie glauben also, dass Sie einen Anwalt brauchen.«

Hermine lag mit geschlossenen Augen da, und Billy T. musste sie dafür bewundern, dass sie ihre Augenlider stillhalten konnte.

Nur ein leichtes Zittern der linken Hand verriet, dass die junge Frau eigentlich angespannt war.

»Interessant«, sagte Billy T. »Frau Wilhelmsen und ich haben beide über vierzig Jahre auf dem Buckel. Bei der Polizei, meine ich. Zusammen. Deshalb wissen wir sehr gut, dass wir auf einen wehen Zeh getreten haben, wenn jemand einen Anwalt verlangt. Und das gefällt uns so.«

Hermine reagierte noch immer nicht.

»Sie müssen sich klar vor Augen halten, dass wir wissen, was Sie am …«

»Ich glaube nicht, dass wir der Dame mitteilen müssen, was wir wissen«, fiel Hanne ihm mit einer mahnenden Geste ins Wort. »Hermine will nichts sagen. Das ist Hermines gutes Recht. Wenn Hermine lieber zur Vernehmung geschleift werden will, dann kann Hermine das haben. Wir werden ihr sogar einen Anwalt besorgen, nicht wahr, Billy? Sie kriegt einen richtig guten Anwalt.«

Plötzlich streckte Hermine die Hand nach der Klingel aus, die über dem Kopfende ihres Bettes befestigt war. Schon zwei Sekunden später stand eine Krankenschwester im Zimmer.

»Ich bring das nicht«, murmelte Hermine und schrie dann mit Fistelstimme: »Ich kann diese Leute nicht ertragen. Schafft sie weg. *Schafft sie weg von hier!*«

Ihr hysterischer Anfall wirkte fast echt. Das Letzte, was Billy T. noch sah, ehe sie von einem Pfleger grob aus dem Zimmer geschoben wurden, war die Schwester, die eine Spritze aufzog.

»Himmel«, sagte Billy T. draußen. »Die Frau hätte auch Schauspielerin werden können. Wirklich beeindruckend.«

»Wir wissen nicht, ob sie spielt«, sagte Hanne. »Ich glaube ja eher, dass sie schreckliche Angst hat. Und dazu hat sie auch allen Grund.«

»Aber jetzt«, sagte Billy T. und schlug ihr mit der flachen Hand auf den Rücken, während sie zu dem zivilen Dienstwagen gingen, der im Parkverbot und halb auf dem Gehweg stand, »jetzt musst du mir doch zustimmen, dass deine Theorie nichts bringt.«

»Welche Theorie?«

»Die Theorie, dass vielleicht doch nicht die Familie dahintersteckt.«

»Das habe ich nie gesagt«, sagte Hanne. »Im Gegenteil, ich habe gesagt, dass diese Lösung wahrscheinlicher klingt als alles, was mir sonst so einfällt. Aber gelöst ist der Fall damit natürlich nicht. Noch nicht.«

Billy T. grinste das Schneegestöber an.

»Noch nicht! Verdammt noch mal, Hanne! Hermine hat Waffen gekauft, zum Teufel. Sie hat auf einem Markt, um den die allermeisten einen großen Bogen machen würden, eine Handfeuerwaffe bestellt, inspiziert, ausprobiert und bezahlt. Was zum Henker soll sie denn damit gemacht haben, wenn sie mit den Morden nichts zu tun hatte?«

»Du vergisst so viel«, sagte Hanne und wäre fast auf einem Eisbuckel auf dem Asphalt ausgerutscht.

Billy T. fing sie auf und ließ ihren Arm nicht los. Hanne drehte sich zu ihm.

»Du vergisst, dass wir zum Beispiel keinen Schimmer von einem Motiv für Hermine haben«, sagte sie. »Sie ist das geliebte Kind, das mit Geschenken überschüttet wird. Sie versteht sich mit allen. Die Brückenbauerin, weißt du nicht mehr? Aber natürlich können wir sie als Verdächtige nicht ausschließen. Im Gegenteil, finde ich.«

Sie legte den Kopf schräg und feuchtete mit der Zunge ihre wintertrockenen Lippen an.

»Ich habe bei ihr stärker das Gefühl, dass etwas nicht stimmt, als bei ihrem Bruder und der Schwägerin. Was Drogen aus den Menschen machen, wissen wir beide. In dieser Hinsicht passt ihr Profil besser zu einem mehr oder minder impulsiven Mord. Außerdem bin ich ungeheuer neugierig darauf, wieso sie zu ihrem zwanzigsten Geburtstag dieses Vermögen bekommen hat. Aber eben deshalb, Billy T., eben, weil Hermine die Vage, die Geheimnisvolle ist, diejenige unter unseren Verdächtigen, über die wir das Wenigste wissen, sollten wir mehr in Erfahrung bringen, ehe wir Schlüsse ziehen. Viel mehr. Und außerdem ...«

Sie kniff die Augen zusammen.

»Wir wissen nicht, ob Hermine wirklich Waffen gekauft hat. Diese Vermutung stützt sich lediglich auf das Wort deines Freundes Snifflappen. Wir haben hier jede Menge loser Enden. Gib es lieber gleich zu: Du hast diese Informationen nicht aus der verlässlichsten Quelle der Welt. Sie können von vorn bis hinten gelogen sein. Snifflappen war, so wie du ihn schilderst, ziemlich verzweifelt angesichts der Vorstellung, in den Knast zu müssen. Und auch Leute wie er lesen Zeitungen, Billy T. Snifflappen hat genau gewusst, was du am liebsten hören wolltest.«

Billy T. hatte ihren Arm noch immer nicht losgelassen. So blieben sie stehen, er mit dem Wind im Rücken, sie im Schutz seines breiten Körpers.

»Er hat die Wahrheit gesagt, Hanne. Ich kenne Snifflappen. An dem, was er erzählt hat, ist auf jeden Fall etwas dran.«

Billy T. wischte sich mit dem Handrücken Tränen von den Augen; der kalte Wind nahm jetzt noch mehr zu.

»Aber dass er gesagt hat, was er für die Wahrheit hielt, muss nicht heißen, dass es auch stimmt«, sagte Hanne, jetzt versöhnlicher. »Er hat doch selbst gesagt, dass er das nur gehört hatte.«

»Er kannte die Termine, Hanne. Snifflappen wusste, wann und wo die Waffen ausgehändigt worden sind.«

»Aber er kannte keine Namen. Keine Lieferanten.«

»Nein. Keine Namen. Aber ...«

Langsam ging er weiter in Richtung Auto.

»Ich habe mich heute Morgen bei den Kollegen erkundigt. Da unten brodelt es. In der Szene. Jeder Scheißjunkie, den sie im Laufe des Wochenendes eingebuchtet haben, macht mehr oder weniger klare Andeutungen über die Morde in der Eckersbergs gate.« Wieder blieb er stehen, das Gesicht jetzt in den in seine Wangen stechenden Wind gedreht.

»Snifflappen war davon total überzeugt, Hanne. Ich wünschte nur, ich hätte ihn sorgfältiger in die Mangel genommen, was die Herkunft seiner Informationen angeht. Immer, wenn ich danach fragen wollte, wich er aus, und am Ende war er so erschöpft, dass ich es für besser hielt, ihn in Ruhe zu lassen.«

»Und jetzt ist es zu spät«, sagte Hanne und öffnete die Tür neben dem Fahrersitz.

»Aber es ist immerhin eine Spur«, sagte Billy T. resigniert.

»Spur«, wiederholte Hanne mit kurzem Lachen. »Ich muss schon sagen, das ist die fetteste und haarigste Spur, von der wir überhaupt nur träumen konnten. Und außerdem ist es so ungefähr die einzige, die wir haben. Ich fahre.«

»Und wohin?«

»Zum Verlag.«

»Zum Verlag? Was sollen wir da?«

»Uns mehr über Sidensvans erzählen lassen.«

»Sidensvans?«

Billy T. stieß mit dem rechten Arm gegen das Armaturenbrett, er saß sehr unbequem in dem engen Dienstwagen.

»Du lässt nicht locker«, murmelte er und versuchte, den Sitz nach hinten zu schieben. »Glaubst du noch immer, dass der Schlüssel zu diesem Fall bei Sidensvans liegt? Herrgott ...«

Irgendetwas brach unter dem Sitz ab, der rückwärts schoss. Billy T. biss sich bei dem plötzlichen Ruck heftig auf die Zunge.

»Au! Scheiße! Ich blute!«

»Armer Kleiner«, sagte Hanne lächelnd und fand endlich den ersten Gang.

Alfred Stahlberg war gewaltig verkatert, obwohl es schon kurz vor halb elf morgens war. Sein Alkoholkonsum am Vorabend hatte ihn immerhin gut einschlafen lassen. Oder ihn betäubt, dachte er umnebelt. Er konnte sich eigentlich nur noch daran erinnern, dass er verzweifelt nach noch mehr Wodka gesucht hatte.

Sein Gehirn schien in seinem Schädel zu pulsieren. Bei jedem Stoß kroch ein Schmerz den Nacken hinunter und erschwerte jede Kopfbewegung. Er hatte seit vier Tagen nicht geduscht, und sein Hemd war verdreckt. Erst jetzt nahm er seinen eigenen Gestank wahr, streng und widerlich. Er schnitt seinem Spiegelbild eine Grimasse. Bei dieser kleinen Bewegung strahlte der Schmerz bis in seine Augen. Er kleckerte, als er Wodka in ein Wasserglas gab. Das Glas war mit einem Zug geleert.

Das half ein wenig.

Er goss noch einmal nach. Die Kopfschmerzen ließen langsam nach. Er versuchte, tief und ruhig zu atmen. Er brauchte eine Dusche. Er brauchte saubere Kleidung. Er war zum Umfallen müde, obwohl er mindestens acht Stunden verschlafen hatte, seit er vor zehn Stunden zuletzt auf die Uhr geschaut hatte.

In der Dusche starrte er an sich hinunter. Das Wasser strömte über seinen bleichen, schwammigen Leib, langsam, fast zäh, als sei seine Haut klebrig. Alfred war der Hässliche. Der unbrauchbare kleine Bruder. Der Schwache, der, der sein väterliches Erbe vergeudet hatte und dem nichts gelungen war.

Er war ein Narr, und er hatte viel Kraft aufgewandt, um das einzusehen.

Und es war so viel zu erledigen.

Irgendwer musste jetzt die Führung übernehmen. Irgendwer musste die Familie lotsen, sie durch die Wildnis aus Gesetzen und Klatsch führen, in der sie steckten, und die Sache in den Griff bekommen. Und dieser Lotse würde er sein. Er war der letzte Mann in der ältesten Stahlberg-Generation. Diese Vorstellung belastete ihn, er sank auf die Knie, schlug dabei aber mit dem Kopf gegen die Fliesen und mühte sich wieder auf die Beine. Unter dem Wasser schien er nicht richtig sauber zu werden. Er konnte unter seinem Schmerbauch nicht einmal seine eigenen Geschlechtsorgane sehen. Er kratzte sich mit beiden Händen, kratzte und schürfte, bis sich unter den Nägeln tote Haut angesammelt hatte und dünne Blutschlieren über seinen Wanst flossen.

Alfred war ein missratener Mann, und dieses Wissen zu verdrängen hatte ihn erschöpft.

Jetzt hatte er das heiße Wasser aufgebraucht. Er taumelte aus der Dusche und versuchte, seinen Körper mit einem gewaltigen Badetuch zu verdecken. Alfred Stahlberg war ein Narr, er war ein Versager, und er war hässlich. Das war ihm klar, und er schnaufte und weinte voller Selbstverachtung.

Dass er auch ein Verbrecher war, wollte er jedoch nicht sehen.

Die Verlagsangestellte Åshild Meier war eine kleine Frau. Sie erinnerte Hanne an ein Hermelin, mit raschen Bewegungen und einem Blick, der hin und her jagte, während sie versuchte, für ihre beiden Gäste Platz frei zu räumen.

»Tut mir leid, dass es so chaotisch ist«, sagte sie, hob einen

Stapel Manuskripte von einem Stuhl und legte ihn auf einen ohnehin schon überfüllten Schreibtisch. »Mein Enkel. Sag der Polizei mal guten Tag, Oskar!«

Oskar mochte anderthalb Jahre alt sein, er saß unter dem Schreibtisch und hatte offenbar seine Zweifel, ob es tatsächlich eine gute Idee wäre, die Fremden zu begrüßen. Billy T. bückte sich, schnippte mit den Fingern und machte seltsame Geräusche. Der Junge gluckste. Hanne sagte vorsichtig »Hallo« und lächelte, als das Kind hervorschaute. Oskar brach in Tränen aus. Seine Großmutter nahm ihn auf den Arm und verließ das kleine Büro.

»Ich und Kinder«, sagte Hanne und zuckte mit den Schultern.

»Leg dir eins zu«, sagte Billy T. »Das hilft.«

»Morgen ist doch Heiligabend«, sagte Åshild Meier, die ohne das Kind zurückkehrte. »Die meisten hier haben schon Urlaub. Es ist also nicht weiter schlimm. Das mit Oskar, meine ich. Er ist ab und zu hier, weil ... «

»Schon in Ordnung«, sagte Billy T. »Ich habe selber fünf Kinder. Weiß, wie das ist. Großeltern sind da schon toll.«

»Fünf? Himmel!«

»Und die haben zusammen nicht weniger als zwölf Großelternteile«, sagte Hanne säuerlich.

Billy T. wurde ein wenig rot und machte sich an einer Kruste auf seinem linken Handrücken zu schaffen.

Er lässt sich seit ein paar Jahren viel mehr gefallen, dachte Hanne und hätte ihre Worte gern zurückgenommen.

Zu Beginn ihrer Freundschaft, in den ersten Jahren auf der Polizeischule und später im Dienst, war er souverän gewesen, ein athletischer Mann, der jedes Zimmer auszufüllen schien, das er betrat. Nicht nur wegen seiner zwei Komma zwei Meter auf Socken. Billy T. war der perfekte Polizist. In der Innenstadt geboren und aufgewachsen, im Zaum gehalten von einer hart arbeitenden alleinstehenden Mutter mit altmodischen Werten und handfesten Erziehungsmethoden. Sie hatte den Knaben vor den meisten Fallen bewahrt, in einer Umgebung, in der nur der halbe Freundeskreis mit dreißig noch am Leben gewesen war. Billy T. kannte Oslo besser als alle anderen in der Truppe. Er war ein Rowdy, der die Straße im Griff hatte und unschätzbare Kenntnisse über Oslos Gauner besaß. Um ein Haar wäre er ja selber einer geworden.

Jetzt war die Wache in »Polizeidistrikt Oslo« umbenannt worden, die Polizeischule in »Hochschule«, und die richtig großen Verbrecher kamen schon längst nicht mehr aus Oslo Ost. Billy T. war in gewisser Weise die Luft ausgegangen. Sogar die vielen Kinder, die er sich zugelegt hatte, jedes mit einer anderen Mutter, waren zu einer Art Stigma geworden. Jetzt trat er gedämpfter auf, und Hanne hatte ihn schon zweimal dabei ertappt, dass er verschwiegen hatte, dass seine Kinder unterschiedliche Mütter hatten.

»Aber wir könnten vielleicht anfangen? Was wollen Sie wissen?«

»Knut Sidensvans«, sagte Hanne zerstreut.

»Ja, das haben Sie schon am Telefon gesagt. Das mit dem Mord ist ja wirklich entsetzlich, aber ich fürchte, ich kann Ihnen nicht weiterhelfen.«

»Haben Sie ihn gut gekannt?«

»Gut? Nein, ich glaube, das kann niemand von sich behaupten. Im Grunde war er schon ein seltsamer Mensch. Ein wenig ... eigen.«

»Eigen?«

»Ja. Anders. Aber daran sind wir in dieser Branche ja eigentlich gewöhnt.«

Åshild Meier lachte kurz und laut.

»Eigentlich war er ganz reizend. Es war nur nicht leicht, das zu entdecken. Außerdem war er für uns unersetzlich. Als schreibender Mensch, natürlich, vor allem aber als Lektor.«

»Worin besteht diese Arbeit eigentlich?«

»Hier in unserer Abteilung aus allem Möglichen«, erklärte die Verlagsangestellte. »Wir haben natürlich Lektoren, die nur mit der Sprache arbeiten. Sie gehen die Manuskripte durch, korrigieren sie sprachlich. Machen sie einfach besser. Aber da unsere Bücher oft von tatsächlichen Ereignissen handeln, setzen wir auch Lektoren auf den Inhalt an. Um festzustellen, ob ein eingereichtes Manuskript oder ein Buchvorschlag die Herausgabe lohnen, und später im Prozess als eine Art Helfer oder Zensor, wenn Sie so wollen. Und dann brauchen wir ja auch juristische Ratgeber. Um niemanden zu beleidigen, zum Beispiel. Also ...«

»Sidensvans war also so eine Art Tatsachenlektor«, fiel Hanne ihr ins Wort.

»Ja.«

»Für welchen Bereich?«

Jetzt lachte Åshild Meier herzlich.

»Ja, das ist eine gute Frage. Der Mann hat eigentlich hinten in der Schulbuchabteilung angefangen.«

Sie zeigte vage in die Luft, als befinde die Schulbuchabteilung sich gleich hinter Billy T.

»Er ist ... oder war, sollte ich jetzt vielleicht sagen ... von Haus aus Elektriker. Hat viele Jahre in der Berufsschule in Sogn unterrichtet und vor zwanzig Jahren auch selber mal ein Lehrbuch geschrieben. Ein sehr gutes offenbar. Dann fing er als Lektor bei den Schulbüchern an, bis jemand entdeckte, dass er über ein ungeheures Wissen verfügte. Knut Sidensvans war wirklich ein Original. Und durchaus nicht leicht im Umgang. Wir hatten aber privat auch keinen.«

»In welchen Bereichen hat er dann gearbeitet?«, fragte Hanne. »Hier bei Ihnen, meine ich.«

»In vielen.«

Åshild Meier suchte in den vollgestopften Regalen an der Längswand.

»Autos.«

Sie reichte Hanne ein Prachtwerk über Ferraris.

»Das ist zwar aus dem Italienischen übersetzt und machte deshalb nicht so viel Arbeit, aber der Text musste doch den norwegischen Verhältnissen angepasst werden. Und der Übersetzer brauchte Hilfe bei technischen Ausdrücken und solchen Dingen.«

»Sidensvans hatte nicht einmal den Führerschein«, murmelte Hanne und schüttelte ein wenig den Kopf.

Endlich setzte Åshild Meier sich.

»Er hatte überhaupt keine formelle Ausbildung«, sagte sie. »Außer der Elektrikerlehre, meine ich. Aber er wusste ungeheuer viel. War überaus fähig und ein wenig eigen. Wollte zum Beispiel nur mit mir zusammenarbeiten. Vor zwei Jahren habe ich einen längeren Urlaub genommen, und in dieser Zeit hat er sich hier im Haus nicht sehen lassen. Als ich wieder da war, tauchte er schon nach wenigen Wochen auf.«

»Hier kann uns also niemand mehr über ihn erzählen«, sagte Billy T. ziemlich überflüssigerweise. »Über Familienverhältnisse und solche Dinge. Über seinen Bekanntenkreis.«

»Nein, ganz bestimmt nicht.«

Wieder lachte sie, abgehackt, schrill.

»Er war ungeheuer versessen auf Gerechtigkeit.«

»Ach«, sagte Hanne.

»Bei ihm musste immer alles ganz korrekt vor sich gehen. Einmal hatten wir ihm zu wenig Steuern abgezogen. Er war außer sich vor Verzweiflung. Es handelte sich um eine unbedeutende Summe, und wir konnten das in kurzer Zeit in Ordnung bringen. Aber ich hatte den Eindruck, dass er schlaflose Nächte hatte, aus Angst, das Finanzamt könne ihm ans Leder wollen.«

»Vielleicht ein wenig übertrieben. Da stimme ich Ihnen zu.«

Hanne lächelte ein wenig und fügte dann hinzu:

»Womit hat er sich denn zuletzt beschäftigt? Eine Kollegin von mir hat etwas erwähnt ...«

»Er sollte jetzt eigentlich etwas schreiben«, fiel Åshild Meier ihr ins Wort. »Ein kurzes Vorwort für ein Buch über Oldtimer. Aber viel wichtiger: Er sollte ein Kapitel in einem großen Werk über die Geschichte der norwegischen Polizei verfassen.«

Sie strahlte, als sei ihr jetzt erst aufgegangen, dass sie es mit einer Vertreterin und einem Vertreter ebendieser Institution zu tun hatte.

»Das ist ungeheuer spannend. Wir arbeiten mit der Polizeileitung zusammen und haben uns schon etliche interessante Autoren gesichert. Wir haben sogar einen Mann, der wegen Mordes verurteilt worden ist und der über seine Erfahrung mit der Ordnungsmacht schreiben wird. Das Kriegskapitel wird natürlich besonders spannend, und gerade da haben wir einen der bedeutendsten ...«

»Aber dieser Sidensvans klingt ja nun nicht gerade spannend«, wandte Billy T. ein.

Åshild Meier sah jetzt ein wenig unzufrieden aus.

»Dann habe ich mich sicher falsch ausgedrückt«, sagte sie. »Sidensvans war ungeheuer spannend. Ein wenig eigen, wie gesagt, aber das sind spannende Menschen ja oft. Und es handelte sich außerdem um einen Auftrag, von dem wir wissen, dass Sidensvans sich mit großem ...«

Sie wurde davon unterbrochen, dass jemand an die Tür klopfte. Sie schaute rasch auf die Uhr.

»Die Zeit fliegt ja geradezu! Ich habe jetzt eigentlich eine Besprechung ... herein! Aber ich kann natürlich ...«

Hanne erhob sich und schüttelte den Kopf.

»Nein, wirklich nicht. Wir haben Ihnen schon genug Zeit gestohlen.«

Eine Frau, offenbar eine Kollegin, schaute herein und sagte:

»Die Besprechung hat schon angefangen, Åshild. Kommst du?«

»Gleich.«

Unsicher ließ sie ihren Blick von Hanne zu Billy T. schweifen.

»Ist schon gut«, versicherte Hanne noch einmal. »Ich rufe an, wenn ich noch weitere Fragen habe. Vielen Dank für Ihre Hilfe.«

Mabelles Gequengel war schließlich unerträglich geworden. Aber Carl-Christian sah ja auch ein, dass sie recht hatte. Wenn die Polizei sie verdächtigte, und es wäre doch ein Wunder, wenn das nicht der Fall wäre, dann würde sie die Wohnung früher oder später ohnehin entdecken. Und da war es besser, jetzt das Risiko einzugehen, die Wohnung zu leeren. Das Gefährliche wegzuschaffen, fort. Also hatte er sich über sinnlose Umwege hinbegeben, zu Fuß und mit der Straßenbahn.

Vorsichtig nahm er eine Grafik von der Schlafzimmerwand. Der Safe war vorschriftsmäßig abgeschlossen. Er öffnete ihn. Die Bilder lagen da, wo sie hingehörten.

Er hatte sie sofort verbrennen wollen, Als Hermann Stahlberg triumphierend einen Stapel halbpornografischer Aufnahmen von Mabelle auf den Tisch geknallt und gedroht hatte, sie zu veröffentlichen, wenn CC seine Klage gegen den Vater nicht zurückzöge, hätte er sie am liebsten vernichtet. Als er nach Hause kam, ohne zu dem Alten mehr gesagt zu haben als »Du wirst von mir hören«, hatte er im Kamin ein Feuer gemacht. Aber Mabelle hatte ihn zurückgehalten. Als er widerwillig von Hermanns neuestem Schachzug erzählt hatte, hatte sie eine Stunde lang bitterlich geweint. Dann hatte sie sich die Tränen abgewischt und war überraschend vernünftig geworden.

»Er hat Abzüge«, erklärte sie. »Natürlich hat er welche. Und außerdem ... «

In solchen Momenten bewunderte er sie mehr denn je. Mabelle war die geborene Geschäftsfrau, sie konnte noch unter dem größten Druck vernünftig und kühl bleiben. Wenn sie sich für etwas anderes engagiert hätte als für eine Modezeitschrift, hätte sie großen Erfolg haben können. Selbst in ihrer ohnehin unsicheren und wenig lukrativen Branche hatte sie sich immerhin einen guten Ruf erworben und zählte dazu. Es wäre übertrieben gewesen, Mabelle als Prominente zu bezeichnen, aber alle in der Branche wussten, wer sie war. Sie gehörte dazu und verdiente seit Kurzem mit M & M sogar Geld.

»Außerdem sind die bösen Folgen der Bilder, falls sie nun in die falschen Hände fallen, ja doch begrenzt.«

Tapfer hatte sie versucht, die Situation optimistisch zu betrachten.

»Ich würde wohl kaum wieder von irgendwelchen Journalisten dazu aufgefordert werden, mich zu unserer Königsfamilie zu äußern«, sagte sie und schluckte. »Aber ich würde überleben. So schrecklich sind sie nun auch wieder nicht. Es wäre nur unangenehm. Verdammt unangenehm.«

Dann weinte sie wieder.

Er wollte die Bilder verbrennen, aber sie hatte ihn zurückgehalten.

»Wir brauchen sie«, schluchzte sie verzweifelt.

»Wozu?«, schrie er wütend. »Ich will sie nie wieder sehen!«

»Hör mal …«

Ihre Stimme zitterte.

»Es kann doch passieren … vielleicht müssen wir irgendwann einmal beweisen, wie dein Vater sich verhalten hat. Diese Bilder belegen auf jeden Fall …«

Sie hatte damals recht gehabt, und jetzt hatte sie wieder recht. Er würde die Bilder doch noch verbrennen, zu Hause.

Sie steckten in einem Briefumschlag. Er schob ihn unter seine Jacke, in seinen Hosenbund. Mit unsicherer Hand versuchte er, die Dose im untersten Safefach zu öffnen. Seine Finger wollten ihm nicht gehorchen. Die Nägel kratzten über das grüne Metall. Endlich ging der Deckel auf.

Der Schock sorgte dafür, dass sein Magen sich zusammenkrampfte. Er presste die Lippen aufeinander und versuchte, die sauer schmeckende Masse, die jetzt nach oben stieg, zurückzudrängen.

Die Dose enthielt nur eine einzige Waffe.

Die Korth Combat Magnum, die Carl-Christian verbotenerweise aufbewahrte, lag an Ort und Stelle. Sie war ungeheuer kostbar, einer der raffiniertesten Revolver der Welt. Er hatte sie in einem Anfall kindlicher Begeisterung gekauft, nachdem er sechs Jahre zuvor in einen Schützenverein eingetreten war. Aber Carl-Christian hatte das Schießen bald sattgehabt. Bei genauerem Hinsehen hatte die Schützenszene ihm nicht gefallen. Außerdem tat seine Schulter ihm weh, wenn er grobkalibrige Waffen benutzte. Den Revolver hatte er kaum gebraucht.

Er lag noch immer da, wo er hingehörte.

Die andere Waffe war verschwunden.

Als Carl-Christian den Safe endlich schließen konnte, hatte er total vergessen, die Munition im obersten Fach zu kontrollieren.

Er hatte einfach keinen Platz mehr für weitere Probleme. Er griff sich an den Bauch, wo sich der Umschlag mit den Bildern wie ein Schild anfühlte.

Nur Mabelle wusste von seinem Safe und kannte den Code für das Schloss.

Und Hermine natürlich.

»Was glaubst du, wie lange das dauern kann?«

Hanne Wilhelmsen sah sich um, ohne zu antworten. Das Büro von Kriminalchef Jens Puntvold war behaglich, ohne gemütlich zu wirken, und eigentlich ziemlich elegant, ohne dass Hanne hätte sagen können, worin es sich von den anderen Büros unterschied. Obwohl das Zimmer viel größer war als die Räumlichkeiten, mit denen die meisten anderen sich zufriedengeben mussten, waren die Wände in ebenso langweiligem Grau gehalten, die Böden ebenso abgenutzt und die Vorhänge ebenso schmutzig. Vielleicht lag es an den Blumen; frische Lilien auf dem Schreibtisch, in einer bunten Vase, frühe Tulpen in einem farbenfrohen Strauß mitten auf dem Besprechungstisch. Die Bilder hatte sicher er mitgebracht. Nach Westen hin hingen zwei riesige Ölgemälde, beide abstrakt und blau.

Außerdem war da noch etwas mit der Luft; ein frischer Duft von Rasierwasser und frisch geduschtem Menschen.

Jens Puntvold wirkte ebenso erschöpft wie der Rest der Truppe, sah aber überraschend gut aus. Hanne ertappte sich bei dem Gedanken, ob seine Haare wohl gefärbt waren. Die blonden Strähnen fielen weich und voll in die Stirn und wiesen nicht einen einzigen grauen Sprenkel auf. Obwohl sein Gesicht von Schlafmangel und langen Arbeitstagen gezeichnet war, wirkten die Augen lebhaft. Er verschränkte die Hände im Nacken und wartete auf ihre Antwort.

»Du bist ungeduldig«, sagte Hanne lächelnd. »Die Morde sind doch erst vor vier Tagen geschehen.«

»Ja«, er lächelte ebenfalls, »aber du weißt, warum ich frage. Du kennst dich mit solchen Fällen doch aus, Wilhelmsen. Ich wünsche mir nur eine qualifizierte Einschätzung.«

»Monate«, sagte sie vage. »Vielleicht Jahre. Es ist auch möglich, dass wir es gar nicht schaffen. Den Fall zu lösen, meine ich. Es wäre nicht das erste Mal.«

Sie vertiefte sich in den Anblick der Lilien in der bunten Vase.

»Aber auch wenn der Aufklärungsquotient für Mordfälle hierzulande hoch ist, wissen wir beide, dass diese ersten Tage ungeheuer wichtig sind. Falls wirklich eins der überlebenden Familienmitglieder dahintersteckt, dann kann es ewig dauern. Aber am Ende bekommen wir den oder die Schuldige dann doch. Davon bin ich überzeugt. Eine langsame Mühle, weißt du. Die Gerechtigkeit, meine ich.«

Wieder lächelte sie rasch und fügte hinzu:

»Aber wenn es andere waren, ein Fremder, wenn es ein misslungener Raubmord oder ... Na ja, dann kann der Zug längst abgefahren sein.«

»Das darf einfach nicht passieren.«

Plötzlich beugte er sich vor und stützte die Ellbogen auf die Tischplatte. Sein Blick hielt ihren fest, als er sagte:

»Dieser Fall muss gelöst werden, Wilhelmsen. Einen unaufgeklärten Vierfachmord können wir nicht hinnehmen.«

»Wen meinst du mit ›wir‹?«, fragte Hanne, ohne seinem Blick auszuweichen.

»Die Polizei. Die Gesellschaft. Wir alle. Wir haben ohnehin schon Probleme genug. Immer größere Kriminalität und in jeder Hinsicht unzureichende Mittel. Die Polizei muss ihre Muskeln spielen lassen, Hanne. Wir müssen unsere eigene Notwendigkeit unter Beweis stellen. Unsere Effektivität. Diese Truppe gilt schon viel zu lange als lahmarschig und zaghaft. Ich möchte gern ...«

Hanne stutzte, als er ihren Vornamen benutzt hatte. Zu ihrer Überraschung fühlte sie sich geschmeichelt.

»Meine Aufgabe ist es natürlich vor allem, die Kriminalabteilung mit der größtmöglichen Effektivität und zur Zufriedenheit der Angestellten zu leiten.«

Das hörte sich an wie eine auswendig gelernte Phrase. Doch dann trat ein offener Zug in sein Gesicht, während er die Arme ausbreitete und neckend den Kopf schräg legte.

»Aber wenn meine kleine ... meine kleine Attraktivität für die Medien draußen Verständnis für die Notwendigkeit größerer Mittel und besserer Arbeitsbedingungen für die Polizei schaffen kann, dann finde ich es nur richtig, das auszunutzen. Und was wir jetzt wirklich nicht brauchen können, ist, dass wir uns in diesem Fall verzetteln. Ich hoffe, du verstehst, was ich meine.«

Hanne gab keine Antwort, empfand aber ein vages Unbehagen, sein Blick war jetzt kälter.

»Liest du im Moment die Zeitungen?«, fragte er.

»Nein, das nicht. Ich blättere jeden Morgen *Aftenposten* durch, aber die Boulevardpresse kann ich derzeit nicht ertragen.«

Sie schaute auf die Uhr und hielt diese Geste für diskret. »Mach weiter so«, sagte er und warf einen Blick auf seine eigene Armbanduhr. »Ich will dich jetzt nicht länger aufhalten. Du nimmst also an, dass das hier Zeit brauchen kann. Sehr viel Zeit. Aber wenn du ... wenn du einfach eine erste Vermutung äußern solltest ... wer war es, was glaubst du?«

»Ich bin nicht fürs Raten«, sagte Hanne. »Jedenfalls nicht, was meine Fälle angeht.«

»Na los«, beharrte er, fast schon neckend. »Nur unter vier Augen.«

»Kommt nicht infrage.«

Sie erhob sich.

»Aber wir können ja nur hoffen, dass es einer oder eine von den dreien war. Denn wenn nicht, dann weiß ich wirklich nicht, wie wir diesen Fall lösen sollen. Kann ich jetzt gehen?«

Er nickte.

»Nur eine Frage noch«, sagte er, als sie die Tür fast erreicht hatte. »Bei der Besprechung am Freitag hast du dich enorm auf diesen Sidensvans konzentriert. Ich habe nicht ganz begriffen, warum. Kannst du es mir erklären?«

Hanne blieb stehen, drehte sich halb zu ihm um und zupfte sich zerstreut am Ohrläppchen.

»Wie alle anderen hier im Haus«, sagte sie langsam, »finde ich es sehr wahrscheinlich, dass ein Familienmitglied die Morde begangen hat. Aber es müssen nicht unbedingt alle drei gewesen sein. Und wie bei allen anderen Morden müssen wir das Motiv für diese Tat finden. Wenn wir das haben, dann haben wir auch den Täter.«

»Oder die Täterin«, sagte Puntvold.

»Oder die Täterin. Bei Carl-Christian schreien die Motive ja geradezu, aber ich arbeite schon lange genug hier, um zu wissen, dass es ... dass es in allen Familien Geheimnisse gibt. Immer. Ich versuche nur, mich vom Offensichtlichen nicht irremachen zu lassen. Und ich will ... ich will wissen, was Sidensvans am Donnerstagabend in der Eckersbergs gate zu suchen hatte. Nur dann wird das Bild des Verbrechens komplett, und wir können das Motiv finden.«

Der Kriminalchef lachte laut und schlug die Hände zusammen.

»Du bist ja noch besser, als behauptet wird«, sagte er kichernd. »Geh jetzt. Und danke, dass du gekommen bist.«

»Keine Ursache«, murmelte sie verlegen und ging.

Silje Sørensen gähnte laut und lange. Ihr liefen Tränen über die Wangen, und sie lächelte verlegen und versuchte dann noch einmal, sich auf ihre Papiere zu konzentrieren.

»Mein Kleiner schläft im Moment so schlecht«, erklärte sie dabei. »Asthma. Heute Nacht musste er schon inhalieren. Es liegt an dieser Kältefront, und ... «

»Mmm.«

Die Polizeijuristin Annmari Skar fuhr sich mit den Fingern durch die angegrauten Haare und schüttelte den Kopf.

»An sich ist es komisch, dass niemand irgendetwas gesehen hat«, sagte sie, ohne den Blick zu heben. »Wir haben Hunderte von Tipps bekommen, aber keiner davon, nicht ein einziger ... «

Sie blätterte rasch weiter und hielt das Papier mit ausgestrecktem Arm von sich weg.

»Ich brauche eine Brille«, murmelte sie. »Meine Arme sind nicht mehr lang genug. Kein einziger Tipp, der uns darauf bringen würde, wer in der Eckersbergs gate 5 ein und aus gegangen ist. Wirklich seltsam.«

»Nicht unbedingt«, sagte Silje und gähnte wieder. »In einer Stadt bekommt man so wenig mit. Wir kümmern uns um nichts, wir schauen nicht richtig hin. Wir befriedigen unsere Neugier auf Leben und Leiden der anderen durch Illustrierte und Boulevardpresse. Es ist so, als ob ... es sieht fast so aus, als habe der Intimitätsterror gegen die Promis uns weniger aufmerksam für unsere eigene Umgebung werden lassen. Es war natürlich Pech, dass die Klatschbase der Straße gerade an dem fraglichen Abend zum Bingo war. Sie hat übrigens ein Kilo Kaffee und einen Gutschein für ein Warenhaus gewonnen. Und ist überglücklich.«

Sie lächelte kurz und fügte hinzu:

»So was merkt man sich. Herrgott!«

»Das ist ja gerade das Problem«, sagte Annmari frustriert.

»In so einem Fall werden wir mit total unwichtigen Tatsachen zugeschüttet. Es wird wie ein Puzzlespiel mit viel zu vielen Teilen. Unmöglich zu legen.«

»Schwierig jedenfalls.«

Eine Kerze in einem roten Holzleuchter fauchte auf der schmalen Fensterbank. Sie war fast heruntergebrannt. Schon hatte sich die Dunkelheit über Oslo gesenkt. Die flackernde Flamme spiegelte sich in der Fensterscheibe wider. Plötzlich fing die Manschette Feuer. Christrosen aus Papier und rote Pappbeeren loderten auf. Silje packte eine halb volle Teetasse und goss die Flüssigkeit über dem kleinen Feuer aus, das bereits fast die ganze Fensterscheibe mit Ruß bedeckt hatte.

»Das wär ja was gewesen«, sagte Annmari erschrocken und starrte den feuchten Flecken an, der jetzt unter dem Fenster die Wand hinunterwanderte. »Polizeijuristin steckt in Anfall von Weihnachtsstimmung die Wache an. Danke.«

»Solche Manschetten sind lebensgefährlich«, sagte Silje und versuchte, das Ärgste mit einer Serviette wegzuwischen.

»Das weiß ich doch. Ich mach das nachher weg. Woher hast du das hier eigentlich?«

Sie schwenkte zwei Bögen Papier.

»Von Prebens Witwe, Jennifer. Sie ist am Samstag mit den Kindern aus London zurückgekommen und wusste, dass beim Osloer Nachlassgericht ein Testament hinterlegt worden ist. Sie und die Kinder waren zum Weihnachtseinkauf in London. Waren zum Zeitpunkt des Mordes also verreist. Sie ist total fertig. Was ja auch kein Wunder ist. Auf so dramatische Weise zur Witwe mit drei Kindern zu werden ... Erik Henriksen hat sie gestern besucht. Die Frau ist ziemlich ... altmodisch. So hat er sich ausgedrückt. Ein Heimchen am Herd, gab es nicht so einen Ausdruck? Früher mal?«

»So ungefähr.«

»Sie hat Abitur und einen Abschluss von einer Art teurer Töchterschule. Ein bisschen Kunstgeschichte und Kochkunst. Die Kunst, einen Tisch schön zu decken. Überhaupt viel Kunst. Sie stammt aus Australien, wie du weißt, aus einer gutbürgerlichen, aber nicht gerade reichen Familie. Jennifer ist wohl so eine Art von Frau, wie sich die Jungs aus dem Big Business sie oft aussuchen.«

»Na, du musst es ja wissen«, sagte Annmari lächelnd. »So eine wie deine Mutter also.«

Silje achtete nicht auf sie.

»Jennifer Calvin Stahlberg könnte ›Mama‹ als Beruf angeben. Sie hat sich gewaltig zusammengerissen, als der Älteste plötzlich ins Zimmer kam, hat Erik gesagt. Der Kleine ist zehn und hätte eigentlich bei einem Freund sein sollen, während seine Mutter befragt wurde, aber er war von dort weggelaufen. Jennifer wirkte ruhig, vernünftig und sehr besorgt um den Jungen, bis sie die Mutter des Freundes erreicht und den Kleinen wieder abgeliefert hatte. Und danach brach sie total zusammen. Sie kann kein Norwegisch. Sie hat in Norwegen keine wirklichen Freundinnen, sie kennt nur Leute, die sie durch ihre Repräsentationspflichten für ihren Mann kennengelernt hat, und die Eltern der Schulkameraden ihrer Kinder. Hier in Norwegen hat sie eigentlich gar keine Wurzeln. Zugleich lebt sie schon seit fünfzehn Jahren nicht mehr in Australien, sie hat Preben doch in Singapur kennengelernt. Ihre Eltern sind tot. Geschwister hat sie auch keine.«

»Aber jetzt hat sie jedenfalls einen Haufen Geld«, sagte Annmari und betrachtete die Kopie des handgeschriebenen Testaments. »Hier riecht es ganz schön angebrannt. Machen wir ein Fenster auf?«

Ohne auf Antwort zu warten, stellte sie das Fenster auf Kipp.

»Eigentlich bekommt sie das Geld ja nicht selbst«, korrigierte Silje. »Aber ich wusste nicht, dass das überhaupt erlaubt ist.«

»Was denn? Die eigenen Kinder zu enterben?«

»Ja.«

»Wir gewöhnlichen Sterblichen können das auch nicht«, sagte Annmari. »Dem Gesetz nach bekommen die leiblichen Erben einen Pflichtanteil. Zwei Drittel der gesamten Erbmasse.«

»Genau.«

»Aber nur bis zu einer gewissen Grenze. Eine Million, wenn ich mich nicht irre. Für euch Reiche ist das natürlich nur ein Klacks. Ihr könnt einfach festlegen, dass eure Kinder mit Kleingeld abgespeist werden.«

Nur selten ließ Annmari sich eine Gelegenheit entgehen, auf Siljes Reichtum anzuspielen.

Der Luftzug vom Fenster her war unangenehm. Silje schloss es, ohne zu fragen. Vorsichtig legte sie die Kopie des Testaments vor sich auf den Tisch.

»Eigentlich ist nicht Jennifer die Begünstigte, sondern ihr ältester Sohn. Carl-Christian bekommt nur das Minimum, auf das er Anspruch hat. Hermine bekommt verkaufte Aktien im Wert von fünf Millionen. Der Rest, also die gesamte Reederei, alle Grundstücke, Autos und Einrichtungsgegenstände, fallen an den ältesten Enkel, mit Ausnahme von Kleinkram für seine Geschwister. Und der gute Hermann war wahrlich weitsichtig. Sollte Preben beim Tod seiner Eltern am Leben sein, würde er alles bekommen. Im Falle seines Todes sollte das gesamte Erbe in eine Art Fonds umgewandelt werden, mit einem Verwalter, der sich um alles kümmert, bis der Junge ...«

»Wie heißt er?«

»Hermann. Natürlich. Preben war offenbar auch ziemlich weitsichtig. Bei der Geburt des Kleinen hatte er seit vielen Jahren kein Wort mehr mit seinem Vater gewechselt. Trotzdem hat er zum ältesten Trick aller Zeiten gegriffen. Dieser Namenswahl eben. Na ja, jedenfalls soll der Knabe an seinem fünfundzwanzigsten Geburtstag alles übernehmen, unter allerlei Bedingungen.«

»Als da wären?«

»Dass er zum Beispiel BWL studiert haben muss. Und einen tadellosen Lebenswandel aufweist. Und dass er nicht verheiratet ist und keine Kinder hat.«

»Keine Kinder hat? Das kann doch nicht wahr sein! Da will der Alte die Sippe ja noch aus dem Jenseits regieren.«

Das Fenster ging von selber auf, und eiskalte Luft drang ins Zimmer ein.

»Das klemmt«, sagte Annmari und versuchte, es wieder zu schließen. »Das ist fast nicht zuzukriegen.«

Silje zog ihre Wolljacke fester um sich zusammen.

»Dieser Mann hat die Familie in all den Jahren regiert«, sagte sie schaudernd. »Er hatte offenbar nicht vor, so bald damit aufzuhören ...«

»Weswegen Carl-Christian durch diesen Mord streng genommen nicht viel zu gewinnen gehabt hätte«, sagte Annmari langsam. »Keine Spur von einem Motiv.«

Sie blieben sitzen und schauten einander lange in die Augen. Silje fiel auf, dass Annmari eigentlich grüne Augen hatte, mit braunen Pünktchen.

»Wenn er es gewusst hat«, sagte sie endlich. »Das steht ja nicht fest. Das Testament ist vor weniger als vier Monaten unterzeichnet worden. Und der Vater und sein jüngerer Sohn haben seit damals kaum noch miteinander gesprochen.«

»Aber Jennifer wusste es«, sagte Annmari, ohne Siljes Blick loszulassen. »Jennifer wusste von diesem Testament, das ihren Sohn begünstigte.«

Silje schüttelte energisch den Kopf.

»Nein, Annmari. Sie kann das nicht gewesen sein. Sie war verreist. Mit ihren drei Kindern.«

»Man kann Mörder mieten. Auch hier in Norwegen.«

»Herrgott, Annmari!«

Silje schlug sich vor die Stirn und verdrehte die Augen.

»Sie kennt hier keinen Menschen. Sie kann kein Norwegisch, hat keinen Bekanntenkreis! Sie ...«

»Sie ist schließlich keine Idiotin«, fiel Annmari ihr wütend ins Wort. »Die Frau kann sich doch im Ausland Hilfe geholt haben, was wissen wir schon!«

»Und dann bestellt sie jemanden, der ihren Mann und ihre Schwiegereltern umbringt, den Vater und die Großeltern der Kinder! Obwohl es keine, wirklich keine Hinweise auf mehr als absolut banale Konflikte zwischen Jennifer und Preben gibt! Keine Seitensprünge, kein Streit um Geld, kein ...«

»Wir arbeiten seit vier Tagen an diesem Fall, Silje. Seit vier Tagen! Wir wissen so gut wie *nada* über diese Familie!«

»*Nada?* Nennst du das hier *nada?*«

Silje schlug mit der flachen Hand auf die drei dicken Ordner, die zwischen ihnen auf dem Tisch standen. Einer kippte um, und ein Ringbuch und vier vollgestopfte Umschläge fielen auf den Boden.

»Verzeihung«, fauchte sie. »Aber es muss doch Grenzen geben. Es darf nicht sein, dass jemand sofort in einen Wirbelwind aus Verdächtigungen hineingezogen wird, wenn Leute umgebracht werden, die ihm nahestehen.«

»Das Problem ist wohl eher das Gegenteil«, sagte Annmari ruhig. »Ich stimme Hanne Wilhelmsen zu. Wir beißen uns zu oft fest. Wir operieren mit zu wenigen Verdächtigen. Oft jedenfalls. Findest du nicht?«

Ihre Stimme klang ruhig, wies nicht einen Hauch von Sarkasmus auf. Trotzdem fühlte Silje sich provoziert. Sie begriff ihre plötzliche Wut nicht, ihren Zorn, den sie stellvertretend für Jennifer Calvin Stahlberg empfand. Silje war dieser Frau nicht einmal begegnet, Erik hatte zwar nach seinem Besuch am Vortag ungewöhnlich stark berührt gewirkt, und rein objektiv gab es allen Grund zu tiefem Mitgefühl mit dieser Mutter von drei Kindern, die jetzt verlassen in einem fremden Land saß. Trotzdem war Jennifer nur eine von vielen, die inzwischen in Oslos spektakulärsten Mord seit Menschengedenken verwickelt waren. Vielleicht identifizierte Silje sich mit der Frau als Mutter. Vielleicht brachte sie Verständnis auf für das Gefühl, anders und einsam zu sein, denn Jennifer befand sich, ganz auf sich selbst gestellt, in einer Lage, die keine von ihnen auch nur vage nachempfinden konnte.

»Eigentlich bist du deshalb wütend, nicht wahr?«

Annmari hielt ihr zwei Boulevardzeitungen vom Vortag vor das Gesicht. Norwegens meistgelesene Zeitung hatte auf der ersten Seite ein riesiges Foto von Jennifer und den Kindern, die auf dem Flughafen soeben den Zoll passierten. Jennifer starrte sie aus roten, weit aufgerissenen Blitzlichtaugen an. Ein dunkelhaariger Junge lächelte zaghaft in die Kamera, die Jüngste dagegen klammerte sich an die Hand der Mutter und schien bitterlich zu weinen. Das dritte Kind war hinter der Mutter fast verborgen. Nur ein weißer Turnschuh mit losen Schnürsenkeln, die unter einem dunkelblauen Hosenbein hervorlugten, war zu sehen.

»Ja, vielleicht«, sagte Silje und seufzte fast unhörbar. »Ich bin reichlich sauer. Warum machen sie das? Warum erlauben wir das? Ich meine, man muss doch mal an die Kinder denken! Sie haben gerade erst ihren Vater verloren, und dann ... Ich begreife das einfach nicht. Wie sind sie dazu nur in der Lage?«

»Der neue Überwachungsdienst«, sagte Hanne Wilhelmsen,

die plötzlich in der Tür stand, und lachte trocken. »Der alte POT wurde zu PST, und PST ist gefesselt und geknebelt und kontrolliert. Die Medien haben die Herrschaft übernommen. Und schrecken vor nichts zurück. Für sie gelten keine Regeln. Sie haben illegale Archive, sie bestechen, überreden, setzen ihre Informanten unter Druck und kitzeln alles aus ihnen heraus. Sie schreien, treten um sich und heulen, sowie auch nur das Wort Kontrolle fällt. Sie verwalten ja schließlich die Meinungsfreiheit, nicht vergessen. Und wenn sie sich mal wieder blamiert haben, dann starten sie in den journalistischen Fachzeitschriften eine kleine Nabelschaudebatte und nennen es Selbstkritik. Aber danach geht's weiter wie bisher.«

»Hallo«, sagte Annmari.

»Hallo. Habt ihr hier drinnen ein Feuer gemacht?«

Hanne schnupperte und runzelte die Stirn.

»Fast. Nur ein kleines Missgeschick.«

»Sagt das Testament euch irgendwas?«

Hanne schaute interessiert zu der Plastikmappe hinüber, die ganz oben auf dem ihr nächsten Stapel lag, und fügte hinzu:

»Ich habe gehört, der alte Hermann habe da selbst die Feder geführt. Stimmt das?«

»Sieht so aus«, bestätigte Annmari. »Komisch eigentlich. Er hatte doch jederzeit eine ganze Herde Anwälte zur Hand, in der Firma und in Verbindung mit dem Familienstreit. Aber das Testament schreibt er selbst. Trotzdem, alle formellen Bedingungen sind erfüllt, wenn ich das richtig beurteile. Die Zeugen sind mir total unbekannt, aber wenn sie wirklich zugegen waren, als Hermann und Turid das hier unterschrieben haben, dann ist alles in Ordnung. Ärger wird es trotzdem geben.«

»Ärger? Sind solche Testamente denn nicht eine reine Formsache?«

»Nicht nur. Es werden darin seltsame Bedingungen gestellt. Und bei den hohen Streitwerten und diesem umstrittenen Inhalt wird es vermutlich angefochten werden. Gut, dass man arm ist, meine Güte.«

Wieder hatte Silje dieses seltsame Gefühl.

Eigentlich mochte sie Annmari Skar. Die Polizeijuristin war zuverlässig und redlich und auch lange genug bei der Polizei, um nicht auf der Tatsache herumzureiten, dass sie Juristin war, keine normale Beamtin. Annmari war außerdem eine der Wenigen, die sich nicht so seltsam auf Hanne Wilhelmsen fixierten. Wenn sie hörte, wie die jungen Kollegen die Hauptkommissarin voller Bewunderung in den Himmel priesen, zuckte sie gleichgültig mit den Schultern. Sie weigerte sich, auf die Gehässigkeiten der Dienstälteren zu hören, machte davon aber auch kein Aufhebens. Sie stand einfach auf und ging. Annmari Skar war tüchtig, ohne arrogant zu wirken, mit ihr konnte man reden, sie war offen und gehörte inzwischen zu den erfahrensten Juristinnen und Juristen im Haus. Sie war zweite Vorsitzende in der Gewerkschaft, ging notwendigen Konflikten nie aus dem Weg und wurde überall in dem großen Haus mit der halbrunden Fassade in Grønlandsleiret 44 respektiert.

Aber sie schien an einer Art Geldkomplex zu leiden.

In der Regel waren ihre Kommentare über Siljes Reichtum sarkastisch, fast immer waren sie verletzend. Nachdem Hanne Wilhelmsen in den vornehmen Stadtteil Frogner gezogen war, wurde auch sie zur Zielscheibe dieser ewigen Spitzen, ohne sich das jedoch weiter anmerken zu lassen. Allerdings ließ Hanne Wilhelmsen sich kaum je überhaupt etwas anmerken.

Silje dagegen hatte die Nase voll.

»Kannst du damit endlich mal aufhören?«

Sie spürte, wie ihr das Blut in den Kopf stieg.

»Was denn?«

Annmari sah aus, als sei sie gerade aus sämtlichen Wolken gefallen.

»Was in aller Welt meinst du denn jetzt?«

»Gut, dass man arm ist, meine Güte.«

Silje äffte Annmaris Stimme nach und rief dann:

»Ich hab deine ewigen Pöbeleien über mein Geld ja so satt. Zum Ersten ist das ganz ehrlich verdientes Geld. Außerdem brauche ich nicht besonders viel davon. Ich wohne gut, na und, aber ich kann verdammt noch mal nichts dafür, dass mein Vater reich und freigebig ist! Er ist ein großartiger, fürsorglicher und liebevoller Vater, für den ich mich wirklich nicht zu schämen brauche. Jedenfalls nicht, um dir einen Gefallen zu tun!«

Sie schlug sich auf den Oberschenkel. Zu hart, es tat richtig weh.

»Au«, entfuhr es ihr spontan.

Hanne schmunzelte und machte große Augen.

»Du hast ja mehr Temperament, als ich gedacht hatte.«

»Und du«, fauchte Silje an sie gewandt, »du kannst auch besser mal die Klappe halten. Du läufst rum, als wärst du bettelarm. Aber ich hab die Steuerveranlagung für deine Professorin gesehen. Du bist ein umgekehrter Snob, Hanne. Sieh dich doch nur an!«

Zwei Blicke ruhten auf Hanne. Sie schaute an sich hinunter. Das Sweatshirt mit dem Aufdruck NYU auf der Brust war verwaschen. Ein Chlorfleck leuchtete weiß auf der ansonsten hellblauen linken Schulterpartie. Die Jeans waren zu eng und an den Knien verblichen und abgescheuert.

»Na gut«, sagte sie verdutzt. »Aber sieh dir das hier an!«

Sie hob den einen Fuß. Ihre Stiefel waren aus dunkelbraunem Wildleder. Spitzen und Hacken waren mit Metall verstärkt.

»Echtes Silber«, erklärte sie und ließ den Absatz auf den Boden knallen. »Nicht billig.«

Annmari prustete los. Silje versuchte, das Lachen zu unterdrücken, aber ihr Mund verzog sich zu einem unfreiwilligen Lächeln.

»Es tut mir sehr leid«, sagte Annmari aufrichtig. »Ich hatte keine Ahnung, dass ich dermaßen übertrieben habe. Das wollte ich wirklich nicht. Ich werde mich zusammenreißen. Versprochen.«

Siljes Wut hatte sich gelegt. Sie wusste, dass böse Zungen sie »Mini-Hanne« nannten, wenn sie außer Hörweite war. Bisher hatte sie das als Kompliment aufgefasst, aber nun ging ihr auf, dass dieser Spitzname sich vielleicht nicht in erster Linie auf ihre Tüchtigkeit bezog. Mit Wutausbrüchen über belanglose, blöde Sprüche goss sie vermutlich nur Wasser auf die feindlichen Mühlen. Obwohl Annmari vermutlich nicht zu den Lästermäulern gehörte, tröstete sich Silje.

»Schon in Ordnung«, sagte sie mürrisch. »Aber manchmal habe ich einfach die Nase voll.«

»Wie oft soll ich dir noch sagen, dass du nicht darauf achten darfst, was die Leute so reden«, sagte Hanne und streichelte ihr mütterlich den Kopf.

Silje wich aus, ein wenig zu heftig. Hanne zuckte mit den Schultern.

»Außerdem würde ich dich eher um deinen Vater beneiden.« Sie fing Siljes Blick auf und hielt ihn fest.

»Du Glückskind!«

Dann wandte sie sich ab und verschwand. Annmari und Silje blieben schweigend sitzen. Hannes Absätze klapperten am Ende des Flurs. Aus der Ferne hörten sie schrille, misstönende Weihnachtslieder. Irgendwer rief etwas und erhielt ein Lachen als Antwort.

»Du hast wirklich Glück«, sagte Annmari leise. »Hanne mag dich rundum gut leiden.«

Draußen fiel noch immer Schnee. Trotz der wechselhaften Temperaturen würde es vielleicht ein altmodisches weißes Weihnachtsfest geben.

Billy T. hatte Ronny Berntsen seit Jahren nicht mehr besucht. Jetzt stand er vor Ronnys Wohnung in der Urtegata und fragte sich, warum. Ronny war nicht so einer, der andere verpfiff. Er hatte Billy T. zwar in einigen Fällen mit wertvollen Informationen und klugen Vorschlägen geholfen. Aber er hielt die Klappe über sich und seine Freunde, und er äußerte sich nie zu Dingen, die ihn seiner Ansicht nach nichts angingen. Auch dann nicht, wenn ihm das etwas einbringen könnte.

Ronny besaß eine Moral. Sie stimmte zwar nicht so ganz mit den Zehn Geboten überein, da er seinen Lebensunterhalt mit Verstößen gegen das siebte und das neunte verdiente, das sechste überaus gern übertrat und auf die restlichen mehr oder weniger pfiff. Ronny besaß aber seine Lebensregeln. Eine davon war, nie Leute zu verpfeifen, die das nicht verdient hatten. Die Frage, wer durch diese Einstellung beschützt wurde, ging er inzwischen ganz pragmatisch an.

Das Haus gehörte zu jenen in der Innenstadt, denen alle Sanierungsversuche erspart geblieben waren. Der Putz der Fassade war abgeblättert. Die ursprüngliche Farbe war einfach nicht zu erkennen, die Farbreste hier und da an den Wänden machten einen schmuddeligen grauen Eindruck. Die Gesimse waren schon längst abgebrochen. Die Fenster stammten wohl aus den Dreißigerjahren, sie waren schief und vom Wind verzogen. Billy T. grinste, als er den nach Abfällen und Katzenpisse stinkenden Zugangsweg entlangging. Während andere Wohnungen in diesem dreistöckigen Haus als heruntergekommene Schließfächer für Junkies und andere Vogelfreie dienten, war Ronnys eine Oase: gedämpfte Farben, teure Designermöbel.

»Hallo«, sagte Ronny durch die angelehnte Tür.

Er war fast so groß wie Billy T., hatte sich aber, so seltsam das klingen mochte, viel besser gehalten. Seine Haut war sonnengebräunt, im Kontrast dazu blitzten seine Zähne kreideweiß auf, als er den Polizisten begrüßte.

»Job oder privat?«, fragte er, ohne die Tür weiter zu öffnen.

»Beides irgendwie«, sagte Billy T. »Sowohl als auch.«

»Keine Hausdurchsuchung?«

»Nein. Will nur eine Runde quatschen.«

Die Tür wurde ganz geöffnet. Das Licht der Diele durchflutete das dämmrige Treppenhaus, wo in der einzigen Lampe die Glühbirne kaputt war. Billy T. kniff die Augen zusammen und folgte Ronny in ein großes Wohnzimmer. Auf dem Couchtisch türmten sich tropische Früchte in einer riesigen Obstschüssel. Billy T. ließ sich in ein fünfsitziges Sofa fallen, streifte die Schuhe ab und legte die Füße hoch. Die Spitze einer Ananas kitzelte ihn durch seine Socken.

»Schön hier«, sagte er.

»Aber du siehst grausig aus, Billy T. Mit dem Training aufgehört, oder was?«

Ohne auf Antwort zu warten, ging Ronny in die Küche. Billy T. hörte, dass etwas in Gläser gegossen wurde. Er schloss die Augen. Die Sofakissen waren weich. Jenny kränkelte wie so oft und ließ sie die halbe Nacht nicht schlafen. Er hatte noch keine Geschenke gekauft. Sein Gehaltskonto war so gut wie leer. Seine Mutter hatte ihn zweimal hintereinander angerufen und beide Male genau dasselbe gesagt, nämlich dass sie bei Billy T.s Schwester Weihnachten feiern würden. Die Anzeichen einer beginnenden Senilität waren jetzt nicht mehr zu übersehen, aber ihm fehlte die Kraft, sich auch noch damit zu befassen. Seine Schwester war sauer, weil er diesem Thema stets auswich. Tone-Marit, Jennys Mutter, war sauer, weil sie kein Geld hatten. Alle waren stocksauer. Hanne war sauer und obendrein auch noch komisch. Billy T. war unbeschreiblich müde. Seine Arme kamen ihm so schwer vor, dass er es nicht einmal fertigbrachte, auf die Uhr zu schauen. Er hatte wenig Zeit. Er hatte immer zu wenig Zeit, und die vielen Frauen standen um ihn herum und schimpften. Hanne hatte blaue Engelsflügel und flog in einer riesigen Kathedrale zur Decke hoch. Das Licht der Glaskuppel war überwältigend, und Hanne verwandelte sich in einen Vogel mit Menschenkopf, der seine Mutter in einer rosa Stoffplane trug. Plötzlich ließ sie los. Billy T. wollte loslaufen, um sie aufzufangen, steckte aber fest in einem Feld voller fleischfressender Pflanzen, die seine Beine umschlangen. Sie saugten sich an ihm fest und drohten, ihn in ein Moor voller Kindsleichen zu ziehen.

»Hallo!«

Billy T. fuhr zusammen. Er setzte sich eilig aufrecht und riss die Ananas mit, als seine Füße auf den Boden knallten.

»Du bist ja eingeschlafen, verdammt. Bist du krank, Billy T.?«

»Nur müde ... «

»Hier, trink das.«

Ronny stellte ein hohes Glas mit einer rötlichen Flüssigkeit vor ihn auf den Glastisch. Billy T. sah es an, halb verwirrt, halb skeptisch, und machte keine Anstalten zu trinken.

»Keine Panik, ist kein Alk. Und auch sonst kein Scheiß. Nur Obst. Tut dir gut, mein Lieber. Trink.«

Langsam hob Billy T. das Glas an den Mund. Er trank alles auf einmal und presste sich zum Dank ein Lächeln ab.

»Tut mir leid«, sagte er. »Ich bin im Moment so verdammt kaputt. Bei der Arbeit viel zu tun und dann die Kinder und ... «

»Und morgen ist Heiligabend, und du hast kein Geld. « Ronny grinste. »Alles klar. Hast du mit diesem Riesenmord auf Frogner zu tun? «

»Unter anderem. «

»Das ist doch sicher ganz einfach. «

»Das ist alles andere als einfach. «

Ronny verschränkte die Hände im Nacken.

»In der Szene schwirren die Gerüchte nur so. «

»Weiß ich. «

»Bist du deshalb gekommen? «

»Deshalb auch. «

»Kann dir aber nicht weiterhelfen. Sind ja alles nur Gerüchte. Abgesehen von ... aber ich nehme an, dass ihr das schon wisst. «

»Was denn? «

Billy T. kam sich jetzt wirklich um einiges wacher vor. Seine Haut prickelte ein wenig. Er hob die rechte Hand und musterte sie. Die Adern auf dem Handrücken traten hervor, er konnte geradezu sehen, wie das Blut schneller floss. Sein Kopf kam ihm leicht vor.

»War da irgendwas in dem Glas? «, fragte er, ohne den Blick zu heben.

»Saft, Billy T. Fruchtsaft. Und Gemüsesaft. Bei dir steigt jetzt einfach der Blutzucker. «

»Was, glaubst du, wissen wir schon? «, fragte Billy T. noch einmal.

»Das über diese Hermine. «

»Ja, Ronny. Wir wissen, dass es eine Hermine Stahlberg gibt. «

»Die ist nicht so ganz echt. Aber das wisst ihr sicher. «

»Mmm. «

Der Fall Stahlberg hatte sich zu einem Monstrum entwickelt. Allein mit den Ermittlungen waren inzwischen dreiundzwanzig Leute beschäftigt. Dazu kamen die technischen Experten, von Waffenkundigen über Rechtsmediziner bis hin zu Tatortspezialisten. Die Unterlagen über den Fall füllten bereits mehrere Regalmeter. Über achtzig Personen waren vernommen worden, die Wohnung in der Eckersbergs gate war auf den Kopf gestellt worden. Sie hatten versucht, die Geschichte der Opfer zu ganzheitlichen Bildern zusammenzusetzen, in denen aber immer noch überall Löcher klafften. Der Fall Stahlberg war ein wüstes Konglomerat aus Informationen und Profilen, aus Theorien und Tatsachen. Billy T. konnte mit allem, was ständig dazukam, nicht mehr Schritt halten, mit Unterlagen und Vernehmungen, mit anonymen Tipps und mehr oder weniger realistischen Hypothesen. Bei den vielen Besprechungen, die abgehalten wurden, um möglichst viele Kollegen auf den neuesten Stand zu bringen, hatte er widerstrebend erkennen müssen, dass er immer weniger Lust hatte, sich zu äußern. Er hinkte die ganze Zeit hinterher. Aber er wusste doch immerhin, wer Hermine war.

Plötzlich sah Ronny auf und grinste.

»Die hat sich ganz schön umgetan, weißt du. Und jetzt protzen alle damit, dass sie sie kannten und dass sie … die reden ja alle nur noch über deinen Fall.«

»Das ist uns auch schon aufgefallen, ja. Glaubst du, dass an dem ganzen Gerede überhaupt etwas dran ist?«

»Kaum. Du kennst doch die Szene, Billy T. Fast genauso gut wie ich.«

Das stimmte zwar nicht mehr, aber Billy T. nickte zustimmend.

»Die Leute machen sich so verdammt wichtig«, sagte Ronny. »Es wird viel über Waffenverkauf und allerlei Dreck gemunkelt. Und daran kann ja durchaus etwas Wahres sein. Im Moment kommst du leichter an Waffen als an Dope. Die Jugos, zum Beispiel, die kriegen doch schneller Knarren zusammen als ihr.«

»Was nun wieder nicht viel heißt ...«

»In der Hinsicht hinkt ihr gewaltig hinterher. Ihr gebt euch jede verdammte Mühe, den Drogenhandel zu stoppen, mit Hunden und Zöllnern und Spitzeleien und Ermittlungen und internationaler Zusammenarbeit. Nicht, dass das besonders viel hilft, aber an Mitteln fehlt es da ja offenbar nicht. Die Jungs, die vom Balkan rüberkommen, mit der Karosserie voller Waffen und Weib und Kind auf der Rückbank als Tarnung, die entdeckt ihr aber nicht. Ich würde eine halbe Stunde brauchen, Billy T. Eine halbe Stunde! Sag mir, welche Waffe du brauchst, und ich besorg sie dir in dreißig Minuten. Diese Stadt schwimmt in Knarren. Schau her.«

Er bückte sich und nahm eine Zeitung von der Ablage unter dem Tisch. Die aufgeschlagene Seite enthielt einen Artikel über in der Hauptstadt beschlagnahmte Waffen. Das Bild zeigte einen besorgten Kriminalchef Jens Puntvold, der mit gebieterischer Hand auf eine gewaltige Sammlung von Schusswaffen wies.

»Das ist euer Fang allein aus den letzten vierundzwanzig Monaten«, sagte Ronny. »Das kommt ja schließlich nicht aus dem Nichts.«

»Du hättest zur Polizei gehen sollen, Ronny. Dann wär die Kiste längst geklärt.«

Ronny achtete nicht auf diese Ironie. Er lächelte, auf eine neue, andere Weise.

»Das hatte ich ja eigentlich auch vor, Billy T. Mit dir zusammen. Weißt du noch?«

Billy T. starrte auf die Freitagsausgabe von *Aftenposten*, die passenderweise in der Mitte der vier Seiten über den Mord in der Eckersbergs gate aufgeschlagen war.

Natürlich wusste er das noch.

Das Freizeitgelände Kuba im Frühling. Der Akerselv mit hohem Wasserstand zwischen den glitschigen Ufern. Zwei Jungs mit kurz geschorener Sommerfrisur und Blechrevolvern in den Cowboygürteln, die schräg über ihre mageren Hüften hingen. Sheriffsterne, von denen die Goldfarbe abblätterte. Ronny besaß einen Cowboyhut mit kurzen Fransen an der Krempe, sein Vater war Seemann und endlich nach Hause gekommen. Billy T. hatte ein Ekzem auf dem Rücken. Es juckte und wurde immer schlimmer, weil die Seifenfabrik ihre Abwässer in den Fluss leitete. Er durfte dort nicht baden, seine Mutter verpasste ihm Ohrfeigen, wenn er ins Wasser ging, aber sie badeten trotzdem. Sie schwammen in der starken Strömung und ließen sich in den Wasserfall bei Nedre Foss fallen und stießen sich an den Steinen blutig, während sie sich kringelig lachten. Billy T. traf mit Pfeil und Bogen eine Ente. Sie brieten sie ungerupft auf einem verbotenen Feuer und fütterten damit die Katzen, streunende, magere Tiere, die das angebrannte Entenfleisch verschlangen und den Jungen dann hinterherliefen.

»Wir wollten Bullen werden«, sagte Ronny. »Alle beide. Aber so ist es nicht gekommen.«

Billy T. ließ seinen Blick durch die Wohnung wandern. In diesem Zimmer gab es kaum einen Gegenstand, den er selbst sich hätte leisten können. Sogar das Obst in der übervollen Schüssel war unerreichbar für ein Polizistengehalt, von dem der Unterhalt für vier uneheliche Kinder abgezogen wurde. Ronny hatte neun Jahre im Gefängnis verbracht. Insgesamt, seit seinem neunzehnten Lebensjahr. Jetzt waren sie beide im mittleren Alter. Billy T. schlug die Hände vors Gesicht und versuchte, gleichmäßig zu atmen.

»Aber du bist doch nicht gekommen, um danach zu fragen«, sagte Ronny.

Doch, wollte Billy T. sagen. Ich bin gekommen, weil ich wissen will, was du über einen Fall weißt, in dem wir nicht weiterkommen.

Aber das ist nicht alles, dachte er dann. Ich bin gekommen, um mich daran zu erinnern, dass du ein Outsider ohne wirkliche Werte bist, Ronny. Ich bin gekommen, um mich davon zu überzeugen, dass ich nicht so leben will wie du, denn du hast noch nie etwas Wichtiges getan, etwas Nützliches, etwas Wahres und Ehrliches. Du hättest werden können wie ich, dachte er. Du würdest dich von Zahltag zu Zahltag schleppen, du würdest gehetzt hin und her rennen, zwischen Job und Kindern und Schwiegermutter und hoffnungslosen Kollegen und einem System, das kurz vor dem Zusammenbruch steht. Wegen Leuten wie dir, Ronny, die sich überall abgemeldet haben und nun ab und zu einen Ausflug in ein Gefängnis unternehmen, das Ausbildung und Unterhalt, warmes Essen und ärztliche Betreuung bietet.

»Ich muss gehen«, sagte Billy T., ohne sich zu rühren.

»Hier«, sagte Ronny; Billy T. merkte, dass vor ihm etwas auf den Tisch gelegt wurde.

»Was ist das?«

»Schau doch hin. Ein Geschenk.«

Langsam ließ Billy T. seine Hände sinken. Es war ein kleines Stück Papier. Ein Tippzettel.

»Der ist nicht registriert«, sagte Ronny. »Ich tippe immer auf unregistrierten Coupons. Das ist absolut legal, Billy T. Königlich Norwegisches Wettbüro, Hamar. Aus der letzten Runde. Sieben Richtige, Auszahlung einhundertdreiundfünfzigtausendvierhundertzweiunddreißig. Legales Geld.«

»Ein Geschenk«, murmelte Billy T. »Was zum Teufel soll das denn heißen?«

»Nimm schon. Das gehört dir.«

Es war ein ganz normaler Tippzettel. Im Wert von fast hundertfünfzigtausend Kronen. Geschenke für alle Kinder. Vielleicht Ferien, einmal nicht im Wochenendhaus der Eltern in Kragerø, mit Großfamilie und zu kurzen Betten. Eine Atempause, den Kopf über Wasser. Ganz legal.

»Geldwäsche«, sagte Billy T. und rührte den Zettel nicht an. »Die einfachste Methode, schwarz verdientes Geld sauber zu kriegen. Man kauft einen Tippzettel für mehr als den Gewinn.«

»Nein. So was machen wir auf der Trabrennbahn. Aber nicht bei offiziellen Scheinen aus Hamar. Das wäre zu kompliziert. Wie sollten wir in Kontakt mit den Gewinnern kommen? Das hier ist ganz einfach mein Hobby, Billy T. Ich habe den Zettel abgegeben. Ich schwör dir, das ist ganz legal verdientes Geld. Betrachte es als Dank.«

»Als Dank?«

Ronny antwortete mit einem Lächeln.

Billy T. wusste, was er meinte. Er hatte zweimal ein Auge zugedrückt. Das war jetzt lange her. Und beide Male waren nicht wirklich ernst gewesen. Er hatte weggesehen und Ronny davonkommen lassen, zuletzt vor acht Jahren. Er hatte Ronny geholfen, weil er wusste, dass Ronny früher einmal Angst im Dunkeln gehabt hatte und außerdem viele Jahre lang Bettnässer gewesen war. Ronny war ein schmächtiger Junge gewesen und Billy T.s bester Kumpel, bis er in einem Kiosk hundert Kronen gestohlen hatte, als sie beide fünfzehn waren. Ronny war in ein Erziehungsheim gesteckt worden, und Billy T. hatte sich zusammengerissen. Seine Mutter hatte ihm zwei Monate Hausarrest verpasst, nur, weil er noch kurz mit Ronny gesprochen hatte, ehe der in ein gemeindeeigenes Auto gezerrt und weggefahren worden war. Mit solchem Pack durfte der Junge nichts zu tun haben, und Billy T.s Mutter zog die Zügel stramm, bis ihr Sohn das Abitur gemacht hatte. Er hatte an den Ronny mit den dicken Pickeln und dem jammervollen Pimmel gedacht, als er ihn laufen ließ. Nicht an den sonnengebräunten Ronny mit einem seltsamen Bunker von Luxuswohnung und einem Audi TT.

»Du weißt, dass ich das nicht annehmen kann«, sagte Billy T. Das Blut sauste in seinen Ohren, und er konnte den Blick nicht von diesem magischen Zettel abwenden. »Das ist doch pure Bestechung.«

»Absolut nicht«, wehrte Ronny entschieden ab. »Ich verlange ja keine Gegenleistung. Das ist nur eine kleine Hilfe von einem Jugendfreund, Billy T. Du löst ihn ein, und niemand wird dir irgendwelche Fragen stellen. Steuerfrei und absolut legal. Und einfach wunderbar.«

Billy T. war schwindlig. Sein Kopf war leicht, und vor seinen Augen tanzten viele kleine Punkte, als er aufstand und mühsam die Diele ansteuerte.

»Wenn du eine Waffe kaufen wolltest«, sagte er und merkte, dass er ein wenig nuschelte, »wenn du ein ganz normaler Mensch wärst, der sich eine illegale Waffe besorgen will, wie würdest du vorgehen?«

»Ein ganz normaler Mensch?«

Ronny lehnte sich an den Türrahmen und reichte ihm die Schuhe.

»Die hast du vergessen«, sagte er. »Ich habe keine Ahnung, was normale Menschen machen. Aber diese Hermine Stahlberg ist ja wohl auch nicht ganz normal.«

Billy T. machte sich an den Schuhen zu schaffen und wäre fast aus dem Gleichgewicht geraten.

»Wie gesagt«, sagte nun Ronny, »diese Stadt schwimmt geradezu in Waffen. Aber wenn du nicht die richtigen Kontakte hast, die dich mit den großen Jungs zusammenbringen, dann kann es sein, dass du dich mit ganz anderen zufriedengeben musst ... «

Er dachte nach.

»Mit Buden-Per, zum Beispiel. Kannst du dich an den erinnern? Hatte drüben in Vålerenga einen Waffenladen, total legal, bis ihr ihm das Geschäft vermasselt habt. Jetzt macht er seine Geschäfte meistens im Kleinen. Oder Bjørnar Tofte. Ich glaube, der ist noch immer aktiv. Er ist sogar ziemlich groß. Oder Sølvi. Sølvi Jotun. Die ist sicher am leichtesten zu finden. Aber sie ist so unzuverlässig, dass sie oft über lange Strecken hinweg nichts besorgen kann.«

Billy T. erhob sich mühsam und fuhr sich über den Schädel. Sein Kopf fühlte sich noch immer ganz seltsam an.

»Sølvi ... die hängt doch total an der Fixe!«

»Nicht immer. Ungeheuer starke Frau. Sieht aus wie die Hölle, hält aber durch. Verdient ihr Geld, wo sie eben kann.«

Billy T. fror plötzlich. Dann schien plötzlich ein Wärmestrom in seine Arme zu fahren, und wieder musste er seine Hände anstarren, um sich davon zu überzeugen, dass das Blut nicht aus der Haut quoll.

Sølvi Jotun war mit Snifflappen zusammen. Oder war es jedenfalls gewesen, viele Jahre lang.

»Na gut.«

Er musste weg. Er brauchte Luft. Er konnte es hier nicht mehr aushalten. Ronny roch nach Obst und Parfüm, und Billy T. musste weg hier.

»War da was in dem Getränk, das du mir gegeben hast?«, stöhnte er, während er an der Türklinke herumfummelte. »Verdammt, Ronny, hast du mir irgendwas gegeben?«

»Nichts Gefährliches. Einfach etwas, das munter macht. Aber mach für ein paar Stunden lieber einen Bogen um deine Kollegen. Ist besser so.«

Seine Stimme klang ruhig. Sanft, mit einem versteckten Lachen. Endlich ging die Tür auf.

Billy T. taumelte die Treppen hinunter. Der Hinterhofgestank schlug ihm entgegen, er kam ihm frisch und vertraut vor, er hielt der Welt sein Gesicht hin und schnappte nach Luft.

In seiner Brusttasche steckte der sorgfältig zusammengefaltete Tippzettel. Ronny hatte ihn hineingeschoben, als Billy T. die Lederjacke übergestreift hatte.

Sølvi Jotun, dachte Billy T. träge.

Er musste Sølvi Jotun finden.

Carl-Christian bereute es bitterlich, dass er auf den Vorschlag eingegangen war, den Familienrat bei sich zu Hause abzuhalten. Mabelle lief schweigend zwischen den leise redenden Verwandten hin und her und schenkte Kaffee ein. Sie waren bereits neunzehn, und der Himmel mochte wissen, ob nicht noch weitere auftauchen würden. Mabelle sah großartig aus. Die Trauerkleidung stand ihr gut. Normalerweise trug sie niemals Schwarz, das machte sie bleicher, farbloser; der Kontrast zu ihrer hellen Haut und den blonden Haaren passte nicht. Jetzt aber war sie schön. Ihre Haut wirkte unter dem dunklen Pullover fast kreideweiß, und sie trug ihre Haare offen, frisch gewaschen, sie fielen wie ein Schleier über ihr Gesicht, wenn sie sich vorbeugte, um einem Gast nachzuschenken. Sogar die schwachen, fast unsichtbaren dunklen Ringe unter ihren Augen, die nur teilweise unter dem Make-up verborgen waren, schienen zu passen. Carl-Christian empfand einen seltsamen Stolz, als er sie ansah und zufällig aufschnappte, wie eine Cousine der anderen zuflüsterte:

»Sie wirkt total gebrochen, die Arme. Aber sie ist wunderschön!«

Trotzdem bereute er es. Hier zu Hause hatte er keine Kontrolle über die Dinge. Er konnte nicht aufstehen und seine Wohnung verlassen, wenn alles zu schwer für ihn wurde. Er musste warten, bis auch der letzte Verwandte es für richtig hielt zu gehen. Er hatte dieses Treffen durchaus nicht bei sich abhalten wollen, aber Alfred hatte darauf bestanden. Die Wohnung in der Eckersbergs gate war ausgeschlossen. Die Polizei hatte sie versiegelt, und es wäre ohnehin absolut unpassend gewesen, hatte Alfred erklärt und danach die ganze Verwandtschaft angerufen und sie zu Carl-Christians Adresse dirigiert.

Mabelle verschwand in die Küche, um ein weiteres Mal die Kaffeemaschine zu füllen. Eine Frau, die Carl-Christian nicht so recht einordnen konnte, lief hinter ihr her. Er sah, dass sie Mabelle leicht und tröstend die Hand auf die Schulter legte. Das fand er widerlich. Diese Menschen machten ihn krank, diese Familie, dieser zusammengescharte Haufen, der lediglich aus Tradition und genetischen Zusammenhängen sich jedes Jahr am ersten Weihnachtstag herausgeputzt und gierig über Hermanns und Tuttas ausnahmsweise einmal großzügig gedeckten Tisch hergemacht hatte.

»Dann scheinen ja wohl alle hier zu sein«, erklärte Alfred, der frisch geduscht war und dessen Rasierwasser bis zu Carl-Christian hinüberduftete. Carl-Christian wollte sich nicht setzen und lehnte an der Wand.

»Abgesehen von unserer lieben Hermine natürlich, die, wie wir alle wissen, im Krankenhaus liegt und deshalb nicht kommen konnte. Auf jeden Fall seid ihr alle hier willkommen.«

Carl-Christian ließ seinen Blick über die Versammlung schweifen. Einige schienen wirklich traurig zu sein, andere waren aus purer Neugier erschienen und konnten das nur schwer verhehlen. Und der Vetter, der gelassen neben Carl-Christian stand und versuchte, ein Gähnen zu unterdrücken, hatte sich offenbar aus purem Pflichtgefühl eingefunden. Jennifer Calvin Stahlberg und die drei Kinder nahmen eine Art Ehrenplatz ein, auf drei nebeneinanderstehenden Stühlen am einen Ende des Wohnzimmers. Die Witwe hielt die Jüngste auf dem Schoß. Die Kleine war kurz vorm Einschlafen und hatte den Daumen in den Mund gesteckt. Zu beiden Seiten der Mutter saßen die Söhne, ernst und ohne zu weinen. Jennifers Augen waren verheult und geschwollen, aber jetzt hielt sie sich aufrecht und flüsterte der Kleinen liebevoll ins Ohr.

Alfred schlug eine Schweigeminute zum Gedenken an die Toten vor. Niemand widersprach, es war ja ohnehin schon still genug.

»Wenn ich euch zu diesem Treffen gebeten habe«, sagte Alfred nach über zwei Minuten, »dann natürlich vor allem, weil es richtig erscheint, sich nach einem so grauenhaften Erlebnis zusammenzusetzen. Einige von uns waren zwar auch am vergangenen Freitag schon zusammen, aber da war alles noch so frisch, und alle waren so geschockt, dass ... «

Er räusperte sich.

»Nicht alle konnten kommen. Aber jetzt«, er breitete die Hand aus, wie um sie alle zu segnen, »sind wir hier. Möchte jemand etwas sagen? «

Alles schwieg. Alfreds Schwestern, die eine schlank und verhärmt, die andere rund und üppig wie Alfred selbst, weinten in ihre bestickten Taschentücher. »Dann nicht«, sagte Alfred und konnte seine Verärgerung über die Passivität der Versammlung nicht verhehlen. Er schlürfte ein wenig Kaffee.

»Über diese Tragödie gibt es noch nicht viel zu sagen«, sagte er. »Was passiert ist, ist einfach grauenhaft und übersteigt jeglichen Verstand. Jedenfalls meinen.«

Er lachte ein kurzes Lachen, das selbstironisch klingen sollte, aber er hatte sein Publikum falsch eingeschätzt. Alle starrten zu Boden.

»Wir müssen jetzt unbedingt zusammenhalten«, fügte er rasch hinzu. »Wir müssen einander unterstützen. Wir müssen zum Beispiel einen Pressesprecher wählen. Einige von euch sind doch schon von Presseleuten aufgesucht worden, und bestimmt war das unangenehm.«

»Ich halte es für das Richtigste, dass wir uns überhaupt nicht äußern«, sagte ein Mann von Mitte dreißig. »Jedenfalls nicht vor der Beerdigung.«

Carl-Christian hatte seinen Vetter Andreas immer schon gut leiden mögen. Er hatte etwas von Hermine, etwas Freundliches, Zuverlässiges, er spielte sich nicht in den Vordergrund. Deshalb war es ziemlich überraschend, dass er dem Onkel hier widersprach.

»Die Presse hat uns allen schon zugesetzt«, sagte Andreas. »Und wir wissen, worum es ihnen geht. Von welchen Theorien sie ausgehen.«

Carl-Christians Wangen glühten. Niemand sah ihn an. Im Gegenteil, das Interesse an den Einrichtungsgegenständen war plötzlich ungeheuer groß.

»Nur eins wollte ich sofort sagen«, fuhr Andreas fort, er war jetzt aufgestanden und kehrte Alfred den Rücken zu. »Ich glaube nichts von dem, was in der Presse angedeutet wird. Wir kennen CC gut. Niemand von uns hier ...«

Er richtete seinen Blick auf Carl-Christian.

»... niemand von uns glaubt auch nur einen Moment, dass jemand aus der Familie hinter diesem entsetzlichen Verbrechen stecken kann. Aber wir wissen ja, wie die Presseleute sind. Sie legen uns das Wort in den Mund, gerade Leuten wie uns, die keine Erfahrung mit solchen Dingen haben. Wir müssen Respekt für unsere Entscheidung verlangen, dass wir uns nicht äußern werden, bis unsere Verwandten beigesetzt sind. Und danach sehen wir dann weiter.«

Beifälliges Gemurmel wurde im Zimmer laut. Alfred sah beleidigt aus.

»Genau das, was ich auch sagen wollte«, erklärte er. »Dann sind wir einer Meinung. Aber es stehen noch andere Themen an. Ein paar Dinge, die geregelt werden müssen. Wie ihr vielleicht bereits wisst, gibt es ein Testament.«

Carl-Christian schloss die Augen. Seit Jennifer ihn am Vorabend angerufen hatte, nachdem die Polizei das Testament vom Nachlassgericht geholt hatte, hatte er das Gefühl, durch ein Chaos aus widerstrebenden Gefühlen zu wirbeln. Noch hatte er dieses Testament nicht mit eigenen Augen gesehen, aber schon während des Gesprächs mit der Schwägerin hatte er immerhin begriffen, dass er jetzt in ernsthaften finanziellen Schwierigkeiten steckte. Er war mit einem Nichts abgespeist worden.

Aber das Testament konnte auch seine Rettung bedeuten.

Er hatte durch den Tod seiner Eltern nichts gewonnen. Er musste behaupten, den letzten Willen seines Vaters schon lange gekannt zu haben. Mabelle hatte das sofort begriffen, sie hatte ihm die ganze Nacht hindurch zugesetzt. Eigentlich hatten sie es sich doch denken können, flüsterte sie, als sie schlaflos im Bett lagen. Sie hatten jedenfalls begriffen, dass sich etwas zusammenbraute, und es war durchaus nicht überraschend, dass der Vater den dramatischen Schritt gegangen war, ihn zu enterben, wenn man die Verhältnisse in Betracht zog. Und da ihnen doch nun einmal aufgegangen war, dass ein solcher Schritt wohl unvermeidlich sein würde, konnte es keine große Lüge sein, zu behaupten, sie hätten es genau gewusst. Mabelle hörte sich überzeugend an, und CC hatte ganz einfach keine Wahl.

»Und ich kenne seinen Inhalt nicht«, sagte Alfred. »Jennifer dagegen«, er wies mit eleganter Geste in Richtung der Witwe, »hat mich bis auf Weiteres darüber auch nicht informieren wollen. Aber mir ist immerhin bewusst, dass alles an eine Person fällt ... Ich nehme jedoch an, dass wir trotzdem ...«

»Also wirklich!«

Das war wieder Andreas. Er runzelte empört die Stirn und breitete die Arme aus.

»Es geht doch nicht, vor der Beisetzung über das Erbe zu diskutieren. Stimmt ihr mir da nicht zu?«

Er schaute sich um. Die anderen nickten, manche sehr eifrig. Alfred wurde tiefrot und rang um Atem.

»Natürlich nicht«, sagte er. »Natürlich nicht. Aber es handelt sich doch trotz allem um eine erfolgreiche Firma, und da ist es in unser aller Interesse, der Sache sorgfältig ...«

»Die Reederei kommt zurecht«, erklärte Andreas mit schroffer Stimme. »Es geht ja ohnehin auf keinen Fall um mehr als eine Woche. Wisst ihr mehr darüber, wann die Lei... wann deine Eltern und dein Bruder freigegeben werden?«

Er schaute wohlwollend zu Carl-Christian hinüber, und der schüttelte wortlos den Kopf.

»Na gut«, sagte Andreas. »Aber das kann ja nicht mehr ewig dauern.«

»Ich habe einen Vorschlag.«

Andreas' Schwester Benedicte stand auf. Sie war knapp fünfundzwanzig und hatte die gleichen blonden Locken wie ihr Bruder. Sie sah verlegen aus, hob aber trotzdem selbstbewusst ihre Stimme.

»Ich schlage vor, dass wir Andreas zum Sprecher der Familie ernennen«, sagte sie und räusperte sich.

Alfred starrte verdutzt in die Runde. Er riss den Mund auf, wie um etwas zu sagen, aber kein Laut kam über seine Lippen. Dann war von der Küchentür her ein vorsichtiges Klatschen zu hören. Der Applaus breitete sich aus, sogar Jennifer löste ihre Arme von ihrem eingeschlafenen Töchterchen und schlug vorsichtig die Hände zusammen.

»Dann ist das abgemacht«, sagte Benedicte zufrieden und wurde rot.

»Und als Erstes möchte ich beschließen«, sagte jetzt ihr Bruder, »dass das hier nur ein Treffen ist, keine offizielle Besprechung. CC und Mabelle haben uns gastfreundlich aufgenommen. In der Küche stehen Kuchen und belegte Brote bereit, falls jemand Lust darauf hat. Ich finde, wir sollten ihnen dafür dankbar sein und versuchen, uns einen so schönen Nachmittag zu machen wie überhaupt nur möglich unter diesen Verhältnissen. Jennifer, wenn du sofort nach Hause möchtest, kann ich dich natürlich fahren. *I'll drive you home, if you wish, okay?*«

Noch ehe Jennifer antworten konnte, klingelte Carl-Christians Mobiltelefon. Er bat murmelnd um Entschuldigung und zog sich ins Schlafzimmer zurück.

Es war Hermine.

»Habt ihr über das Testament gesprochen?«, fragte sie nuschelnd.

»Nur ganz kurz«, flüsterte er, denn er wusste nicht, ob er die Tür wirklich geschlossen hatte. »Aber nur Jennifer und wir kennen seinen Inhalt. Woher ... woher weißt du eigentlich davon?«

»Ich habe ein anderes«, sagte sie tonlos. »Ich habe ein neueres. Ein ganz neues.«

Carl-Christian drückte vor Schreck auf den falschen Knopf. Ein schriller Ton sorgte dafür, dass ihm das Telefon aus der Hand fiel.

»Hallo«, rief er, als er es endlich wieder an sein Ohr halten konnte. »Hermine, bist du da?«

»Ich habe ein neues Testament. Ich habe Papa dazu überredet, ein neues zu schreiben, eins, in dem ...«

»Wann? Wann war das?«

»Vor drei Wochen, CC.«

Carl-Christian war kein gewiefter Jurist. Aber er wusste immerhin, dass ein neues Testament ein altes ungültig macht. Er spürte einen Kloß im Hals. Das Blut pochte in seinen Ohren.

»Komm her, CC. Ich bin wieder zu Hause.«

»Zu Hause? Du darfst doch nicht ...«

»Ich bin zu Hause. Komm.«

Die Verbindung wurde unterbrochen. Carl-Christian ließ sich langsam auf das Bett sinken. Er starrte das Telefon an, als handele es sich um eine brandneue Erfindung, deren Sinn er nicht so recht erfassen konnte.

»Wer war das?«

Mabelle war lautlos hereingekommen.

»Hermine«, murmelte er. »Das war Hermine.«

»Was wollte sie?«

Noch immer starrte er sprachlos sein Nokia an.

»Sie hat ein neues Testament«, flüsterte er und schaute endlich auf. »Ich habe keine Ahnung, wie sie das hingekriegt hat.«

Sein Gesicht zeigte eine Mischung aus Überraschung, Hoffnung und nackter Angst.

»Und ist das günstiger für dich? Für uns?«

»Ich habe keine Ahnung. Sie will, dass ich zu ihr komme. Sie ist zu Hause.«

»Wir müssen hin«, sagte sie entschieden. Sie wussten beide nicht so recht, wer von ihnen die größere Angst hatte. Carl-Christian umklammerte das Bettzeug, seine Fingernägel bohrten sich in seine Handfläche.

»Du hast recht«, sagte er endlich, und seine Stimme überschlug sich fast.

Natürlich fand er nichts. Eine gute Stunde Arbeit in Kälte und leichtem Schneegestöber brachte keinerlei Ertrag. Er war sicher, dass er die richtige Stelle gefunden hatte; die Spuren des alten Loches waren im Eis noch deutlich zu sehen. Als der Bohrer das Eis endlich durchbrochen hatte, hörte er das Wasser unter dem Eisdeckel glucksen. Seine Haut prickelte, als er den Arm hineinschob.

Er schämte sich. Die ganze Idee war idiotisch gewesen, von vorn bis hinten. Zum einen hatte er jemanden verdächtigt, der sich zwar seltsam verhalten hatte, aber seltsame Menschen gibt es überall, das wusste der Alte ja selber, er war schließlich auch so einer. Zum anderen wusste er gar nicht, wie tief das Wasser war. Er hatte kein Messlot mitgebracht. Das Glück war dann aber auf seiner Seite. Als er sich auf dem Eis flach hinlegte und den ganzen Arm ins Loch steckte, konnte er mit den Fingerspitzen gerade eben einige glatte, unebene Steine ertasten. Er tastete vielleicht einen halben Quadratmeter Seeboden ab, dann konnte er nicht mehr und musste aufgeben.

Der alte Mann ärgerte sich über sich selbst. Seine Ahnungen hatten ihn betrogen, und schlecht war ihm noch dazu. Klamme Kälte schnürte ihm die Brust zusammen, und er musste ununterbrochen niesen. Zum Glück war es der Tag vor Heiligabend, und es gab viele unterhaltsame Fernsehsendungen. Zu Hause kochte er sich eine große Tasse Tee mit Honig, machte es sich gemütlich und versuchte, die ganze Sache zu vergessen.

Er fühlte sich fiebrig, und draußen war es hundekalt.

Mühsam stand er auf, um im Ofen Holz nachzulegen.

Hermine Stahlberg wurde jetzt langsam nüchtern. Vergeblich versuchte sie, sich an die Reste des nachmittäglichen Rausches zu klammern. Es half nichts. Die Giftstoffe waren fast abgebaut und hinterließen nur Verwirrung. Hermine wusste nicht, was sie jetzt machen sollte.

Sie schwankte den Bogstadvei hoch und versuchte zu begreifen, was geschehen war.

Das Krankenhaus hatte sie nur widerstrebend gehen lassen. Der Arzt hatte halbherzig versucht, sie zum Bleiben zu überreden. Aber auch er schien an die bevorstehenden freien Tage zu denken. Nur eine Stunde, nachdem sie aus dem Bett aufgestanden war, hatte sie ihren festen Lieferanten in Majorstua erreicht. Das Geschäft war rasch abgeschlossen gewesen. Sie fuhr sofort nach Hause und dosierte die Zufuhr diesmal genauer.

Der Rausch ließ ihre Hände ruhig werden. Sie konnte die Schubladen aus dem Küchenschrank ziehen und die locker festgeschraubte Furnierplatte vor dem Hohlraum in der Wand lösen. Die Fotos waren noch vorhanden, das Testament auch. Sie legte die Bilder wieder hin. Das Testament schob sie zwischen zwei Bildbände über Ägypten ins untere Regalfach. Danach rief sie Carl-Christian an.

Aber der kam und kam nicht. Es dauerte so lange. Sie fand keine Ruhe, lief hin und her und schaute immer wieder auf die Uhr.

Als Erstes fiel ihr der Teppich im Wohnzimmer auf. Er lag falsch. Das wusste sie, ein Rotweinfleck, den sie immer unter dem Sofa versteckte, lag jetzt offen und sichtbar da. Ihre Angst wuchs, während sie verzweifelt Ausschau nach weiteren Veränderungen hielt. Die Bücher in den Regalen waren verschoben worden. Da war sie sich sicher. Ihre Rücken standen ungleichmäßig da, mehrere ragten über das Fach hinaus.

Carl-Christian, natürlich. Sie versuchte, ganz ruhig durchzuatmen. Carl-Christian hatte ihr am Samstag doch geholfen. Hatte sie ins Krankenhaus gebracht. Er musste es gewesen sein. Was ihn dazu bewogen hatte, Teppiche zu verdrehen und Bücher anders zu stellen, wusste sie nicht, aber Carl-Christian war ihr Bruder und liebte sie und war für sie keine Gefahr.

Im Schlafzimmer herrschte Chaos. Überall Bettzeug und Erbrochenes.

Zwei Bilder hingen schief.

Sie hatte diese Bilder nicht angerührt. Sie konnte sich allerdings an nichts erinnern. Sie konnte gefallen oder gestikulierend gegen die Wand gestoßen sein, wütend auf Carl-Christian, der sie ins Krankenhaus schaffen wollte; was wusste Hermine denn schon.

Warum hätte sie die Bilder anrühren sollen?

Sie hingen nicht einmal in der Nähe des Bettes. Carl-Christian hatte nichts davon erwähnt, dass sie sich gewehrt hätte.

Die Tür war nicht aufgebrochen worden, aber jemand hatte offenbar ihre Wohnung durchsucht.

Und nun beschloss sie, nicht auf ihren Bruder zu warten. Sie streifte ihren Mantel über und schob die Füße in irgendwelche Turnschuhe, dann schwankte sie aus dem Haus. Fünf Minuten darauf stand sie in der normalerweise meistbesuchten Einkaufsstraße in Oslos Westen. Die Weihnachtsdekorationen tauchten den Bogstadvei in grelles Licht. Plötzlich blieb sie stehen, unter einem Stern aus Tannenzweigen, der schneeschwer an einer altmodischen Laterne hing. Sie war allein. Es war die Nacht vor dem Heiligen Abend, und kein Mensch war zu sehen. Sie wusste einfach nicht, wohin.

Im Grunde hatte sie das nie gewusst, seit damals, da sie als kleines Mädchen brutal zu der Erkenntnis gezwungen worden war, dass niemand sie beschützen konnte.

Später war sie stets dorthin gegangen, wohin es sich zu gehen lohnte, wo jemand bereitwillig mit Geld oder Aufmerksamkeit bezahlte oder sie einen kurzen Moment der Zusammengehörigkeit fand. Nichts von allem war wahr oder wirklich, außer vielleicht jener Ahnung von Liebe, die sie bei ihren Brüdern gefunden hatte, vor allem bei Carl-Christian. Bei anderen war Aufmerksamkeit ein Tauschobjekt: Hermine bezahlte mit einer kleinmädchenhaften Fügsamkeit. Doch hinter ihrem niedlichen, verlogenen Wesen lagen große Geheimnisse verborgen.

Und deshalb war es ihr so schwergefallen, selbst die Kontrolle zu übernehmen. Die letzten Monate, in denen Hermine zum ersten Mal so gehandelt hatte, wie sie es für richtig und wahrhaftig hielt, hatten ihr fast sämtliche Kräfte geraubt.

Sie wollte nur, dass irgendwer sich um sie kümmerte, sie tröstete und ihr versprach, dass alles wieder in Ordnung kommen würde. Sie wollte hören, dass sie geliebt wurde und dass irgendwer sie wirklich brauchte.

Endlich wusste sie, wohin sie gehen würde.

In der Küche roch es nach Tabak, als Hanne kurz vor Mitternacht von der Wache kam.

»Hallo«, sagte sie und rümpfte die Nase. »Darf Marry neuerdings hier rauchen?«

»Nur ausnahmsweise«, sagte Nefis lächelnd. »Sie hat heute schrecklich viel gearbeitet. Hast du den Tisch gesehen?«

Hanne nickte. Im Wohnzimmer war ein wunderbarer Weihnachtstisch gedeckt worden. Rote Tischdecke, Kristall, grüne Zweige waren überall verteilt. Vergoldete Kerzenhalter und Service mit kleinen Weihnachtsmännern. Über dem Ganzen hingen an einer Art Gitter, das an der Decke befestigt war, durchsichtige Glaskugeln mit aufgemalten Mustern, dicht an dicht, in allen Größen.

»Schön.« Sie lächelte. »Bestimmt hast du ihr geholfen. Vielleicht ein wenig zu gewaltig. Aber die Kinder werden begeistert sein.«

»Komm«, sagte Nefis und klopfte auf den Stuhl neben ihrem. »Setz dich. Hattest du einen anstrengenden Tag?«

Hanne küsste sie leicht auf die Stirn und ließ sich auf den Stuhl sinken.

»Rat mal. Ich bin so müde, dass ich sicher gleich einschlafen werde. Du siehst wunderschön aus.«

Nefis' Haare hingen offen über einem tiefroten Pullover mit V-Ausschnitt. Sie schien frisch geschminkt zu sein und duftete.

»Ich stinke wie ein Pferd«, sagte Hanne und rümpfte die Nase.

»Nur wie ein süßes kleines Pony«, sagte Nefis und schenkte aus einer verstaubten Flasche Wein ein. »Freust du dich?«

Hanne blickte sich um und zögerte.

»Vielleicht. Ein bisschen. Nicht sehr.«

Das war eine Lüge, was beide wussten. Wenn Hanne Wilhelmsen sich überhaupt auf irgendetwas freuen konnte, dann auf den Heiligen Abend. Sie fand es schön, dass es dabei nicht um Familie gehen würde. Sie freute sich über Nefis' Geschäftigkeit, darüber, dass alle möglichen Menschen mit am Tisch sitzen würden. Plötzlich fiel ihr auf, dass sie seit Stunden nicht mehr an ihren Vater gedacht hatte. Das matte, leere Gefühl, dass es für bestimmte Dinge jetzt zu spät war, verflog langsam. Nefis und sie hatten sich füreinander entschieden. Zusammen hatten sie sich für Marry entschieden. Nefis ermöglichte ihr ein Leben so voller Überfluss und Großzügigkeit, dass Hanne ab und zu, wenn auch selten, mit dem Gedanken spielte, ihrer Aufforderung zu folgen und bei der Polizei aufzuhören. Hanne könnte doch eine kleine Detektei eröffnen, hatte Nefis immer wieder vorgeschlagen. Wo sie dann immer nur so viel zu tun haben würde, wie sie selbst wollte. Eine exklusive kleine Detektei mit vielleicht drei Angestellten, die sich nicht mit treulosen Ehepartnern oder verschwundenen Pauschaltouristen anöden, sondern sich auf Kunden aus der Wirtschaft konzentrieren würden. Nefis hatte das Startkapital, und Hanne hatte einen Namen.

Hanne würde ohne ihre Polizei zugrunde gehen, das meinte sie selbst.

»Ich glaube, ich bin dabei, mich mit allen anderen zu überwerfen«, sagte sie und gähnte. »In diesem Mordfall, meine ich. Ich habe mich auch früher schon geirrt. Es kommt mir so vor, als ob ... «

»Als ob du immer in anderen Bahnen denken müsstest als die anderen«, fügte Nefis hinzu. »Das ist eine gute Eigenschaft. Menschen, die anders denken, haben die Welt immer schon weitergebracht.«

»Jetzt übertreib nicht«, murmelte Hanne in ihr Glas hinein. »Ein Semmelweis bin ich ja nun nicht gerade.«

»Ein bisschen schon«, sagte Nefis. »Aber ab und zu irrst du dich natürlich.«

»Jetzt vielleicht auch. Jedenfalls weist alles auf Carl-Christian Stahlberg oder seine Schwester. Oder irgendwen, den sie damit beauftragt haben. Ich kann dir sagen, dass ... «

Eifrig fing sie an, die Elemente der Indizienkette aufzuzählen.

»Aufhören«, sagte Nefis und legte Hanne einen Finger auf die Lippen. »Jetzt hast du frei, Hanna. Denk an etwas anderes.«

»Das ist schwierig.«

»Ich will ein Kind, Hanna.«

Hanne sah plötzlich, dass die Petersilie, die in Marrys großer Weihnachtskrippe auf der Anrichte das Gras darstellen sollte, durch zerschnittenes Krepppapier ersetzt worden war. Sie sprang auf und verteilte die Schnipsel gleichmäßig um den offenen Stall. Sie hob ein Schaf hoch und brach ihm dabei das Bein ab.

»Papier ist besser«, sagte sie. »Die Petersilie fing schon an zu verwelken.«

»Hanna ...«

»Ich will nicht. Kein Kind, nicht darüber reden. Wann kommen morgen unsere Gäste?«

Hanne spürte, wie die Tränen in ihr aufstiegen. Sie schluckte, atmete tief durch. Kein Kind. Cecilie hatte immer deshalb herumgequengelt. Die ganze Zeit. Hanne hatte recht behalten. Es war gut, dass sie kein Kind gehabt hatten, denn Cecilie war dann ja einfach gestorben.

»Wenn ich nur begreifen könnte, warum nicht«, sagte Nefis. »Das willst du mir ja nie erklären. Du gehst einfach weg. *Nicht!*«

Hanne hatte Maria hochgehoben und war gerade dabei, ihr den Heiligenschein abzureißen. Sie fuhr zusammen und stellte die Figur vorsichtig wieder hin.

»Ich bin müde«, sagte sie und wollte gehen.

Nefis verstellte ihr den Weg.

»Nein. Du gehst nicht. Wir reden jetzt darüber. Ich will ein Kind, du willst keins. Wir müssen herausfinden, wer von uns die stärkeren Bewegungsgründe hat.«

»Beweggründe«, korrigierte Hanne. »Du solltest keine Wörter benutzen, die du nicht richtig im Griff hast. Beweggründe. Meine sind stärker.«

»Da bin ich nun nicht so sicher.«

Hanne fürchtete sich vor Kindern. Sie musste sie gut kennen, um überhaupt mit ihnen reden zu können. Kinder waren beängstigende, lärmende, anspruchsvolle, verpflichtende Wesen. Sie war selbst einmal Kind gewesen. Sie hatte ihr ganzes Erwachsenenleben gebraucht, um zu vergessen, wie das gewesen war, und wenn sie es mit Kindern zu tun hatte, dann machte ihr all das, woran sie sich am liebsten nicht erinnern wollte, Angst. Und dann erinnerte sie sich doch.

Sie erinnerte sich an die große Villa, in der sie gewohnt hatten. Mutter, Vater, Schwester, Bruder. Hanne, der Nachkömmling. Hanne, die Angst vor ihrem Zimmer hatte. Angst vor dem ganzen Haus, abgesehen vom Dachboden, wo sie sich zwischen den Hinterlassenschaften der Großeltern davonträumen konnte, sie konnte sich ein kleines Zuhause erschaffen, im Staub, zwischen Gegenständen, die niemand mehr brauchte und an die niemand mehr dachte. So, wie niemand sie brauchte oder an sie dachte.

Hanne starrte das Jesuskind an und dachte an die Nächte. An eine Nacht, sie war frühzeitig in den ersten Stock hinaufgegangen, aber nicht auf ihr Zimmer. Wie so oft hatte sie sich auf den Dachboden geschlichen. Sie hatte den Koffer aus Amerika geöffnet und die Stoffe herausgezogen, die darin lagen. Sie aufgehängt, an Haken an der Decke, an schief eingeschlagenen Nägeln in Balken und Trägern. Der Dachboden wurde zum Theater, und Hanne verkleidete sich. Sie war damals vielleicht zehn. Sie spielte ein Schauspiel mit sich selbst in den dramatischen Hauptrollen, bis sie einschlief. Der Mond war durch die Dachluke gerade noch zu erkennen. Als sie erwachte, war sie steif gefroren, und es war schon hell. Niemand hatte sie gesucht. Niemand hatte sie geweckt oder sie ins Bett getragen, unter die Decke gelegt, in die Wärme, und sich vielleicht zu ihr gesetzt, damit sie nicht solche Angst hatte, nicht immer so schreckliche Angst.

Die Augen des Vaters über dem Frühstückstisch: gleichgültig. Hanne ging in denselben Kleidern zur Schule, die sie am Vortag getragen hatte, in denen sie zwischen afrikanischen Masken und alten Fotoalben auf dem Dachboden eingeschlafen war, in den Armen ein ausgestopftes Hermelin.

Als Erwachsene hatte sie dann begriffen, dass die anderen einfach davon ausgegangen waren, dass sie in ihrem Zimmer geschlafen hatte. Wahrscheinlich wären sie erschrocken gewesen, wenn sie die Wahrheit erfahren hätten.

Aber niemand hatte nachgesehen.

Niemand hatte nachgesehen, ob alles bei ihr in Ordnung war, ehe die anderen selbst schlafen gegangen waren. Hanne ging an diesem Tag nicht in die Schule. Sie ging zum Schreiner im Nachbarhaus, kochte sich Grütze und lernte den Umgang mit einem Winkeleisen. Als sie in Tränen ausbrach, weil sie nach Hause musste, nahm der Schreiner sie auf den Schoß und wiegte sie hin und her, obwohl sie doch schon ein großes Mädchen war, bis sie sich beruhigt hatte. Er half ihr, eine Entschuldigung für die Schule zu fälschen.

»Ich kann kein Kind bekommen«, sagte Hanne leise und setzte sich.

»Kannst du nicht? Bist du ... weißt du das?«

»Nicht in der Hinsicht. Ich habe keine Ahnung, ob ich ... fruchtbar bin. Nicht wirklich anzunehmen, in meinem Alter.«

Sie lächelte hilflos.

»Aber ich kann einfach keine Verantwortung für ein Kind übernehmen. Ich weiß nicht, wie eine Kindheit aussehen sollte. Ich weiß nur, wie sie nicht sein sollte.«

»Das kann mehr als gut genug sein. Du bist lieb, Hanna, du bist ...«

»Ich bin ein beschädigter Mensch«, fiel Hanne ihr gelassen ins Wort. »Wenn wir die Umstände bedenken, habe ich mich vermutlich sogar wacker geschlagen. Aber in mir steckt Müll genug, um ... «

Sie schaute wachsam zur Tür hinüber, denn immer hatte sie diese Angst, dass andere es erfahren könnten, andere als Nefis, dass irgendwer von ihren Therapiestunden erfahren könnte.

» ... ein ganzes Leben lang mit Aufräumen beschäftigt zu bleiben«, endete sie.

»Ein Kind ist ein Segen«, sagte Nefis. »Immer.«

»Vielleicht für die Eltern«, sagte Hanne. »Aber ein Kind hätte es bei mir ganz einfach nicht gut. Nicht einmal, wenn du auch hier bist. Versteh das doch, Nefis. Du kennst mich so gut. Im Grunde stimmst du mir zu. Wenn du dir das genauer überlegst, dann gibst du mir recht.«

Nefis schwieg. Ihr Glas war unberührt. Sie drehte es langsam im Kreis, während sie zusah, wie das Licht sich über der Tischplatte in rote Schattierungen aufteilte.

»Ich gehe schlafen«, sagte Hanne. »Wenn es dir recht ist. Ich sehe schon doppelt.«

Nefis gab keine Antwort, blieb aber sitzen. Sie hatte ihren Wein noch immer nicht angerührt.

Als Hanne am Heiligen Abend aufstand, lag Nefis im Gästezimmer, und ihr Glas war noch immer unberührt.

DIENSTAG, 24. DEZEMBER

Oslo war von ungewöhnlichen Schneemengen bedeckt. An einigen Stellen ragte das Weiß meterhoch auf. Alle Geräusche waren gedämpft. Das Fenster in Hanne Wilhelmsens Büro stand auf Kipp, aber nicht einmal der Lärm der Lastwagen in der Schweigaards gate drang bis in die Büros des Polizeigebäudes zwischen Gotteshaus und altem Gefängnis durch.

Hanne stand am Fenster und spürte den kalten Lufthauch im Gesicht. Auf dem großen verschneiten Rasen vor dem Gefängnis spielten drei Zuwandererkinder mit einem Tretschlitten. Der Schlitten wollte sich kaum bewegen. Ein Junge von vielleicht zehn versuchte ihn mit festem Griff um die Kufen anzuschieben wie einen Schubkarren. Endlich begriff das kleinste Kind, das einen rosa Overall trug und deshalb vermutlich ein Mädchen war, dass sie den Hang hinunterfahren mussten. Hanne schloss die Augen, als die Kinder nach Grønlandsleiret sausten. Ein Lastwagen bremste kreischend und stieß mit einem parkenden Volvo zusammen. Den Kindern war nichts passiert. Ein Streifenwagen hielt. Die Beamten hatten alle Hände voll damit zu tun, den wütenden Lkw-Fahrer zurückzuhalten. Die Kinder rannten davon, sowie die Polizei ihnen den Rücken kehrte. Sie lachten und kreischten. Der Schlitten lag umgekippt mitten auf der Straße.

Hanne schloss das Fenster.

Sie zog die Todesanzeige ihres Vaters aus ihrer Brieftasche. Wieder überkam sie der alte Groll, die mit Trauer vermischte

Wut. Die Anzeige war schon schmutzig und drohte zu zerreißen. Sie sollte sie laminieren lassen, ehe es zu spät wäre. Hannes
umgekehrte Mitgliedskarte brachte sie immer wieder dazu, sich
zu erinnern, nach all den Jahren des eifrigen, hartnäckigen Ver-
gessens.

Am allerbesten konnte sie sich an das Weihnachtsfest in jenem
Jahr erinnern, in dem sie zwölf gewesen war. Ihre Geschwister
studierten beide in anderen Städten. Hanne hatte sich darauf
gefreut, dass sie nach Hause kommen würden. Die Mutter war
dann immer in besserer Stimmung. In Hannes Erinnerungen an
jene Zeit tauchte sie fast nicht auf, sie arbeitete bis spätabends
und war immer müde.

Hanne wünschte sich nur einen Werkzeugkasten. An der
Wand über ihrem Bett hing ihr Wunschzettel. Zwei Mal hatte
sie überlegt, ob sie ihn nicht in der Küche anbringen sollte, um
sicher sein zu können, dass ihre Eltern ihn auch entdeckten. Etwas hielt sie zurück; ein vages Gefühl, dass sie sich über diese
Unbescheidenheit ärgern würden. Sie wünschte sich Hammer
und Hobel, Schraubenzieher und Ahle. Hanne wünschte sich
seit drei Jahren so sehr eigenes Werkzeug, und als diesmal das
Weihnachtsfest näher rückte, begann sie zu glauben, dass ihr
Wunsch erfüllt werden würde.

Sie bekam stattdessen eine in Leder eingebundene Prachtausgabe
der Werke von Snorri, ein neues Nachthemd und eine Parfüm-
flasche, die zerbrach, als Hanne sie auspackte. Niemand merkte,
dass sie auf dem Dachboden schlief, und niemand merkte, dass
sie am nächsten Morgen in aller Herrgottsfrühe zum Schreiner
hinüberlief. Dort bekam sie Kakao und dicke Stullen und den
alten Hobel des Schreiners, der mit einer rosa Schleife verziert
war.

Das Weihnachtsfest des Jahres, in dem sie zwölf war, stank nach 4711, und in den folgenden Jahren vergeudete sie keine Kraft mehr damit, sich von den Feiertagen irgendetwas zu versprechen.

»Hanne!«

Blitzschnell steckte sie die Todesanzeige weg und drehte sich um.

»Erik«, stellte sie fest.

»Hast du einen Moment Zeit?«

»Natürlich. Komm rein.«

Erst jetzt merkte sie, dass sie geweint hatte. Rasch fuhr sie sich mit dem Handrücken über die Augen.

»Der Durchzug«, sagte sie und zeigte auf das Fenster. »Da musste ich es zumachen. Was ist los?«

»Schau mal her!«

Eriks Haare standen nach allen Seiten ab, in jungenhaftem Kontrast zu seinem eleganten Anzug und dem hellblauen, steif gebügelten Hemd. Sein Schlipsknoten war stramm, und unbewusst schob er sich einen Finger unter den Kragen.

»Ich gehe gerade alle Unterlagen durch, die wir über diese Auseinandersetzungen zwischen Vater und Sohn Stahlberg haben. Und das ist ... was für eine Familie! Dass die Leute wirklich ... aber egal, schau her!«

Er suchte ein Papier und reichte es ihr. Hanne setzte sich langsam und las.

»Mit Maschine geschrieben«, teilte sie relativ verständnislos mit. »Von Hermann an Carl-Christian, wenn ich das richtig verstehe. Und es geht darum ...«

»Dass CC einfach ein wenig Ruhe bewahren soll. Du siehst, der Brief datiert vom 3. März 2001. Das war nicht lange, nachdem Preben angefangen hatte, sich in den Familienbetrieb hineinzumanövrieren. Papa versichert, dass der jüngere Sohn natürlich alles bekommen wird, was ihm zusteht. Er sei ja so tüchtig gewesen, der Kleine, habe lange und hart geschuftet, und nichts werde etwas an den Beschlüssen ändern, die sie über die Zukunft der Reederei getroffen hätten. Unterzeichnet von Hermann, aber nicht mit Namen, sondern nur als ›dein Vater‹. Und wie du siehst, ganz unten ... «

Hanne kam ihm zuvor.

» ›Anwesend. Mutter.‹ Altmodische Formen, ich muss schon sagen. «

»Jaja. Aber wichtiger ist: Hermann hat lange behauptet, diesen Brief nie gesehen zu haben. Es sei eine Fälschung! «

»Eine Fälschung? «

»Ja. Irgendwann hat Hermann verlangt, den Brief von einem Grafologen untersuchen zu lassen. Aber da hat Tutta zugeschlagen. «

»Was? «

»Tutta. Turid. Die Mutter. «

»Ja, ich weiß, wer das ist, aber was meinst du damit, dass sie zugeschlagen hat? «

Erik fuhr sich mit beiden Händen durch die Haare.

»Sie hat behauptet, er sei echt! Sie sagte, sie könne sich erinnern, dass Hermann den Brief geschrieben hat und dass sie bei der Unterzeichnung zugegen war. Deshalb wurde der Antrag auf ein grafologisches Gutachten zurückgezogen. Vielleicht lag es auch daran, dass ziemlich unklar war, welche Bedeutung dieser Brief überhaupt hat, er ist ja nur eine Art Beruhigungspille, aber Annmari sagt ... «

»Wir müssten verdammt noch mal jemanden den ganzen Komplex durchgehen lassen «, fiel Hanne ihm ins Wort.

»Aber das machen wir doch gerade. «

»Wir, ja. Aber das hier müsste von einem Experten für Erbrecht, Familienrecht, Vertragsrecht untersucht werden. Ich weiß auch nicht, was nötig wäre, aber jedenfalls brauchen wir eine sorgfältige und unabhängige Einschätzung davon, wo die gegnerischen Seiten genau standen.«

»Wer voraussichtlich gewonnen hätte, meinst du?«

»Das auch.«

»Du hast sicher recht. Aber du weißt noch nicht alles! Vor einigen Wochen scheint irgendwer Hermann überredet zu haben. Und dann verlangte er doch eine Schriftprobe. Und das Ergebnis ...«

Er tippte sich an die Brust und zog einen Zettel aus seiner Jackentasche.

»... habe ich heute bekommen. Nicht nur Hermanns Unterschrift ist gefälscht. Sondern auch Turids.«

Hanne runzelte immer heftiger die Stirn.

»Hat sie gelogen?«

»Offenbar. Sie hat das Dokument als echt bezeichnet, als von ihr und ihrem Mann eigenhändig unterschrieben. Aber dann erweist es sich als Fälschung. Da steckt Carl-Christian doch bis hier in der Scheiße!«

Er hielt eine Hand in Höhe seiner Schläfe.

»Wir wissen doch nicht, ob er es gefälscht hat«, sagte Hanne.

»Aber überleg mal«, sagte Erik und beugte sich zu ihr vor. »Wer sollte denn ein Interesse daran haben, so einen Brief zu fälschen? Kein anderer als CC. Und er war nur um Haaresbreite von der Entlarvung entfernt. Wenn du jetzt alles, was wir wissen, zusammennimmst, dann sieht es böse aus für den guten Carl-Christian, Hanne. Er hat ein Motiv, er hat ...«

»Waffen!«, rief Silje aufgeregt, sie kam geradezu ins Büro gestürmt. »Er hat einen Waffenschein für Revolver.«

»Hier überstürzen sich ja die Ereignisse«, sagte Hanne und strich sich über den Nasenrücken. »Regt euch ab, alle beide. Setz dich, Silje.«

Hannes Mobiltelefon klingelte. Sie warf einen Blick aufs Display und beschloss, den Anruf zu ignorieren.

»Carl-Christian ist Mitglied in einem Pistolenclub«, sagte Silje atemlos. »Absolut nicht aktiv, offenbar hatte er vor vielen Jahren mal ein kindisches Faible dafür. Und hatte die Sache dann wieder satt. Aber er hat eine Waffe. Eine deutsche Magnum.«

»Nicht zufällig Kaliber .357?«, fragte Erik mit unverhohlener Hoffnung in der Stimme.

»Doch.«

»Zum Henker!«

»Wir müssen den Typen einfach in U-Haft nehmen! Und sei es nur, um seine Wohnung durchsuchen zu können ...«

»Hast du schon mit Annmari gesprochen oder ...«

»Beim Polizeipräsidenten sitzen gerade drei Juristen und ...«

»O verdammt, Silje! Das ist doch total ...«

Erik und Silje redeten jetzt wild durcheinander. Hanne ließ sich in ihren Schreibtischsessel zurücksinken. Ihre Halswirbel knackten. Sie massierte sich selbst im Nacken. Sie staunte noch immer darüber, wie sehr die anderen sich in Rage reden konnten. Wie persönlich sie die Fälle nahmen, wie ihnen eine bestimmte Spur, die in diese oder jene Richtung wies, als persönlicher Triumph galt.

Hanne Wilhelmsen fand die Arbeit einer Polizistin eigentlich ziemlich traurig. Sie mochte ihren Beruf, sie fand ihn sinnvoll und bisweilen auch befriedigend, aber schon seit vielen Jahren hatte sie dabei nichts mehr empfunden, was sie als Eifer oder Glücksgefühl bezeichnet hätte. Bei ihrer Arbeit ging es vor allem darum, in einer immer komplexeren Wirklichkeit die Wahrheit zu finden, auch wenn es in dieser Wirklichkeit vielleicht schon keine klaren Wahrheiten oder absoluten Lügen mehr gab.

»Moment mal«, sagte sie langsam und laut. »Ihr glaubt doch wohl beide nicht, dass Carl-Christian blöd genug war, seine Familie mit seiner eigenen Waffe umzubringen? Mit seinem eigenen, offiziell registrierten Revolver?«

»Nein«, gab Erik zu. »Aber es bedeutet doch auf jeden Fall, dass er sich mit Waffen auskennt. Dass er weiß, wie man sich welche besorgt. Dass er Leute aus der Schützenszene kennt.«

»Die Schützenszene in Norwegen«, sagte Hanne und versuchte, sich nicht herablassend anzuhören, »rekrutiert sich meines Wissens aus überaus stabilen Menschen mit anständigen, urnorwegischen Interessen. Jagd und oft auch Fischen. Die Schützenszene in Norwegen hütet ihre Waffen, man trifft sich zu Schützenfesten und trinkt dabei im Wohnwagen vielleicht ein wenig zu viel Schwarzgebrannten.«

»Du hast ja ganz schöne Vorurteile«, sagte Silje. »Jetzt redest du von den Leuten, die zu den landesweiten Schützenwettbewerben fahren. Und die kommen doch wohl meistens aus den Dörfern. Hier in der Stadt ist das anders. Viele Ausl... ganz andere Leute.«

»Und wer hat jetzt die Vorurteile?«

Hanne lächelte kurz und fügte dann hinzu:

»Das ist natürlich interessant. Vor allem das mit der Fälschung. Ich sehe ja auch, dass wir für Carl-Christian immer neue Motive finden. Es würde mich nicht wundern, wenn Annmari & Co bald U-Haft verlangten.«

Sie zuckte mit den Schultern.

»Auch wenn ich wünschte, sie würden noch warten.«

»Warten?«, fragte Erik wütend. »Wieso sollen wir warten? Je mehr Zeit vergeht, desto besser kann er seine Spuren verwischen.«

»Aber ich habe … «, sagte Silje, doch Hanne fiel ihr ins Wort:

»Wer weiß, ob er sich traut, irgendwelche Spuren zu verwischen. Wenn er sich seiner Schusswaffe entledigt, zum Beispiel, dann weiß er, dass er sich damit neuen Ärger einhandelt. Du weißt so gut wie ich, dass es oft wenig bringt, jemanden einzubuchten, ehe wir unserer Sache ganz sicher sind. Oft ist es besser, sie solange frei herumlaufen zu lassen. Das Beste ist, sie zur Vernehmung zu holen. Sie in die Mangel zu nehmen. Sie gehen zu lassen, sie wieder auf die Wache zu schleifen, sie nochmals laufen zu lassen. Sie wissen, dass wir sie im Visier haben. Sie haben Angst. Sie schlafen nicht, sind müde. Verängstigte, erschöpfte Menschen machen Fehler. Verhafte sie, und sie mobilisieren Energie und Widerstandskraft. Ich würde warten. Auf jeden Fall bis nach Weihnachten. Und bis nach der Beisetzung. Ich glaube eigentlich … «

»Ich habe eine … «, setzte Silje von Neuem an, aber auch diesmal durfte sie nicht ausreden.

»… dass es das Beste wäre, zu warten«, endete Hanne, ehe sie Silje anlächelte. »Was wolltest du gerade sagen?«

»Ich habe eine Wohnung gefunden«, sagte Silje sauer. »Und das alles ist schon ein bisschen komisch.«

»Eine Wohnung? Was denn für eine Wohnung?«

»Ich bin die Erbunterlagen durchgegangen. Eigentlich wollte ich mich auf die Alten konzentrieren. Die … die Verstorbenen, meine ich. Aber da saß ich nun mit dem Suchprogramm, und da dachte ich, es könnte doch nützlich sein, auch zu wissen, was die anderen Familienmitglieder so alles an Besitztümern haben.«

Hanne nickte beifällig.

»Und dann, als ich fertig war … «

Silje lächelte kurz.

»… fiel mir ein, dass Mabelle ja früher May Anita Olsen hieß.

Und deshalb habe ich auch nach diesem Namen gesucht. Sie hat eine Wohnung in Kampen.«

Erik zog so fest an seinem Kragen, dass der oberste Knopf absprang.

»Wozu wird die denn genutzt?«

Er ließ den Knopf auf seinem rechten Zeigefinger tanzen.

»Kann eine von euch vielleicht nähen?«

»Woher soll ich wissen, was sie mit der Wohnung machen?«, fragte Silje gereizt. »Und einen Knopf annähen kannst du ja wohl selber. Jedenfalls gehört die Wohnung Mabelle. Die Personenkennnummer stimmt. Warum die Wohnung auf ihren alten Namen registriert ist und warum sie sie nicht längst verkauft hat – keine Ahnung. Offenbar wohnt da niemand. Jedenfalls ist beim Einwohnermeldeamt niemand gemeldet.«

»Eine leere Wohnung in Kampen«, sagte Hanne langsam, sie schien laut zu denken und sich zu fragen, wozu eine solche Wohnung denn gut sein könnte. »Büro? Gästewohnung? Investition?«

»Eine Gästewohnung in Kampen, und sie lebt am anderen Ende der Stadt?«

Silje zog eine missbilligende Grimasse und fügte hinzu:

»Ein privates Büro brauchen sie auch beide nicht. Ich wüsste jedenfalls nicht, wozu. Und wenn die Wohnung eine Investition sein sollte, hätten sie sie doch vermietet.«

»Ich muss gleich zu meiner Schwiegermutter«, klagte Erik. »Kann wirklich keine von euch diesen Knopf für mich annähen?«

Hanne schlüpfte in ihre Jacke, zog sich eine Mütze über die Ohren und wollte gehen, ehe die anderen auch nur aufgestanden waren.

»Deiner Schwiegermutter fällt der Knopf sicher gar nicht auf, Erik.«

»Wohin willst du?«, fragte Silje.

»Ich? Ich will in die Stadt, Geschenke kaufen.«

»Jetzt? Mitten am ... zu Heiligabend?«

»Besser spät als nie«, sagte Hanne und ging zur Tür. »Übrigens ...«

Unvermittelt wandte sie sich wieder Silje zu.

»Das mit dieser Wohnung ist verdammt interessant. Schreib eine Aktennotiz und sorg dafür, dass Annmari sie zur Kenntnis nimmt. Jetzt, ehe du Feierabend machst.«

Dann lächelte sie strahlend und tippte sich an die Mütze.

»Schöne Weihnachten. Amüsiert euch.«

Sie machte auf dem Absatz kehrt und war verschwunden.

Silje flüsterte:

»Will sie einfach so gehen? Jetzt, wo sich eine Festnahme abzeichnet und überhaupt?«

»In diesem Fall wird niemand festgenommen«, sagte Erik und versuchte, den obersten Hemdknopf mit einer Heftklammer zu befestigen. »Niemand wird hinter Hannes Rücken festgenommen. Glaub mir. Ich möchte den Juristen hier im Haus sehen, der das wagt. Bis dann!«

Er schleuderte den Knopf in eine Ecke.

»Fröhliche Weihnachten!«

Silje blieb allein in Hannes Büro sitzen. Überall herrschte eine ungewohnte Stille. Das große Haus wurde wegen der beiden Feiertage immer leerer. Silje ließ sich im Sessel zurücksinken und atmete tief durch. Wieder und wieder, in dem uneingestandenen Versuch, einen Hauch von Hannes Parfüm zu erhaschen.

Sølvi Jotun war nicht schwer zu finden, sie war ganz einfach zu Hause. Auf jeden Fall physisch. Die Adresse hatte Billy T. spät am Vorabend ausfindig gemacht. Den Besuch hatte er aufgeschoben, er konnte einfach nur noch schlafen. Er hatte kaum Gute Nacht gesagt, da war er schon ins Bett gefallen. Nachdem er acht Stunden fast im Koma gelegen hatte, war er wenigstens nicht mehr ganz so müde.

Als er, ohne die Erlaubnis des diensthabenden Juristen eingeholt zu haben, im Mor Go'hjertas vei in Sagene die Wohnungstür aufgebrochen hatte, fand er Sølvi in einer Ecke, wie ein vergessenes Kleiderbündel. Ansonsten war die Wohnung bemerkenswert aufgeräumt. Das Badezimmer, wo er sich in einem Zahnbecher Wasser holte, weil die Küchentür aus irgendeinem Grund abgeschlossen war, war erst kürzlich gesäubert worden. In dem winzigen Wohnzimmer stand alles da, wo es hingehörte. Ein abgenutztes und mit einer Decke versehenes Sofa, zwei Sessel, die nicht zusammengehörten. Ein Couchtisch, der ihn an die Sechzigerjahre erinnerte. Auf dem Fernseher stand ein blauer Glasvogel. Zu allem Überfluss enthielt das Zimmer auch ein Bücherregal, bestehend aus aufeinandergestapelten Bierkästen, vollgestopft mit Kriminalromanen und Dostojewskis Gesammelten Werken.

An einem guten Tag war diese Wohnung vielleicht gemütlich. Jetzt war es dort nur kalt. Billy T. machte sich selbst oft genug Sorgen, was die Strompreise anging, aber auch die Sparsamkeit musste doch Grenzen haben. Er schaute aus zusammengekniffenen Augen auf das Thermometer an der Wand: elf Grad.

»Hallo«, sagte er freundlich, ging neben der zusammengekrümmten Gestalt in die Hocke und stupste vorsichtig ihre Schulter an. »Sølvi. Hallo!«

Sie stöhnte und schnalzte trocken mit der Zunge.

»Wasser«, sagte Billy T. und hob vorsichtig ihren Kopf, um ihr zu trinken zu geben.

Sølvi Jotun versuchte zu trinken. Die Hälfte des Wassers lief ihr wieder aus dem Mund, aber endlich konnte sie dann die Augen öffnen.

»O scheiße«, stöhnte sie. »Du bist das.«

»Keine Panik«, sagte er. »Diesmal ist es nicht gefährlich, Sølvi. Ich wollte nur ein wenig reden.«

Die Frau ließ sich zurücksinken. Sein Arm war zwischen ihrem Kopf und dem kalten Heizkörper eingeklemmt. Er konnte sich nur mit Mühe befreien, seine Lederjacke war an einem Rohr hängen geblieben. Endlich konnte er die Frau in die stabile Seitenlage bringen. Der kurze Willkommensgruß hatte ihre Kräfte offenbar erschöpft. Mit zwei Fingern zwang er ihre Augen auf. Ihre Pupillen waren geschrumpft, aber sie waren nicht besorgniserregend klein. Sie atmete flach, aber doch so regelmäßig, dass er eigentlich keine Angst um sie zu haben brauchte. Er hatte schon Leute in Haft genommen, denen es sehr viel schlechter gegangen war. Trotzdem wollte Billy T. diesmal kein Risiko eingehen.

»Ich bring dich ins Krankenhaus«, sagte er leise. »Und dann reden wir morgen weiter.«

Sølvi Jotun machte kurz ein überraschtes, fast ungläubiges Gesicht, dann war sie wieder weit weg.

Er brauchte anderthalb Stunden, um sie im Krankenhaus Ullevål unterzubringen. Er musste einen Arzt beschimpfen, zwei Krankenschwestern becircen und außerdem ein Gestell mit einem Tropf umstoßen, der gerade glücklicherweise nicht benutzt wurde. Am Ende drohte er mit dem Gerichtshof für Menschenrechte in Straßburg. Der Arzt musste lachen, resigniert und von den vielen Überstunden gestresst, und Sølvi wurden endlich vierundzwanzig Stunden öffentliche Fürsorge versprochen. Aber nicht eine Minute länger, hieß es, das könne Billy T. sich gesagt sein lassen. Und der Arzt konnte für nichts garantieren, falls die Patientin zwischendurch entdeckte, dass sie lieber früher nach Hause wollte.

Billy T. war total erschöpft, als er sich endlich ins Auto setzen konnte.

Er schaute auf die Uhr. Viertel vor zwölf. Er musste Sølvi Jotun am nächsten Morgen vor zehn abholen, um ganz sicher sein zu können. Erster Weihnachtstag, dachte er verzweifelt und fühlte sich jetzt einfach nicht mehr in der Lage, sich zu überlegen, wie er sich vor dem Essen bei der Familie seiner Schwester drücken sollte.

Noch immer steckte der Tippzettel in seiner Brusttasche.

Er hatte ihn nicht ein einziges Mal herausgenommen, um ihn sich anzusehen.

Der Student von der Polizeihochschule war erst vierundzwanzig. Noch fand er alles sehr spannend. Sogar am Telefon zu sitzen und die Tipps der Öffentlichkeit in Empfang zu nehmen. Diese Hinweise wurden in der Regel mit viel zu langen Erklärungen ausgeschmückt und waren nur selten etwas wert. Der junge Mann kam sich aber trotzdem wichtig vor. Er hatte die Polizeischule noch nicht abgeschlossen, nahm aber schon an den Ermittlungen an dem brutalsten Mord teil, der sich seit Langem oder vielleicht auch jemals in Oslo zugetragen hatte.

Sowie die Morde in der Eckersbergs gate an die Öffentlichkeit gelangt waren, strömten die Tipps herein. Die Abteilung hatte Verstärkung holen müssen, zwei Mann mit zwei täglichen Schichten. Der Student machte sorgfältig Notizen und sortierte die einlaufenden Anrufe so, wie es ihm erklärt worden war. In der Regel kritzelte er einfach drei oder vier Zeilen aufs Papier und nahm Namen und Telefonnummer der Anrufenden auf. Er hatte es sich zur Gewohnheit gemacht, zu überprüfen, ob die angegebene Nummer mit der auf dem Display übereinstimmte. Danach legte er die Zettel auf drei Stapel. Einen für Gefasel im Suff, einen für scheinbar uninteressante Mitteilungen, einen für Hinweise, denen nachgegangen werden sollte.

Der letzte Stapel war im Vergleich zu den anderen deprimierend niedrig.

»Polizei«, sagte er automatisch, als das Telefon wieder klingelte.

»Guten Tag«, meldete sich am anderen Ende der Leitung eine grobe Stimme.

»Guten Tag, mit wem spreche ich?«

»Äh … hmm. Kann das nicht eigentlich egal sein?«

»Es ist uns aber lieber, wenn wir Ihren Namen wissen.«

Der Student schaute aufs Display und notierte die Nummer auf einem Klebezettel.

»Den will ich nicht sagen«, murmelte die Stimme im Hörer, sie klang gestresst und unsicher. »Lieber nicht.«

»Aber was möchten Sie uns denn erzählen?«

»Es geht um diesen Mord.«

»Den Fall Stahlberg.«

»Ja. Ich dachte nur … diese Waffe …«

»Ja?«

»Ich wollte nur sagen, dass an dem Tag … oder an dem Abend. Am Tag nach den Morden … da hat jemand hier oben ein Loch ins Eis gebohrt. Weiß nicht so recht, ob das ein Mann oder eine Frau war, es war aber mitten in der Nacht, und Fische gibt's da nicht.«

»Moment mal. Wo ist das passiert, sagen Sie?«

»Ich wollte nur … also, ich habe einen Spaziergang gemacht. Erst auf Skiern, und dann bin ich zu Fuß weitergegangen. Zum See, und da hab ich ihn gesehen. Das Loch auch, als ich nachher nachgeschaut hab. Aber sonst gab's keine Anzeichen für Eisfischerei. Und es war doch mitten in der Nacht. Ich hab noch nie von Leuten gehört, die mitten in der Nacht eisfischen.«

»Ich muss Sie noch einmal bitten, ein wenig langsamer zu erzählen. Fangen wir doch von vorn an.«

Der Student verspürte einen Stich von Spannung und warf einen Blick auf den Computer, um sich davon zu überzeugen, dass der Ton mitgeschnitten wurde. Dann nahm er sich einen leeren Zettel und fing wieder von vorn an.

»Von wo rufen Sie an?«

»Also, ich wollte eigentlich nur Bescheid sagen.«

»Und dafür sind wir wirklich dankbar. Aber wir müssen mit dem Anfang beginnen, okay?«

»Na gut«, sagte die Stimme, die jetzt weniger gehetzt klang.

Sieben Minuten darauf legte der Student auf und blieb in Gedanken verloren sitzen, obwohl das Telefon ununterbrochen klingelte.

Das Schlimmste war, dass er nicht mehr wusste, ob er sich auf Mabelle verlassen konnte. Er versuchte, sich einzureden, dass sein Misstrauen an seiner Schlaflosigkeit lag. Seit Donnerstag hatte er kaum noch geschlafen. Das schwächte seine Urteilskraft und machte ihn skeptisch und besorgt, und das wusste er. Alle sind mir feindlich gesinnt, dachte er verzweifelt und starrte sein Spiegelbild über dem Badezimmerwaschbecken an. Er hatte abgenommen. Seine Augen standen noch weiter hervor, und ein stressbedingter Fettfilm hatte sein Gesicht überzogen.

»Mabelle«, sagte er heiser und versuchte, sein Kinn vorzuschieben.

Auf Hermine war natürlich kein Verlass. Sie war immer das niedliche Kaninchen der Familie gewesen, war mal hierhin gehüpft, mal dorthin. Ihre Unberechenbarkeit hatte fast schon etwas Berechenbares. Mabelle dagegen war seine Verankerung im Leben. Auf sie war Verlass. Auf sie war immer schon Verlass gewesen.

Jetzt war er allerdings nicht mehr so sicher.

Diese Farce von Familienrat am Vorabend war zu einem teuflischen Weihnachtsfest geworden. Niemand hatte mit dem verwirrten und zutiefst verletzten Alfred reden wollen. Die entfernteren Verwandten konnten ihre Neugier kaum im Zaum halten, sie glotzten die Wohnung an und alles, was sich darin befand, und sprachen dabei leise in einem Tonfall miteinander, der nach Skandal und Schadenfreude klang. Besonders schwierig war es gewesen, Andreas loszuwerden. Der war erfolgsbewusst und eitel umherstolziert und hatte Carl-Christian ein wenig zu eifrig versichert, dass er von dessen Unschuld überzeugt sei. Als die anderen endlich gegangen waren, verlangte Andreas ein »Strategiegespräch«, wie er das nannte. Carl-Christian täuschte eine Ohnmacht vor, lächelte vom Boden her kränklich, zeigte eine ziemlich böse Wunde über dem Auge vor und bat, in Ruhe gelassen zu werden.

Als sie in Hermines Wohnung eintrafen, lag deren Anruf schon über zwei Stunden zurück.

Sie war nicht mehr zu Hause. Jedenfalls machte sie nicht auf. Sie ging auch nicht ans Telefon. Hermine war ganz einfach verschwunden, und Carl-Christian hatte keine Ahnung, was er jetzt machen sollte.

Mabelle wollte die Polizei alarmieren.

Mabelle begriff das nicht. Hermine saß auf einem neuen Testament. Hermine wusste als Einzige von der unregistrierten Waffe in dem Safe in Kampen. Sie mussten mit Hermine sprechen, ehe die Polizei einen Grund fand, sie ein weiteres Mal zu vernehmen. Carl-Christian musste wissen, was sie sagen würde, er musste die vermisste Pistole ausfindig machen und sich das neue Testament sichern, von dessen Inhalt er bisher noch keine Ahnung hatte.

Hermine konnte die Pistole weggeworfen haben.

Natürlich hatte sie die Pistole weggeworfen.

Wohin wirft man eine Pistole?

Carl-Christian lachte verkrampft und biss sich auf die Lippen, um nicht die Beherrschung zu verlieren. Langsam verteilte er Rasierschaum auf den Wangen. Er zeichnete mit den Fingern kleine Wege in den weißen Schaum, er zog sich den Schaum über die Nase, um die Augen; er bedeckte sein Gesicht mit Schaum.

»Was machst du denn da?«

Mabelle hatte sich total verändert. Er hatte es ja gewusst, dass der zerbrechliche, trauernde Mensch des Vorabends eine großartige Komödie gewesen war. Die meisten schienen ihr auf den Leim gegangen zu sein. Obwohl alle über den heftigen Konflikt in der Familie informiert waren, schien Mabelles überzeugende Darbietung die Familie in dem Glauben bestärkt zu haben, dass es doch Grenzen dessen gab, wozu ein Mitglied der Dynastie Stahlberg fähig wäre.

Mabelle stand die Selbstbeherrschung ins Gesicht geschrieben. Jetzt waren ihre Augenbrauen betont, ihre Lippen tiefrot. Ein kräftiges Rouge auf ihren Wangen signalisierte Tatkraft und Entschiedenheit.

»Was in aller Welt machst du denn hier?«, wiederholte sie.

»Nichts.«

»Nichts? Du siehst einfach wahnsinnig aus!«

Wortlos wischte er den Schaum ab.

»Du musst dich rasieren«, sagte sie mit harter Stimme. »Diese kleinen Bartstoppeln sind nicht gerade hübsch.«

»Wollte ich doch gerade«, sagte er und hob den Behälter mit den Rasierklingen hoch.

»Du stehst kurz vor dem Zusammenbruch, CC. Und das können wir uns nicht leisten.«

Ungeschickt seifte er sein Gesicht wieder ein. Mabelle blieb neben ihm stehen.

»Hermine ist ein Problem«, sagte sie tonlos. »Du hast natürlich recht. Aber wir haben ein unbeschreiblich viel größeres Problem, wenn die Kleine wirklich verschwunden ist und wir das nicht melden.«

»Wir müssen das ja nicht gewusst haben«, sagte Carl-Christian.

Mabelle trat einen Schritt auf ihn zu und beugte sich zu ihm vor.

»Jetzt reiß dich endlich zusammen«, sagte sie bissig. »Wir werden überwacht. Wann wirst du das endlich kapieren? Die Polizei weiß sicher schon, dass wir gestern Abend vor Hermines Wohnung gestanden haben. Vermutlich hören sie alle unsere Telefongespräche ab. Sie wissen, dass wir versucht haben, sie zu erreichen. Und sie wissen ...«

Ihre Stimme tat in seinem Ohr weh.

»... *dass Heiligabend ist!* Hast du jemals nicht gewusst, wo deine Schwester den Heiligen Abend verbringt? Na? Sag schon!«

Carl-Christian brach in Tränen aus. Er schluchzte wie ein kleiner Junge, dem es jetzt auch egal ist, ob seine Kumpels ihn sehen können, er schluchzte laut und senkte den Kopf. Der Rasierschaum war zu feucht geworden und lief in kleinen Bächen über seinen schmalen Brustkasten.

»Ich bin so ...«

Er konnte nichts mehr sagen. Mabelle legte ihm den Arm um die Schultern, drehte ihn zu sich, wischte ihm mit dem Handrücken den Rasierschaum ab und murmelte beruhigende, belanglose Worte. Am Ende drückte sie ihn an sich, ganz fest, streichelte seinen Kopf und wiegte ihn langsam hin und her.

»Ich hab solche Angst, dass Hermine etwas passiert ist«, weinte Carl-Christian an ihrer Schulter.

»Das weiß ich«, sagte Mabelle und strich ihm über die feuchten Haare. »Wir haben beide Angst. Aber jetzt hör mir zu. Dann geht alles gut. Wir beide, wir haben nur einander, das weißt du.«

»Und Hermine«, schluchzte er.

Mabelle gab keine Antwort. Sie drückte Carl-Christian so fest an sich, wie sie nur konnte, und begegnete über seine Schulter hinweg ihrem eigenen Blick im Spiegel. Der ließ sie nicht los. Indem sie sich an sich selbst festhielt, konnte sie Carl-Christian lenken. Sie musste die Kontrolle behalten. Es gab niemanden, an den sie sich wenden konnten, niemand hätte ihnen geholfen.

Sie würde ihn festhalten, solange das nötig wäre.

Die Nutten ließen sich nicht blicken. Marry hatte das Essen um eine halbe Stunde aufgeschoben und vier verschiedene Mobilnummern angerufen, ohne irgendwo Erfolg zu haben. Am Ende hatte sie bitterlich geseufzt und lange gejammert, als sei sie hier von ihren eigenen Kindern im Stich gelassen worden. Ihre Laune besserte sich erst, als alle anderen mit großen Augen am Tisch saßen und das Essen gewaltig lobten.

Gegen neun herrschte in dem großen Wohnzimmer ein wahres Chaos aus Geschenkpapier und Süßigkeiten, aus halb vollen Gläsern und Limoflaschen, aus Spielzeug, Kleidungsstücken und Büchern. Marry hatte sich widerwillig bereit erklärt, vor dem Essen alle motorisierten Dekorationen auszuschalten. Jetzt wollten die Kinder sie wieder anhaben, aber Marry hatte sich mit einer Stange Zigaretten bestechen lassen und erklärte immer wieder, der alte Weihnachtsmann in der Ecke sei schon eingeschlafen. Er sei müde, das sei doch klar, und sie müssten ihm im ganzen Gewühl ein Päuschen gönnen. Billy T. kroch mit Jenny auf dem Rücken auf dem Boden herum. Die Vierjährige trug einen viel zu großen knallroten Schlafanzug und schwenkte eine Barbiepuppe.

»Geschenk von Papa«, heulte sie hingerissen und küsste die afghanische Barbie auf ihre Burka.

Billy T. kroch an Hannes Stuhl vorbei und versuchte, zu schnauben wie ein Kamel. Der Blick, den er ihr zuwarf, floss über vor Dankbarkeit. Hanne lächelte nur und zuckte ein wenig mit den Schultern. Sie hatte den Inhalt seines Geschenksacks untersucht, als er den am Sonntag abgeliefert hatte. Wie sie erwartet hatte, waren in dem Sack keine Geschenke von Billy T. an Frau und Tochter enthalten. Vermutlich hatte er sein Geld für die Geschenke der Söhne verbraucht. Hanne kaufte eine Barbie mit Burka und ein winziges Puppenhaus für die Kleine sowie einen tiefroten Kaschmirpullover für Tone-Marit. Zu allem Überfluss hatte sie Billy T. während des vor dem Essen ausgebrochenen Chaos ins Badezimmer gelockt und ihn die Geschenkzettel mit eigener Hand schreiben lassen, damit die wahre Herkunft der Geschenke nicht herauskam.

Die Kinder von Håkon und Karen montierten gerade eine Autorennbahn. Håkon saß mit roten Wangen und angetrunken mit dem Gameboy seines Sohnes auf dem Sofa, während Karen, Tone-Marit und Marry auf dem eben freigeräumten Esstisch Scrabble spielten.

»Das kannst du nicht schreiben«, sagte Karen und lachte. »Tach. Das schreibt sich so: Tag.«

»Sagst du vielleicht Taagh?«, fragte Marry wütend und dehnte das Wort dramatisch aus. »Sagt das überhaupt irgendwer?«

»Na ja, aber ...«

»Lass sie doch Tach schreiben«, sagte Tone-Marit. »Für Marry können wir ja wohl ein paar neue Regeln einführen.«

»Neue Regeln, nix da!«

Wütend schleuderte Marry ihre Buchstaben zu Boden. »Ich brauch ja wohl keine neuen Regeln. Ich will keine Sonderbehandlung, nix!«

»Scrabble ist vielleicht nicht ganz das richtige Spiel für dich«, sagte Hanne. »Wollen wir uns ans Aufräumen machen?«

In diesem Moment ging die Türklingel.

Zuerst zeigte niemand irgendeine Reaktion. Dann schaute Tone-Marit Nefis verwundert an. Karen schüttelte den Kopf.

»Erwartet ihr noch Besuch jetzt?«

Sie schaute auf die Uhr.

»Nein«, sagte Nefis überrascht.

»Ich bin jetzt nicht im Dienst«, sagte Marry.

Sie hatte sich einen Cocktail aus Cola, Orangenlimonade, Mineralwasser, Orangensaft und Schwarzem Johannisbeersaft gemixt und das Glas mit einem rot-gelben Papierschirmchen und einem kleinen, auf einen Trinkhalm gespießten Weihnachtsmann dekoriert. Liv und Jenny hüpften um sie herum und wollten auch so ein Getränk.

»Irgendwer von euch muss aufmachen.«

Nefis ging. Dreißig Sekunden später stand sie mit verwirrtem Gesicht wieder da.

»Das ist für dich, Hanna.«

»Für mich? Aber wer denn?«

»Ein ... ein Junge. Ein junger Mann. Komm.«

Hanne fuhr sich mit den Fingern durch die Haare und ging hinaus in die Diele.

Der Junge mochte vielleicht sechzehn sein. Er war dünn angezogen, ohne Mütze und ohne Schal. Seine Jeans saßen wie angegossen, und unter der Jeansjacke trug er lediglich ein weißes T-Shirt. Er schaute nur ganz wenig auf, als Hanne vorsichtig die Hand ausstreckte und fragte:

»Hallo. Wer bist du?«

Er war hübsch. Er hatte ein ovales Gesicht und eine gerade Nase. Seine Augen waren blau, das sah Hanne zuerst, und dann wurde ihr plötzlich schwindlig, sie waren dunkelblau mit einem kräftigen, schwarzen Ring um die Iris. Er hatte braune, glänzende und frisch geschnittene Haare.

»Du bist Hanne«, sagte der Junge, ohne ihre Hand zu ergreifen, seine Lippen kräuselten sich zu einem flüchtigen Lächeln, und Hanne starrte ungläubig dieses Spiegelbild ihrer selbst in jungen Jahren an. »Hallo.«

»Komm rein«, sagte sie und trat einen Schritt zurück.

Der Junge blieb stehen. Erst jetzt registrierte Hanne seinen Seesack aus braunem Leinen; ein Pulloverärmel lugte oben heraus. Neben dem Sack stand ein Pappkarton.

»Ich weiß nicht, ob ...«, sagte der Junge und schluckte. »Ich ...«

»Du musst ... bist du das, Alexander?«

Seine Augen flossen jetzt fast über. Sein Adamsapfel hüpfte auf und ab, und wieder schlug er die Augen nieder. Seine Wimpern waren dunkel und geschwungen, sie wirkten länger, als sie eigentlich waren. Hanne hatte auch solche Wimpern. Hanne hatte einen Mund wie dieser Junge. Sogar die Art, in der er Gleichgültigkeit vorschützen wollte, ein Fuß vor dem anderen, als wisse er nicht so recht, ob er kommen oder gehen wollte, war eine Geste, die Hanne vertraut war, eine Bewegung, die sie von sich selbst kannte.

Der Junge nickte fast unmerklich.

»Sie haben mich rausgeworfen«, flüsterte er. »Verdammt, sie haben mich rausgeworfen! Am Heiligen Abend. Ich wusste einfach nicht, wohin. Du stehst nicht im Telefonbuch, aber ich wusste den Namen von deiner Frau noch.«

Er schaute kurz zu Nefis hinüber, die versuchte, die neugierigen Kinder aus dem Flur zu drängen.

»Von der Anzeige. Als ihr geheiratet habt. Ich hab sie ausgeschnitten.«

Seltsamerweise begriff sie das alles, plötzlich und mit tiefer Gewissheit. Das hier war schon einmal passiert. Nicht auf dieselbe Weise, nicht demselben Menschen, aber aus demselben Grund und mit genau demselben Ergebnis.

»Komm rein, Alexander«, sagte sie und versuchte, ihre Stimme ruhig klingen zu lassen, ehe sie zu Nefis herumfuhr, die mit den Kindern in der Wohnzimmertür stand. »Könntet ihr uns vielleicht für einen Moment allein lassen?«

Der Junge stand noch immer im Treppenhaus. Hanne legte ihm die Hand auf den Arm und merkte, wie schmal der war, wie dünn der Junge war. Er ließ sich ein Stück weit in die Wohnung führen. Sie nahm sein Gepäck, stellte es in eine Ecke und schloss dann hinter ihm die Tür. Er presste die Schulter gegen den Türrahmen und wandte sich halb ab, als spiele er mit dem Gedanken wegzulaufen. Jetzt weinte er, lautlos. Er neigte das Kinn auf die Brust und bohrte die Hände in die Taschen.

»Sieh mich an«, sagte Hanne und hob behutsam sein Kinn.

Er war so unfertig; seine Nase ein wenig zu groß und sein Hals zu dünn. Die Stirn war glatt und nackt. Er versuchte, sich die Haare ins Gesicht zu streichen und seine Augen zu verbergen.

»Komm einfach mit rein, okay? Das ist nur eine leicht komische Versammlung von Leuten ...«

Sie lächelte und fügte hinzu:

»Aber wir möchten schrecklich, schrecklich gern hier mit dir zusammen sein.«

Sie lächelte noch einmal, vage und schief, und er hörte auf zu weinen. Er holte tief Luft und wischte sich mit dem Handrücken die Augen, in einer aufgesetzten Geste der Männlichkeit, die damit abgerundet wurde, dass er sich mit den Fingern die Nase putzte und sie sich dann an seiner Hose abwischte.

»Ich bin nicht gerade passend für einen Weihnachtsbesuch angezogen«, murmelte er, ging aber hinter ihr her zu den anderen.

»Das ist Alexander«, sagte Hanne laut. »Der jüngste Sohn meines Bruders. Er hatte einen ziemlich ernsthaften ... Disput mit seinen Eltern. Und deshalb wird er erst mal hier bei uns wohnen.«

Der Junge machte ein skeptisches Gesicht. Sein Blick schweifte über die Anwesenden und blieb dann an dem mechanischen Weihnachtsmann hängen. Marry fluchte leise in das Glas mit dem neu erfundenen Cocktail, den jetzt auch die Kinder aus großen Halbliterkrügen schlürften.

»Wie schön«, sagte Nefis strahlend. »Es wird nett sein, einen Mann im Haus zu haben.«

»Ich will auch herziehen«, klagte der neunjährige Hans Wilhelm. »Warum kann ich nicht hier wohnen?«

»Nichts da«, nuschelte Håkon, der jetzt ziemlich blau war. »Ich sterbe vor Kummer, wenn du von uns wegziehst. Du musst bei mir und Mama wohnen, bis du vierzig bist.«

»Alexander ist ... wie alt bist du?«

»Sechzehn«, sagte der Junge leise. »Ich werde in einem Monat sechzehn.«

»Sechzehn«, wiederholte Hanne laut.

»Er sieht dir schrecklich ähnlich«, sagte die kleine Liv skeptisch und bohrte Alexander einen Finger in den Oberschenkel, wie um sich davon zu überzeugen, dass er wirklich existierte.

»Unglaublich«, flüsterte Karen Tone-Marit zu. »Hast du so was schon mal gesehen?«

Billy T. schlug Alexander kumpelhaft auf den Rücken.

»Hilfst du mir in der Küche? Jetzt sind die Jungs an der Reihe. Und der Genosse dahinten ist blau und zu nichts zu gebrauchen.«

Der Junge nickte und lächelte jetzt breiter; seine Zähne kamen zum Vorschein, und Nefis lachte laut, als sie sah, dass der eine Vorderzahn ein wenig vor dem anderen lag, wie bei Hanne. Der gleiche Zahn, der gleiche witzige Winkel.

»Ich ruf deine Eltern an«, flüsterte Hanne dem Jungen ins Ohr, als er gerade Billy T. in die Küche folgen wollte.

Er erstarrte.

»Ganz ruhig«, sagte sie leise. »Ich will nur keinen Ärger mit dem Jugendamt riskieren, okay? Ich kümmere mich um alles.«

Jenny war auf dem Schoß ihrer Mutter eingeschlafen, in rotem Schlafanzug und mit Mickymaus-Ohren auf dem Kopf. Hans Wilhelm spielte mit der Rennbahn. Liv stand mit Marry in der Küche und mixte neue Cocktails. Diesmal versuchten sie es mit einer Mischung aus Milch, Orangensaft und Tonic, in hohen Gläsern mit Erdnüssen auf dem Grund. Håkon war im Badezimmer verschwunden und dort aller Wahrscheinlichkeit nach eingeschlafen. Die anderen saßen im Wohnzimmer und unterhielten sich leise, um die schlafende Vierjährige nicht zu wecken.

Hanne fühlte sich auf seltsame Weise wohl. Es war ein geradezu physisches Gefühl von Befreiung, wie nach einem langen, anstrengenden Spaziergang.

»Was ist eigentlich passiert?«, fragte Karen vorsichtig.

»Passiert?«

Hanne machte es sich auf dem Sofa gemütlich und schob die Füße unter Nefis' Oberschenkel.

»Passiert ist, dass ich den schönsten Heiligen Abend in meinem ganzen Leben verbracht habe. Und in gewisser Weise haben wir ja ein wunderbares zusätzliches Geschenk bekommen. Eine Art Kind. Das hast du dir doch gewünscht, Nefis. Ein Kind.«

Aus irgendeinem Grund lächelte Nefis nicht mehr. Sie hob ihr Glas an den Mund, ein Glas, das Liv ihr hingestellt hatte, mit Tomatensaft und Apfelsaft, sie trank lange, wie um ihr Gesicht zu verbergen.

»Und jetzt werde ich meinen Bruder anrufen und ihm erzählen, dass er ein homophober Idiot ist«, sagte Hanne, so zufrieden, dass sie noch immer nicht registrierte, dass Nefis fast keinen Alkohol mehr anrührte.

Der Heilige Abend war vorüber, die Gäste waren schon längst nach Hause gegangen. Alexander war früh eingeschlafen. Er hatte nur wenig gesagt, aber Hanne fand, dass das Zeit hätte. Immerhin wussten seine Eltern, wo er war. Alles andere konnte warten, es waren Schulferien, und Hanne freute sich darüber, dass der Junge auf jeden Fall eine Woche bleiben würde, vielleicht sogar länger. Sie hatte ihn den ganzen Abend beobachtet, heimlich, war mit Blicken seiner Hand gefolgt, wenn er das Glas zum Mund gehoben hatte, hatte gesehen, dass seine Finger sich genauso krümmten wie ihre, wenn er etwas in der Hand hielt.

Sie konnte nicht schlafen. Es war fast halb zwei.

Vor dem nach Westen gelegenen Fenster, das hinter dem Rollo fast verborgen war, blieb sie stehen und sah, wie in den Nachbarhäusern die Lichter eines nach dem anderen erloschen. Verwundert nahm sie eine Art zufriedene Unruhe an sich selbst wahr, ein rastloses Gefühl der Zugehörigkeit. Sie fröstelte und zog ihren Bademantel fester um sich. Ihr Atem zeichnete flüchtige Wolken auf die kalte Glasfläche.

Sie konnte nicht schlafen, und arbeiten wollte sie nicht.

Wieder bekam sie eine Gänsehaut an den Unterarmen. Trotzdem blieb sie in dem fast unmerklichen Luftzug stehen.

Ich will nicht ins Büro, dachte sie, und so hatte sie noch nie empfunden.

Es gab so viel, was sie nie gewollt hatte, Situationen und Menschen, denen sie ausgewichen war. Aber nie der Arbeit. Das Polizeigebäude in Grønlandsleiret war immer Hannes Zufluchtsort gewesen. Nur nach Cecilies Tod, als sie auch dort keine Ruhe gefunden hatte, war sie geflohen, in ein Kloster in Italien und in ein halbes Jahr Einsamkeit.

Jetzt hatte sie so viel. Das Leben war erträglich. Ab und zu war es sogar ziemlich schön. Selten verspürte sie einen Anflug von Glück und nahm sich vielleicht einen Tag frei.

Oder einige Stunden.

Aber aufgegeben hatte sie einen Fall noch nie.

Die Stahlberg-Morde machten ihr Angst, und eigentlich wollte sie nichts damit zu tun haben. Sie wollte sich freinehmen. Mit Alexander zusammen zu sein, hieße, sich Zeit für sich selbst zu nehmen. Alexander ist ein bisschen meine Vergangenheit und eine Art Zukunft, dachte sie, und von dem Fall Stahlberg will ich nichts wissen.

Als dieser Gedanke erst einmal ganz zu ihr durchgedrungen war, fror sie erst recht. Von der Stuhllehne hinter sich nahm sie eine Decke und legte sie sich um die Schultern. Aus irgendeinem Grund blieb sie aber weiterhin am Fenster stehen und starrte hinaus in das spärliche Licht der Straßenlaternen. Die Schatten der Bäume zeichneten sich scharf auf dem feuchten Asphalt ab, und der Wind fegte herbstlich durch die Straße. Im Moment gab es starke Temperaturschwankungen. Am Vortag war alles weiß verschneit gewesen. Jetzt schwamm schon wieder totes, verfaultes

Laub in den schmutzigen Schneeresten und dem Schmelzwasser auf dem Bürgersteig.

»Vier Menschen«, flüsterte sie sich ihrem eigenen bleichen Spiegelbild im Glas zu. »Wer bringt vier Menschen auf einmal um?«

Niemand. Nicht in Norwegen. Nicht in Oslo, in Hannes Polizeidistrikt, nicht in diesem Land, wo fast alle Morde die tragischen Folgen von Alkohol und fatalen Streitereien waren.

Aber trotzdem hatte jemand es getan.

In der Tasche ihres Bademantels lag das Mobiltelefon, und ohne zu zögern wählte sie die Nummer. Es klingelte fünfmal, und als sie die Verbindung schon unterbrechen wollte, um nicht an die Mailbox weitergeleitet zu werden und einen neuen Versuch machen zu müssen, nuschelte am anderen Ende der Leitung jemand:

»Hallo ...«

»Billy T.«, sagte Hanne, sie ertappte sich dabei, dass sie ganz leise sprach, als könnte sie die anderen durch dieses vom Wohnzimmer aus geführte Gespräch wecken. »Ich bin's.«

Ein Klirren ließ annehmen, dass das Telefon zu Boden gefallen war.

»Es ist zehn vor zwei«, stöhnte er endlich.

»Weiß ich. Danke für euren Besuch. Es tut mir leid, dass ich ...«

»Leidtun ist dein zweiter Name, Hanne. Es hilft nicht viel, sich die ganze Zeit entschuldigen zu wollen. Erzähl mir lieber, warum du anrufst.«

Er hatte sich offenbar im Bett aufgesetzt.

»Willst du nicht irgendwohin gehen, wo du allein bist?«, fragte Hanne.

»Ich bin im Jungenzimmer. Allein. Tone-Marit behauptet, ich

schnarche zu sehr, wenn ich etwas getrunken habe. Warum rufst du an?«

»Ich möchte nur eine Argumentationsreihe testen.«

»Um zwei Uhr in der Weihnachtsnacht. Na gut.«

»Warum töten wir, Billy T.?«

»Hä?«

Ihre Augen hatten unten auf der Straße eine Bewegung registriert. Etwas Dunkles war unter einem Baum verschwunden und drückte sich jetzt an den Stamm; es war in einem Moment geschehen, in dem sie sich auf das Gespräch konzentriert hatte, deshalb wusste sie nicht, was es sein konnte.

»Bist du noch da, Billy T.?«

»Herrgott, Hanne.«

»Antworte einfach, Billy T.«

»Das wissen wir doch beide«, sagte er ungeduldig. »Verdammt, was soll das eigentlich?«

»Bitte. Spiel jetzt einfach mit.«

Er seufzte, was im Telefon wie ein wütendes Zischen klang.

»Morde werden normalerweise im Affekt begangen«, sagte er mit tonloser Dozentenstimme. »Von Tätern, die weder vorher noch nachher dasselbe Verbrechen begangen haben oder noch einmal begehen werden. Die Tat geschieht zumeist unter dem Einfluss von Alkohol oder anderen Rauschmitteln, und Täter und Opfer sind oft miteinander verwandt oder bekannt.«

»Genau«, sagte Hanne und starrte aus zusammengekniffenen Augen den Punkt unter der großen Eiche an, wo sie etwas gesehen zu haben glaubte. »Nicht gerade spannend also. Traurig, aber nicht spannend. Du hast gesagt, dass es zumeist so ist. Und wenn nicht?«

»Sexualverbrechen«, sagte Billy T. »Bei denen der Mord irgendwie zum Sexuellen dazugehört, oder häufiger: wo der

Mord durch ein Versehen geschieht oder um den Übergriff zu verdecken.«

»Danke. Aber was ist mit vorsätzlichem Mord?«

»Hass, Rache oder Geld. Aber das passiert nicht sehr oft.«

»Hass, Rache, Geld oder ... noch etwas.«

»Was denn?«

»Ehre«, sagte Hanne und dehnte dieses Wort aus. »Die Ehre ist verloren und kann nur durch einen Mord wiederhergestellt werden, was streng genommen ja nur für eine winzige Minderheit unter unseren neuen Landsleuten gilt. Nicht wahr?«

Billy T. murmelte etwas, das nach Einverständnis klang.

»Aber es kann doch auch passieren, weil man die Ehre in Gefahr sieht«, sagte Hanne. »Der Mord wird begangen, weil das Opfer irgendetwas besitzt, zumeist irgendein Wissen, das für den Täter eine Bedrohung darstellt.«

»Meinst du«, begann Billy T. hitzig, »dass Carl-Christian und Kompanie die halbe Familie umgebracht haben, um ihre Ehre zu retten?«

»Dieser Brief mit Hermanns gefälschter Unterschrift kann ja durchaus auf so etwas hinweisen«, sagte Hanne. »Jemand wie CC, der in einem Prozess gegen seine eigenen Eltern als Urkundenfälscher entlarvt wird, verliert doch auf jeden Fall sein Gesicht. Aber darauf wollte ich eigentlich nicht hinaus, sondern ...«

»CCs Motiv«, jetzt wurde Billy T. laut, »... und Mabelles und Hermines zusammengenommen reichen völlig aus, Hanne. Jahrelanger Streit, Unterdrückung, Schikane, Prozesse, die Gefahr, im Testament absolut beschissen und dann auch noch als Urkundenfälscher entlarvt zu werden! Und dazu kommen noch Kenntnisse im Umgang mit Waffen. Wenn du dir dann noch vor Augen hältst, dass alle drei ein erbärmliches Alibi haben, dann haben wir mehr Verdachtsmomente, als wir verdammt noch mal in meiner Erinnerung jemals gehabt haben!«

»Jetzt reg dich doch nicht so auf.«

Es war ein Mensch. Ein Mann offensichtlich. Hanne war sich nicht sicher. Die scharfen Schatten und das trübe Licht erschwerten die Sicht. Die Gestalt trug dunkle Kleider und eine riesige Mütze. Langsam wanderte sie auf der anderen Straßenseite am Zaun entlang. Unter dem nächsten Baum, versteckt hinter einem Kastenwagen, blieb sie erneut stehen.

»Reg dich nicht so auf«, wiederholte sie mechanisch. »Ich bin natürlich ganz deiner Meinung. Aber kannst du nicht im Gegenzug mitspielen und dich auf den Gedanken einlassen, dass das Motiv nicht bei Erbschaft und Geld zu suchen ist, nicht bei Hass und Rache? Einfach der Hypothese wegen. Stell dir das doch nur für einen Moment mal vor, Billy T.«

»Ich stelle es mir vor«, sagte er müde am anderen Ende der Leitung. »Ich stelle es mir wie besessen vor.«

»Ehre«, wiederholte sie langsam und kniff die Augen zusammen, etwas bewegte sich beim Kastenwagen. »Und dann muss von verdammt viel Ehre die Rede sein. Von einem höllischen Sturz, der vermieden werden soll. Durch den Mord an vier Menschen.«

Billy T. gähnte am anderen Ende der Leitung demonstrativ und ausgiebig.

»Können wir nicht morgen darüber sprechen«, bat er mit jämmerlicher Stimme. »Ich bin total fertig.«

»Schon gut. Tut mir leid.«

»Sag nicht dauernd ›Tut mir leid‹. Das macht mich so ...«

Sie beendete die Verbindung. Dann trat sie langsam vom Fenster zurück. Unter den Bäumen war jetzt kein Lebenszeichen mehr zu erkennen. Der Kastenwagen stand ganz still da, erst jetzt ging ihr auf, dass die Reifen platt waren und dass der linke

Kotflügel Rostflecken aufwies. Inzwischen fielen wieder dichte Schneeflocken. Sie lösten sich in nichts auf, wenn sie den Boden berührten. Hanne lugte hinter dem Vorhang hervor, mit einem Auge, als konzentriere sie sich auf etwas, das ihr immer wieder entglitt.

Männer brachten Frau, Kind und am Ende sich selbst um, der Ehre wegen. Weil eine Frau sie verlassen wollte. Es gab Männer, die auf einen Scheidungswunsch derart reagierten. Und tragischerweise gab es davon immer mehr. Sie handelten um der Ehre willen, wie behauptet wurde. Später, von anderen.

Der Schande wegen, dachte sie.

Ehre und Schande. Verwandte Begriffe, zwei Seiten einer Medaille. Abgegriffene Wörter, bei denen es eigentlich um die große Angst vor dem Fall ging, darum, etwas zu verlieren, das größer war als das Leben selbst. Nämlich den Rahmen, der dieses Leben umgab, das Dasein an Ort und Stelle hielt und die Position eines Menschen in Bezug auf die anderen definierte.

Niemand konnte einen Sturz ertragen, wenn der Sturz tief war. Manche nahmen sich dann das Leben; führende Wirtschaftsmänner und andere Prominente, scheinbar aufgrund von Bagatellen, von Umständen, die in einigen Jahren nur noch als Parenthesen in ihrem Leben erscheinen würden. Sie handelten so, um sich der Schande zu entziehen. Um ihre Ehre nicht zu verlieren. Manche brachten auch ihre Kinder um.

Eine Gestalt tauchte dort unten auf, ein Mann. Er trat aus dem Schatten hinter dem vom Rost angefressenen Wagen hervor. Er blieb für eine oder zwei Sekunden stehen, ihr zugewandt; sein Gesicht war unter dem Schatten seiner Mütze nicht zu erkennen. Dann senkte er den Kopf und ging langsam weiter.

Für einen Moment überkam Hanne eine ganz fremde Angst. Sie fasste sich an den Hals und taumelte rückwärts ins Zimmer. Ihr Blut rauschte in ihrem Kopf. Sie schluckte, setzte sich, schluckte wieder und merkte plötzlich, dass ihre nackten Zehen bluteten; sie musste sie an irgendetwas geschrammt haben. Der Schmerz ließ sie freier atmen. Sie sog ganz tief Luft ein und ließ sie dann langsam wieder entweichen.

Zuerst wusste sie gar nicht, was ihr solche Angst gemacht hatte. Sie war sicher und geborgen in ihrer eigenen Wohnung. Der fremde Wanderer war mindestens fünfzig Meter von ihr entfernt gewesen, und nichts hatte darauf hingewiesen, dass er eine Waffe gehabt hatte. Als sie die Augen schloss und versuchte, ihre Beobachtung zu rekonstruieren, wusste sie nicht einmal genau, ob er zu ihr hochgeschaut hatte. Vielleicht hatte er hinter dem Wagen nur Wasser lassen wollen. Oder er hatte einen Spaziergang gemacht. Mit seinem Hund, obwohl Hanne keinen Hund gesehen hatte. Hunde mussten Gassi geführt werden, und das sogar in der Weihnachtsnacht.

Sie brauchte eine Stunde, um endlich einzusehen, dass sie ganz einfach übermüdet war.

MITTWOCH, 25. DEZEMBER

Henrik Backe wurde früh wach. Im Mittwinter fand er die Tage verwirrend. Kein Morgenlicht verriet ihm die Uhrzeit. Er tastete auf dem Nachttisch nach seiner Brille. Der Wecker zeigte elf Minuten nach sechs. Zu früh, um aufzustehen, zugleich aber wusste er, dass er nicht wieder einschlafen könnte. Nur mit der Schlafanzughose bekleidet ging er ins Badezimmer, um an seiner geschwollenen, ihn quälenden Prostata vorbei Urin aus sich herauszupressen. Danach holte er eine Flasche Cognac und ein großes Glas, ehe er sich wieder aufs Bett fallen ließ.

Es war der erste Weihnachtstag, aber das spielte keine Rolle. Es war kein wirkliches Weihnachtsfest geworden. Vor sechs Wochen war Unn gestorben. Ohne Unn war Weihnachten nichts. Sie hatten nie Kinder gehabt. Ohne Unn hatte nichts einen Sinn. Die Weihnachtstage würden vorübergleiten wie alle anderen Tage; ebenso inhaltslos wie die leeren Flaschen, die sich in der Küche nur so türmten.

Er füllte das Glas fast bis an den Rand.

Das Buch, das er gerade las, war schlecht.

Ab und zu versagten seine Augen. Er brauchte sie aber immer nur für einige Sekunden zu schließen, dann war alles wieder gut. Auch sein Gedächtnis funktionierte nicht mehr so wie früher. Das machte ihm schon größere Angst. Anfangs, vor vielleicht einem Jahr, hatte er nur kleine, praktische Dinge vergessen. Es könnte vorkommen, dass er in der Küche stand, ohne zu wissen, was er dort wollte. Es war eigentlich nur eine gewisse Zerstreutheit gewesen, die mit der Zeit aber schlimmer geworden war. Jetzt fiel es ihm manchmal schwer, sich an den Inhalt eines eben erst gelesenen Buches zu erinnern. Deshalb kennzeichnete er jetzt den Abschluss seiner Lektüre; ein rotes Kreuz auf der letzten Buchseite bedeutete, dass er durch war. Nun aber hatte er Angst davor, ein Buch aufzuschlagen. Angst davor, das rote Kreuz in einem Buch zu finden, das er für ungelesen gehalten hatte. Deshalb hielt er Ausschau nach anderen Systemen. Er teilte die Literatur in Stapel ein, die er gemäß immer neuen und gleich wieder vergessenen Mustern auslegte. Der Wohnzimmertisch war zu einer Art Archiv geworden, und die Mühe, darin Ordnung zu halten, machte ihn nervös und frustrierte ihn.

Im Haus war es still. Der Lümmel aus der Wohnung über seiner, der Knabe, der bis zum frühen Morgen Feste veranstaltete und nicht einmal die Tür öffnete, wenn jemand sich darüber beschweren wollte, war verreist. Backe hatte gesehen, wie er am Tag vor dem Heiligen Abend Gepäck in sein Auto geladen hatte. Oder am Heiligen Abend selbst. Er war sich nicht sicher, und es konnte ja eigentlich auch egal sein.

Die Nachbarn von gegenüber waren tot.

Er trank und hustete.

Sie waren jedenfalls unsympathisch und arrogant gewesen. Nur Frau Stahlberg vielleicht nicht. Sie war ihm eigentlich ziemlich unterdrückt vorgekommen. Henrik Backe hatte diese Frau immer mit einer gewissen Verachtung betrachtet, sie war so servil. Servilität ärgerte ihn, Servilität erinnerte ihn an die Selbstvorwürfe, die er sich machte, seinen Kniefall, den Verrat, den er niemals vergessen konnte. Nicht einmal durch Alkohol, den verdammten Schnaps. Turid Stahlberg war servil gewesen, und er hatte sie nicht leiden können. Ihr kleinlautes Lächeln zum Beispiel, mit dem sie sich an die Wand drückte, wenn sie einander im Treppenhaus begegnet waren, unerträglich.

Hermann Stahlberg war immerhin nicht unterwürfig.

Henrik Backe schnaubte verächtlich und trank weiter.

Unn war tot, und das Leben war zu Ende. Er konnte nur noch warten. Das Trinken, gegen das er so verbissen gekämpft hatte, ein nutzloser Kampf in viel zu vielen Jahren, konnte die Wartezeit verkürzen. Also trank er.

Jetzt gab es auch niemanden mehr, auf den er Rücksicht nehmen musste.

Er lachte plötzlich und schrill.

Unn war nicht mehr da, niemand brauchte noch Schutz. Vor ihm und seinem Verrat.

Aber jetzt gab es niemanden, der ihm zuhören wollte.

Henrik Backe starrte überrascht und verwirrt das Buch an, das er in den Händen hielt. Es war ein Roman von Sigrid Undset. Den musste er doch schon gelesen haben. Mit starren Fingern blätterte er zur letzten Seite weiter. Kein rotes Kreuz. Das konnte nicht sein. Er musste das Buch gelesen haben, ehe er das System mit den roten Kreuzen erfunden hatte, ehe alles zum Chaos geworden war. Er wusste es sicher, aber worum es in *Kristin Lavranstochter* ging, konnte er trotzdem nicht genau sagen.

Die Uhr auf dem Nachttisch zeigte jetzt fast zwanzig nach sechs. Draußen war es dunkel.

Er begriff nicht so ganz, warum er immer noch den Schlafanzug trug. Es war doch längst Zeit zum Abendessen. Er würde eine Dose Spargelsuppe aufmachen. Darauf hatte er jetzt wirklich Appetit.

Es war so seltsam still überall, aber die Nachbarn waren ja auch tot.

Sølvi Jotun schlurfte in ihren viel zu großen Stiefeln durch den Schnee und fluchte, weil sie nicht das Auto genommen hatten.

»Ein bisschen frische Luft tut dir gut«, sagte Billy T. »Und mir auch.«

Sie zog ihren Pelzmantel enger um sich zusammen und hauchte sich in die Hände. Billy T. zog seine Handschuhe aus.

»Hier. Du kannst meine leihen.«

»Die sind ein bisschen zu groß für mich.«

Sie musterte die Handschuhe skeptisch, zog sie aber an, als er darauf bestand.

»Klasse von dir, dass ich nach Hause darf«, murmelte sie. »Heute hätte ich keine Stunde im Arrest ausgehalten. In diesem verdammten Krankenhaus war es schlimm genug.«

»Natürlich darfst du nach Hause«, sagte Billy T. und versetzte ihr einen Klaps auf den Rücken. »Du hast doch nichts verbrochen. Und sowie du meine Fragen beantwortet hast, lasse ich dich auch in Ruhe. Du hast übrigens eine schöne Wohnung.«

»Von der Stadt«, sagte sie kurz. »Schön, dass die Steuern für vernünftige Dinge verwendet werden.«

Meine Steuern, dachte Billy T., und plötzlich fiel ihm der Tippzettel ein, der noch immer unberührt in seiner Brusttasche steckte. In der Nacht hatte er sich den Kopf über die Frage zerbrochen, wie lange der überhaupt noch gültig sein würde.

»Finde ich auch«, sagte er, um diesen Gedanken zu verdrängen. »Aber warum hast du die Küche abgeschlossen?«

»Kann dir doch am Arsch vorbeigehen.«

Sie überquerten den Friedhof Nordre Gravlund. Zwischen den Gräbern lag tiefer Schnee, hier und dort ragte ein verwitterter Stein hervor. Einige Gräber waren schön geschmückt, mit brennenden Kerzen in kleinen Laternen und Tannenzweigen mit roten Schleifen. Sølvi Jotun fühlte sich offenbar nicht wohl in ihrer Haut. Sie zog ihre Mütze tief in die Stirn und murrte undeutlich und wütend. Sie wanderten schweigend weiter, bis sie die Uelands gate erreicht hatten und durch die kleinen Quergassen nach Sagene hochgingen, zwischen Klinkerhäusern aus den Dreißigerjahren und eingeschneiten Autos.

»O scheiße. Hätten wir nicht fahren können?«

Sølvi war jetzt sichtlich erschöpft. Das Krankenhaus Ullevål und der Mor Go'hjertas vei waren kaum mehr als zwei Kilometer voneinander entfernt, und sie hatten noch nicht einmal die Hälfte hinter sich gebracht. Trotzdem atmete sie schwer, und sie hustete heftig und kränklich, als sie plötzlich stehen bleiben musste.

»Komm schon«, sagte Billy T., ohne sein Tempo zu verlangsamen. »Du wohnst hier doch gleich um die Ecke.«

»Verschwinde«, fauchte sie. »Ich geh nicht nach Haus.«

Er blieb stehen und trat einige Schritte zurück. Sølvi Jotun war wirklich in einer kläglichen Verfassung. Billy T. fragte sich, was man im Krankenhaus eigentlich für sie getan hatte. Vermutlich hatten sie ihr nur ein sauberes Bett angeboten. Das Pfeifen ihrer Lunge konnte auf eine Infektion oder vielleicht auch auf kräftiges Asthma hinweisen. Irgendeine Art von medizinischer Versorgung hätte ihr jedenfalls nicht geschadet.

»In ganz Oslo gibt es keine einzige Scheißkneipe, die jetzt offen hat«, sagte er resigniert. »Nicht mal Sagene Lunsjbar. Heute ist der erste Weihnachtstag, Sølvi. Und es ist erst halb zehn. Du musst nach Hause gehen. Ich habe gestern die Heizung angedreht. Bestimmt ist es da jetzt richtig gemütlich.«

»Die Heizung!«

Sie stampfte auf den Boden auf.

»Weißt du überhaupt, was derzeit der Strom kostet, Mann?«

Billy T. packte ihren Arm und versuchte, sie mit sich zu ziehen. »Komm jetzt.«

»Du kommst nicht mit zu mir nach Hause!«

Sie stand breitbeinig vor ihm und zeigte eine bemerkenswerte Kraft, als er fester zugriff und anfing zu zerren. Er kam sich vor wie bei Jenny, wenn die im Kindergarten bockte. Der Unterschied war nur, dass er ein heulendes Kind davontragen konnte. Bei Sølvi Jotun würde das nicht klappen.

»Dann eben nicht«, sagte er und ließ sie los. »Aber dann musst du mir meine Fragen jetzt sofort beantworten.«

Ihre Augen funkelten. Sølvi Jotun hatte ihren dreißigsten Geburtstag hinter sich, und das in einer Szene, in der die meisten keinen Monat überleben würden. Sie war nicht dumm und konnte mit dem Rausch besser umgehen als fast alle anderen. Ihr Zusammenbruch vom Vortag musste ein Unfall gewesen sein. Oder die Folge von miesem Stoff. Jetzt legte sie den Kopf schräg und schaute zu Billy T. hoch, der sie fast um einen halben Meter überragte.

»Warum um Himmels willen sollte ich dir überhaupt eine Frage beantworten?«, fragte sie. »Ich habe keine Lust, und ich sehe auch nicht ein, warum ich mich auf offener Straße und noch dazu zu Weihnachten von der Polizei verhören lassen sollte, wo ich noch nicht mal verhaftet bin. Ich hab nichts verbrochen, das sagst du doch selber.«

Billy T. betrachtete sie forschend. Ihm ging auf, dass er sie vielleicht doch tragen könnte, sie konnte wohl kaum mehr wiegen als vierzig Kilo.

»Sølvi«, sagte er und räusperte sich. »Du und ich treffen jetzt eine kleine Abmachung. Einen Tauschhandel, könnten wir vielleicht sagen. Was ich von dir will: Ich muss wissen, ob du etwas mit Hermine Stahlberg zu tun gehabt hast …«

Er ließ seine Worte in der Luft hängen, konnte an ihrem ausdruckslosen Gesicht aber nichts ablesen. Sie zuckte nicht einmal mit der Wimper, als sie Hermines Namen hörte.

»... und vor allem, ob du sie an zwei bestimmten Tagen im November gesehen hast. Als Gegenleistung verzichte ich darauf, dich hier und jetzt festzunehmen.«

»Mich festzunehmen?«

Sie heulte auf und griff sich theatralisch an die Wange, als hätte er sie geschlagen. Ein älterer Mann auf der anderen Straßenseite schien die schmale Fahrbahn überqueren zu wollen, um ihr zu Hilfe zu kommen. Als er sich Billy T. jedoch genauer ansah, sah er zu Boden und ging weiter.

»Du kannst mich jetzt nicht festnehmen. Das hast du versprochen. Und außerdem, was zum Teufel soll ich denn verbrochen haben?«

»Pst«, sagte Billy T. und schaute sich kurz um. »Ich kann doch einfach deine Küchentür aufbrechen. Dahinter gibt's sicher jede Menge Gründe, um dich bis auf Weiteres hinter Gitter zu bringen. Aber ...«

Er hob die Stimme, um ihren Protest zu übertönen.

»Es gibt für alles doch eine ganz einfache Lösung. Du brauchst mir nur zu erzählen, was passiert ist. Am 10. und am 16. November.«

Jetzt hatte er sie. Ihr harter, provozierender Blick flackerte ein wenig, ganz wenig, und er wusste, dass sie zu kaufen war. Sie trat von einem Fuß auf den anderen und schlug die riesigen knallroten Fausthandschuhe gegeneinander.

»Darf ich die behalten?«, fragte sie mürrisch. »Zusätzlich, meine ich.«

»Von mir aus«, sagte Billy T. »Die Handschuhe gehören dir. Aber dann gehen wir zu dir und reden in Ruhe weiter.«

»Aber du schwörst, dass du meine Küchentür nicht anrührst«, sagte sie drohend.

»Versprochen«, sagte Billy T. und bekreuzigte sich zur Bekräftigung mit großer Geste.

Wieder hatte Hermine vergessen, die Wohnung abzuschließen. Carl-Christian machte sich schreckliche Sorgen, weil er nichts von ihr gehört hatte, seit sie ihn telefonisch gebeten hatte, zu kommen, was jetzt fast schon zwei Tage her war. Trotzdem spürte er eine gewisse Irritation in sich aufsteigen, als er vorsichtig die Hand auf die Klinke legte. Natürlich hätten sie schon am Tag vor Heiligabend probieren sollen, ob die Tür offen war. Aber sie hatten einfach nur geklingelt. Er versuchte, sich zu erinnern; hatten sie auch versucht, die Tür zu öffnen? Konzentriert, mit zusammengekniffenen Augen, versuchte er, sich zu erinnern, wie es vorgestern gewesen war, als sie schon einmal versucht hatten, zu seiner Schwester zu gelangen. Er wusste noch genau, dass Mabelle eine Treppenstufe unter ihm gestanden hatte, gereizt, sie schien absolut nicht zu glauben, dass jemand zu Hause wäre, und hatte so schnell wie möglich wieder gehen wollen. Aber an mehr konnte er sich nicht erinnern.

Natürlich konnte Hermine seither zu Hause gewesen sein.

Es war typisch für sie, das Abschließen zu vergessen. Dabei hatte sie so schreckliche Angst vor allem, vor der Dunkelheit, vor dem Fliegen, vor Hunden. Hermine hatte grauenhafte Angst vor Hunden, es war eine kokette Angst, mit der sie sich schmückte, um kindlich und hilflos zu wirken. Ab und zu ärgerte er sich darüber, dass Hermine so verloren wirkte, denn das hatte sie beide lange daran gehindert, ein wirklich geschwisterliches Verhältnis zueinander zu entwickeln. Er hatte sie manchmal einfach satt und musste sie dann wegschieben.

Vor allem hatte sie Angst vor Einbrüchen. Deshalb wies ihre Tür drei Schlösser auf. Trotzdem hatte er schon häufiger eine unverschlossene Tür und eine leere Wohnung vorgefunden. Hermine konnte einfach keine Verantwortung übernehmen, nicht einmal für ihre eigene Wohnung. Ihre Gedanken schweiften ständig ab und waren nie dort, wo sie sich gerade aufhielt.

Langsam betrat er die Wohnung. Die Luft war schwer und süßlich, er rümpfte die Nase, als sein Blick auf einige dunkelbraune Bananen fiel, die in einer Schale auf dem Couchtisch lagen. Er hatte das unbehagliche Gefühl, etwas Verbotenes zu tun. Langsam schlich er von einem Zimmer zum anderen. Hermine war nirgendwo, und Carl-Christians Besorgnis wurde jetzt von ernsthafter Angst verdrängt.

Als Staatsanwalt Håkon Sand am nächsten Mittag um Viertel vor zwölf beim Polizeidistrikt Oslo ankam, war er reichlich verkatert. Drei Schmerztabletten zum Frühstück hatten gegen seine Kopfschmerzen nichts ausrichten können. Den bloßen Gedanken an etwas zu essen konnte er nicht ertragen. Seine Kleidung klebte von Schweiß durchnässt an seinem Körper, und japsend kam er über eine Viertelstunde verspätet ins Besprechungszimmer gestürzt. Silje Sørensen hielt sich die Nase zu, als er sich über sie beugte, um die von Annmari Skar ausgelegten Unterlagen an sich zu nehmen.

»Ich hoffe ja, du bist nicht mit dem Auto gekommen.«

Er murmelte etwas Unverständliches und steckte sich ein Pfefferminzbonbon in den Mund, dann zwängte er sich mit angehaltenem Atem hinter vier der Anwesenden hindurch. Er lächelte den Polizeichef hilflos an und ließ sich am Tischende nieder. Håkon war der einzige Staatsanwalt hier im Raum. Zum Ausgleich hatten, zusätzlich zu Annmari, noch zwei weitere Polizeijuristen ihren Weihnachtsurlaub unterbrochen. Der Abteilungsleiter der Sektion für Gewaltverbrechen saß neben dem Kriminalchef und zwei Hauptkommissaren, während Hanne sich wie immer ganz hinten niedergelassen hatte. Sie klopfte ihm unter dem Tisch auf den Oberschenkel.

»Das war nett gestern«, flüsterte er. »Tut mir leid, dass ich ... «

Hanne lächelte und hielt ihren Zeigefinger an den Mund.

»Ich kann ja mal kurz zusammenfassen, was wir bisher besprochen haben«, sagte Annmari langsam. »Da nicht alle pünktlich erscheinen konnten.«

»Es tut mir wirklich leid«, sagte Håkon, diesmal lauter. »Die Kinder waren einfach unmöglich und wollten mich partout nicht weglassen.«

Irgendwer kicherte, und Håkon polierte eifrig an seiner Brille herum.

»Wir sind also der Meinung, dass wir triftige Gründe haben, um Carl-Christian Stahlberg des Mordes an Hermann, Turid und Preben Stahlberg zu verdächtigen«, sagte Annmari. »Heute Nacht habe ich versucht ... «

»Heute Nacht«, fiel Silje ihr ins Wort, »hast du die ganze Nacht hier gesessen?«

»Irgendwer muss den Job doch erledigen«, sagte Annmari knapp und ohne einen Hauch von Selbstmitleid. »Weihnachten hin oder her. Wir sitzen vor einem ungeheuren Materialhaufen, das wisst ihr ja alle. Wir haben bisher über hundertzwanzig Zeugenbefragungen durchgeführt. Die allermeisten davon sind wertlos. Wir haben allerlei technische Funde, aber besonders viele davon sind noch nicht systematisiert. Die DNA-Analysen liegen noch nicht vor. Wir müssen auch in der Wohnung noch etliche Untersuchungen vornehmen. Sie ist groß, voller Gegenstände, und wir haben es ja trotz allem mit vier Opfern zu tun.

Und dieser Hund ... wir wissen jetzt, dass es sich um einen Hund handelt. Vermutlich um eine Promenadenmischung. Das erschwert unsere Arbeit, um es mal harmlos auszudrücken. Ich finde aber trotzdem, dass ... «

Sie lächelte kurz, fast verlegen und trank einen Schluck Wasser aus einem Plastikbecher.

» ... wir in dieser einen Woche wirklich viel erreicht haben. Die Ehre dafür gebührt euch allen. Mir ist ja klar, dass es nicht besonders gut ankommt, euch an einem Tag wie heute von Familienfesten und Weihnachtsfeiern wegzuholen, aber gemeinsam mit dem Polizeichef«, sie nickte in seine Richtung hinüber, »bin ich zu dem Schluss gekommen, dass wir nicht sehr viel länger warten können. Jedenfalls, wenn Staatsanwalt Sand mir zustimmt. «

Håkon fuhr hoch, als er seinen Namen hörte, als sei ihm erst jetzt aufgegangen, dass das Gesprächsthema auch ihn betraf. Der Kaffee, den er geschlürft hatte, um seine Fahne zu neutralisieren, brannte ihm in der Kehle. Er schluckte laut, sagte aber nichts.

»Ich greife hier vielleicht ein wenig vor«, sagte Kriminalchef Puntvold und fuhr sich mit der Hand durch die noch feuchten Haare. »Aber nach dem Gespräch, das ich gestern Abend mit Annmari Skar geführt habe, möchte ich doch bereits jetzt klarstellen, dass wir in diesem Fall schon viel weiter gekommen sind, als wir es uns am Donnerstag hätten träumen lassen können. Ich möchte mich ihrem Lob für euch alle anschließen. Wir werden bereits heute Nachmittag zur Festnahme schreiten, und es macht mich ... «

»Ich will ja nicht unhöflich sein«, fiel Annmari ihm ins Wort. »Aber wäre es nicht eine gute Idee, die Sache in einer Art Reihenfolge durchzugehen? «

Puntvold lächelte breit und ließ sich im Sessel zurücksinken.

»Natürlich«, sagte er. »Wie gesagt, ich habe der Sache vorgegriffen. Also weiter. «

»Dann schlage ich folgende Vorgehensweise vor«, sagte Annmari. »Ich trage die Hauptmomente vor, die wir in unserem möglichen Haftbegehren vorbringen müssen. Danach wird diskutiert. Unser Ziel muss es sein, eine Entscheidung zu fällen, und zwar vor ... «

Sie schob ihren linken Ärmel hoch, hatte ihre Uhr aber im Büro vergessen.

»Vor vier Uhr«, sagte sie und ließ ihren Blick über die Versammlung schweifen. »Einverstanden?«

Ein beifälliges Murmeln erklang.

»Vor allem haben wir ein ausgesprochen plausibles Motiv«, sagte Annmari und schrieb mit schräger, kindlicher Schrift »Motiv« auf die Folie des Overheadprojektors. »Ich habe eine Aktennotiz verfasst, die euch hoffentlich vorliegt ... «

Wieder wurde beifälliges Gemurmel laut, und alle außer Hanne und Håkon fingen an zu blättern.

»... und in der ich versuche, alle Meinungsverschiedenheiten zwischen Hermann und Turid Stahlberg einerseits und Carl-Christian andererseits zusammenzufassen. Ich kann jetzt vielleicht ... «

Sie zögerte und ließ den Filzstift zwischen den Fingern ihrer rechten Hand herumwirbeln.

»Ich kann sicher dem Gang der Ereignisse ein wenig vorgreifen und mitteilen, dass ich gern diskutieren möchte, ob wir uns hier und jetzt an einem Haftbefehl gegen Mabelle versuchen sollten. Die Indizien sind in diesem Fall schwächer, andererseits ist die gegenseitige Identifikation bei diesem Ehepaar sehr stark. Ich werde noch darauf zurückkommen. Was die juristischen Konflikte innerhalb der Familie angeht, so gibt es Anzeichen für eine Art ... «

Wieder verstummte sie und schien nach Worten zu suchen.

»... eskalierenden Krieg zwischen den Parteien«, fügte sie dann plötzlich und energisch hinzu. »Das Ganze fing an mit Kleinigkeiten, wie Diskussionen über Carl-Christians Gehalt und solchen Dingen, unmittelbar nach Prebens Rückkehr nach Norwegen. Seither schwingt das Pendel hin und her, allerdings in immer größerer Weite, möchte ich behaupten. Carl-Christians erster Versuch, seine Eltern vor Gericht zu bringen, resultierte aus einem relativ belanglosen Streit um ein Ferienhaus in Arendal. Dieses Haus befand sich seit drei Generationen im Besitz der Familie. Alle durften es nutzen, ohne dass das jemals vertraglich festgelegt worden wäre. Bis Hermann es für gut befand, Carl-Christian und Mabelle den Zugang zu verwehren. An sich eine Bagatelle, da das junge Paar ein eigenes Haus am Meer besitzt und nur selten in Arendal war. Ich habe den Eindruck, dass hier eins zum anderen führte und ...«

Wieder legte sie eine Pause ein und trank einen Schluck. Hanne fiel auf, dass Annmari leicht schwankte und den linken Fuß ein wenig zur Seite setzen musste, um das Gleichgewicht zu wahren.

»Warst du wirklich die ganze Nacht wach?«

Hanne hatte nie erlebt, dass Annmari sich dermaßen mit einem Fall identifiziert hatte. Es kam ihr vor wie eine Besessenheit, eine Manie. Nicht einmal Hanne selbst hätte jemals eine ganze Weihnachtsnacht im Büro verbracht. Annmari schien es als eine Frage ihres persönlichen Prestiges zu betrachten, dass die überlebenden Mitglieder der Familie Stahlberg so schnell wie möglich hinter Gittern landeten. Wieder verspürte Hanne diese unerklärliche Unruhe, die an Angst grenzte: Sie sah, dass zwischen Kriminalchef Puntvold und Annmari Skar eine Allianz entstanden war, die so exklusiv war, dass sie alle anderen ausschloss. Für diese beiden war der Fall schon gelöst. Die restlichen Ermittlungen galten da eher als Formalität. Ein notwendiger, aber nur noch zeitraubender Prozess. Hanne ließ ihren Blick von Puntvold zu Annmari wandern und streifte dabei die Gesichter der anderen Anwesenden. Das reichte, um zu erkennen, dass alle auf derselben Seite standen.

»Warst du die ganze Zeit wach?«, fragte sie noch einmal. »Die ganze Nacht?«

»Das schon«, sagte Annmari. »Aber das ist kein Problem.«

»Setz dich doch wenigstens.«

Als habe sie das nicht gehört oder als wage sie aus Angst vor einem Zusammenbruch nicht, sich zu setzen, sprach Annmari im Stehen weiter:

»Zwischen den Parteien hat es drei Streitfälle gegeben, zwei davon gehören jedoch zusammen, insofern es in beiden Fällen um Zugang zu Eigentum und dessen Nutzung ging. Der Streit um das Auto hat Mabelle für einige Stunden in eine Zelle gebracht. Der jedoch der weniger wichtige ist. Im entscheidenden Streitfall ging es um die Eigentumsverhältnisse in der Reederei.«

»Aber ...«

Erik Henriksen sah aus wie eine Ampel, als er aufsprang, um sich etwas zu trinken zu holen; rote Haare, gelbes Sweatshirt und knallgrüne Trainingshose. Er füllte ein Glas mit Cola und sagte dabei:

»Ich dachte, es stehe außer Frage, dass Norne Norway Hermann gehört?«

»Das schon. Aber als Papa Stahlberg vor einem Jahr alles für eine Aktienüberschreibung vorbereitet hatte, durch die Preben alle Macht gewonnen hätte, schlug Carl-Christian zu. Er bestritt ganz einfach, dass das möglich sei, aufgrund der Absprachen, die er mit seinem Vater getroffen zu haben meinte.«

»Klingt ja nicht gerade wie ein starkes Argument«, sagte Silje skeptisch.

»Nein. Und vielleicht wollte Carl-Christian deshalb mit unechten Dokumenten ein wenig nachhelfen.«

»Wir wissen nicht, ob er derjenige war, der sie gefälscht hat«, sagte Hanne.

Annmari seufzte resigniert.

»Nein, Hanne. Natürlich *wissen* wir das nicht. Aber es ist doch überaus unwahrscheinlich, dass irgendwer sonst auch nur das geringste Interesse daran gehabt haben könnte, ein solches Dokument zu fälschen, findest du nicht?«

Ihre Stimme war schrill, fast schon ein Falsett, und Hanne hob zum Zeichen der Kapitulation die Handflächen.

»Wir haben um eine grafologische Untersuchung weiterer Dokumente gebeten, aber es dauert noch, bis die Ergebnisse vorliegen. Alles in allem aber, wie es aus den Unterlagen hervorgeht, hatte Carl-Christian starke Motive, um in dem aktuellen Streitfall seinen Eltern und eben auch seinem Bruder den Tod zu wünschen. Das junge Ehepaar schwebte in der Gefahr, alles zu verlieren, was es überhaupt hatte. Wohnung und Ferienhäuser, Auto und andere Besitztümer sind mit großen Krediten belastet. Offenbar weil sie davon ausgingen, in Zukunft auch über große Geldmittel zu verfügen. Aber dabei machte ihnen das Testament einen Strich durch die Rechnung.«

Einige fingen an zu blättern.

»Das liegt hier nicht bei. Aber wir alle kennen doch den Inhalt. Es wurde vor drei Monaten verfasst und hat Carl-Christian mehr oder weniger enterbt.«

»Nicht besonders clever, seinen Alten dann gleich abzumurksen«, sagte Erik und raschelte mit Butterbrotpapier.

»Nein. Das ist eine Schwäche in unserer Argumentation, gegen die wir nur vorbringen können, dass Carl-Christian das Testament nicht kannte. Was übrigens sehr wahrscheinlich ist. Vater und Sohn haben seit neun Monaten nur noch über ihre Anwälte miteinander korrespondiert. Es gibt keine Kopie des Testaments, unseres Wissens nach wenigstens nicht. Jennifer, Prebens Witwe, wusste lediglich, dass im Osloer Nachlassgericht ein Testament lag, aber sie hatte keine Ahnung von dessen Inhalt und wusste auch nicht, wann es verfasst worden war.«

»Behauptet sie«, sagte Hanne.

Annmari richtete ihren Blick kurz zur Decke.

»Wir wollen Jennifer Calvin hier und jetzt natürlich nicht freisprechen, Hanne. So, wie die Dinge nun einmal liegen, sieht es aus, als sei ihr ältester Sohn der Einzige, der von diesem Verbrechen wirklich profitiert. Andererseits hat der Junge seinen Vater verloren, und das auf brutale Weise. Was einen nicht unbedeutenden Verlust bedeutet. So würden das jedenfalls die allermeisten von uns sehen. Oder?«

Sie ließ ihren Blick zu Hanne weiterwandern und ließ ihn schließlich auf der Kommissarin ruhen. Hanne gab keine Antwort, nickte nicht, zuckte nicht mit der Wimper.

»Außerdem«, sagte Annmari dann, »weist bisher nichts darauf hin, dass Jennifer ihren Mann loswerden wollte. Silje und ich haben uns ziemlich gründlich mit der Dame beschäftigt und sind beide der Ansicht, dass eine Frau in ihrer Lage, mit ihrem dünnen und äußerst selektiven Netzwerk an persönlichen Kontakten, wohl kaum imstande wäre, eine solche Tat zu planen oder ausführen zu lassen. Einverstanden? Bisher jedenfalls?«

Hanne zuckte gleichgültig mit den Schultern.

»Dann haben wir natürlich Carl-Christians Waffenkenntnisse. Er besitzt einen Waffenschein für grobkalibrige Revolver und ist ein allerdings nicht aktives Mitglied in einem Schützenclub. Mit anderen Worten, er kann mit Handfeuerwaffen umgehen.«

Annmari sah in die Runde. Die anderen ließen sich der Reihe nach in ihren Sesseln zurücksinken. Niemand sah noch einen Grund, sich Notizen zu machen, kaum jemand machte sich die Mühe, in den Unterlagen zu blättern, die sie am frühen Morgen zusammengestellt hatte.

Alle stimmten ihr offenbar zu: Es bestand ein triftiger Verdachtsgrund.

»Und die Alibis sind ganz einfach zum Totlachen«, endete sie. »Carl-Christian und Mabelle behaupten, wie ihr alle wisst, dass sie zu Hause waren. Allein, was aber niemand bestätigen kann. Summa summarum ...«

Sie versuchte, ein Gähnen zu unterdrücken. Ihr traten Tränen in die Augen, und sie schüttelte wütend den Kopf, um sich wach zu halten.

»Ich finde, dass wir genug gute Gründe für eine Festnahme haben. Und dann kommen wir auch in den Ermittlungen weiter, zum Beispiel, weil wir eine Hausdurchsuchung vornehmen können. Die Frage ist nur, ob wir es für beide versuchen sollen oder nur für Carl-Christian.«

»Beide«, sagten Silje und Erik wie aus einem Munde, gefolgt von Nicken und beifälligem Gemurmel fast am ganzen Tisch.

Nur Hanne saß ganz still da. Sie hatte die Augen halb geschlossen, und ihr Gesicht war ausdruckslos. Nicht einmal, als die Diskussion jetzt weiterging, formlos und ziemlich laut, sagte sie etwas. Das schien niemandem aufzufallen, bis Annmari plötzlich rief:

»Weißt du, Hanne, ab und zu bist du wirklich schwierig. Was überlegst du dir da eigentlich? Musst du wirklich immer die Geheimnisvolle spielen? Hältst du uns andere alle für Trolle, oder gibt es einen Grund, ein Gesicht zu machen, als wüsstest du ganz genau, was am vergangenen Donnerstag unten in der Eckersbergs gate passiert ist, wolltest dieses Wissen aber nicht mit uns teilen?«

Hanne lächelte schwach und zuckte noch einmal mit den Schultern.

»Nicht doch«, sagte sie gleichgültig. »Ich weiß nicht, was passiert ist. Wir wissen alle nicht, was an dem Abend dort passiert ist.«

»Aber was ist dann los mit dir?«

Annmari schlug mit der flachen Hand auf den Tisch. Der Polizeichef fuhr zu ihr herum.

»Lass uns doch bitte Ruhe bewahren«, sagte er. »Ich kann ja verstehen, dass du müde bist, Annmari. Aber es besteht kein Grund dazu, hier in einen solchen Tonfall zu verfallen. Heftig wird es noch früh genug, wenn diese Leute«, er tippte mit dem Zeigefinger auf die Unterlagen, »sich Anwälte zulegen. Dann geht es garantiert hoch her. Wir sollten unsere Energien sparen, bis wir uns mit denen auseinandersetzen müssen, findet ihr nicht?«

»Nein«, sagte Annmari hart. »Jetzt möchte ich ausnahmsweise mal kein Blatt vor den Mund nehmen. Hanne Wilhelmsen, sieh mich an. Sieh mich an, sage ich!«

Hanne hob träge den Blick.

»Teil mit uns«, sagte Annmari. »Teil deine Gedanken mit uns.«

Ihre Stimme klang nicht mehr aggressiv. Stattdessen hatte ihre ganze Gestalt jetzt etwas Resigniertes, fast Trauriges an sich; sie hob die Schultern und neigte den Kopf.

»Wenn Hanne Wilhelmsen nicht an der Diskussion teilnehmen will, dann sehe ich wirklich keinen Grund, sie zu nötigen«, sagte Jens Puntvold. »Uns geht es streng genommen ja wohl eher darum, die Ermittlungslinien zu verfolgen, die du hier skizziert hast, Skar.«

»Ich will einfach hören, wie Hanne das sieht«, sagte Annmari. »Wirklich nur das.«

Jetzt flüsterte sie fast und ließ sich dann auf ihren Stuhl fallen.

Hanne kratzte sich ausgiebig mit dem Daumen an der Wange. Sie schien noch immer kein Wort sagen zu wollen. Sie saß zurückgelehnt und gleichgültig in ihrem Sessel und bewegte den Kopf heftig hin und her, als sei ihr steifer Nacken viel wichtiger als Annmaris überraschender Ausbruch.

»Hanne«, sagte Håkon Sand leise. »Vielleicht solltest du ...«

Er stieß sein Knie gegen ihres. Plötzlich riss sie sich zusammen.

»Es tut mir leid, wenn ich abweisend wirke«, sagte sie und starrte Annmari an. »Das wollte ich wirklich nicht. Ich bin konzentriert, im Grunde schon. Und ich würde gern mit euch meine Gedanken teilen, aber sie sind ... eher von allgemeinem Charakter, und vermutlich ist das hier weder der richtige Ort noch der richtige Zeitpunkt ...«

»Das wollen wir dir gern glauben«, fiel Puntvold ihr ins Wort. »Also weiter, Skar.«

»Wir nehmen uns diese Zeit«, sagte der Polizeichef mit scharfer Stimme. »Wenn Skar deine Betrachtungen in ihre weitere Arbeit einfließen lassen will, dann muss sie diese Möglichkeit haben. Also los, Wilhelmsen.«

Hanne zuckte mit den Schultern und zwängte sich zum Overhead durch. Dort nahm sie eine leere Folie und schrieb die Buchstaben von A bis E darauf.

»So wie hier denken wir alle«, sagte sie und tippte mit einem Filzstift die Stelle unter dem B an. »Wenn B auf A folgt, C auf B und D auf C, dann gehen wir davon aus, dass als nächster Buchstabe ein E kommt. Das ist grundlegende, banale Logik. Ganz einfach, denn wenn uns die Buchstaben A, B, C und D vorgeführt werden, nehmen wir an, dass wir es mit dem Anfang des

Alphabets zu tun haben. Das ist so wahrscheinlich, dass wir fast schwören können, dass jetzt ein E kommt. Unser ganzes Rechtssystem baut auf einem solchen Gedankengang auf. Und das ist auch gut so.«

Sie schob die Hülse auf den Filzstift und wandte sich zu den anderen um. Erik hatte den Mund offen stehen und starrte das Alphabet an. Jens Puntvold kritzelte genervt auf einem Pappbecher herum und wirkte demonstrativ uninteressiert. Die beiden jüngsten Ermittler machten sich Notizen wie bei einer examensrelevanten Vorlesung. Silje drehte und drehte an ihrem Ring.

»Jeden Tag werden Menschen auf der Grundlage solcher Schlussfolgerungen zu Gefängnisstrafen verurteilt. Da solide, präzise und unwiderlegbare Beweise in unserem Geschäft eine Mangelware sind, müssen die Gerichte in der Regel aufgrund von Indizien über Schuld oder Unschuld entscheiden. Und ich ...«

Sie hob die Stimme, um Håkons Einwand zuvorzukommen.

»... ich will das durchaus nicht kritisieren. Es ist so, und damit müssen wir leben. Dass A und B und C und D ganz zufällig hintereinander kommen, ist ja auch ausgesprochen unwahrscheinlich. Aber ich muss mich doch immer wieder fragen, ob unsere voreingenommene Einstellung zur Reihenfolge der Dinge, zu Konsequenz und Zusammenhang, unter Umständen nicht auch missbraucht werden kann. Auf jeden Fall ist es vorstellbar.«

Wieder beugte sie sich zum Overheadprojektor um und schrieb in Großbuchstaben AHLZELLE auf eine neue Folie.

»Hier fehlt ein Buchstabe«, sagte sie und zeigte darauf. »Der erste Buchstabe. Und zwar?«

»K«, riefen alle.

»Sicher?«, fragte Hanne, sie konnte jetzt den Eifer der anderen spüren. »Seid ihr ganz sicher?«

»K für Kahlzelle«, sagte Erik. »Ist doch klar.«

»Na gut«, sagte Hanne und vervollständigte das Wort. »Also KAHLZELLE. Aber wenn ich nun behaupte, dass ihr das K nehmt, weil ihr bei der Polizei seid, was sagt ihr dann?«

»Worauf willst du eigentlich hinaus, Wilhelmsen?«

Der Kriminalchef runzelte die Stirn und schaute auf die Uhr.

»Ich will illustrieren, wie sehr man sich irren kann«, sagte Hanne säuerlich. »Ich versuche, da wir angeblich genug Zeit dafür haben, zu zeigen, wie wir eine Gruppe von gegebenen, aber nicht vollständigen Informationen genau so deuten, wie wir es am liebsten wollen. Der fehlende Buchstabe ist durchaus kein K. Sondern ein W.«

WAHLZELLE korrigierte sie und unterstrich den ersten Buchstaben drei Mal.

»Was ist eine Wahlzelle?«, fragte Erik sichtlich verdutzt.

»Wenn hier ein Mensch vom Ordnungsamt gesessen hätte, hätte der sicher ein W vorgeschlagen«, sagte Hanne. »Ganz einfach, weil er selten was mit Kahlzellen zu tun hat, mit Wahlzellen aber in regelmäßigen Abständen.«

»Hier ist aber niemand vom Ordnungsamt. Und was zum Teufel ist eine Wahlzelle?«

Hanne nahm die Folie herunter.

»Das ist der abgetrennte Teil im Raum, in dem du auf dem Wahlzettel dein Kreuzchen machen kannst. Damit die Wahl auch geheim bleibt. Nicht, dass das hier eine Rolle spielte. Worum es mir geht, ist ...«

»Ja, das möchte ich jetzt wirklich wissen!«

Jetzt war der Abteilungschef am Ende seiner Geduld angelangt.

»Was in aller Welt hat das mit dem Fall Stahlberg zu tun? Bei allem Respekt vor dir und dem Polizeichef möchte ich doch daran erinnern, dass wir hier am Ersten Weihnachtstag Überstunden schieben und sicher wichtigere Dinge zu tun haben, als uns mit Ratespielen zu amüsieren.«

»Dann eben nicht«, sagte Hanne. »Ich war schließlich nicht diejenige, die darauf bestanden hat. Eigentlich wollte ich jetzt zu Hause bei einem Weihnachtsessen sitzen.«

Sie legte die Filzstifte hin und versuchte, sich an Silje vorbeizuzwängen, doch die schob ihren Stuhl zurück an die Wand.

»Nein«, sagte Annmari so laut, dass Hanne zurückzuckte. »Schließlich muss ich das Haftbegehren beim Untersuchungsgericht vertreten. Ich finde Hannes Überlegungen interessant. Ich will mehr hören. Du kannst ja gehen, wenn du das für Zeitverschwendung hältst. Also, mach weiter, Hanne. Bitte.«

Der Abteilungsleiter wirkte restlos überrumpelt und hob zerstreut die Kaffeetasse zum Mund, um sie dann, ohne zu trinken, wieder abzusetzen.

»*She's pulling ranks*«, flüsterte Erik Silje ins Ohr. »Verflixt!«

Das alles war eigentlich unerhört. Annmari war zwar Polizeijuristin und damit in Fragen der Anklage dem Abteilungschef der Polizei übergeordnet, aber es war doch viele Jahre her, dass eine Juristin im Haus sich erfahrenen, ranghohen Beamten gegenüber einen solchen Ton erlaubt hatte. Sogar der selbstsichere Kriminalchef Puntvold sah verwirrt aus, er machte mehrere Male den Mund auf und wusste doch nicht, was er sagen sollte.

»Ich wollte nur zeigen«, sagte Hanne endlich und versuchte, nicht zum Abteilungsleiter hinüberzusehen, »wie unsere Deutungen von unseren Erwartungen und Erfahrungen beeinflusst werden. Je reicher und kompletter ein Bild, eine Situation oder ein Fall sind, umso leichter ist es, überzeugende Schlüsse zu ziehen.«

Sie hob ihre Folien hoch und hielt sie vor sich hin.

»Ihr hättet euch irren können. Ob ich an Kahlzellen oder an Wahlzellen gedacht hatte, konntet ihr ja nicht wissen.«

Sogar Håkon wirkte jetzt wacher. Endlich hatte er seine Brille aufgesetzt, und sein Blick wirkte klarer, konzentrierter.

»Und wenn die Indizienkette in einem Fall noch so lang ist«, sagte Hanne jetzt. »Ganz zu schweigen davon, dass die Motive absolut überzeugend wirken, absolut solide.«

Der Abteilungschef saß da wie erstarrt. Vor Wut gerötete Flecken zeichneten sich auf seinen Wangen ab. Er wusste nicht so recht, wohin mit seinen Händen. Am Ende faltete er sie und presste sie zusammen. Hanne konnte sehen, dass die Fingerknöchel weiß wurden.

»Wenn die drei toten Stahlbergs A, B und C sind, ist Knut Sidensvans ein X, eine Unbekannte«, sagte Hanne jetzt. »Er passt nicht ins Bild. Und ich mache mir Sorgen, weil wir ihn wie einen verirrten Buchstaben wegschieben, statt uns zu fragen: Was wollte der Mann dort? Gibt es eine Erklärung für seine Anwesenheit? Sind vielleicht die drei anderen zufällig ins Bild geraten statt umgekehrt? Das klingt natürlich unlogisch. Es ist viel leichter, dort nach Ursachen, Zusammenhängen und Sinn zu suchen, wo das naheliegt, nämlich bei einer Familie, die solche Probleme hat wie die Stahlbergs.«

Hanne sprach jetzt für Annmari und nur für sie. Die Polizeijuristin hatte die Arme verschränkt, und nichts war an der neutralen Miene unter ihrem ergrauenden Pony abzulesen. Aber sie hörte genau zu. Schließlich musste am Ende ja Annmari entscheiden, welche Richtung diese Ermittlungen einschlagen sollten. Nicht Hanne selbst, nicht der Abteilungsleiter, nicht der Kriminalchef und nicht der Polizeichef. Nicht einmal der Staatsanwalt. Annmari Skar war die für diesen Fall zuständige Juristin, und sie hatte vom ersten Moment an alles ungewöhnlich energisch gelenkt. In der letzten Woche schien sie so gut wie nie nach Hause gegangen zu sein, und niemand zweifelte daran, dass Annmari als Einzige im Haus einen mehr oder weniger vollständigen Überblick über den riesigen Faktenkomplex besaß, den der Fall Stahlberg allmählich hervorgebracht hatte.

»Worauf willst du eigentlich hinaus, Hanne?«

Annmaris Stimme klang weder feindselig noch skeptisch. Sie runzelte nur die Stirn und schüttelte leicht den Kopf, als sie hinzufügte:

»Sollen wir die Carl-Christian-Spur einfach links liegen lassen?«

»Nein, natürlich nicht. Es kann sogar sein, dass du recht hast und wir ihn festnehmen sollten. Und seine Frau. Ich finde es nur wichtig, dass wir ...«

Hanne unterbrach sich. Ihre Wangen glühten.

»Das Motiv *braucht* nicht dasjenige zu sein, was wir sehen. Und dann ... dann kann auch Hermine die vier umgebracht haben. Oder jemand ganz anderes.«

Das Letzte flüsterte sie fast. Silje schaute überrascht zu ihr hoch.

Die Tür wurde aufgerissen und traf Hanne am Hinterkopf.

»Tut mir leid«, sagte Billy T. »Geht es?«

Hanne murmelte und nickte und rieb die Beule, die bereits anschwoll.

»Hermine Stahlberg hat im November eine Waffe gekauft«, sagte Billy T. laut und triumphierend.

Seine Jacke war über der Schulter verrutscht und ansonsten falsch geknöpft, so, als habe er sie sich einfach übergeworfen. Rotwangig und atemlos berichtete er:

»Hab mit zwei von meinen alten Singvögeln geredet. Am 10. November hat Hermine in einer Kneipe im Trondheimsvei einen Waffendeal besprochen. Sie brauchte eine unregistrierte Handfeuerwaffe, am liebsten eine Pistole. Sie war …«

»Setz dich erst mal«, sagte Annmari ruhig. »Und dann der Reihe nach.«

»Hier ist nicht genug Platz«, sagte er. »Die Waffe sollte also besorgt und am 16. November übergeben werden, und …«

»Du führst dich hier auf wie ein Student«, sagte Hanne. »Setz dich und reg dich ab.«

»Wohin denn?«

Es gab tatsächlich keine freien Stühle mehr. Hanne bot ihm ihren an und setzte sich selbst auf einen Beistelltisch. Eine Colaflasche kippte um. Hanne ignorierte die braune Lache.

»Ich werde natürlich eine Aktennotiz schreiben«, sagte Billy T. »Aber …«

»Aktennotiz«, fiel Annmari ihm ins Wort. »Warum kein Vernehmungsprotokoll? Du hast deinen Waffenhändler doch wohl ordnungsgemäß vernommen?«

»Vergiss das jetzt!«

Er winkte ungeduldig ab. Ohne seine Jacke abzulegen, ließ er sich auf den Stuhl fallen.

»Meine Quelle sagt also, dass Hermine eine Handfeuerwaffe bestellt hat. ›Geeignet zum Schutz vor großen Wesen.‹«

Seine Finger deuteten Anführungszeichen an.

»So hat Hermine sich wirklich ausgedrückt. ›Große Wesen‹. Meine Quelle hatte Glück, konnte eine Glock besorgen und sie Hermine am 16. November auf dem Klo der Kneipe überreichen.«

»Deine Quelle hat eine Glock besorgt«, wiederholte Annmari langsam. »Heißt das, dass du wirklich mit dem Lieferanten gesprochen hast? Und dass diese Information aus erster Hand stammt?«

»Genau! Eigentlich wusste ich das ja schon, von Snifflappen, dem Junkie, der am Sonntag gestorben ist. Und da der schlimmer lügt als jeder Augenzeuge, musste ich doch ...«

»Ich hoffe für dich, dass dieser Waffenschieber jetzt im Arrest sitzt und auf ein gründliches Verhör wartet«, sagte Kriminalchef Puntvold, dessen Interesse wieder sichtlich gewachsen war.

Aus Billy T. schien plötzlich alle Luft zu entweichen. Er sank sozusagen in sich zusammen, glitt auf seinem Stuhl nach vorn, ließ die Schultern sinken und den Kopf hängen. Dann atmete er tief und demonstrativ zweimal durch, schaute wieder auf und sagte:

»Folgendes habe ich anzubieten: eine Aktennotiz, die sich auf ein Gespräch bezieht, das ich heute mit einer Quelle geführt habe, mit einer Person, die im Kleinen mit Waffen handelt und die mitteilen kann, dass Hermine Stahlberg am 10. November dieses Jahres Kontakt zu ihr ... zu dieser Quelle aufgenommen hat. Hermine brauchte eine Handfeuerwaffe von einem gewissen Kaliber, zum ›Schutz vor großen Wesen‹. Die Waffe wurde sechs Tage darauf ausgehändigt. Ich kann diese Notiz schreiben, unterzeichnen und in einer Dreiviertelstunde auf Annmaris Schreibtisch legen. Punkt. Ich habe nicht vor, meine Quelle hochgehen zu lassen. Noch nicht. Ich habe auch nicht vor, mich deshalb von irgendwem zusammenstauchen zu lassen. Ich habe auch nicht vor, noch länger hierzubleiben. Wenn du mein Angebot annimmst ...«

Ein schmutziger, riesiger und blutig geknabberter Fingernagel richtete sich zitternd auf Annmari.

»... dann kannst du mir ja eine SMS schicken. Bis dann.«

Er sprang auf und ging. Die Tür fiel ebenso lärmend hinter ihm ins Schloss, wie sie zehn Minuten zuvor aufgerissen worden war.

»Er ist müde«, sagte Hanne und lächelte den Polizeichef kurz an. »Einfach nur schrecklich müde.«

Nach kurzem Schweigen redeten alle wild durcheinander. Ihre Stimmen hallten an den Wänden wider und wurden immer lauter, weil alle sich gleichzeitig Gehör verschaffen wollten. Nur Hanne überließ sich ihren Gedanken und lenkte mit dem Zeigefinger die Cola zur Tischkante, in kleinen Bächen, die dann auf den Boden tropften.

»Ich sehe keine andere Lösung, als eine Festnahme vorzunehmen«, schrie Annmari und fuchtelte mit den Armen, um für Stille zu sorgen. »Und vielleicht sollten wir gleich richtig zuschlagen. Wir holen uns alle drei, ja? Hermine, Carl-Christian und Mabelle.«

Einige applaudierten. Der Applaus steigerte sich schließlich zu ohrenbetäubendem Lärm. Annmari lächelte glücklich. Hanne hätte schwören können, dass die Polizeijuristin mit den Tränen kämpfte.

»Das ist gut«, sagte Kriminalchef Puntvold ihr ins Ohr; sie hatte gar nicht gemerkt, dass er noch immer neben ihr stand. »Das kann schneller gehen, als du erwartet hast. Wirklich toll.«

Hanne lächelte höflich, ohne seinem Blick zu begegnen.

»Es war eben doch nicht so wichtig, das Rätsel Sidensvans zu lösen«, sagte er. »Billy T. hat ja wirklich ein fantastisches Kontaktnetz. Aber das hast du auch. Du hast doch auch schon die ganze Zeit Hermine im Auge gehabt.«

Hanne drehte sich um, um zu antworten, aber da war der Kriminalchef schon in ein Gespräch mit dem Abteilungsleiter vertieft. Hanne schaute sich im Zimmer um und musterte ein Gesicht nach dem anderen.

Alle schienen zufrieden zu sein.

Sie selbst machte sich auf die Suche nach Billy T.

Hanne hatte überall gesucht. Niemand hatte ihn gesehen, außer Erik Henriksen, der behauptete, eine Viertelstunde zuvor Billy T.s Duftmarken auf der Herrentoilette gerochen zu haben, nämlich Suff und Schweiß, erklärte er und fragte dann, wie sie eigentlich den Heiligen Abend zu verbringen pflegten.

Endlich gab sie auf und kehrte in ihr eigenes Büro zurück.

Einige Sekunden lang blieb sie auf der Schwelle stehen. Das Büro lag im Halbdunkel, und irgendetwas war nicht so, wie es sein sollte. Wieder nahm sie bei sich selbst einen Hauch von Angst wahr, vermischt mit einem Widerwillen dagegen, überhaupt hier zu sein, bei der Arbeit. Langsam hob sie die Hand und berührte den Lichtschalter.

Alles war so, wie es sein sollte. Das Chaos stammte allein von ihr. Trotzdem schien etwas anders zu sein, schien jemand sie zu beobachten, ihr über die Schulter zu blicken.

»Hallo«, sagte plötzlich jemand, und sie fuhr zusammen.

»Himmel, Billy T.! Du hast mich aber erschreckt!«

Er trat ans Fenster und damit in ihr Blickfeld.

»Im Moment wird es irgendwie nie richtig Tag«, sagte er leise.

»Es ist Winter, Billy T. Aber jetzt geht es aufwärts. Von jetzt an wird jeder Tag länger.«

»Ich merke nur, dass ich es nicht mehr so gut vertragen kann.«

»Den Winter?«

»Die Dunkelheit. Dass es nie richtig hell wird. Es gibt nur graue und halbherzige Pseudotage. Und dann kommt viel zu früh der Abend. Das macht mich so verdammt müde.«

Er setzte sich in den Besuchersessel. Hanne ging zu ihm und strich ihm langsam über den Kopf. Seine Haarstoppeln kitzelten ihre Handflächen. In seinem Nacken schob das Fett sich zu zwei kleinen Wülsten zusammen. Er entspannte sich, das merkte sie, er ließ sich zurücksinken und schloss die Augen. Sie drückte seinen Kopf vorsichtig gegen ihren Bauch und massierte mit den Fingerspitzen seine Stirn.

»Wir kommen in die Jahre, Billy T.«

Vor dem Fenster sah alles grau aus. Die Temperatur war auf über null gestiegen. Die Bäume waren schwarz und schneefrei und im langsam vom Fjord hereintreibenden Nebel kaum zu sehen. Der Wind hatte sich gelegt. In einer halben Stunde würde es ganz dunkel sein.

»Ich habe mich korrumpieren lassen«, sagte er.

Ein Einsatzwagen jagte Grønlandsleiret hinunter. Blaulicht zerriss einige Sekunden lang den Nebel, dann entfernte sich die Sirene in Richtung Innenstadt.

»Schau her.«

Er setzte sich aufrecht und zog einen Zettel aus seiner Brusttasche. Hanne nahm ihn zögernd entgegen und faltete ihn auseinander.

»Ein Tippzettel«, sagte sie fragend.

»V-75. Pferde. Sieben Richtige. Wert an die hundertfünfzigtausend Kronen.«

»Aber das ist doch schön. Herzlichen Glückwunsch.«

Er erhob sich und ging wieder ans Fenster.

»Zerreiß ihn«, sagte er und lehnte die Stirn an die kalte Glasfläche.

»Was?«

»Zerreiß ihn. Ich schaff das nicht selber.«

»Billy T. ...«

»Zerreiß ihn!«

Sein Atem zeichnete feuchte, pulsierende Flecken auf das Glas.

»Das musst du mir erklären«, sagte sie.

Er blieb stehen, mit erhobenen Schultern und dazwischen

gesenktem Kopf. Jetzt stützte er seine Stirn gegen das Fenster. Hanne schloss vorsichtig die Tür.

»Billy T., ich will wissen, was das ist.«

»Ein V-75-Zettel.«

»Das ist mir schon klar. Aber woher hast du den? Warum soll ich ihn zerreißen?«

Endlich drehte er sich um. Seine Haut war bleich, und grobe Furchen verliefen entlang der Nasenflügel zu den Mundwinkeln und über das Kinn. Er war unrasiert. Seine Augen saßen tief in ihren Höhlen, es war fast unmöglich, ihre Farbe zu erkennen.

»Weil ich ihn von einem Obergauner bekommen habe. Von Ronny Berntsen, Hanne. Er hat ihn mir gegeben. Und ich brauche das Geld.«

Er schlug die Hände vors Gesicht und drehte sich wieder um, jetzt zur Wand. Er schlug mit dem Kopf gegen die Täfelung, wieder und wieder.

»O verdammt, Hanne. Ich brauch das Geld. Zerreiß endlich diesen Scheißzettel!«

Sie legte die Arme um seine Taille. Ihr Kopf ruhte an seinem breiten Rücken. Die Wärme seines Körpers drang durch seine Jacke.

»Das musst du selbst machen. Bisher hast du noch keinen Fehler begangen. Du hast das Geld nicht abgeholt.«

Er reagierte nicht.

»Billy T.? Du hast das Geld doch noch nicht abgeholt?«

»Dann hätte ich den Zettel ja nicht mehr«, sagte er tonlos.

»Dann ist doch alles in Ordnung. Aber du musst ihn selbst vernichten. Das wird so wichtig für dich sein nachher. Später. Dass du Grenzen ziehen konntest. Widerstehen.«

»Dem Teufel widerstehen, meinst du? Bist du neuerdings fromm geworden?«

Hanne lächelte und drückte ihn fester an sich.

»Ich? Spinnst du? Dreh dich jetzt um.«

Er atmete freier und drehte sich um. Sie öffnete seinen Reißverschluss und wollte ihm den Schal abnehmen. Er wehrte sich.

»Ich muss gehen«, murmelte er. »Es hat schon gewaltigen Ärger gegeben, weil ich das Weihnachtsessen bei meiner Schwester sausen lassen musste. Wenn ich jetzt fahre, kriege ich immerhin noch das Nachgeplänkel mit.«

»Ich kann dir Geld geben.«

Sie standen einander dicht gegenüber. Hanne klopfte ihm auf die Brust, zog seine Jacke gerade, strich seinen Schal glatt.

»Ich kann kein Geld von dir annehmen, Hanne.«

»Natürlich kannst du das. Das ist mein Geld. Ich brauche selbst fast nichts mehr, mein Gehaltskonto wird einfach immer fetter. Nefis bezahlt so ungefähr alles. Ich habe zwar noch keine Hundertfünfzigtausend, aber ich kann dir schon mal ein Stück weit helfen.«

»Du musst doch einsehen, dass das nicht geht. Ich kann kein Geld von dir annehmen. Und auch von sonst niemandem.«

»Du bist doch meine Familie, Billy T.«

»Nein, bin ich nicht.«

»Doch, irgendwie bist du alles, was ich an Familie habe. Du hast Cecilie gekannt. Du hast mich gekannt, vor langer Zeit, vor den anderen, vor … Du kannst hunderttausend haben. Als Darlehen.«

Plötzlich wich sie zurück.

»Aber entscheiden musst du das natürlich selber.«

»Hast du Kopfschmerzen?«

»Was?«

»Ich hab dir doch die Tür gegen den Hinterkopf geknallt.«

»Ach, nicht so schlimm. Einfach nur eine kleine Beule.«

Billy T. fischte eine Mütze aus der Tasche und setzte sie auf.

»Du solltest bald mal deine Post durchgehen«, sagte er und zeigte auf ihren Postkorb, in dem sich ungeöffnete Briefe und Hausmitteilungen stapelten.

»Sicher. Was machst du mit dem Zettel?«

Sie hielt ihm den Zettel hin, und nach kurzem Zögern nahm er ihn und steckte ihn wieder in seine Brusttasche.

»Ich bring das selbst in Ordnung«, sagte er kurz.

»Na also«, sagte Hanne. »Und vergiss nicht, die Aktennotiz zu schreiben, ehe du gehst.«

»Das Interesse an meinen Mitteilungen war ja nicht gerade überwältigend«, sagte er verdrossen und betrachtete gleichgültig die Liste der Festnahmen des vergangenen Tages, die ganz oben auf dem Poststapel lag.

»Sei nicht so blöd«, sagte Hanne. »Du bist ja einfach abgehauen. Annmari konnte nicht mehr fertig reden. Danach hat es gewaltigen Applaus gegeben.«

»Sie hat nichts von sich hören lassen.«

»Ist denn dein Telefon eingeschaltet?«

Verdutzt fischte er das Telefon aus seiner Tasche.

»Ach je«, sagte er. »Ist es nicht.«

»Dann schreib jetzt deine Notiz. Und sei darauf vorbereitet, dass deine Quelle hochgehen muss. Herrgott, Billy T.! Der ist jetzt doch unser zentraler Zeuge.«

»Sie«, murmelte er. »Das ist eine Frau. Und ich lass sie erst hochgehen, wenn ich das wirklich nicht mehr vermeiden kann.«

Hanne lief den Hang vor dem Polizeigebäude hinunter. Die Pflastersteine waren glatt, und zweimal hätte sie fast das Gleichgewicht verloren. Auf halber Strecke hörte sie jemanden rufen:

»Wilhelmsen! Hanne Wilhelmsen! Hallo, Hauptkommissarin!«

Sie blieb stehen und drehte sich um. Ihr Verfolger wirkte zu jung für seine Uniform. Seine Schulterklappen verrieten, dass er im zweiten Jahr die Polizeihochschule besuchte. Dichte blonde Locken umgaben sein kreisrundes Gesicht mit den schmalen, schrägstehenden Augen und der breiten, platten Nase. Der Junge war außerdem für einen Polizisten ungewöhnlich klein. Hanne ertappte sich bei dem Gedanken, ob er überhaupt groß genug war, um bei der Polizeihochschule zugelassen zu werden.

»Hallo«, sagte er atemlos und streckte die Hand aus. »Audun Natholmen.«

Hanne nickte gleichgültig und schaute auf die Uhr.

»Ich sitze am Telefon für die Tipps. Also, ich nehme die Hinweise entgegen. Die aus der Öffentlichkeit. Im Fall Stahlberg, meine ich. Und deshalb ...«

Er schaute sich verstohlen um und wurde leiser, wie um Hanne ins Vertrauen zu ziehen.

»Und da laufen wirklich seltsame Mitteilungen ein.«

»Ja, das kann ich mir schon vorstellen.«

Er lachte verlegen und strich sich fahrig über den Ärmel der Uniformjacke.

»Da hat also so ein Typ angerufen. Anonym. Wollte seinen Namen nicht nennen, meine ich. Aber ich hab die Nummer auf dem Display notiert und danach überprüft. Sie ist von einer Telefonzelle in Maridalen, genau da, wo die Straße ...«

»Das ist nicht so wichtig«, fiel Hanne ihm ins Wort.

Der Junge schluckte und atmete tief durch, dann legte er wieder los:

»Der Mann hatte etwas Verdächtiges gesehen. Irgendwer hat in einem See in Nordmarka ein Loch ins Eis gebohrt. Dieser Anrufer fand ihn ziemlich komisch. Den Eisbohrer, meine ich. Das war am Tag nach den Morden. Und der Eisbohrer war nur ganz kurz da. Bohrte sein Loch und haute wieder ab. Der Anrufer hält das Loch für groß genug, um etwas hineinzuwerfen. Also eine Waffe, zum Beispiel.«

»Dafür bin ich nun wirklich nicht zuständig«, sagte Hanne und ging langsam weiter. »Ich weiß nicht so genau, wer entscheidet, welchen Hinweisen nachgegangen wird, Gulbrandsen, nehme ich an. Ich bin das jedenfalls nicht.«

»Warte!«

Er ließ nicht locker, lief dicht hinter ihr den Hang hinunter und gestikulierte.

»Ich hab schon mit Polizeijuristin Skar gesprochen!«

»Mit Annmari? Damit hast du sie belästigt?«

»Sie war ein wenig sauer, ja. Aber, verstehst du, zuerst habe ich mit ... kannst du wirklich nicht mal kurz stehen bleiben?«

Hanne blieb stehen und musterte den Jungen überrascht und fast beeindruckt.

»Ich begreife nur nicht, was du von mir willst«, sagte sie, jetzt freundlicher. »Wie du sicher weißt oder jedenfalls verstehst, hat der Fall Stahlberg gewaltige Ausmaße angenommen. Und zwar, was Personal, Taktik und auch Technik angeht. Hoffentlich sitzt irgendwo irgendwer, der eine Art Überblick hat. Wenn du das Gefühl hast, dass einem Tipp nachgegangen werden sollte, dann musst du dich an deinen nächsten Vorgesetzten wenden. Wer ist das also?«

»Aber hör doch mal!«

Der junge Mann schrie jetzt fast. Eine ältere Frau, die gerade den Hang hochging, blieb stehen und schaute die beiden erschrocken an. Als sie die Uniform des Jungen sah, tapste sie weiter, mit steifen Schritten, vorsichtig, um nicht zu stürzen.

»Ich habe mit drei Vorgesetzten gesprochen«, teilte Audun

Natholmen eifrig mit. »Aber keinen hat das interessiert.« Hanne lächelte breit, als sie antwortete:

»Du weißt genau, dass die allermeisten Hinweise total wertlos sind. Du kannst nicht damit rechnen, dass das System aktiv wird, bloß, weil irgendein namenloser Anrufer einen komischen Eisangler gesehen haben will.«

Er nickte widerwillig. Seine Iris hatte eisblaue, schmale Einsprengsel, sein Mund wirkte kindlich. Hanne hätte schwören können, dass dieser Mund zitterte, eine winzige Bewegung in der Unterlippe, so, als sei er stolz darauf, dass er mit Hanne Wilhelmsen im Nieselregen stehen und über den größten Fall der Osloer Polizei diskutieren konnte.

»Du verstehst das doch, oder?«

Sie klopfte ihm auf die Schulter, dann schob sie die Hände in die Tasche.

»Ich frier mir den Arsch ab, und ich werde jede Menge Ärger kriegen, wenn ich so spät nach Hause komme. Wenn es dir also nichts ausmacht, dann gehe ich jetzt. Ich kann dir einfach nicht helfen. Abgesehen davon, dass ich mir diesen Tipp morgen genauer ansehen werde, wenn du ihn in mein Postfach legst. Und dann werde ich überlegen, was ich tun kann.«

»Aber ich wollte doch etwas ganz anderes ...«

Hanne hatte sich wieder in Bewegung gesetzt, jetzt mit energischeren Schritten.

»Aber ich wollte doch nur fragen, ob ...«

Hanne drehte sich zum dritten Mal gereizt um. Dieser Bursche war ja wirklich ganz schön aufdringlich. »Verstehst du ... ich tauche. Das ist mein Hobby. Wäre es ein Vergehen, wenn ich mit zwei Kumpels da oben eine kleine Suchaktion veranstaltete? In meiner Freizeit, meine ich? Wo ihr euch ja doch allesamt nicht für diesen Tipp interessiert?«

Hanne dachte nach. Zwei Kollegen liefen an ihnen vorüber, eilig, mit kurzem Nicken in Hannes Richtung.

»Doch«, sagte sie endlich. »Das wäre durchaus ein Vergehen.«

Aber dann lächelte sie ein klein wenig.

»Aber das heißt nicht, dass ich es an deiner Stelle nicht tun würde. Ich würde nur ganz fest die Klappe halten. Wenn ich nichts fände, meine ich.«

Der Junge machte große Augen und wollte offenbar etwas sagen. Aber dann schloss er den Mund wieder und rannte den Hang hoch. Auf halber Höhe drehte er sich im Laufen um und hob die Hand.

»Tausend Dank«, rief er enthusiastisch und sprintete weiter.

Vor Annmari Skars Augen flimmerte alles, und sie hatte keine Ahnung, wie sie die Pressekonferenz überleben sollte, auf der Kriminalchef Puntvold bestanden hatte.

Die Festnahme von Carl-Christian und Mabelle war ruhig vor sich gegangen. Sie hatten zum Verhör bestellt werden sollen, und dabei sollte ihnen dann der Haftbefehl vorgelegt werden. Da sie sich unter Hinweis auf die Feiertage und die bevorstehende Beerdigung weigerten zu kommen, waren sie festgenommen worden. Erik und Silje berichteten, dass beide eher geschockte Apathie zeigten als Zorn. Sie hatten nicht einmal um einen Anwalt gebeten, sie hatten erst daran erinnert werden müssen, dass es gar nicht so dumm wäre, sich einen zuzulegen, ehe sie vernommen würden.

Annmari fühlte sich unwohl, sie hatte zu wenig geschlafen, und ihr wurde direkt schlecht beim Gedanken daran, was jetzt vor ihr lag. Sie blätterte in den Festnahmeprotokollen, wieder und wieder, und wartete eigentlich nur noch auf das letzte.

Hermine Stahlberg war offenbar nicht so leicht zu finden wie ihr Bruder und ihre Schwägerin. Es ging auf sechs Uhr abends zu. Die Pressekonferenz war auf halb sieben angesetzt. Und das bedeutete eine Liveübertragung in den Nachrichten von *TV 2* und schlimmstenfalls zehn chaotische, unverdaute Minuten eine halbe Stunde darauf bei *NRK*.

»Sie ist spurlos verschwunden«, sagte Erik Henriksen und schlug mit der Faust gegen den Türrahmen.

»Verschwunden?«

Annmari legte die Papiere sorgfältig aufeinander, Kante auf Kante, und fuhr sich mit der Hand durch die Haare. Dann schaute sie zu Erik hoch und fragte noch einmal:

»Verschwunden, sagst du? Wer denn?«

»Hermine. Nicht zu Hause. Sie hat ja auch eigentlich keine Arbeit.«

Er zuckte mit den Schultern und ließ sich in den freien Sessel fallen.

»Und selbst wenn, da wäre sie am ersten Weihnachtstag ja doch nicht. Wir waren ...«

»Wir waren ganz einfach nicht gut genug vorbereitet«, fiel Annmari ihm resigniert ins Wort. »Das nenne ich einen soliden Anfängerpatzer. Herrgott, Erik, könnt ihr sie wirklich nicht finden?«

Erik schüttelte widerstrebend den Kopf.

»Tut mir leid.«

»Tut dir leid? Dazu ist es ja wohl ein bisschen zu spät. Ich kapier nicht ... ich kann einfach nicht alles im Griff behalten, Erik. Ich muss mich darauf verlassen können, dass ihr anderen ebenfalls eure Arbeit macht.«

»Du wolltest doch diese Festnahmen«, gab er wütend zurück.

»Ich habe genau das getan, was du mir aufgetragen hast. Wir alle haben brav gehorcht. Aber Hermine können wir eben im Augenblick nicht finden.«

Annmari schloss die Augen. Ihre Zunge fühlte sich belegt an. Sie schluckte energisch und trank einen Schluck Wasser. Danach konnte sie ihn dann endlich wieder ansehen.

»Wenn ich eine Festnahme anordne, dann ...«

»Drei«, korrigierte Erik. »Drei Festnahmen.«

»Wenn ich drei Festnahmen anordne, dann gehe ich natürlich davon aus, dass ihr bei der Polizei die nötigen Vorarbeiten leistet, um diese Festnahmen so unkompliziert wie möglich durchführen zu können, und zwar ...«

Ihre Stimme wurde lauter und klang jetzt fast schrill.

»... auf polizeilich akzeptablem Niveau!«

»Ihr bei der Polizei!«, äffte Erik sie nach. »Bist du jetzt auch schon so geworden? Willst auch du jetzt keine von uns mehr sein?«

Er musterte sie kritisch. Sein Blick fuhr über die Uniform, die sie trug, weil sie sich schon für die Pressekonferenz angezogen hatte, streifte die Rangabzeichen auf ihren Schultern und blieb an der linken Brusttasche haften. Dort stand, in Goldbuchstaben auf dunklem Grund: POLIZEI.

»Juristenpack!«, fluchte er, und Annmari musste lachen.

Er biss sich auf die Lippe. Wütend versuchte er, sich auf den Regen zu konzentrieren, der draußen eingesetzt hatte.

»Hör auf«, sagte Annmari lächelnd. »Wir beiden streiten uns doch nicht, Erik. Nicht du und ich.«

»Nein. Aber ich meine noch immer, dass du die Verantwortung dafür trägst, dass wir uns nicht ausreichend über diese Leute informiert haben. Ich halte es sowieso für bedenklich, gerade jetzt Festnahmen durchzuführen. Am ersten Weihnachtstag und überhaupt. Das bringt ihnen doch überall Sympathie ein. Von denen da draußen. Von den guten Bürgern, die gerade nichts als Familie und Geschenke und Kirchgang im Kopf haben. Und die nichts davon hören wollen, dass irgendwer seine halbe Sippschaft abgemurkst haben könnte. Nicht jetzt, Annmari. Nicht am verdammten heiligen norwegischen Weihnachtsfest!«

»Aber wenn es doch richtig zu sein scheint, Erik! Wenn alles, was wir können, und alles, was wir wissen, und alle möglichen Anzeichen dafürsprechen, dass wir uns die Verdächtigen lieber heute als morgen schnappen sollten, was sollen wir dann tun? Abwarten, bis Weihnachten vorüber ist? Darauf warten, dass der Verdacht sich in nichts auflöst? Und dass alles angenehmer wird? Für uns oder für sie?«

»Na ja …«

Erik fuhr sich durch die Haare, die jetzt fast schon zu lang waren. Er erhob sich schwerfällig. Als er das Büro verließ, drehte er sich noch einmal um und zögerte einen Moment, ehe er leise, mit einer Innigkeit, die seinem schlampigen Aussehen widersprach, hinzufügte:

»Ich fühle mit dir, Annmari. Ich drücke die Daumen, dass du diesen Fall in den Griff bekommst. Greif durch, scheiß auf die Presse. Die haben es auf dich abgesehen, egal, was du unternimmst. Und wir werden Hermine für dich finden. Gib uns einen Tag, und wir servieren dir ihren Kopf auf einem silbernen Tablett.«

»Versprochen?«

»Garantiert. Tot oder lebendig.«

Dann gähnte er ausgiebig und ging.

Hanne beschloss, zu Fuß zu gehen, obwohl sie fast eine Stunde brauchte, um von Gamlebyen nach Frogner zu gelangen. Außerdem machte sie einen Umweg. Billy T. hatte recht. Als sie am

Morgen in den Spiegel geschaut hatte, hatte sie sich eingestehen müssen, dass das Fett sich nicht mehr an denselben Stellen ablagerte wie in früheren schlaffen Zeiten. Und es war außerdem jetzt viel schwieriger, es wieder loszuwerden.

Sie durchquerte zuerst die von Zuwanderern bewohnte Nachbarschaft des Polizeigebäudes und steuerte dann den Mittelalterpark an. Jetzt lag der Wasserspiegel vereist und grau vor ihr, und die freigelegten Ruinen verschwammen fast in Nebel und schmutzigem Schnee. Hanne hatte nasse Füße und lief jetzt schneller, um nicht zu sehr zu frieren. In Bjørvika, wo das seit Ewigkeiten geplante Opernhaus wohl niemals aufragen würde, war kaum Verkehr. Sie näherte sich dem Jernbanetorg. Bars und Kneipen waren geschlossen und hatten die Gitter vor den Fenstern heruntergelassen. Nur auf der »Platte«, einer mit Müll zugeschütteten Stelle im Südwesten des Hauptbahnhofs, liefen die Geschäfte wie immer. Diese armselige Verkehrsinsel war die Umsatzzentrale für Oslos Straßenjunkies. Drogensüchtige und klapperdürre, zu grell geschminkte Teenies tauschten Waren und Geld oder verabredeten Dienstleistungen, während der eine oder die andere Zugreisende erschrocken herüberblickte und dann schnell weiterging. Hanne kannte einige der Elendsgestalten auf der Platte und schlug eilig den Umweg über Karl Johan ein. Vom Egertorg konnte sie die Umrisse des Schlosses bereits undeutlich sehen. Die Lampen in den Linden an der Hauptstraße hatten Heiligenscheine aus feuchtem Nebel, eine Allee vager, schwindender Lichter. Hanne blieb vor dem Buchladen Tanum stehen, um sich das Schaufenster anzusehen. Sie hatte Oslo noch nie so still erlebt. Sie durchquerte den Schlosspark, ohne auch nur einem einzigen Menschen zu begegnen.

Bald würde sie zu Hause sein. Die Straßen wurden breiter. Die Häuser wirkten stattlicher und zogen sich mehr von den Bürger-

steigen zurück. In diesem Teil der Stadt nahmen die Weihnachts-
feierlichkeiten zurückhaltendere Formen an. Die Lichter waren
nicht so grell und bunt wie in Grønland, die Tannenzweige in
den Kränzen an den Türen waren echt.

Sie versuchte mühsam, zwischen ihrem Handschuh und dem
etwas zu engen Ärmel einen Blick auf ihre Armbanduhr zu werfen.

Zehn nach fünf. Jetzt war es wohl überstanden. Hermine,
Mabelle und Carl-Christian waren festgenommen worden und
wurden nun im Polizeigebäude getrennt voneinander befragt.
Hanne musste nicht dabei sein. Wenn alles erwartungsgemäß
verlief, würden die drei lange in Untersuchungshaft sitzen. Wo-
chenlang vermutlich, vielleicht bis zur Hauptverhandlung, und
die erste Vernehmung war ohnehin vor allem eine Drohgebärde.
Die drei sollten die Angst davor kennenlernen, entlarvt, gefasst
und eingesperrt zu werden.

Sie selbst sollte Carl-Christian am nächsten Morgen um zehn
verhören. Sie hoffte darauf, dass es in der ganzen Stadt nicht einen einzigen Anwalt gäbe, der bereit wäre, zu Weihnachten zehn
Stunden im Polizeigebäude zu verbringen. Doch so, wie sich die
Verhältnisse bei Oslos Strafrechtsexperten entwickelt hatten,
standen sie vermutlich Schlange. Sie schienen zu allem bereit zu
sein, wenn es ihnen fünfzehn Sekunden im Fernsehen bescheren
konnte. Und hier konnte es durchaus noch sehr viel mehr einbringen. Der Fall Stahlberg konnte die Eintrittskarte zum Ruhm
sein, wenn auch nicht unbedingt zur Ehre. Hanne ertappte sich
dabei, wie sie in Gedanken eine Wunschliste aufstellte: eine Aufstellung von integren Anwälten, die bereit waren, zum Besten ihrer Mandanten mit der Polizei zusammenzuarbeiten. Diese Liste
fiel erschreckend kurz aus.

Die Kruses gate lag einsam und verlassen vor ihr.

Kein Vorhang bewegte sich. Kein Gesicht wich plötzlich hinter Gardinen zurück. Hanne hatte eigentlich allen Grund, sich wohlzufühlen, aufzuatmen unter all diesen Menschen, die sich um ihre eigenen Angelegenheiten kümmerten und füreinander ansonsten nicht existierten. Frogner war für Hanne ein Stadtteil, in dem die Menschen zu Namen auf Türschildern reduziert waren und wo von den Nachbarn höchstens ein vorsichtiges Nicken im Treppenhaus zu erwarten war. Sie wäre eigentlich die perfekte Bewohnerin für einen solchen Stadtteil.

Aber stattdessen fand sie diese fehlende Neugier nur verwirrend. Sie nahm ihr die Möglichkeit, selber zu entscheiden, was die anderen glauben sollten. Denn es gab sie ja doch, hinter verschlossenen Türen und vorgezogenen Vorhängen, auch hier gab es Menschen, viele natürlich, aber Hanne hatte keine Möglichkeit, ihnen Halbwahrheiten über sich selbst zu servieren. Das machte sie nervös und angespannt, wenn sie nach Hause ging. Dieses Gefühl wurde immer schlimmer, je mehr sie sich ihrer eigenen Wohnung näherte, und es nahm erst wieder ab, wenn sie sich hinter der anonymen Tür mit den drei nichtssagenden Nachnamen verbarrikadiert hatte, die in eine unter der Klingel angebrachte Messingtafel eingraviert waren.

Sie bog um ihre eigene Hausecke. Als sie die Tür öffnen wollte, fuhr sie dermaßen zusammen, dass ihr der Ordner, den sie bei sich trug, aus der Hand fiel.

Ein Hund hatte ihr Bein gestreift. Er war hinter der niedrigen Mauer hervorgekommen, hinter der erst vor wenigen Wochen ein hölzernes Häuschen für die Mülltonnen errichtet worden war.

Der Hund war hässlich und grau. Sein Nacken wirkte im Verhältnis zu seiner schmalen Hinterpartie geradezu riesengroß. Ein Ohr war fast abgerissen. Auf der linken Hinterbacke leuchtete im Schein der Straßenlaterne eine Wunde auf. Das Tier hinkte stark, legte aber ein bemerkenswertes Tempo vor, als es über die Straße jagte und hundert Meter weiter in einem Hinterhof verschwand.

Hanne keuchte auf. Das Adrenalin wurde so heftig durch ihren Körper gepumpt, dass sie spürte, wie die Wärme in ihre gefrorenen Zehen zurückkehrte. Sie bückte sich nach dem Ordner und staunte darüber, wie schreckhaft sie geworden war. Das kam natürlich von der Stille, und außerdem war sie ganz und gar in Gedanken versunken gewesen, als dieser scheußliche Köter plötzlich aufgetaucht war. Ihr Puls raste noch immer, als ihr ein Gedanke kam; langsam richtete sie sich auf, ohne den Ordner aufgehoben zu haben.

Sie hatte von diesem Hund gehört. Nefis hatte irgendwann im Herbst eine Anwohnerversammlung besucht, auf der beschlossen worden war, ein Müllhäuschen zu bauen, um Ratten und andere Tiere fernzuhalten. Hanne konnte sich jetzt deutlich daran erinnern, sie hatte laut gelacht über den Glauben der Westendbewohner, dass ein einfaches Holzhäuschen die Ratten abhalten könnte. Aber Nefis hatte damals auch einen Hund erwähnt.

Es war wirklich ein beängstigendes Tier, und Hanne blieb lange nachdenklich stehen, ohne zu merken, wie kalt es war.

Sie war im Moment so schreckhaft, und das machte ihr Sorgen.

Alexander schlief. Er lag fast quer im Bett, auf dem Bauch, sein Gesicht ruhte auf seiner rechten Hand, der linke Arm baumelte über die Kante. Die Decke bedeckte nur seinen halben Leib. Im schwachen Licht, das von der Diele her in den Raum sickerte, konnte Hanne die Konturen seines Pos ahnen. Der Junge schlief nackt und mit Socken. Die waren sicher irgendwann einmal weiß gewesen. Jetzt waren die Fußsohlen schmutzig und staubig, und das Gummi hing schlaff um die Knöchel.

Alexander schlief lautlos.

Neben dem Bett standen ein Pappkarton und ein Seesack mit Kleidern. Beides war noch ungeöffnet.

»Er glaubt noch nicht richtig, dass er hier sicher ist«, flüsterte Nefis. »Er macht keinen Versuch, hier zur Ruhe zu kommen.«

»Was hast du denn erwartet?«, sagte Hanne. »Er ist ja noch nicht mal einen Tag hier.«

»Wie war das eigentlich?«, fragte Nefis; sie flüsterte noch immer, obwohl der Junge tief schlief.

»Was denn?«

»Rausgeworfen zu werden.«

»Ich bin nicht rausgeworfen worden. Sondern rausgeekelt. Und das ist noch schlimmer.« Hanne kämpfte gegen den Impuls an, den Jungen zuzudecken. Eigentlich dürften sie selbst und Nefis überhaupt nicht hier sein. Er hatte schließlich die Tür geschlossen, als er schlafen gegangen war. Alexander ist ein großer Junge, dachte Hanne, der Anspruch darauf hat, dass seine Privatsphäre und sein Schlaf nicht von lesbischen Tanten gestört werden, die er nicht einmal kennt.

Langsam ging sie zum Bett. Vorsichtig hob sie die Decke hoch und legte sie gerade, sie deckte ihn zu und schob ihm locker die Kanten unter die Füße. Den baumelnden, bloßen Arm ließ sie hängen.

»So«, sagte sie leise und schob Nefis vorsichtig zur Seite, ehe sie die Tür schloss.

»Ich muss ins Bett«, sagte sie. »Morgen ist ein langer Tag.«

Nefis schlich hinter ihr her.

»Wirst du wohl jemals richtig Ferien machen können?«, fragte sie und gab selbst die Antwort. »Natürlich nicht.«

»Ich hatte im Sommer eine Woche frei.«

Hanne stapfte ins Badezimmer und fing an, sich die Zähne zu putzen.

»Fünf Tage«, korrigierte Nefis.

»Wollen wir uns jetzt streiten?«

»Nein. Wie war das?«

»Wunderbar. Ungewohnt. Seltsam.«

Hanne lächelte mit Zahnpasta im Mund.

»Ich meine nicht die fünf Tage«, sagte Nefis und legte sich, ohne sich auszuziehen, auf das aufgeschlagene Bett. »Ich meine, rausgeekelt zu werden.«

»Es ist zu spät, Nefis. Ich kann jetzt nicht darüber reden. Ich habe überlebt.«

Nefis lächelte und nahm die Fernbedienung vom Nachttisch. Hanne machte sich fertig, trat nackt mitten ins Zimmer und breitete die Arme aus.

»Willst du nicht ins Bett gehen?«

»Doch. Aber zuerst musst du mir ein wenig darüber erzählen, wie das war.«

»Nein. Das bring ich jetzt einfach nicht.«

»Dann will ich eine Geschichte.«

Über den großen LCD-Schirm an der Wand, zwei Meter vom Fußende entfernt, flackerte wild und heftig ein Madonna-Video. Nefis nahm Hannes Hand und zog sie an sich.

»Eine Geschichte, ehe wir einschlafen.«

Ab und zu hatte Hanne das Gefühl, dass Nefis sie für minderbemittelt hielt. Hanne hatte schon längst begriffen, dass die kleinen Geschichten, die Nefis zum Ausgleich dafür verlangte, dass sie über die eigentlichen Dinge schwieg, Bruchstücke waren, aus denen sie ein Bild von Hannes Kindheit zusammensetzte.

»Die wird aber nicht lang«, sagte Hanne.

»Ein bisschen lang, bitte ... «

Nefis zog sie ins Bett und drehte sie auf den Rücken.

»Nein«, sagte Hanne lächelnd; Madonna tanzte auf dem großen Bildschirm für taube Ohren einen spanischen Tanz.

»Doch!«

»Ich muss dich zuerst etwas anderes fragen.«

Nefis lag jetzt halb über ihr; ein willkommenes Gewicht zwischen Venushügel und Zwerchfell.

»Warte«, sagte Hanne. »Dieser Hund ... «

Nefis' Mund schmeckte nach Oliven und Petersilie.

»Warte«, sagte Hanne und versuchte, sich wegzudrehen; sie lächelte und schlug nach den Händen, die ihr über die Oberschenkel strichen. »Dieser Köter, über den ihr im Herbst gesprochen habt, als ihr beschlossen habt, dieses alberne Müllhäuschen zu bauen, was ist das für ein Tier?«

Nefis lag jetzt ganz auf ihr, vollständig bekleidet; sie hielt Hannes Arme fest. Ihre Blusenknöpfe kratzten über Hannes bloßen Bauch. Ihre Zunge spielte mit Hannes Ohrläppchen.

»Hör doch zu, Nefis! Dieser Hund ... ich will nur wissen, ob der schon lange hier lebt. Gehört er irgendwem?«

Nefis setzte sich plötzlich auf. Ihre Haare hingen dunkel in ihr Gesicht. Im Lichtgeflimmer des Bildschirms konnte Hanne ihre Züge fast nicht erkennen.

»Ein streunender Hund. Angeblich ist der schon lange hier, seit vielen Jahren. Er macht vielen Angst, vor allem den Kindern. Und er wühlt im Müll. Einige wollten schon das Gesundheitshaus anrufen.«

»Das Gesundheitsamt«, sagte Hanne lächelnd. »Alles klar. Willst du dich nicht ausziehen?«

»Ich dachte, du könntest das übernehmen«, sagte Nefis und küsste sie wieder.

Hanne knöpfte ihr die Bluse auf.

Sie war ein weiteres Mal davongekommen.

Sie brauchte nicht davon zu erzählen, wie sie fünf Jahre alt war und bei Licht schlafen wollte.

In ihrem Schrank wimmelte es nur so von blutsaugerischen Fledermäusen, glaubte sie, und die würden nur dort eingesperrt bleiben, wenn die ganze Nacht hindurch das Licht brannte. Als sie aufwachte, in einem dunklen Zimmer und zu einem deutlichen, beängstigenden Rascheln aus dem Eckschrank, wagte sie kaum, die Hand zu heben, um die Nachttischlampe einzuschalten. Die Birne war herausgedreht worden. Auch die Deckenlampe ging nicht an. Ihr Vater machte es sich fortan zur Gewohnheit, Hannes Zimmer abends stets in Dunkelheit zu tauchen. Erst ein Jahr später erklärte Hanne beim Abendessen, sie wisse jetzt auch, dass Fledermäuse in Höhlen, Kirchen, auf Dachböden und an anderen dunklen, geräumigen Orten lebten und dass sie sich natürlich in einem kleinen, mit Kleidern und Schuhen vollgestopften Schrank niemals wohlfühlen würden. Außerdem wisse sie jetzt, dass es in Norwegen überhaupt keine Vampirfledermäuse gebe. Ihr Vater nickte zufrieden und kam nachts nicht mehr in ihr Zimmer.

Hanne hatte Nefis jetzt überall bei sich, weich und hart und heftig.

DONNERSTAG, 26. DEZEMBER

Die alte Dame im Blindernvei war wieder allein. Ihr Sohn hatte sie am frühen Morgen verlassen, er musste sein Flugzeug erreichen. Am Montag würde er zurückkehren, zur Beerdigung, zwischendurch aber wurde er zu Hause gebraucht. Und das war ja auch klar. Er hatte Frau und Kinder und eine anstrengende Arbeit. Sein eigenes Leben. So, wie sie selbst sich eins aufbauen musste, jetzt, wo Karl-Oskar tot war. Entweder du oder ich, zur selben Zeit sterben wir nicht, hatte ihr Mann immer gesagt. Und beide hatten insgeheim gebetet, als Erste gehen zu dürfen. Aber dann war sie übrig geblieben.

Terje hatte alles für sie in Ordnung gebracht. Oder, richtiger, mit ihr zusammen. Gemeinsam waren sie Schubladen und Schränke durchgegangen. Es war schön gewesen, fast feierlich, Karl-Oskar aus dem Haus zu räumen, ohne dass er jemals wirklich verschwinden würde.

Nur das Schlafzimmer hatte Terje nicht angerührt. Nur sie selbst würde Karl-Oskars persönlichste Besitztümer durchsehen.

Sein Schlafanzug lag noch immer ordentlich zusammengefaltet unter dem Kopfkissen. Sie hielt sich den weichen, abgenutzten Stoff an die Wange.

Die Kleider waren für die Heilsarmee bestimmt. Das hatten sie schon vor einigen Jahren so festgelegt, an einem der Abende, als sie mit ihrem Drink auf der Terrasse gesessen und dem Sonnenuntergang über Tåsen zugesehen hatten. Materielle Dinge sollten nicht romantisiert werden, meinte Karl-Oskar, wir geben alles den Leuten, die es dringender brauchen als wir. Kleider und alles andere, was von keiner besonderen Bedeutung für den überlebenden Teil war, sollten aus dem Haus. Seine Stimme klang fast schroff, als er das sagte, als finde er es plötzlich geschmacklos, über Tod und Sterben zu sprechen.

Der überlebende Teil, das war also sie.

Sie legte den Schlafanzug auf die Bettdecke, erhob sich mit steifen Gliedern und ging zum Kleiderschrank. Auf halbem Weg stolperte sie über etwas.

Einen kleinen Ordner, wie sie sah, sie hob ihn auf.

Natürlich war der Notarzt im Zimmer gewesen. Er hatte versucht, Karl-Oskar wieder zum Leben zu erwecken, an diesem Donnerstag, der erst eine Woche her war. Ihr kam es länger vor. Das Erinnern fiel ihr schwer. Der Ordner hatte offenbar auf dem Nachttisch gelegen und war in der Hektik der Wiederbelebungsversuche zu Boden gefallen. Sie hatte in den letzten Tagen nicht sehr auf solche Dinge geachtet. Freitagmorgen war die komische kleine Pastorin gekommen, und Kristina hatte zum letzten Mal das Bett ihres Mannes gemacht. Dabei war ihr nichts aufgefallen.

Das Haus war mit Blumen gefüllt. Selbst jetzt, zu den Feiertagen, hatten Freunde und Bekannte, Geschäftspartner und entfernte Verwandte sich die Mühe gemacht, ihr Beileid zu bekunden. Niemand hatte sich nach einem Ordner erkundigt. Sicher enthielt der nichts Wichtiges.

Kristina versuchte, sich zu erinnern, was Karl-Oskar eigentlich für einen Termin gehabt hatte, an diesem schicksalhaften Abend kurz vor Weihnachten. Sie rieb die Hände aneinander und wiegte sich hin und her.

Er hatte es ihr wohl überhaupt nicht erzählt. Denn sonst hätte sie sich daran erinnert, da war sie sich sicher.

Sie war fast fünfzig Jahre mit einem Anwalt verheiratet gewesen. Niemals hatte sie die Papiere ihres Mannes angerührt.

Kristina legte den ungeöffneten Ordner auf den Nachttisch ihres Mannes. Terje konnte sich nach seiner Rückkehr den Inhalt ansehen. Sie holte tief Atem und stapfte zum Kleiderschrank hinüber. Früher oder später musste der ausgeräumt werden, und da brachte sie die Sache lieber gleich hinter sich.

Carl-Christian Stahlberg wagte nicht, das Wasserglas zum Mund zu führen. Stattdessen setzte er sich auf seine eigenen Hände. Der Durst ließ seine Zunge hart werden, er bewegte sie im Mund, um die Speichelproduktion anzuregen. Irgendwer hatte vergessen, ihm für die Nacht Wasser zu geben. Vielleicht war es auch kein Vergessen gewesen. Er hatte keine Ahnung, aber es gab ja immerhin Gerüchte. Natürlich wurde bei der norwegischen Polizei nicht gefoltert, aber es war auch nicht gerade eine freundliche Geste, Menschen zehn Stunden lang ohne Speis und Trank in einer überhitzten Zelle sitzen zu lassen. Und jetzt, wo er endlich etwas zu trinken hatte, hatte er vor allem Angst davor, zum Beispiel durch zittrige Hände seine Angst zu zeigen. Das Wasserglas musste also unberührt stehen bleiben.

Die Frau, die ihn verhören sollte, mochte Anfang vierzig sein. Carl-Christian versuchte, sich ihr Aussehen einzuprägen, sich auf das ovale Gesicht mit den ersten Fältchen um die großen blauen Augen zu konzentrieren. Die waren übrigens nicht ganz blau; eine Art Ring zog sich um die Iris, ein kohlschwarzer Rand um das helle Innere. Carl-Christian dachte widerwillig an einen Science-Fiction-Film, in dem Eindringlinge aus einer anderen Galaxis sich in Menschengestalt unter die ahnungslosen Erdlinge mischten, die noch nicht gelernt hatten, die Fremden an ihren Augen zu erkennen, denn die waren zur Hälfte schwarz und zur anderen Hälfte blau.

Er musste diese Frau einfach anstarren. In der Nacht, in den vielen absurden Stunden in einem nach Urin stinkenden Raum, in dem er kaum drei Schritte hatte machen können, hatte er gespürt, wie die Wirklichkeit ihm entglitt. Für einen Moment hatte er seine Mutter im Sommer vor sich gesehen, in einem scheußlichen Kleid, von dem der Vater behauptete, dass es ihm gefiel; es war geblümt, und dem kleinen Carl-Christian kamen die Sonnenblumen vor wie lächelnde Löwen. Ein munterer Katzenkopf war in seinen Gedanken aufgetaucht, dann hatte er so heftig gegen die Wand der Zelle geschlagen, dass seine schmerzenden Fingerknöchel ihn in die Wirklichkeit zurückgerissen hatten.

Für einen Moment hatte er geglaubt, zu schlafen, das war wohl gegen drei gewesen. Sie hatten ihm seine Armbanduhr weggenommen, deshalb konnte er das nicht mit Sicherheit sagen. Ihm war kalt gewesen. Der Schnee hatte ihn geblendet. Er hatte aus zusammengekniffenen Augen in eine bleiche Frühjahrssonne geschaut und hatte viel zu große Skier, die er gerade hatte hochheben wollen, als er gemerkt hatte, dass er in das Loch in der Mauerecke pisste. Gegen Morgen war ihm aufgegangen, dass er die Wirklichkeit nur dann behalten konnte, wenn er seinen Blick auf etwas ganz Konkretes richtete.

Die Frau war eigentlich hübsch, auch wenn Mabelle ihr vermutlich geraten hätte, ein paar Kilo abzunehmen. Ihre Haare waren ungleich lang und sicher lange nicht mehr geschnitten worden. Aber sie waren glänzend braun und fielen locker über ihre Schultern. Die Kleidung war ein Kapitel für sich. Carl-Christian versuchte, an Kleider zu denken. An Mode. An Mabelles Zeitschrift, an M & M, mit der sie gerade jetzt einen netten kleinen Überschuss erwirtschaften könnte. Wenn das hier nicht passiert wäre. Die Götter mochten wissen, wie alles weitergehen würde.

Er wagte nicht einmal, daran zu denken, was die Presse ihnen antat, während sie hier festsaßen.

»Ihnen muss klar sein, dass wir von unserer Seite aus immer wieder betonen, dass dieser Fall noch längst nicht geklärt ist«, sagte die Polizistin. »Den Medien gegenüber, meine ich.«

Carl-Christian versuchte, sich zu erinnern, wie der Film geheißen hatte, der Film, in dem die Eindringlinge mit den blauschwarzen Augen die Gedanken der Menschen hatten lesen können, weshalb sie am Ende eine Matrix unserer gesamten Existenz in eine riesige Raumfähre hatten verlegen können.

»Sind Sie eigentlich bereit, überhaupt irgendetwas zu sagen?«

Er konnte sich nicht an ihren Namen erinnern. Er erinnerte sich an gar nichts mehr, so sehr er sich auch auf andere Dinge konzentrierte als diesen Durst, diesen schrecklichen Durst, gegen den er nichts zu unternehmen wagte, er vergaß immer wieder ihren Namen, aber sie kam ihm durchaus freundlich vor, zeigte eine unerklärliche Milde, die ihn verwirrte und die es ihm unmöglich machte, sich daran zu erinnern, wer sie war und was er hatte sagen wollen.

»Hanne Wilhelmsen«, wiederholte sie zum dritten Mal. »Ich heiße Hanne Wilhelmsen.«

Carl-Christian Stahlberg war das Lügen durchaus nicht fremd. Er hatte einmal gelesen, dass ein Mensch durchschnittlich fünfmal am Tag lügt. Ihm kam das wenig vor. Er konnte durchaus beifällig nicken, wenn jemand eine blödsinnige Behauptung aufstellte. Ihm machte es nichts aus, sich einvernehmlich mit den Nachbarn für Dinge zu begeistern, die er total uninteressant fand. Auch das waren Lügen. Die Lüge war ein Werkzeug, um eine zweckmäßige Harmonie mit der Umgebung aufrechtzuerhalten.

Die Lüge, die er jetzt auftischen sollte, war jedoch von anderem Kaliber. Sie hatte keinen Anfang und auf keinen Fall ein

Ende. Sie war eine waschechte Lüge, fiktiv und so konstruiert, dass er einfach keine Ahnung hatte, wie er anfangen sollte. Immer, wenn die Polizistin eine Frage stellte, öffnete er den Mund zu einer Antwort. Er wollte etwas sagen. Er wollte zuverlässig wirken, glaubwürdig. Er wollte diese dunkelhaarige Frau mit der etwas zu engen Jacke, den auffälligen Stiefeln und den gefährlichen Augen zufriedenstellen. Er wollte sie auf seine Seite ziehen. Aber die Lüge war zu groß. Carl-Christian war nicht erwachsen genug für seine eigene Geschichte, und deshalb klappte er nach wenigen, unzusammenhängenden Worten den Mund immer wieder zu.

»Sie haben natürlich das Recht, die Aussage zu verweigern«, sagte Hanne Wilhelmsen. »Aber es wäre doch von Vorteil, wenn Sie uns das mitteilten. Damit wir keine Zeit vergeuden.«

Plötzlich ging ihm auf, dass sie gut roch. Er spürte den Hauch, der zu ihm herüberwehte, fast wie eine leichte Berührung seines Gesichts, fast physisch, er schloss die Augen und spürte einen schweren Duft, der ihn an etwas erinnerte, das fast vorüber war. Er lächelte und atmete zum ersten Mal seit fünfzehn Stunden tief durch.

»Türkisch«, sagte Hanne Wilhelmsen und erwiderte sein Lächeln, jetzt konnte er sich an ihren Namen erinnern, endlich. »Ich habe eine ... Freundin aus der Türkei, die dieses Parfüm selbst herstellt. Ich habe keine Ahnung, woraus es besteht, aber mir gefällt es.«

Dann lachte sie, ein wenig verlegen, als seien sie zwei Fremde, die wider Willen bei einem Essen zusammensitzen müssen und endlich Gesprächsstoff gefunden haben.

»Mir auch«, sagte Carl-Christian. »Es riecht nach Herbst.«

»Herbst?«

Jetzt lachte sie wieder, legte den Kopf schräg und musterte ihn.

»Ich muss Sie noch einmal fragen«, sagte sie leise. »Sind Sie ganz sicher, dass Sie keinen Anwalt wollen?«

Er nickte zögernd. Er wusste nicht so recht. Er wünschte sich vor allem, dass das hier ein Ende nahm. Dass alles sich als Scherz erwies, als geschmackloser Witz, der zu weit gegangen war und der bald aufgedeckt würde, wenn irgendwer mit Pappnase und Luftballons erschien. Ein Narrenspiel, das im Fernsehen gesendet würde, damit die Leute darüber lachten, wie blöd er aussah, wie leicht es gewesen war, ihn an der Nase herumzuführen. Das hätte er ertragen können. Er hätte über sich gelacht, sich vielleicht auf die Schenkel geklopft, ein wenig geflucht und den Moderator fröhlich zur Rede gestellt, ehe alles vorbei gewesen wäre, denn natürlich konnte Carl-Christian auch einen handfesten Scherz vertragen.

Ein Anwalt würde alles nur größer machen. Wahrer.

»Sie sollten sich wirklich einen Anwalt nehmen.«

Jetzt beugte sie sich zu ihm vor. Ihr Tonbandgerät war ausgeschaltet. Es gab jetzt nur noch sie und ihn, auch vom Gang her war nichts mehr zu hören. Carl-Christian versuchte zu denken, versuchte, dorthin zurückzugelangen, wo er hingehörte.

Er hatte schrecklichen Durst, und er hätte alles dafür gegeben, zu erfahren, wie es Mabelle ging.

Mabelle machte eigentlich einen guten Eindruck. Erik Henriksen fand, sie könnte richtig attraktiv aussehen, wären ihre Haare nicht ein wenig zu stark gebleicht und ihr Gesicht ein wenig zu stark geschminkt. Ihre Augen hafteten einen Moment zu lange an seinen, als halte sie einen festen, unerschütterlichen Blick für den Schlüssel zur Glaubwürdigkeit. Stattdessen wirkte das Ganze wie ein fehlplatzierter Flirtversuch. Erik begriff nicht so recht, wann und wo sie sich dermaßen zurechtgemacht hatte. Sie schien frisch aus dem Schönheitssalon zu kommen und nicht aus der ungemütlichen Arrestzelle, wo sie die Nacht verbracht hatte.

Mabelle verfügte über ein gewaltiges Register an Ausdrucksformen. Das stand immerhin fest. Sogar ihr Anwalt wirkte ein wenig erschöpft von den Schwingungen zwischen Flehen und Wut, Weinen und Ungläubigkeit, resigniertem Lachen und aufgesetzter Gleichgültigkeit allem gegenüber, was jetzt passieren könnte. Ihr Leben war ja ohnehin ruiniert, dafür hatte dieser grausame Irrtum der Polizei gesorgt.

Mabelle hatte sich natürlich einen Anwalt genommen. Bis auf Weiteres hatte sie sich mit ihrem festen Winkeladvokaten zufriedengegeben, einem älteren Wirtschaftsfachmann und Sozius in einer von Oslos mittelgroßen Kanzleien. Er saß aufrecht in seinem Sessel, tadellos gekleidet in einen anthrazitgrauen Anzug, und hatte sich sofort als Mann erwiesen, mit dem man reden konnte. Erik war erleichtert und nicht wenig überrascht. Anwalt Gunnar Huse war schon eine halbe Stunde, nachdem Erik ihn angerufen und ihm die Lage erklärt hatte, zur Stelle gewesen. Er war höflich, fast schon freundlich, und hatte gegen die Festnahme keine Einwände vorzubringen. Er war zwar aufmerksam und griff ein, wenn Mabelle zu viel zu reden drohte, aber er schien es nicht darauf anzulegen, die Vernehmung zu stören. Deshalb riss Erik sich zusammen und machte sich auf einen langen Tag gefasst. Nach diesem würden andere Anwälte kommen. Der Mann mit dem wachen Blick hinter der diskreten Brille würde diesen Tag wohl kaum bis zum Ende überstehen. Sein Nachfolger würde schlimmer sein. Gunnar Huse hatte es gleich zu Anfang selbst gesagt, mit vertraulicher Stimme, halb zu Erik gebeugt:

»Ich bin der feste Anwalt der jungen Stahlbergs. Mein Fachgebiet ist die Wirtschaft. Ich habe keinen Einwand dagegen, dass meine Mandantin heute hier befragt wird, aber ich möchte darauf aufmerksam machen, dass meine Kanzlei bereits nach einem Ersatz für mich sucht. Nach einem Kollegen, der besser geeignet ist für einen Fall von diesen Ausmaßen und dieser Beschaffenheit.«

Danach hatte er Erik bedauernd angesehen, als sehe er schon den Lärm und Ärger, die kommen mussten, sobald die profilierten Strafrechtsexperten diesen Fall an sich rissen.

»Wir hatten eine sehr gute Beziehung, das hab ich doch schon gesagt«, sagte Mabelle gerade.

Plötzlich spielte sie die Resignierte. Sie griff sich an den Kopf und verdrehte dramatisch die Augen, ehe sie im nächsten Augenblick ebenso plötzlich auf die Rolle der Vernünftigen umschaltete:

»Ich meine, in allen Familien gibt es Meinungsverschiedenheiten, nicht wahr? Diskussionen und Auseinandersetzungen, mit Eltern und Schwiegereltern. Aber das bedeutet doch nicht, dass wir ihnen nach dem Leben trachten, oder?«

Plötzlich brach sie in Tränen aus, und wieder bohrte ihr Blick sich in Eriks Augen. Mabelle wurde zum verletzten, ungerecht behandelten Kind.

»Ich begreife gar nichts«, schluchzte sie. »Ich verstehe einfach nicht, wie das passieren konnte.«

Erik klopfte ungeduldig mit dem Kugelschreiber auf den Tisch.

»Hören Sie«, sagte er und versuchte, gelassen zu wirken. »Das bringt uns doch nicht weiter. Sie beantworten keine meiner Fragen. Sie reden nur unzusammenhängenden …«

Schwachsinn, dachte er, riss sich aber zusammen.

»… Bruchstücke von Dingen, die mit einer Erklärung nicht einmal Ähnlichkeit haben. Ich schlage vor, dass wir …«

»Wir fangen von vorn an«, sagte Anwalt Huse entschieden.

Er beugte sich zu seiner Mandantin vor und legte die Hand auf ihre.

»Mabelle, hier musst du einfach hindurch. Der Herr hat absolut recht. Du bist zu keiner Aussage verpflichtet. Ich bin aber davon überzeugt, dass es zu deinem Besten wäre, ein wenig ... konzentrierter und strukturierter zu sein, könnte man sagen. Und jetzt werden du und ich uns kurz unterhalten, ohne unseren Freund ... «

Er nickte Erik wohlwollend zu.

» ... unseren Freund, den Kommissar. Dürfte ich einige Minuten allein mit meiner Mandantin sprechen? «

Wieder dieses Lächeln, fast mitleidig, zu Erik hinüber, der sich bereits erhoben hatte.

»Natürlich «, sagte er und verließ den Raum.

Keine Rede davon, dass Mabelle auf den neuen Anwalt warten wird, dachte er, als er die Tür hinter sich schloss. Sie will Zuhörer, jetzt und immer. Das hatte Erik immerhin schon begriffen. Mabelle wollte um nichts in der Welt zurück in eine übel riechende, dumpfe Zelle. Wenn sie nur lange genug weinen, drohen und betteln dürfte, dann würden alle verstehen, wie haarsträubend ungerecht es war, sie einzusperren. Mabelle Stahlberg machte alles andere als einen dummen Eindruck. Vermutlich würde sie mit nichts Wichtigem herausrücken. Aber ihre Selbstbezogenheit ruinierte ihr alles, diese Egozentrik, die ihr früher oft geholfen hatte, in Situationen, in denen es sich gelohnt hatte, rasch zu sein, draufgängerisch, immer die erste in der Schlange. Zurückhaltung war ganz einfach eine Strategie, die sie nicht kannte.

Aber Mabelle will nach Hause, dachte Erik, und deshalb wird sie schon bald ihre Aussage machen.

»Geht's gut? «

Annmari Skar legte ihm die Hand auf die Schulter, und er zuckte zusammen.

»Ja«, sagte Erik. »Ich glaube, hier haben wir mal ein wenig Glück. Ihrem Anwalt geht es offenbar um ... «

Er suchte nach Worten, fand aber nicht das richtige.

»Die Wahrheit«, schlug Annmari vor.

»Genau«, sagte Erik überrascht. »Aber er wird bald ausgetauscht werden.«

»Dann musst du das Eisen schmieden, solange es noch heiß ist.«

Sie klopfte ihm aufmunternd auf den Rücken und machte sich auf die Suche nach einem Sofa, auf dem sie schlafen könnte. Und sei es nur für eine halbe Stunde.

Sie hatten schon drei Pausen gemacht. Carl-Christian nahm jetzt immerhin Flüssigkeit zu sich. Das hatte ihn ein wenig zum Reden gebracht. Er erklärte sich unzusammenhängend, war kurz angebunden und wirkte dermaßen verloren, dass es Hanne immer unwohler bei der Vorstellung wurde, dass der Mann sich von keinem Anwalt helfen lassen wollte.

»Dieses Dokument«, sagte sie verzweifelt und legte zum dritten Mal die Kopie des umstrittenen Briefes vor ihn hin. »Das ist nachweislich eine Fälschung. Haben Sie wirklich keine Vorstellung, von wem sie stammen könnte?«

»Nein.«

»Haben Sie es mit der Post bekommen?«

»Vermutlich.«

»Haben Sie den Umschlag aufbewahrt?«

»Nein. So was macht man doch nicht.«

»Aber Sie haben es erhalten, schließlich haben Sie es vor Gericht vorgelegt.«

»Natürlich.«

»Und Sie haben es nicht selbst geschrieben?«

»Nein. Meine Mutter hat die Echtheit bestätigt. Sie kann sich daran erinnern, dass sie es unterschrieben hat.«

»Sehr geehrter Herr Stahlberg«, sagte Hanne und betonte dabei jede Silbe. »Wir haben die Gutachten von zwei Grafologen, die besagen, dass Ihre Eltern diesen Brief nicht unterschrieben haben.«

»Meine Mutter hat die Echtheit bestätigt.«

»Aber dann hat sie nicht die Wahrheit gesagt. Ich glaube, sie wollte Sie dadurch schützen.«

»Mich? Ich hatte sie doch verklagt!«

»Ja, auf dem Papier. Aber eigentlich bestand der Konflikt doch eher zwischen Ihnen und Ihrem Vater. Ich glaube, ehrlich gesagt, dass Ihrer Mutter das alles sehr unangenehm war. Vielleicht hat es sie sehr traurig gemacht. Bestimmt sogar. Weil die Menschen, die sie am meisten liebte, nicht in Frieden miteinander leben konnten. Ich stelle mir vor, dass sie …«

Sie legte eine Pause ein. Sie musste sich gewaltig konzentrieren, um ihre zunehmende Verärgerung nicht zu zeigen.

»Niemand wird jemals erfahren, warum Ihre Mutter sich zu dieser Lüge entschlossen hat. Aber die Vorstellung liegt doch recht nahe – wo sie den eskalierenden Konflikt zwischen Ihnen und Hermann schon nicht bremsen konnte –, dass sie wenigstens verhindern wollte, dass Sie bei einem Verbrechen ertappt werden.«

»Verbrechen?«

Endlich schaute er auf. Seine Haut war fahl, aber kleine rote Flecken zeichneten sich jetzt über seinen Wangenknochen ab.

»Urkundenfälschung ist ein Verbrechen, Stahlberg.«

»Das ist doch kein offizielles Dokument. Es ist doch nur ein Brief. Ein blöder kleiner Brief!«

»In dem Moment, in dem Sie einem Richter einen solchen Brief vorlegen und als echt ausgeben, begehen Sie ein Verbrechen.

Und das müsste ein Mann in Ihrer Position und mit Ihrer Ausbildung ja eigentlich begreifen und wissen.«

»Ich habe keine Ahnung, wer das war. Mutter hat gesagt, die Unterschrift sei echt. Und ich habe ihr geglaubt.«

Hanne versuchte, sich zu erinnern, ob sie jemals jemanden vernommen hatte, der offenkundiger log als dieser Mann. Carl-Christian Stahlberg schlug die Augen nieder, schaute zur Seite, stotterte, murmelte, wurde rot und scharrte mit den Füßen am Boden; er sah aus wie ein sturer, bockiger Zehnjähriger, der beim Apfelklauen auf frischer Tat ertappt worden ist und jetzt alles einem Doppelgänger in die Schuhe schieben will.

»Ich weiß, dass Sie lügen«, sagte Hanne Wilhelmsen gelassen. »Und das habe ich noch nie bei einer Vernehmung jemandem gesagt. Nur damit Sie das wissen.«

Sie erhob sich und streckte Arme und Beine durch. Langsam tat sie ein paar Schritte durch das Verhörzimmer und bog ihre Finger um. Das Knacken dabei war nervtötend, weshalb sie noch eine Runde drehte. Am Ende setzte sie sich wieder und streifte ihre Stiefel ab.

»Das tue ich sonst auch nie«, sagte sie und stellte sie ordentlich nebeneinander. »Es ist nämlich ziemlich schwer, die wieder anzuziehen. Aber ich weiß ja jetzt, dass wir noch lange hier sitzen werden. Sehr lange. Und eins sollten Sie wissen, bevor es weitergeht ...«

Plötzlich schaltete sie das Tonbandgerät aus und beugte sich vor. Carl-Christian Stahlberg machte jetzt einen ängstlicheren Eindruck, er wich zur Wand zurück und zuckte zusammen, als Hanne den Tisch hinter ihm herschob und ihn damit zwischen Tischplatte und Wand einklemmte.

»Das ist unangenehm«, murmelte er und versuchte, den Tisch wegzuschieben.

»In diesem ganzen Haus«, flüsterte Hanne, ohne Stahlberg anzusehen, »gibt es nur eine einzige Person, die sich überhaupt vorstellen kann, dass Sie das Vergehen, dessen Sie angeklagt werden, nicht begangen haben. Einen einzigen Menschen, Stahlberg! Mich! Alle anderen, und ich meine wirklich alle, sind davon überzeugt, dass Sie in diesem Drama der Schurke sind.«

Plötzlich zog sie den Tisch wieder zurück. Er blieb trotzdem an der Wand sitzen, starr und bewegungslos, sein Blick ruhte auf ihrem Hosenbund, und sie fügte hinzu:

»Ich weiß, dass es noch andere Lösungen geben kann. Ich besitze schließlich eine gewisse ... Erfahrung, die mir sagt, dass zwischen der Planung einer Tat und ihrer Durchführung eine große Lücke klaffen kann. Ich weiß nämlich, genau wie Sie ...«

Langsam hob Stahlberg den Kopf, und als ihre Blicke einander zum ersten Mal begegneten, fand sie in den großen Pupillen die nackte Angst. Der Mann war außer sich vor Panik.

»Genau wie Sie«, sagte Hanne, »weiß ich, was es bedeutet, seinen Vater zum Teufel zu wünschen. Das bedeutet nicht unbedingt, dass man ihn auch tatsächlich dorthin schafft.«

Eine kleine Träne löste sich aus seinem linken Auge. Der Tropfen lief erst langsam über seine Wange, dann wurde er schneller und verwandelte sich im Mundwinkel in eine kleine feuchte Spur.

»Wenn ich Sie wäre, würde ich diese Chance nutzen«, sagte Hanne. »Die, die hier und jetzt vor Ihnen liegt. Sie lügen dermaßen, dass ein Kind im ersten Schuljahr Sie entlarven könnte. Die übrige Bande da draußen ...« Sie zeigte vage in Richtung Tür. »Die lebt in dem seltsamen Glauben, dass jemand, der ein Mal lügt, immer lügt. Ich dagegen weiß, dass das nicht stimmt. Und jetzt schalte ich das Tonbandgerät ein, und wir fangen von vorne an. Es liegt an Ihnen, was dabei herauskommt.«

Sie drückte auf den Startknopf.

»Wann haben Sie zuletzt von Hermine gehört?«, lautete ihre erste Frage.

»Das kann doch einfach nicht wahr sein! Herrgott, die Kleine stellt ja allerhand an, aber das hier ... was um Himmels willen soll das nun wieder?«

Erik Henriksen ging auf diesen Wutausbruch Mabelles nicht näher ein. Er musste sich zusammenreißen, um die ganze Situation nicht einfach nur noch komisch zu finden. Er kam sich vor wie im Theater, in einem Kabarett, in dem Mabelle alle Rollen selbst spielte. Sie war auch ziemlich gut. Absolut brillant in den eher femininen Partien, wenn sie an seinen männlichen Beschützerinstinkt appellierte und ihr Äußeres einsetzte, das er ihren vielen Lügen zum Trotz immer anziehender fand. Sie saßen seit über vier Stunden in dem engen, stickigen Raum. Er wurde jetzt müde, und auch Anwalt Huse hatte inzwischen sein Jackett ablegen und seinen Schlipsknoten ein wenig lockern müssen. Mabelle dagegen wirkte von allem unberührt. Ihre Haare waren noch immer luftig, leicht und sahen aus wie frisch gewaschen. Die Schminke schien ein fester Bestandteil ihres Gesichts zu sein. Zweimal hatte sie ihren Lippenstift erneuert; diskret abgewandt, ohne Spiegel, trotzdem jedes Mal präzise und perfekt.

Erik öffnete den Mund, um ihrem Ausbruch nun doch ein Ende zu setzen.

»Warten Sie«, jetzt weinte sie fast. »Lassen Sie mich ausreden! Hermine ist hoffnungslos! Bestimmt hat sie euch das alles erzählt. Aber es stimmt nicht! Und wie habt ihr sie gefunden? Ist sie denn überhaupt schon hergekarrt worden?«

Nur hier und dort entglitt ihr die Sprache, und man merkte, dass sie weit entfernt von Reedereien und steinreichen Schwiegereltern aufgewachsen war.

Erik gab keine Antwort.

»Sie wissen also nichts davon, dass Hermine sich im November eine illegale Handfeuerwaffe gekauft haben soll«, fragte er stattdessen.

»Nein, das hab ich doch schon gesagt! Herrgott, eine Handfeuerwaffe! Was in aller Welt wollte sie mit einer Handfeuerwaffe? Und selbst wenn, was soll ich denn damit zu tun haben? Ich weiß doch nicht mal, was eine Handfeuerwaffe ist. Ist das eine Pistole oder so was? Und hat Hermine das gesagt?«

»Ich möchte das nur klarstellen: Sie haben nichts gehört oder auf irgendeine andere Weise mitbekommen, das darauf hinweisen könnte, dass Ihre Schwägerin Hermine Stahlberg sich eine illegale Schusswaffe zugelegt hat?«

»Nein.«

»Aber Carl-Christian kennt sich mit Waffen aus.«

»Carl-Christian? Nein ... ach, Sie meinen diesen Schützenverein. Das ist so lange her. Ehrenwort. Das machte ihm einfach keinen Spaß mehr. Und ein guter Schütze war er auch nicht. Wer hat uns denn bloß in diese schreckliche Geschichte hineingezogen?«

Mabelle brach in Tränen aus. Sie weinte lautlos und gekonnt, es war ein Weinen wie um tote Kinder und nie wiedergutzumachende Katastrophen. Erik war beeindruckt. Für einen Moment empfand er ein unfreiwilliges Mitgefühl mit dieser kleinen Frau. Er hob die Hand, um ihr über die Haare zu streichen.

Jählings zog er sie zurück, als Anwalt Huse sich erhob und sagte:

»Ich glaube, wir machen jetzt Schluss für heute. Meine Mandantin braucht einen neuen Anwalt. Ich kann keine weiteren Vernehmungen gestatten, solange der nicht gefunden ist.«

»Na gut«, sagte Erik Henriksen verdutzt. »Sie haben sicher recht.«

Endlich schaute Mabelle auf. Sie schluchzte zweimal kurz, wischte sich die Tränen ab, murmelte etwas Unverständliches und schnäuzte sich dann in ein Taschentuch, das der Anwalt ihr reichte.

»Hermine lügt immer«, hörte Erik sie noch rufen, als sie in den Arrest zurückgebracht wurde.

Hanne konnte sich nicht von diesem dumpfen Gefühl der Schwermut befreien; es war wie ein flacher Druck auf das Zwerchfell, der ihr den Appetit raubte. Ständig war sie kurz davor, grundlos in Tränen auszubrechen. Sie konnte jedenfalls keinen Grund erkennen. Wieder streiften ihre Gedanken den Tod ihres Vaters. Das konnte es jedoch nicht sein, was ihr so zu schaffen machte. Nicht dermaßen. In den letzten Tagen hatte sie fast mit resignierter Zufriedenheit daran gedacht, dass William Wilhelmsen nicht mehr lebte. Es konnten Stunden vergehen, in denen sie gar nicht an ihn dachte. Alexanders Eintritt in ihr Leben schien eine Art Schlussstrich zu sein unter alle mögliche Trauer um Dinge, die niemals geheilt werden konnten. Alexander und Hanne hatten kaum miteinander gesprochen, seit er am Heiligen Abend vor der Tür gestanden hatte, zu dünn gekleidet und von den Eltern verstoßen. Trotzdem wusste sie, dass er nicht zufällig zu ihr gekommen war und sich in der Kruses gate niedergelassen hatte. Er ging immer erst schlafen, wenn sie abends nach Hause gekommen war. Egal, wie früh sie aufstand, um zur Arbeit zu gehen, immer kam er in einem alten Pullover und Trainingshosen in die Küche getrottet; sie tranken schweigend Kaffee, und er wollte nur wissen, wann sie wieder zurück sein würde. Sie beobachteten einander verstohlen, als wüssten sie nicht so recht, ob Verwandtschaft etwas Gutes sei oder etwas, das alles zerstören würde.

Hanne griff sich an den Bauch und wusste selbst nicht, wie

sie in diese eigenartige Stimmung geraten war. »Nicht ganz in Form?«, fragte Silje und klopfte unnötigerweise an den Türrahmen. »Wie ist die Vernehmung gelaufen?«

»Komm rein. Gut. Oder ... schlecht, eigentlich. Kommt auf den Standpunkt an. Der Mann lügt. Das steht auf jeden Fall fest. Er hat natürlich keine Ahnung von einer Waffe, angeblich, und Hermine sei einfach auf die schiefe Bahn geraten, behauptet er. Und das stimmt natürlich, aber er ist total ins Trudeln gekommen, als ich wissen wollte, wo Hermine jetzt wohl sein könnte. Zuerst wollte er mit ihr nicht mehr gesprochen haben, seit er sie im Krankenhaus besucht hat. Als ich andeutete, dass wir natürlich seine Telefongespräche der letzten Tage überprüfen würden, fiel ihm plötzlich ein, dass er wohl doch am 23. mit ihr geredet hat. Ich sagte, ich fände es seltsam, dass er nicht weiß, wo seine Schwester den Heiligen Abend verbracht hat, wo sie doch gerade erst ihre Eltern verloren hatten und überhaupt, aber danach war er dann nur noch stumm. Wenn diese Vernehmung also das Ziel verfolgt hat ...«

Sie rieb sich mit beiden Händen das Gesicht, ehe sie hinzufügte:

»... den Mann dazu zu bringen, uns weitere Haftgründe zu liefern, dann war es ein Erfolg. Aber ...«

»... das ist niemals Hanne Wilhelmsens Ziel«, sagte Silje. »Der geht es nämlich nur um die Wahrheit.«

Silje setzte sich und zog eine Zigarette aus einer Zehnerpackung.

»Nur jetzt, in dem ganzen Stress«, flüsterte sie. »Macht das was?«

Hanne machte mit der rechten Hand eine abwehrende Bewegung.

»Keineswegs. Ich kann selber jeden Moment rückfällig werden. Warst du übrigens heute früh schon mal hier?«

»Hier? Nein, wieso fragst du?«

»Einfach so«, murmelte Hanne. »Es ist nur ... jeden Morgen, wenn ich komme, habe ich das Gefühl, dass jemand hier war.«

»Aber Hanne. Hier ist doch auch dauernd jemand. Jemand holt Unterlagen und hinterlegt Nachrichten und ... deine Tür ist doch nie abgeschlossen. Und dafür hat der Abteilungschef dich erst vorige Woche wieder zur Schnecke gemacht.«

»Vergiss es. Gibt's was Neues über Hermine?«

»Nein. Wir waren in ihrer Wohnung, aber nichts dort weist darauf hin, wo sie sich versteckt. Wir haben zwar noch keine richtige Durchsuchung vorgenommen, das kommt morgen, aber jedenfalls sieht es nicht so aus, als ob sie verreist wäre. Ihr Pass liegt in einer Schublade, alle Toilettensachen stehen im Badezimmerregal.«

»Ich mache mir Sorgen«, sagte Hanne.

»Du machst dir immer Sorgen.«

»Dieser Fall macht mir wirklich zu schaffen. Ich fühle mich einfach krank. Mir ist schlecht.«

»Es ist auch keine besonders angenehme Vorstellung, dass vier Menschen ermordet worden sind. Kein Wunder, dass man sich dabei nicht wohlfühlt.«

»Vier, genau. Aber sonst reden wir immer nur von dreien.« Plötzlich beugte sie sich zu den Zigaretten vor. Sie zog eine aus der Packung und spielte damit herum.

»Alle scheinen den armen Sidensvans vergessen zu haben«, sagte sie und hielt sich die Zigarette für einen Moment unter die Nase. »Als ob er nichts bedeutet hätte. Als wäre sein Tod weniger schockierend als der der Stahlbergs. Nur, weil er ein Eigenbrötler war, der weder Geld noch Macht hatte. Und das provoziert mich ganz einfach. Und ich meine ...«

Energisch griff sie nach Siljes Feuerzeug und steckte sich die Zigarette an.

»... dass es ein schwerwiegendes Versäumnis bei dieser Ermittlung ist, nicht festzustellen, was er dort wollte. In der Eckersbergs gate. Sie hatten ihn doch offenbar erwartet. Vier Gläser auf dem Tisch. Kuchen und Champagner standen bereit. Vielleicht wollten sie irgendwas feiern.«

Sie ließ sich in ihrem Bürosessel zurücksinken und blies drei vollkommene Rauchringe gegen die Decke.

»Rauchen tut immer gut.« Sie lächelte. »Immer. Bist du nicht neugierig, Silje?«

»Auf Sidensvans? Natürlich. Das sind wir alle. Und ich wette, dass wir im Laufe der Ermittlungen alles klären werden. Wir sind doch erst seit einer Woche an der Arbeit. Und es ist Weihnachten. Wir werden Monate brauchen, Hanne, aber wir werden es klären. Im Frühling werden wir Sidensvans und sein ganzes Leben in einem großen Ordner haben. Jedes kleine Detail.«

»Aber inzwischen«, sagte Hanne, »machen wir das Leben von drei anderen Menschen kaputt. Obwohl die vielleicht gar nichts verbrochen haben.«

Silje drückte wütend ihre Zigarette in einer schmutzigen Kaffeetasse aus.

»Du hältst Carl-Christian & Co. doch wohl nicht weiterhin für unschuldig?«

»Nein. Aber wir können nicht wissen, ob sie alle mitgemacht haben. Zuerst müssen wir das Motiv finden. Um das Motiv zu finden, müssen wir wissen, warum Sidensvans dort war. So einfach ist das. Und trotzdem ...«

Jetzt war Hanne diejenige, die sich wütend anhörte.

»... ist verdammt noch mal in seiner Wohnung noch nichts unternommen worden! Ich habe schon vor vier Tagen um eine gründliche Durchsuchung gebeten! Ich will wissen, was sein Computer enthält, will seinen Terminkalender sehen, wenn einer existiert, ich will Fingerabdrücke, ich will ...«

»Geduld, Hanne. Zum Henker, es ist doch Weihnachten!«

»Weihnachten ...«

Hanne dehnte diese Silben und zog dabei eine Grimasse, als ob sie schlecht schmeckten.

»Warum bist du eigentlich gekommen?«

»Nimm dir noch eine Zigarette, Hanne. Entspann dich. Du scheinst dringend Urlaub zu brauchen. Ganz ehrlich. Dann nimm dir doch einfach frei! Dieser Fall läuft dermaßen wie geschmiert, dass niemand merken wird, wenn du eine Woche nicht mitmachst.«

»Warum bist du gekommen?«

Silje zuckte mit den Schultern und nahm sich noch eine Zigarette.

»Sidensvans' Schlüssel. Die waren doch nicht verschwunden.«

»Was?«

»Sie waren einfach ins Futter gerutscht.«

»Was sagst du da?«

»Ich sage«, fuhr Silje fort und holte tief Luft, »... dass Sidensvans' Schlüssel keinerlei Geheimnis an sich haben. Er hatte sie die ganze Zeit bei sich. Sie waren einfach nur ins Futter gerutscht.«

»Aber ...«

Hanne wirkte aufrichtig verblüfft.

»Ich habe doch selber nachgesehen! Ich habe in seinem Mantel eigenhändig nach Schlüsseln und Brieftasche gesucht! Die Brieftasche hatte er ja verloren, aber ...«

»Die Schlüssel steckten im Futter. Warum regst du dich darüber so auf? Das ist doch nur eine Bagatelle, Hanne! Der einzige

Grund, weshalb ich gekommen bin, um dir Bescheid zu sagen, ist, dass du dich dermaßen auf die Schlüssel versteift hattest, dass ich die Sache lieber gleich klären wollte.«

Hanne gab keine Antwort. Sie saß steif und still da und schaute zum Fenster hinüber. Die Zigarettenasche wuchs langsam zu einer grauen Säule an, die dann lautlos abbrach und zu Boden fiel.

»Na gut«, sagte Silje.

»Na gut«, murmelte Hanne.

»Dann gehe ich«, sagte Silje, und es klang fast, als bitte sie um Erlaubnis.

»Na gut«, wiederholte Hanne, ohne ihre Haltung zu ändern.

»Bis dann.«

Hinter Silje fiel die Tür ins Schloss.

Hanne konnte nicht begreifen, wie die Schlüssel im Futter hatten stecken können. Sie hatte die Taschen untersucht, mehrmals sogar. Sie konnte sich an kein Loch erinnern. Sie glaubte, den Mantel geschüttelt zu haben, wie sie das auch mit ihren eigenen Sachen machte, wenn sie Schlüssel suchte.

Hatte sie wirklich vergessen, den Mantel auszuschütteln?

Ein Junge stand bis zur Taille im eiskalten Wasser. Es war schon dunkel geworden. Es war fast windstill, aber die Temperatur war unter null gesunken. Die Wolkendecke streifte im Osten den Hügelkamm, das Wetter schien schlechter zu werden. Der junge Mann riss sich das Mundstück aus dem Mund und fluchte heftig.

»Das ist hier doch total flach. Hier kann man ja gar nicht tauchen, zum Teufel!«

Es hatte seine Zeit gedauert, ein Loch ins Eis zu schneiden. Da keiner der drei jungen Männer schon einmal unter Eis getaucht war, hatten sie außerdem Probleme mit der Ausrüstung gehabt. Als das Loch endlich groß genug war und der Jüngste von ihnen im einzigen Taucheranzug, den sie hatten beschaffen können, dastand, merkten sie, dass das Wasser viel zu flach war.

»Vielleicht stehst du auf einem Stein«, schlug Audun Natholmen vor; er trug über seinem Gummianzug Daunenjacke und Skihose und hoffte, nicht selbst ins Wasser springen zu müssen. »Geh doch mal ein Stück!«

»Ich soll gehen? Ich hab Schwimmflossen an, verdammt. Geh du doch selber!«

Der Dritte schaltete sich ein:

»Wenn es so scheißseicht ist, dann kannst du doch mit der Hand ein bisschen den Boden abtasten.«

»Ich friere.«

Audun fasste sich an den Kopf. Er bereute das ganze Unternehmen allmählich. Zuerst hatte er versucht, einen von den erfahreneren Tauchern im Verein für die Sache zu interessieren. Der Mann hatte nur höhnisch gelacht und gefragt, ob bei Audun eine Schraube locker sei. Mitten im tiefsten Winter werde er ja wohl nicht gratis für die Bullen arbeiten. Das sollte überhaupt niemand tun.

»Du hast zehn bis fünfzehn Einsätze hinter dir, Junge. Und kein einziger davon war unter Eis! Du machst dir keine Vorstellung, was das für eine Strapaze ist.«

Audun murmelte, er werde es vielleicht doch lassen, dann rief er Kumpels aus dem Anfängerkurs an. Sie verfügten weder über Erfahrung noch über eine zufriedenstellende Ausrüstung, aber an Abenteuerlust mangelte es ihnen nicht. Der eine hatte außerdem einen Onkel, der professioneller Taucher und über Weihnachten verreist war; der Junge wusste, wo dessen Ausrüstung versteckt war. Er wollte sie ja nur kurz ausleihen, und niemand würde etwas erfahren.

»Mach schon«, sagte Audun. »Fass mal den Boden an.«

Der Knabe im Wasser suchte mit den Füßen nach festem Halt.

»Verdammt«, stieß er verbissen hervor. »Ich glaube, ich zieh die Schwimmflossen aus. Wartet einen Moment.«

Er versuchte, den Fuß aufs Eis zu heben. Audun hielt seinen Arm, der dritte Kumpel stand daneben und schlang sich vor Kälte die Arme um den Leib. Plötzlich glitt der Taucher rückwärts, Audun konnte ihn nicht halten, und der Achtzehnjährige fiel rücklings ins Wasser und tauchte platschend unter.

»Seht mal«, würgte der Taucher. »Seht nur, Jungs!«

Seine Stimme überschlug sich, und fast wäre er ein weiteres Mal zurückgefallen, ehe er mit gewaltiger Anstrengung seinen Hintern aufs Eis heben konnte. Er fuchtelte in der Luft herum und lachte grell.

»Ich hab ihn gefunden! Scheiße, Jungs, ich hab das Teil!«

In der Hand hielt er einen Revolver. Die beiden anderen starrten das Fundstück wie gebannt an. Audun stieß einen langen Pfiff aus.

»Gib her«, sagte er endlich und fischte feierlich eine Plastiktüte aus der Tasche.

»Der gehört mir«, heulte sein Kumpel. »Dafür gibt's doch sicher einen fetten Finderlohn!«

»Lass den Scheiß«, rief Audun. »Gib den Revolver her. Und zwar sofort!«

Der Dritte im Bunde schaltete sich ein:

»Red kein Blech, Mann. Gib ihn Audun. Verdammt, das ist eine Mordwaffe, klar?«

Die plötzliche Erkenntnis, dass mit diesem Revolver möglicherweise vier Menschen getötet worden waren, wirkte lähmend auf den Taucher. Langsam ließ er den Arm sinken und hielt Audun die Waffe hin. Er sah fast ängstlich aus, als er sie losließ.

»Ist die geladen, was glaubst du?«

Audun steckte die Waffe so vorsichtig wie möglich in die Tüte. Als sie dort wohlgeborgen war, ließ er den Lichtstrahl seiner Taschenlampe über den Lauf wandern.

»MR 73 Cal 357 MAGNUM«, las er langsam. »Mit aufgesetztem Schalldämpfer. Zum Henker, Jungs! Das kann die Mordwaffe sein!«

»Aber ist sie geladen?«

»Keine Ahnung. Du musst weitersuchen.«

»Wieso? Ich hab das Teil doch gefunden. Und jetzt will ich raus aus dieser Tiefkühltruhe, zum Teufel.«

»Aber hör doch mal!«

Audun lebte jetzt auf, er hatte seine widerspenstigen Kumpels jetzt, wo sie wirklich eine Waffe gefunden hatten, besser im Griff. Er war der Älteste der drei und außerdem Polizeibeamter. Jedenfalls fast.

»Sie haben zwei Waffen benutzt«, sagte er. »Also müsste da unten noch eine sein.«

»Die kannst du selbst suchen«, sagte der Taucher und kroch ganz aufs Eis. »Ich frier mir hier noch den Schwanz ab.«

Hundert Meter weiter, im Schutz der Tannen, hinter einer kleinen Landzunge, stand ein alter Mann und beobachtete die Arbeit der lärmenden Jungen. Er hatte den Weiher mehrere Male aufgesucht, bis er sich dann endlich entschieden und die Polizei informiert hatte. Am selben Vormittag hatte er im Unterholz gleich in der Nähe ein wenig Platz geschaffen. Nach einer Essenspause hatte er einen Holzstapel, den er bei der Straße aufgetürmt hatte, zum Weg gebracht, der zum Weiher führte. Immer wenn jemand gekommen war, hatte er sich hinter dem Holzstapel versteckt. Beim ersten Mal hatte es sich um ein Ehepaar auf Skiern gehandelt. Die Nächsten waren eine halbe Stunde später gekommen und hatten jede Menge Ausrüstung mitgebracht. Sie mussten es sein, und er war auf einem anderen Weg zum Weiher geschlichen. Glücklicherweise hatte er den Weg genau erklärt. Sie liefen genau auf die im Eis eingefrorene Stange zu.

Sie machten einen Höllenlärm. Besonders erfahren wirkten sie auch nicht, und außerdem fluchten sie wie die Kesselflicker. Und sie waren jung, aber wahrscheinlich mussten die Jüngsten die Drecksarbeit übernehmen, bei der Polizei wie überall sonst.

Als einer von ihnen einen seltsamen Sprung machte und mit einer Waffe aus dem Wasser stieg – der Mann hörte nur, dass sie »Revolver« schrien –, atmete er erleichtert auf. Er hatte richtig gehandelt. Sein Instinkt hatte die Wahrheit gesagt. Bei diesem Gedanken empfand er Freude, eine sanfte Zufriedenheit. Er sehnte sich nach Hause, zurück ins Warme.

Die anderen schienen nicht ganz so zufrieden zu sein: Es war seltsam, dass sie sich stritten, jetzt, wo sie die Waffe gefunden hatten. Der Mann im Wasser kletterte wieder auf das Eis, während der Kleinste der drei sich die Jacke vom Leib riss und in das Loch hineinsprang.

Der alte Mann begriff das nicht. Sie hatten das Gesuchte doch gefunden. Sie müssten jetzt ihre Sachen zusammenpacken und machen, dass sie in die Stadt kamen. Es war schon später Nachmittag, und es wurde immer kälter. Er versuchte, die Zehen zu krümmen, um sie zu durchbluten, sie fühlten sich taub an, und unter den Nägeln spürte er ein Stechen.

Plötzlich fuhr er zusammen. Auch dieser Bursche hatte etwas gefunden. Er sprang im Wasser hin und her und hielt etwas in die Luft, so, wie der andere es mit dem Revolver gemacht hatte. Es war jetzt schon ziemlich dunkel, und obwohl drüben immer wieder das Licht der Taschenlampe über das Eis glitt, war es doch schwer, den Gegenstand zu erkennen.

Ein Windstoß trug ihre Rufe über den See.

Eine Pistole. Noch eine Waffe.

Der alte Mann verschloss seine uralte Thermosflasche und drehte den Plastikbecher darauf. Er brauchte hier nicht mehr auszuharren. Er hatte seine staatsbürgerliche Pflicht getan. Er war überaus zufrieden und zog sich leise zwischen die Bäume zurück.

An diesem Abend wollte er sich die Fernsehnachrichten nicht entgehen lassen.

Hanne Wilhelmsen lehnte sich an das Geländer der Galerie im zweiten Stock des Polizeigebäudes und schaute in den riesigen, offenen Raum hinaus, der sich vom Erdgeschoss bis in den sechsten Stock dahinzog. Sie spürte es jetzt deutlich, eine klare Vibration, als sei dieser gigantische vergeudete Raum eine Lunge, ein langsam atmender, Leben spendender Mechanismus. Merkwürdig viele Leute waren in dem großen Haus an der Arbeit, scheinbar ohne eigentliche Pflicht oder wirklichen Grund. Sie beeilten sich nicht. Sie warteten. Ein dunkelhaariger Mann stützte sich auf dem leeren Boden vor den Schaltern im Erdgeschoss auf seinen Mopp. Das Wasser im Eimer dampfte nicht mehr. Zwei Studenten von der Polizeihochschule standen plaudernd vor dem Passfotoautomaten, einer ließ zwischen zwei Fingern träge eine Colaflasche baumeln. Hinter dem geschlossenen Informationsschalter war eine Frau in eine Illustrierte vertieft. Sie blätterte interessiert immer weiter und schien auf das, was in der Halle passierte, gar nicht zu achten.

Hanne hatte so etwas schon früher erlebt, wenn auch nicht oft. Die Büroangestellten, die ziellos zwischen den Vorzimmern hin und her liefen, mit Papieren in den Händen, die eine Stunde später zurückgebracht wurden, die jungen Beamten, die plötzlich mitten in der Weihnachtszeit die Turnhalle benutzen wollten, die Frau von der Hundestreife, die sich für ein oder zwei Stunden aufwärmte, die jungen, unsicheren Referendare, die an den Feiertagen die Stapel der Verkehrsvergehen abarbeiten mussten, alle liefen gelegentlich herum und mussten auf irgendetwas warten.

»Seltsame Stimmung«, sagte Annmari.

»Ja«, lächelte Hanne, die sie bisher gar nicht bemerkt hatte.

»Es ist ein bisschen ... irgendwie schön.«

»Mmmm.«

»Wir erzählen ihnen jetzt die gute Nachricht. Dass wir mehr als genug Haftgründe für beide haben. Morgen legen wir das Haftbegehren vor. Ich glaube kaum, dass irgendwer sich beschweren wird, weil sie jetzt wegen Weihnachten einen Tag länger hier sitzen mussten. Hab eben mit Håkon Sand telefoniert, und der fand auch, dass wir die Nachricht erst hier im Haus verbreiten sollten. Dann hat das Team das Gefühl, dass das Warten sich gelohnt hat. Und das ist doch schön.«

»Und Hermine?«, sagte Hanne. »Dass wir sie nicht finden, meine ich.«

»Wir stellen die Stadt auf den Kopf. Früher oder später muss sie doch auftauchen.«

Hanne nickte stumm und sah zu Kriminalchef Puntvold und dem Polizeichef hinüber, die gerade durch den Haupteingang gingen. Der Polizeichef war in Zivil gekleidet, Jeans und knallroter Pullover mit dem riesigen Rentier Rudolf auf der Brust. Bestimmt hatte er eine boshafte Schwester in den USA.

»Komische Aufmachung für eine Pressekonferenz«, sagte Hanne.

»Er zieht sich sicher noch um. Er hat doch noch eine Stunde. Ich habe eben die vorläufige Reinschrift deines Verhörs gelesen.

Danke, dass du die Bänder abgeliefert hast. Erik ist gar nicht erst auf diesen Gedanken gekommen, seine Verhöre kriege ich also erst morgen früh zu sehen.«

Hanne richtete sich auf. »Eigentlich solltest du dich bei Billy T. bedanken.«

»Ehrlich gesagt mache ich mir ein wenig Sorgen«, sagte Annmari. »Was Billy T.s Methoden angeht. Er kann sich doch nicht wirklich einbilden, dass er einen Waffenhändler beschützen darf, der in einem Fall wie diesem ein Hauptzeuge ist?«

Hanne lachte herzlich.

»Mach dir wegen Billy T. keine Sorgen. Der weiß, was er tut. Natürlich ist ihm das klar. Er will nur alles in seinem eigenen Tempo durchziehen.«

Wieder lehnte sie sich an das Geländer. Annmari musterte sie von der Seite. Die Hauptkommissarin schien sich verändert zu haben. Sie kam ihr weniger abweisend vor als sonst. Dieser Fall könnte eine Art Durchbruch werden, auch in dem Verhältnis der beiden zueinander. Annmari bildete sich nicht ein, dass Hanne jemals ihre Freundin werden könnte, aber wenn etwas von diesem gereizten Tonfall verschwände, von dieser enervierenden Gleichgültigkeit und der Distanz, die sie immer hielt, dann wäre das mehr als genug.

»Es ist fast beeindruckend, wie hartnäckig sie lügen«, sagte Hanne mit leichtem Lächeln.

»Das stimmt. Hast du so was schon mal vorher erlebt?«

»Es kommt schon vor. Aber in diesem Ausmaß, und bei Leuten von dieser Herkunft? Nein. Das ist eigentlich ziemlich faszinierend. Sie müssten doch zum Beispiel wissen, dass wir ihre Telefone überprüfen? Es ist einfach so blöd, Lügen darüber zu servieren, wann man jemanden angerufen hat, das ist so unvorstellbar sinnlos!«

»Allerdings!«

»Das Ganze ist so absurd, dass ich mich schon frage ... «

»Nein, Hanne, hör auf. Sag nicht, sie könnten unschuldig sein, eben weil sie so offenkundig lügen. Das bringt nichts. Das bringt einfach nichts. Ich finde es gut, genau hinzusehen. Das habe ich dir schon einmal gesagt. Skepsis ist gesund. Aber wir wissen jetzt zu viel. Viel zu viel, um uns irgendwelche Illusionen über die Unschuld der Stahlbergs machen zu können. «

»Illusionen ist das falsche Wort. «

»Spiel hier nicht die Haarspalterin, Hanne. «

Hanne wandte sich ihr zu. Ihr Lächeln war anders als sonst. Resigniert oder freundlich; Annmari konnte es nicht so recht deuten.

»Du hast in diesem Fall eine unglaublich glückliche Hand gehabt, Annmari! Seit den Morden ist erst eine Woche vergangen, und schon morgen kannst du ein bombensicheres Haftbegehren vorlegen. Du bist tüchtig. Das muss ich schon sagen. «

Annmari suchte nach Ironie, nach einem sarkastischen Unterton. Aber sie fand nichts.

»Danke «, sagte sie verwirrt.

»Wenn wir nur Hermine finden. Wissen wir schon mehr? «

»Nein. Sie ist ganz einfach verschwunden. Die Suche läuft auf Hochtouren. Und dabei hat sich ergeben, dass die Frau einen gelinde gesagt ... bunt gemischten Bekanntenkreis hat. Aber niemand hat sie gesehen, niemand hat etwas gehört. Sie ist spurlos verschwunden. «

»Bunt gemischter Bekanntenkreis «, wiederholte Hanne. »Den müssen sie auch haben. «

»Wie meinst du das? «

»Du weißt schon «, sagte Hanne. »Wenn Leute aus den oberen Schichten überhaupt mit uns zu tun haben, geht es um Finanzverbrechen oder Verkehrsdelikte. Manchmal auch um häusliche Gewalt. Obwohl sie sich dabei wohl eher hinter ihren Samtportieren verstecken. Aber wenn wir ... «

Sie lächelte, fast schon neckend.

»... davon ausgehen, dass Carl-Christian, Mabelle und Hermine, einzeln oder gemeinsam, diese Morde begangen haben, und wenn wir wirklich davon ausgehen, dass es sich um ein geplantes Verbrechen handelt ... dann müssen sie schon einen bunt gemischten Bekanntenkreis gehabt haben, um den Plan in die Tat umzusetzen. «

Annmari machte ein ungläubiges Gesicht.

»Zum Ersten musst du eine Waffe besorgen«, fuhr Hanne fort. »Eine nicht registrierte, illegale Waffe. Wüsstest du, an wen du dich wenden könntest? «

»Nein ... doch, ich weiß ja ... «

»Du bist Polizistin, Annmari. Du weißt, wie, aber du würdest es trotzdem nicht schaffen. Du hast keine Ahnung, wie du dich in dieser Szene bewegen musst. Aber das weiß offenbar Mabelle, nach allem, was ich über ihre Herkunft gelesen habe. Hermine ist ebenfalls in allen möglichen Dreck hineingeraten, durch ihren Drogenkonsum. Diese beiden Damen ... «

Sie verstummte und schüttelte den Kopf.

»Vorsätzliche Morde geschehen nur selten, Annmari. Das weißt du ebenso gut wie ich. In unseren Statistiken tauchen sie kaum jemals auf. Und wir wissen beide, warum nicht. «

»Nämlich? «, fragte Annmari.

»Weil wir normalerweise lieber doch nicht morden, wenn wir uns die Sache erst mal überlegt haben. Wir tun es im Affekt, Herrgott, das passiert hierzulande jetzt schon alle fünf Tage. Alle fünf Tage! Manche morden natürlich, um ein anderes Verbrechen zu verbergen, jämmerliche Pädophile, die ihren welken Schwanz in der Hand halten und denen aufgeht, dass die Kleine, die sie gerade kaputt gemacht haben, Mama vielleicht etwas erzählen könnte.«

»Jetzt bist du aber ein wenig ...«

»Vulgär? Widerlich? Sicher. Mir geht es nicht darum, dass eine Familie, in der es Drogenabhängige und zweifelhafte Schwiegertöchter gibt, zwangsläufig grauenhafte Verbrechen begehen wird. Ich sage nur, dass grauenhafte, vorsätzliche Verbrechen ohne eine solche Familienstruktur nur schwer durchführbar sind.«

»Meinst du das, Hanne? Meinst du das wirklich?«

»Nicht ganz.«

Hanne grinste breit und schaute auf die Uhr.

»Aber ein bisschen meine ich es doch. Ich muss los.«

»Warte!«

»Wir reden morgen weiter, Annmari. Geh nach Hause. Schlaf dich aus. Du siehst einfach unmöglich aus. So kaputt kannst du morgen nicht vor Gericht erscheinen.«

»Ich muss zur Pressekonferenz«, sagte Annmari. »Danke für das Kompliment. Neben dem adretten Kriminalchef werde ich aussehen wie ein Müllhaufen.«

»Aber nicht doch. Auch der sieht ziemlich fertig aus. Wie wir alle. Mach's gut.«

Die Stiefelabsätze klapperten auf den Stufen, als Hanne die Treppen hinunterrannte. Ihr Schal blieb liegen, wie ein kleines Häufchen Elend auf dem blauen Boden. Sie achtete nicht auf Annmaris Rufe, sie winkte nur und drückte mit dem ganzen Leib gegen die schwere, stählerne Ausgangstür. Und die fiel langsam hinter ihr wieder ins Schloss.

»Wie ... wie bist du denn hier reingekommen?«

Billy T. war eher überrascht als wirklich wütend. In den letzten Jahren war das Sicherheitssystem des Polizeigebäudes um einiges verbessert worden. Dass eine wie Sølvi Jotun einfach ohne Kontrolle oder Begleitung in sein Büro gelangen konnte, war dennoch unbegreiflich. Sie stand in der Türöffnung, klein, mager und verhärmt. Als Erstes war ihr Husten zu hören; Billy T. glaubte, sie gehört zu haben, noch bevor sie in der Tür erschienen war. Sie kam ihm kränker vor als beim letzten Mal. Ihr Gesicht war verweint, und sie rang um Atem, während sie sich an den Türrahmen lehnte. Ihre Haare klebten dünn und verfilzt an ihrer Kopfhaut. Eine Herpeswunde verunstaltete ihre Oberlippe. Ihr Pelzmantel war verdreckt.

»Du Arsch. Du mieses Schwein.«

Ihre Beschimpfung klang dem markigen Vokabular zum Trotz eher kraftlos. Sie flüsterte fast, und Billy T. hatte schon Angst, sie könne tot umfallen. Er lief zu ihr und versuchte, ihr auf einen Stuhl zu helfen.

»Fass mich nicht an. Fass mich verdammt noch mal nicht an!«

Mit überraschender Kraft befreite sie sich aus seinem Zugriff. Dann schleppte sie sich zum Stuhl und sackte dort in sich zusammen. Ihre Atemzüge pfiffen hässlich, beim Ein- wie beim Ausatmen. Billy T. schloss die Tür.

»Ist ja klar. Ist ja klar, dass die anderen nicht wissen sollen, was du für ein Arsch bist.«

Sie weinte wirklich. Dicke Tränen liefen über ihre Wangen.

»Was ... was ist denn los, Sølvi?«

Billy T. blieb in seiner Verwirrung zwei Meter vor ihr stehen.

»Du hast nichts über Oddvar gesagt. Du hast kein Wort über Oddvar gesagt.«

Endlich schaute sie auf, sie schaute Billy T. ins Gesicht. Er fuhr zusammen.

»Ich war in meinem ganzen Leben noch nicht so traurig«,

sagte Sølvi. »Und auch nicht so scheißwütend auf irgendwen. Warum hast du nichts gesagt?«

Billy T. begriff plötzlich, was sie meinte. Das Atmen fiel ihm jetzt leichter, aber er brachte es nicht über sich, in ihre Richtung zu blicken. Er setzte sich und fing an, die Papierstapel zu sortieren, die auf seinem Schreibtisch ein wahres Chaos bildeten.

»Du glaubst, dass man auf solche wie mich einfach scheißen kann«, sagte Sølvi.

»Nein«, sagte Billy T.

»Doch. Wie alle hier. Ihr glaubt, solche wie wir hätten keine Gefühle. Du auch, Billy T. Obwohl du doch eigentlich in Ordnung bist. Dachte ich jedenfalls. Jetzt weiß ich das besser.«

Er wusste nicht, was er sagen sollte. Er hatte natürlich daran gedacht, als er sie aus dem Krankenhaus abgeholt hatte. Dass er ihr sagen müsste, dass Snifflappen tot war. Aber er hatte etwas in Erfahrung bringen wollen. Etwas Wichtiges. Für ihn selbst und für den Fall, an dem er arbeitete. Er hatte auch nicht gewusst, ob die beiden noch immer zusammen waren. Es war nicht seine Aufgabe gewesen, ihr Bescheid zu sagen. Es ging ihn eigentlich nichts an. Er war nicht für Sølvi Jotun verantwortlich, und er hatte alles aus ihr herausgeholt, was da zu holen war, ohne ihr etwas über Snifflappen zu erzählen.

»Ich wusste doch nicht ...«, begann Billy T.

Weiter kam er nicht.

Es gab nicht viel, woran er den Blick hätte heften können. Billy T.s Büro war grau und hatte keine Vorhänge. Er hatte oft das Zimmer tauschen müssen, seit er einmal zwischendurch ein fast gemütliches gehabt hatte, mit Topfblumen, die Hanne ihm geschenkt hatte. Die Kinderzeichnungen, die früher überall gehangen hatten, hatte er schon längst beseitigt.

»Du wusstest nicht ...«

Sølvi wiederholte diese Worte weinend.

»Du wusstest sehr gut, Billy T. Du wusstest, dass Oddvar und ich immer schon zusammen waren. Du hättest mir was sagen müssen. Stattdessen muss ich … da lauf ich durch die Stadt und mach meinen Kram und hör dann plötzlich … von so einem hergelaufenen Penner.«

Ihr Weinen klang immer verzweifelter.

»Und ich kann auch nicht arbeiten. Ich kann bei den Kunden doch nicht heulen …«

Billy T. hatte es ja geahnt. Sølvi musste ihre Einkünfte aus der Waffenbranche aufbessern. Sie machte zu kleine Geschäfte. Sie war jetzt auf der untersten Stufe des Junkiedaseins angekommen. Einmal Blasen für einen Schuss, und sie machte ihre klapperdürren Oberschenkel breit, um überhaupt etwas zu essen zu bekommen.

»Ich hab Oddvar geliebt, weißt du das? Geliebt!«

Dieses Wort klang seltsam in ihrem Mund. Billy T. wollte nicht lachen. Und auf keinen Fall wollte er weinen. Er griff in seine Brusttasche, aus einem Impuls heraus, unüberlegt und plötzlich.

»Hier«, sagte er und reichte ihr den Tippzettel. »Nimm den.«

»Was ist das denn?«

»Geld«, sagte Billy T.

»Geld?«

»Ja, nimm das. Das ist ein Tippzettel, Sølvi. So einen siehst du doch nicht zum ersten Mal.«

»Pferde …«

Das Weinen ging in stoßweises Keuchen über. Endlich beugte sie sich ein wenig vor und betrachtete den Zettel aus zusammengekniffenen Augen.

»Das ist ein Tippzettel vom Pferderennen«, sagte Billy T. wütend. »Jetzt nimm ihn schon.«

Er sprang auf, kam hinter dem Schreibtisch hervor, hockte sich neben sie und ergriff ihre Hand. Er sah ihr in die Augen.

»Es tut mir leid. Wirklich. Es war verdammt dumm von mir, dir nichts über Sniff... über Oddvar zu erzählen. Und ich kann gut verstehen, dass du jetzt nicht arbeiten kannst. Und wo das Sozialamt über Weihnachten geschlossen hat, geht es dir sicher verdammt schlecht. Dieser Tippzettel ist fast hundertfünfzigtausend Kronen wert, Sølvi. Du könntest eine Zeit lang einen Bogen um die Szene machen. Gönn dir ein bisschen Ferien, ja?«

Sie schaute sich um. Schien sich auf dem Stuhl klein machen zu wollen. Sie entzog ihm ihre Hand.

»Ist das so ein Komplottkram? Versteckte Kamera?«

»Nein, keine Verarschung.«

»Ich bin mein ganzes Leben lang angeschissen worden«, sagte Sølvi. »Ich wundere mich über gar nichts mehr. Und das hier ...«

Offenbar wagte sie nicht, den Zettel anzunehmen. Noch immer schaute sie sich in dem ungemütlichen Raum stirnrunzelnd um. Es gab keine Vorhänge, hinter denen eine Kamera versteckt sein konnte.

»Warum willst du mir das geben?«

Jetzt weinte sie nicht mehr. Sie fuhr sich mit dem Handrücken über die Augen.

»Das kann ich dir nicht erklären. Ich garantiere dir, dass das ganz legal ist.«

»Aber wie soll eine wie ich denn so einen Gewinn abheben? Herrgott, Billy T. Sieh mich doch an! Jeder einzelne Bankmensch in dieser Stadt wird Alarm schreien und deine ganze Bande holen, wenn ich so was versuche.«

»Dann sag ihnen, sie sollen mich anrufen«, sagte er, ohne nachzudenken. »Hier hast du meine Handynummer. Wenn es Ärger gibt, dann komm ich und erklär denen alles.«

Er stand auf, nahm ein Blatt Papier vom Schreibtisch, riss eine Ecke ab und kritzelte die Nummer darauf.

»Ich kapier das alles nicht«, sagte Sølvi.

»Das brauchst du auch nicht. Ich kapier es ja selbst nicht.«

Eine schmale Hand streckte sich Billy T. entgegen. Sie schloss sich um den Tippzettel und die Telefonnummer.

»Danke«, murmelte sie und hustete schrecklich. »Vielleicht geh ich in ein Hotel. In ein richtiges Hotel. Mit Badewanne und so.«

»Gib nicht alles auf einmal aus.«

»Natürlich nicht. Aber ... «

Sie stand jetzt in der Tür.

»Ich bin noch immer sauer«, sagte sie leise und hustete wieder. »Dass du nichts über Oddvar gesagt hast, das war ... total beschissen!«

»Weiß ich. Weiß ich.«

»Und die hier ... «

Sie zog Billy T.s rote Thermohandschuhe aus der Tasche. »Die will ich nicht mehr, verdammt. Du bist und bleibst ein Arsch. Mach's gut.«

Sie warf die Handschuhe auf den Boden und verschwand. Billy T. starrte die Dinger an, zwei knallrote Flecken auf einem abgenutzten blauen Linoleumboden. Dann hob er sie auf und stopfte sie in den Papierkorb.

Er hatte sie von Jenny zu Weihnachten bekommen.

Hanne fröstelte in der Kälte, sie war froh, als die Taxifahrt hinter ihr lag. Hinter dem Fenster im dritten Stock brannte Licht, ein freundliches, warmes Licht, das ihr ein Lächeln entlockte. Sie wollte ein Bad nehmen. Lange in der Wanne liegen, mit einem Glas Rotwein und Musik. Sie lief an der niedrigen Mauer entlang.

»Hanne.«

Ein hochgewachsener Mann löste sich auf der anderen Straßenseite aus den Schatten der Bäume neben der Laterne. »Hast du einen Moment Zeit?«

Hanne verlangsamte ihren Schritt und spürte, wie ihre Angst in eine kaum zu beherrschende Wut umschlug, so rasch, dass sie fast keine Luft mehr bekam. Blitzschnell versuchte sie, sich zu erinnern, wann sie ihn zuletzt gesehen hatte. Es war viele Jahre her. Mindestens sechs, möglicherweise mehr. Sie wusste es nicht. Sie wollte es nicht wissen.

»Kåre«, sagte sie tonlos und bereute das sofort.

Seinen Namen zu nennen, bedeutete etwas. Ein Wiedererkennen, es bedeutete, zuzugeben, dass er ihr etwas bedeutete. Was nie der Fall gewesen war, in all den Jahren nicht. Nicht wirklich.

»Hanne«, sagte er noch einmal, er wirkte steif und unbeholfen.

Einen Augenblick lang schien er die Hand aus der Manteltasche ziehen zu wollen, ließ sie dann aber wieder dort verschwinden, als finde er es bei genauerem Überlegen doch nicht ganz natürlich, seiner Schwester die Hand hinzustrecken.

»Was willst du?«

Ihre Stimme klang laut und scharf, sie ging jetzt wieder schneller.

»Und übrigens ...«

Abrupt drehte sie sich zu ihm um.

»Es interessiert mich nicht. Was du zu sagen hast. Oder sonst was. Wiedersehen.«

»Ich muss aber eigentlich darauf bestehen.«

»Von mir aus. Das hilft nichts.«

Wieder versuchte sie, ihn stehen zu lassen. Sie wollte rennen, tat es aber nicht; sie zwang sich dazu, weiterzugehen, rasch, aber sie rannte eben nicht und hatte dann endlich ihre Haustür erreicht.

Er fasste sie am Arm.

»Du musst mit mir reden, Hanne. Alexander kann nicht bei euch wohnen bleiben. Er muss nach Hause kommen, und darüber musst du mit mir reden. Das verstehst du doch.«

Der Griff um ihren Oberarm war hart, er tat fast weh.

»Lass mich los«, fauchte sie.

»Ja. Wenn du versprichst, stehen zu bleiben. Du musst doch begreifen, dass du nicht einfach einen Sechzehnjährigen aufnehmen kannst, ohne mit seinen Eltern zu sprechen. Herrgott, Hanne, du bist ...«

»Ich habe am Heiligen Abend mit dir gesprochen. Mir reicht das.«

Er lachte resigniert.

»Mit mir gesprochen? Nennst du diesen Anruf ein Gespräch?«

»Du hast erfahren, wo er war. Lass mich los.«

Er ließ nicht los, lockerte seinen Griff aber ein wenig, als habe er endlich eingesehen, dass er kein Recht besaß, sie zu zwingen. Sie riss sich los.

»Ihr habt ihn rausgeworfen«, sagte sie und rieb sich den Arm. »Ihr habt am Heiligen Abend euren eigenen Sohn auf die Straße gesetzt.«

»Das haben wir nun wirklich nicht. Natürlich haben wir ihn nicht rausgeworfen.«

Er sah plötzlich kleiner aus. Seine Schultern sackten in dem teuren Mantel nach unten, seine Gesichtszüge wirkten im Licht der Straßenlaterne viel zu scharf. Die Augen saßen unter der kräftigen Stirn tief in den Höhlen.

»Wir haben ihn nicht rausgeworfen, Hanne. Wir hatten nur einen ... wir haben uns gestritten.«

»Worüber denn?«

»Das geht dich streng genommen nichts an.«

»Ihr wolltet ihn zu einem Psychologen schicken, weil er sich in einen Jungen verliebt hat.«

»Nicht deshalb, Hanne. Sondern, weil er so ... Alexander ist einfach verwirrt. Er ist so ... stur. Aufrührerisch. Ich glaube, er ist unglücklich. Er verbringt fast all seine Zeit allein, und in der Schule kommt er nicht mehr gut zurecht. Wir, also ... Hege und ich meinen, es könnte ihm guttun, mit einem Fachmann zu reden. Und dieser Homokram ...«

»Homokram!«

Hanne musste sich zusammenreißen, um ihm nicht einen Schlag zu verpassen. Stattdessen trat sie einen Schritt zurück und breitete die Arme aus.

»Da hast du's! Wo habe ich dieses Wort nur schon mal gehört?«

Sie legte sich in demonstrativer Denkerinnenpose den Zeigefinger an die Stirn.

»Jetzt weiß ich's wieder. Ich glaube, bei Papa. Genau das hat er zu mir gesagt. Oder eigentlich eher über mich. Ich kann mich kaum daran erinnern, dass er jemals mit mir gesprochen hätte. Homokram. Zum Teufel, was ist Homokram denn bitte, Kåre?«

Ihr Bruder rieb sich die Augen. Die Geste hatte bei ihm etwas Hilfloses, etwas Kindlich-Resigniertes. Ihr Vater hatte das nie getan, und der Bruder hatte sonst solche Ähnlichkeit mit ihm. Das hatten sie alle, Hanne, ihr Bruder und Alexander, alle waren sie geprägt von den dominantesten Genen des Universums, wie die Mutter es einmal ausgedrückt hatte, und für einen Moment glaubte Hanne, dass Kåre weinte.

»Begreifst du nicht, dass der Junge selber entscheiden muss«, sagte sie, um dieses unerträgliche Schweigen zu beenden. Ihr Bruder stand einfach nur da, öffnete den Mund und schloss ihn wieder, rieb sich die Augen, schien in seinem Mantel zu schrumpfen. »Alexander muss seinen eigenen Weg finden. Er ist ein gesunder, intelligenter Junge, aber er ist noch sehr jung. In dem Alter hat man eben so seine Probleme.«

»Sieh an, was du alles weißt«, sagte er und richtete sich auf. »Obwohl du so gut wie nicht mit ihm gesprochen hast. Wenn ich das richtig verstanden habe, warst du so gut wie nie zu Hause, seit er bei dir aufgetaucht ist. Das ist eigentlich ziemlich typisch für dich, das muss ich schon sagen. Mit größter Selbstverständlichkeit Urteile über einen Jungen zu fällen, den du gar nicht kennst. Hege und ich dagegen, wir haben deiner Meinung nach wohl keine Ahnung. Wir kennen den Jungen, kümmern uns um ihn und lieben ihn ja erst seit sechzehn Jahren. Ich sehe, du hast dich nicht sehr verändert.«

»Du hast mich nie so gut gekannt, dass du das beurteilen könntest.«

»Ich war zwölf, als du geboren wurdest, Hanne. Ein zwölfjähriger Junge. Du kannst mir wohl kaum vorwerfen, dass ich die Gesellschaft einer kleinen Rotzgöre nicht wollte. Und außerdem, hast du dir jemals überlegt, dass es vielleicht nicht nur unsere Schuld war, was passiert ist? Dass die Verantwortung dafür, dass du aus der Familie herausgefallen bist, nicht ausschließlich bei Mama und Papa lag?«

»Das muss ich mir einfach nicht anhören.«

»Du bist schwierig, Hanne, schwierig und eigen. Das warst du schon seit deiner Geburt. Ich weiß noch, wie du drei geworden bist ... «

Sein Lachen klang so heiser, verzweifelt und wütend, dass sie sich die Geschichte widerwillig ein weiteres Mal anhörte.

»Mama hatte einen leckeren Kuchen gebacken. Hatte dir ein neues Kleid gekauft. Es war rot, das weiß ich noch. Sie hatte ein rotes Kleid gekauft, und ich musste deinetwegen zu Hause bleiben. Ich war fünfzehn und musste zu Hause bleiben, weil du Rotzgöre Geburtstag hattest. Mama hatte alle möglichen Kinder aus der Nachbarschaft eingeladen. Aber du hast alles verdorben.«

Seine Worte taten ihr weh. Es war eine Geschichte, an die sie sich nicht erinnern konnte, die nicht die ihre war. Kåre wusste Dinge über Hanne, von denen sie selbst keine Ahnung hatte. Er besaß ein Stück von ihr, von ihrem Leben und ihrer Geschichte, und davon wollte sie nichts wissen.

»Du hast das Kleid zerschnitten«, sagte er jetzt. »Ich kann mich noch an die dünnen roten Stoffstreifen erinnern. Mama weinte. Du saßest nur wütend in einer Ecke und starrtest sie aus deinen bösen Augen an, diesen Augen ... «

»Ich war drei Jahre alt«, sagte Hanne langsam. »Du wirfst mir etwas vor, das passiert ist, als ich drei Jahre alt war. Absurd.«

Wieder erklang sein Lachen, heiser, fast verzweifelt.

»Ich kann auch andere Geburtstage anführen«, sagte er. »Deinen elften, zwölften, dreizehnten. Nenn einfach eine Zahl. Ich kann die ganze Nacht Geschichten erzählen, die zeigen, dass du nie zu uns gehören wolltest. Dass du dich immer gegen uns gewehrt hast. Dass du auf Teufel komm raus anders sein wolltest. Wenn du deinen Willen nicht durchsetzen konntest, dann liefst du einfach weg. Weglaufen ist ja sowieso deine Spezialität, Hanne. Was du nach Cecilies Tod ja nachdrücklich unter Beweis gestellt hast.«

Hanne schloss die Augen. Etwas drückte ihre Brust zusammen. Ihr Atem stockte.

»Nimm diesen Namen nicht in den Mund«, presste sie hervor. »Du hast nicht das Recht, über Cecilie zu sprechen.«

Sie war nicht sicher, ob er das gehört hatte, so leise hatte sie gesprochen. Es fiel ihr wirklich schwer, zu atmen. Sie musste sich an die Mauer lehnen, er kam näher, seine Schritte waren deutlich zu hören. Sie wollte weitergehen, bekam aber keine Luft.

»Ich war immerhin auf ihrer Beerdigung«, sagte er. »Das ist mehr, als man von dir behaupten kann. Du warst weggelaufen, wie immer, wenn es Schwierigkeiten gibt.«

Seine Stimme war jetzt gleich hinter ihr, dicht neben ihrem Ohr, sie konnte seinen Atem an ihrer Wange spüren.

»Ja, ich war da. Ich wollte mit dir reden. Wollte dir zeigen, dass ich mit dir trauerte. Aber du warst nicht da. So, wie du nicht zu Hause warst, als Mama fünfzig wurde. Du warst neun Jahre alt, Hanne, und auch in dem Alter muss dir klar gewesen sein, wie sehr du sie verletzt hast. Du bist nie da, wenn jemand dich braucht. Also erzähl du mir nicht, dass ich nicht zu meinem Sohn halte. Ich liebe Alexander, ich will ihm helfen, und ich will, dass er nach Hause kommt.«

Atmen, dachte sie. Ausatmen. Einatmen.

Seine Stimme war zuletzt sanfter geworden, weniger angestrengt. Seine Hand ruhte auf ihrer Schulter, sie brannte durch den Stoff ihrer Jacke hindurch, durch ihren Wollpullover, sie spürte seine Finger auf ihrer Haut und wollte sie wegschieben. Aber sie brauchte alle Kraft zum Atmen, dazu, ihre Lunge zur Aktivität zu zwingen, und deshalb blieb Kåres Hand liegen.

»Natürlich liegt die Verantwortung vor allem bei Mama und Papa. Sie waren erwachsen, du nicht. Aber du warst stur, eigensinnig. Du wolltest ganz einfach nicht. Du wolltest immer etwas anderes sagen und tun als alle anderen. Immer. Genau wie ... «

Jetzt brach ein heftiger Regen los. Beide schauten kurz auf, als hielten sie einen so abrupten Wetterwechsel nicht für möglich; von Nieselregen und Windstille zu Sturm und Wolkenbruch, und das innerhalb von Sekunden. Hanne merkte, dass ihr das Atmen jetzt wieder leichter fiel.

»Genau wie Alexander«, rief sie in den Lärm des Regens hinein, der auf den Boden prasselte, auf die Hausdächer, auf Kåres Schultern, rasch und dumpf. »Er ist wie ich. Ihr werdet ihn kaputt machen.«

Sie brach in Tränen aus. Sie merkte es zuerst gar nicht, sie begriff erst, dass sie weinte, als die Regentropfen auf ihrer Zunge plötzlich salzig schmeckten.

»Wir werden ihn nicht kaputt machen«, widersprach Kåre. »Wir werden ihm helfen. Dieser Homokr... diese Homosexualität, auf die er sich beruft ...«

»Auf die er sich beruft«, zischte Hanne erbost. Keuchte diese Worte noch einmal:

»Auf die er sich beruft. Das glaubst du also. Dass er sich in einen Jungen verliebt hat, um Schwierigkeiten zu machen und seine Individualität zu demonstrieren.«

»Das nicht so ganz. Ich wollte nicht sagen ... auf die er sich beruft. Entschuldige. Das war blöd ausgedrückt. Aber Alexander ist noch zu jung, um solche Entscheidungen zu treffen. Wir müssen ihm auf den richtigen Weg helfen. Er wird große Probleme bekommen, wenn er sich in dieser Hinsicht irrt. Das weißt du selbst doch am besten, Hanne. Alles wird leichter, wenn er begreift, dass das nur eine Episode war. Eine Phase in seinem Leben.«

Hanne drehte sich zu ihm um und ging ein paar Schritte rückwärts. Sie weinte heftig, und der Regen schlug ihr ins Gesicht.

Ihre Kleider waren jetzt völlig durchnässt, sie trieften, eiskalter Winterregen lief ihr den Rücken hinunter, unter ihre Kleidung, ihre Stiefel gurgelten bei jedem langsamen Schritt, mit dem sie sich von ihrem Bruder entfernte.

»Und was, wenn es keine Phase ist«, schluchzte sie, »was passiert, wenn Alexander wirklich schwul ist? Weißt du überhaupt, was ihr ihm jetzt schon alles angetan habt? Ihm und seinem Anderssein? Seiner Sturheit, seinem Eigensinn, allem, was ihr für unmöglich haltet? Allem, worin er mir ähnelt? Was?«

»Hanne ... Hanne!«

Mit vom Regenwasser schweren Füßen lief sie über den Hof. Ihre Jackentasche klebte vor Feuchtigkeit zusammen, die Schlüssel waren eiskalt; sie wühlte und schluchzte und konnte sie endlich hervorziehen. Der Haustürschlüssel glitt ins Schloss.

»Hanne, du musst doch ...«

Der Ruf ihres Bruders verstummte abrupt, als die Tür ins Schloss fiel. Hanne brauchte eine Viertelstunde, bis sie aufhören konnte zu weinen. Dann ging sie die Treppe hinauf.

FREITAG, 27. DEZEMBER

»Gut gemacht, Annmari!«

Erik Henriksen versetzte ihr einen aufmunternden Rippen-stoß und machte sich daran, Ordner und Papiere zusammen-zupacken, ohne dabei ein allzu großes Chaos anzurichten. Der Richter hatte das Untersuchungsgericht bereits verlassen. Die Verhandlung war kürzer gewesen, als irgendwer erwartet hatte. Carl-Christian und Mabelle Stahlberg waren für vier Wochen in Untersuchungshaft genommen worden, davon zwei mit Post- und Besuchsverbot. Diese Entscheidung entsprach in allem Annmaris Antrag. Alle waren auf eine ewig lange Verhandlung vorbereitet gewesen. Die frisch ernannten Anwälte des Ehepaars, zwei Schwergewichtler aus Oslos oberster Promischicht, hatten sich offenbar für eine andere Strategie entschieden. Sie schil-derten den Fall kurz aus der Sicht ihrer Mandantin oder ihres Mandanten, erklärten sich aber dann mit der Untersuchungshaft einverstanden, um der Polizei die Möglichkeit zu geben, dieses offenkundige, haarsträubende Missverständnis aus der Welt zu schaffen. Natürlich seien beide nicht schuldig, und die Anwälte betonten mehrmals, dass vier Wochen das Äußerste seien, wozu ihre Seite sich überhaupt bereit erklären würde.

»Das Hauen und Stechen wird also bis zur nächsten Runde aufgeschoben«, flüsterte Erik. »Bestimmt haben Sie CC und Mabelle gefoltert, damit die sich darauf einlassen. Auf jeden Fall Mabelle.«

»Wenn wir doch nur Hermine finden könnten«, murmelte Annmari als Antwort und half ihm dabei, die Unterlagen in seine übervolle Tasche hineinzustopfen. »Wir müssen sie einfach bald finden.«

Im Gerichtssaal wimmelte es nur so von Presseleuten. Den meisten ging es vor allem um die Verteidiger, aber vier oder fünf warteten schon ungeduldig auf Annmari, nur notdürftig von einem Gerichtsdiener in Schach gehalten, der ihr doch immerhin Zeit geben wollte, die Unterlagen wegzuräumen. Sie seufzte laut und sah nach, ob auf ihrem Mobiltelefon irgendwelche Kurznachrichten eingelaufen waren.

»Ich muss Silje anrufen«, sagte sie leise und kehrte der Presse den Rücken zu. »Eilt, steht hier. Kümmerst du dich um die Presse, bitte?«

»Ich? Ich kann doch nicht ...«

»Doch«, sagte sie und wählte die Nummer, dann hielt sie sich das Telefon ans Ohr und ging einige Schritte in Richtung Richtertisch.

»Gut gegangen?«, fragte Silje am anderen Ende der Leitung.

»Ja. Vier Wochen. Was ist los?«

»Du musst herkommen. Zu Hermines Wohnung.«

»Habt ihr sie gefunden?«

Annmari flüsterte jetzt und hielt sich die Hand vor den Mund, damit niemand etwas hören konnte.

»Nein. Aber du musst kommen.«

»Was ist denn los?«

»Das will ich am Telefon nicht erzählen. Also komm.«

»Na gut. Es kann aber einen Moment dauern.«

»Ich warte. Komm so bald wie möglich.«

Annmari beendete die Verbindung und steckte das Telefon in ihre Handtasche.

»Sie können mit meinem Kollegen Henriksen sprechen«, sagte sie und bahnte sich einen Weg durch die Menge von Presseleuten und Fotografen. »Aber eigentlich gibt es im Moment nicht mehr zu sagen.«

Als sie endlich die Tür zum Foyer erreicht hatte, hörte sie Eriks Stimme.

»Sie haben Frau Skar gehört. Mehr gibt es nicht zu sagen. Wirklich nicht. Haben Sie nicht gehört? Das war alles!«

Sie lächelte und lief weiter. Am C. J. Hambros plass versuchte sie, eins der vielen vorüberfahrenden Taxis anzuhalten. Sie hätte Erik wohl mit den vielen Koffern mit Unterlagen helfen müssen, überlegte sie. Endlich hielt ein silberfarbener Mercedes. Als sie einstieg, sah sie, wie Erik mit einem Koffer unter jedem Arm und einem in jeder Hand auf die Treppe zum Gerichtsgebäude gerannt kam, wie ein Piccolo, der von unzufriedenen Hotelgästen verfolgt wird. Er hielt wild nach allen Seiten Ausschau. Dann fuhr neben ihm ein Streifenwagen vor.

Da hat er ja schon Hilfe, dachte Annmari, und ihr Gewissen versetzte ihr einen Stich.

Hermine Stahlbergs Wohnung war eine seltsame Mischung aus gutem Geschmack und Schlamperei. Die Möbel waren schlicht und modern. Die Wände und der Boden waren hell, fast bleich. Nur Teppiche, Bilder und Kissen wiesen Farbe auf. Die Bilder hingen sozusagen lässig an den Wänden, ohne zu protzen, ohne voneinander abzulenken. Als sie die stickige Luft wahrnahm, rümpfte Annmari Skar die Nase. Hier war bestimmt lange nicht mehr sauber gemacht worden. Die Böden waren schmutzig, der Couchtisch war mit einer dicken Staubschicht bedeckt und wies kreisrunde Glasabdrücke auf. In einer großen Schale lagen vier fast schwarze Bananen.

»Sieht so aus, als ob eine Zeitschrift für Wohnkultur eine Reportage geplant und die Sache dann vergessen hätte«, sagte Annmari.

Silje nickte zerstreut.

»Und ich habe den Verdacht, dass jemand hier war und nach irgendetwas gesucht hat«, sagte sie. »Als wir herkamen, hingen mehrere Bilder schief. Viele Schubladen waren nicht richtig geschlossen. Und darin lag alles wild durcheinander. Natürlich kann Hermine einfach die totale Chaotin sein. Das wäre ja nicht unvorstellbar.«

Sie ließ einen Finger über den Fernseher wandern, hielt ihn sich vor die Augen und schnitt eine Grimasse.

»Aber Frauen wie Hermine Stahlberg halten doch immerhin Ordnung in ihren Toilettensachen. Und die lagen im Badezimmerschrank ebenfalls kreuz und quer herum. Ich meine ... Es gab jedenfalls kein für mich erkennbares System. Ihre Wimperntusche lag zum Beispiel ganz weit hinten. Und die braucht man doch dauernd.«

Annmari lächelte.

»Davon habe ich wirklich keine Ahnung.«

»Aber weshalb ich dich so dringend hergebeten habe: Das hier steckte zwischen zwei Büchern über Mumien und Hieroglyphen. Wirklich eine witzige Dame, diese Hermine. Jede Menge Bücher, aber fast alle nagelneu. Sie knistern, wenn man sie aufschlägt! Sie scheinen nur zur Zier hier zu stehen. Schau mal.«

Annmari griff nach dem Papier, das Silje ihr hinhielt. Sie hatte vorsorglich bereits Plastikhandschuhe übergestreift und fasste das Dokument so behutsam wie möglich an.

»Noch ein Testament«, sagte sie tonlos und schlug die letzte der drei nummerierten Seiten auf. »Datiert auf den 3. Dezember 2002.«

»Datiert, unterschrieben von Hermann und Turid Stahlberg und außerdem ...«

Silje zeigte auf den letzten Paragrafen des Testaments.

»*Hiermit werden alle früheren Verfügungen außer Kraft gesetzt*«, las Annmari vor. »Aber«, sie blätterte wieder zurück zur ersten Seite, »es gibt keine Unterschriften von Zeugen ...«

»Was?«

»Sieh hier! Keine Zeugen. Und damit ist es ungültig.«

Silje griff zu dem Testament und sah es noch einmal durch. Sorgfältig musterte sie jede Seite, hielt sie vor ihr Gesicht und legte das Papier schräg, um das Licht der Fenster einzufangen, als könnten die Zeugen mit Zitronensaft unterzeichnet haben.

»Jetzt begreife ich gar nichts mehr«, sagte sie verdutzt. »Der Inhalt ist nämlich ziemlich sensationell.«

»Worin besteht der denn?«, fragte Annmari.

Silje setzte sich auf die Fensterbank und winkte ihre Kollegin zu sich. Sie beugten sich beide zum Fenster hin, das trübe Tageslicht wurde ergänzt durch eine Lampe, die draußen auf der Terrasse brannte.

»Schau mal«, sagte Silje und zeigte auf einen Paragrafen. »Hier steht, dass die Reederei in drei Teile geteilt werden soll. Wenn ich das richtig verstanden habe, dann bekommen Hermine, Preben und Carl-Christian jeweils dreißig Prozent der Aktien. Und dann bleiben zehn übrig, nicht wahr?«

»So weit kann ich auch noch rechnen, ja.«

»Und die fallen wiederum an Preben, den ältesten Sohn.«

»Das bedeutet, dass Preben in Wirklichkeit vierzig Prozent bekommt«, sagte Annmari. »Keine sonderlich günstige Aktienkonstellation. Niemand hat die Mehrheit. Aber wenn zwei Geschwister sich einigen, dann können sie Nr. 3 ausschalten. Was in aller Welt ...«

Beide verstummten. Annmari hob das Gesicht und beobachtete den Staub, der im Licht des Fensters tanzte; winzige Teilchen, die in einem unmerklichen Luftzug auf- und abstiegen.

»Hermann Stahlberg wusste genau, wie ein Testament auszusehen hat«, sagte sie langsam; sie schien laut zu denken. »Das letzte hatte er doch mit der Hand geschrieben. Dabei hatte er alle Formalitäten beachtet. Hatte Zeugen und überhaupt. Warum sollte er das hier also hergeben ...«

»Hergeben?«

»Ja!«

Annmari deutete auf das Dokument.

»Das muss er doch weggegeben haben. Er hat hier ja nicht gewohnt. Und warum sollte er ein Testament aus der Hand geben, das so ganz anders ist als das erste, was doch bedeuten muss, dass er erst vor drei Wochen seine Ansicht über Carl-Christian geändert hat. Und dann sorgt er nicht einmal dafür, dass dieses Testament Gültigkeit besitzt? Ich meine, es sieht ja chic aus, persönliches Briefpapier und überhaupt ...«

Sie bückte sich über das Testament auf dickem, cremegelbem Büttenpapier.

»Und dann vergisst er etwas so Wesentliches wie Zeugen ...«

»Kann doch sein, dass es noch nicht fertig war«, regte Silje an.

»Es ist doch unterschrieben. Und das muss vor Zeugen geschehen.«

»Vielleicht hat er sich die Sache anders überlegt.«

»In dieser Familie wundert mich gar nichts mehr, aber wenn er sich die Sache anders überlegt hätte, hätte er das doch nicht unterschrieben. Nein ...«

Plötzlich trat Annmari einen Schritt vor. Sie schaute sich im Zimmer um. Ihr Blick ruhte auf den vollgestopften Bücherregalen, und ohne sich zu Silje umzudrehen, fragte sie:

»Ihr habt das also im Bücherregal gefunden, ja?«

»Ja.«

»Dann muss diese Wohnung durchkämmt werden. Ich will, dass sie buchstäblich auf den Kopf gestellt wird. Alle Bücher werden rausgenommen und durchsucht. Alle Schränke ausgeleert. Die Bilder kommen von der Wand. Sucht nach einem Safe. Zieht Schubladen heraus, seht die Kleider durch, macht ...«

»Schon verstanden, Annmari. Aber was glaubst du, was wir finden werden?«

Annmari hatte sich eine Haarsträhne in den Mund gesteckt und kaute darauf herum, gab aber keine Antwort. Bewegungslos stand sie mitten im Zimmer. Das Mobiltelefon klingelte, aber sie reagierte nicht darauf.

»Ich weiß nicht«, sagte sie schließlich. »Aber ich sehe nur die Möglichkeit, dass Hermann auf irgendeine Weise gezwungen worden ist, dieses Testament aufzusetzen. Wenn es denn überhaupt echt ist. Das müssen wir überprüfen lassen. Aber nehmen wir mal an, dass es wirklich Turids und Hermanns Unterschriften sind ... dann hat er dafür gesorgt, dass es nicht gültig ist. Das war nur möglich, wenn die Person, für deren Hände dieses Dokument bestimmt war, sich mit Gesetzen nicht weiter auskannte. Aber dass ein Testament vor Zeugen unterschrieben werden muss, kann wohl nur ein einziges Mitglied der Familie Stahlberg nicht gewusst haben.«

»Hermine«, sagte Silje leise. »Die wirkt doch ziemlich daneben.«

»Genau. Und dies ist ihre Wohnung, nicht wahr? Aber wo steckt sie nun eigentlich?«

Ratlos sahen die beiden sich in der Wohnung um, und ihre Blicke blieben am selben Bild haften. Einem Farbfoto in einem schlichten Rahmen aus poliertem Edelholz, das auf einem edlen

Büfett stand. Hermann und Tutta Stahlberg, umkränzt von ihren drei Kindern. Hermine mochte um die fünf sein, ein reizendes Mädchen mit blonden Locken und kreideweißen Zähnchen. Ihre Brüder standen mit ernster Miene neben den Eltern, während Turid Stahlberg im rechten Arm ihres Gatten lehnte. Auch sie lächelte, zaghafter als die Tochter, ein nervöses, fast um Entschuldigung bittendes Lächeln.

Hermann thronte in der Bildmitte, nur die kleine Hermine durfte im Augenblick der Aufnahme vor ihn treten. Er war der Einzige, der gerade in die Kamera schaute. Die Kleine blickte schräg zu ihm auf, bewundernd, lächelnd.

»Irgendwann waren sie mal eine Familie«, sagte Annmari.

»Hier sieht es nicht gerade aus wie in einer Zeitschrift für Wohnkultur«, sagte Silje, als sie einen Blick ins Badezimmer warf, wo Billy T. Regale und ein kleines, über dem Waschbecken angebrachtes Schränkchen durchsuchte.

»Hä?«, murmelte er und betrachtete aus zusammengekniffenen Augen ein Pillenglas.

»Hermines Wohnung war klasse, verstehst du. Verdreckt, aber elegant. Und hier sieht es ja wohl eher aus wie im Obdachlosenasyl.«

»Diese Pillen gehören jedenfalls nicht in eine elegante Wohnung«, sagte Billy T. und sammelte mehrere Arten von Tabletten in der Hand. »Auf dem Etikett steht Vitamin C, aber das hier ist verdammt noch mal reichlich ungesund ...«

Die Wohnung, die Mabelle Stahlberg als May Anita Olsen in Kampen besaß, war nüchtern möbliert. Zwei IKEA-Stühle vor einem Wohnzimmertisch aus Furnier. An beiden Enden splitterte der Tisch bereits. Das Sofa war durchgesessen, und auf dem einen Sitzkissen zeichnete sich deutlich ein dunkler Fleck ab. Die

Wände waren kahl, bis auf ein schrilles Gemälde über dem Sofa und einen alten Setzkasten neben der Küchentür. Der Setzkasten war leer. Mabelle hatte ziemlich widerwillig zugegeben, hier gehaust zu haben, ehe sie Carl-Christian kennengelernt hatte. Sie hatten nie einen Grund zum Verkaufen gesehen. Sie behauptete hartnäckig, dass sie die Wohnung kaum benutzten. Hermine habe dort zwar zweimal Unterschlupf gesucht, gab sie dann zu, aber ansonsten stehe die Wohnung leer. Dass sie auf Mabelles früheren Namen eingetragen war, liege ganz einfach daran, dass sie nie die Zeit gefunden hatten, diesen Eintrag umschreiben zu lassen. Sie begreife wirklich nicht, dass das alles die Polizei auch nur im Geringsten interessieren könnte.

»Sieht fast aus, als hätte sie die Wahrheit gesagt«, sagte Billy T. »Hier gibt es nichts zu finden. Wenn wir kein Geschrei wegen der Pillen machen wollen. Aber das wollen wir nicht, oder? Vier Rohypnol, ein bisschen Valium und irgendwas, das ich nicht klar identifizieren kann. Hat sicher Hermine hinterlassen.«

Er betrat das schmale Schlafzimmer. Dort nahm ein Doppelbett aus Kiefernholz fast allen Platz ein. Ein schmaler Eckschrank war leer. Die Vorhänge waren vorgezogen. Billy T. öffnete sie vorsichtig. Das Fenster war offenbar seit vielen Jahren nicht mehr geöffnet worden, und der Fensterrahmen war außen klebrig vorn Asphaltstaub.

»Ich begreife aber nicht, was Hermine hier wollte«, sagte Silje. »Warum hätte sie hier versauern sollen, wo sie doch eine tolle Wohnung auf der anderen Seite der Stadt hat?«

»Dafür kann es viele Gründe geben«, murmelte Billy T. und fing an, die Wände abzuklopfen. »Dass sie Bekannte hat, die sie nicht gern in bessere Wohnviertel mitschleift, zum Beispiel. Aber hallo, hör doch mal!«

Seine Faust entlockte der Wand plötzlich ein helleres, festeres

Geräusch. Er versuchte es mit weiteren vorsichtigen Schlägen, vom Boden an aufwärts.

»Hier ist irgendwas.«

Er nahm ein Kalenderblatt von der Wand, eine badende Frau vor dunkelblauem Abendhimmel.

»Bingo!«

Billy T. grinste breit.

»Kennst du irgendwen, der so was aufkriegt, Silje?«

Der Safe war schlampig montiert worden. Zwischen Metall und Gipswand klafften auf beiden Seiten Zwischenräume, und die Winkel waren eindeutig schief.

»Den können wir wahrscheinlich einfach rausreißen«, sagte Billy T. und fingerte an dem Schloss herum. »Aber es wäre ein verdammter Nervkram, ihn mitschleifen zu müssen. Ist sicher tierisch schwer.«

»Das ist ein Ziffernschloss«, sagte Silje resigniert. »Wir müssen jemanden holen, der es öffnen kann.«

»Bestimmt nicht nötig«, sagte Billy T. »Wann hat CC Geburtstag?«

»Red keinen Scheiß. Der hat sich doch bestimmt einen besseren Code ausgedacht.«

Billy T. schlug energisch gegen den Safe.

»Ein Mann, der einen Safe auf so schlampige Weise anbringt, ist auch blöd genug, um sein Geburtsdatum als Code zu nehmen. Alle warnen davor, die meisten tun es. Ganz einfach, weil wir uns so viele Zahlen merken müssen, dass wir uns einfache aussuchen, wenn es einmal geht. Jetzt hol schon dein Notizbuch heraus. Nun haben wir endlich mal was von deinem Schulmädchenfleiß!«

Silje zog ein rosa Notizbuch aus der Handtasche.

»17. August 1967. Aber das kann doch nicht der Code sein. Der besteht nur aus vier Ziffern.«

Billy T. machte sich am Schloss zu schaffen.

»Eins sieben null acht«, sagte er laut.

Der Handgriff bewegte sich nicht.

»Was sag ich«, murmelte Silje.

»Eins neun sechs sieben«, versuchte Billy T.

Diesmal senkte der Griff sich mit einem mechanischen Klicken. Und die Tür glitt auf.

»Sieh an«, sagte Billy T. »Und was gibt es hier im Angebot?«

Silje beugte sich zum Safe vor. Er konnte kaum größer als vierzig Quadratzentimeter sein und bestand aus zwei Fächern. Unten lag eine grüne Metalldose. Im oberen Fach standen drei Pappschachteln, eine mit offenem Deckel.

»Billy T.«, flüsterte Silje. »Das ist Munition.«

»Was hattest du denn erwartet? Dass er hier sein Rasierwasser lagert? Aber ... schon dilettantisch, so was an einer Stelle aufzubewahren, die so leicht zu finden ist. Es ist noch die Frage, was das für Munition ist. Wenn ich mich nicht sehr irre ...«

Er zog die grüne Dose aus dem Safe und legte sie auf das Bett. Die Dose wies kein Schloss auf. Er nahm den Deckel ab.

»Na, sieh mal an!«

Begeistert nahm er den Revolver aus der Dose und hielt ihn ins helle Licht der Deckenlampe.

»Das hier, Silje, ist eine der feinsten Handwaffen, die jemals produziert worden sind. Korth Combat Magnum. So was hab ich noch nie selbst in der Hand gehabt.«

Er schien Lust zu haben, die Gummihandschuhe abzustreifen, das Metall zu berühren und die Finger über den Schaft gleiten zu lassen, um die Schwere und die Griffigkeit eines handgemachten Revolvers zu spüren.

»Der wiegt etwas unter einem Kilo«, sagte er und ließ seine Hand auf dem Metall hin und her laufen und lächelte strahlend.

»Man braucht vier Monate, um so einen zusammenzubauen. Siehst du diese Schraube hier?«

Er zeigte mit dem kleinen Finger darauf.

»Damit kannst du den Abzugshahn regulieren. Sieh nur, wie dicht das alles sitzt. Kompakt und schwer. Und fass mal den Schaft an.«

Er schien den Revolver jedoch nicht aus der Hand geben zu wollen.

»Walnuss«, murmelte er. »Der Rolls-Royce unter den Revolvern, Silje. Kostet in den USA knapp unter fünftausend Dollar. Keine Ahnung, wie der Preis hierzulande aussieht. Und schau doch nur ...«

Billy T. drehte die Waffe um, wiegte sie noch einmal in der Hand, hielt sie ins Licht, sie funkelte scharf und stahlblau.

»Aber das da«, sagte Silje und machte sich an den Munitionsschachteln zu schaffen.

»Der Kerl hat Ahnung, Silje.«

»Aber das hier«, sagte Silje; sie hatte die eine Schachtel hervorgeholt und griff nun nach etwas, das weiter hinten im Safe lag. »Das gehört doch nicht zu einem Revolver, oder?«

Endlich schaute Billy T. auf. Er betrachtete den Gegenstand aus zusammengekniffenen Augen. Silje hielt ihn zwischen Daumen und Zeigefinger.

»Das gehört doch eher zu einer Pistole, oder?«

Billy T. legte den Revolver weg, widerwillig und vorsichtig: Er wickelte ihn in einen weichen Lappen und legte den Deckel auf die grüne Dose.

»Ein Magazin«, sagte er. »Das da ist ein Magazin. Und das«, er öffnete den einen Pappkarton, »ist 9-mm-Subsonic-Munition. Für Benutzung mit Schalldämpfer. Und kann für dieses Teil hier überhaupt nicht verwendet werden.«

Seine Finger tippten auf das grüne Metall, und er hob langsam den Kopf.

»Passt aber hervorragend in eine Glock. Und so eine Waffe sehe ich hier nirgendwo. Wenn das Magazin in eine Pistole dieses Typs gleitet ...«

Er schnalzte mit der Zunge und schüttelte den Kopf. »Dann sitzt Carl-Christian ganz schön tief in der Tinte, das muss ich schon sagen.«

»Das ist ja wirklich nichts Neues«, meinte Silje.

Es war schon nach drei Uhr nachmittags, als Hanne Wilhelmsen durch den Flur zu ihrem Büro ging. Eine riesige Mütze hatte sie tief in ihre Stirn gezogen.

»Wilhelmsen«, sagte Audun Natholmen offensichtlich erleichtert. »Endlich kommst du.«

Er sprang von einem Stuhl auf, den er dicht an die Wand gezogen hatte.

»Alle Welt hat dich gesucht«, sagte er und runzelte seine glatte Stirn, als ihm ihre geschwollenen Augen auffielen. »Stimmt was nicht? Bist du krank?«

»Ja«, log Hanne. »Bindehautentzündung. Deshalb bin ich erst mal zu Hause geblieben. Wartest du schon lange?«

»Ich suche dich schon den ganzen Tag«, sagte er; erst jetzt fiel ihr auf, dass er sich dauernd umschaute, als fürchte er sich vor etwas oder vor jemandem. »Ich muss ...«

Seine Stimme versagte. Er schluckte laut hörbar.

»Wilhelmsen, ich werde ganz schön Ärger kriegen.«

»Komm rein«, sagte sie und wusste nicht so recht, ob sie eher gereizt oder eher neugierig war. »Du hättest doch auch in meinem Zimmer warten können. Und nicht hier auf dem Flur, wie ein hergelaufener Köter ...«

Er ging so dicht hinter ihr her, dass sie seinen Atem im Nacken spüren konnte. Kaum hatten sie das Zimmer betreten, da machte er auch schon die Tür hinter sich zu, nachdrücklich, als hätte er am liebsten auch noch abgeschlossen.

»Ich habe die Waffen gefunden«, sagte er.

Hanne wollte sich eigentlich gerade setzen. Für einen Moment blieb sie mit gebeugten Knien stehen, angespannt, dann ließ sie sich in den Sessel sinken.

»Du hast was, sagst du?«

»Die Waffen«, flüsterte er laut. »Ich habe eine Glock und eine .357 Magnum gefunden. Im Waldsee. Dem Weiher, von dem ich dir erzählt habe. Da, wo ich ...«

»Was ... was sagst du ...«

Sie riss sich die Mütze vom Kopf und schleuderte sie auf den Boden. Ihr Mund öffnete sich, ihre Gedanken wollten sich aber nicht in Worte fassen lassen.

»Du hast doch gesagt, du würdest es auch tun«, jammerte er.

»Ich habe gesagt, es wäre absolut falsch, das zu tun!«

»Aber du hättest es getan und dann die Klappe gehalten!«

»Das war ein Witz. Das war ein Witz, zum Teufel, Mann!«

Verzweifelt versuchte sie, ihre Gedanken zu sammeln. Vernünftig, dachte sie, ganz vernünftig überlegen. Sie hörte nur ihr eigenes Zähneknirschen. Audun Natholmen saß einfach nur da, wie ein übergroßer Bengel mit schlechtem Gewissen, zu klein für die Uniform, mit bleichem Gesicht, einem Kindergesicht, eine unbeholfene Parodie auf einen Polizisten.

»Du bist Polizist, Audun.«

»Angehender«, murmelte er.

»Wo sind sie jetzt?«

Atmen, dachte sie und schloss die schmerzenden Augen. Durchatmen.

»Zu Hause«, sagte er.

»Bei dir?«

»Ja. Ich hatte solche Angst, und ich wusste nicht, was ich ... mein Kumpel sagt, er will die Zeitungen anrufen, das kann doch einen Haufen Kohle bringen ...«

»Gehen wir.«

Am liebsten hätte sie ihn einmal richtig durchgeprügelt.

Er trottete hinter ihr her, unterwürfig und mit gesenktem Kopf, aber dennoch mit einer kindlichen, unbezähmbaren Freude darüber, dass er vielleicht den größten Mordfall der Osloer Polizei gelöst hatte.

Annmari musste sich zusammenreißen, um sich nicht angeekelt abzuwenden. Als Polizeijuristin hatte sie schon so viele Pornos gesehen, dass sie sich für ziemlich abgehärtet hielt. Sie hatte im Zeitraffer zahllose Filme durchsucht, die sie in Läden der Innenstadt beschlagnahmt hatten, auf der Jagd nach pädophilen Verbrechern. Aber das hier war doch etwas anderes. Die junge Frau und der um vieles ältere Mann waren bei sexuellen Aktivitäten abgebildet, die Annmari an sich nicht fremd waren. Doch diesmal reagierte sie anders darauf. Ihr wurde ganz einfach schlecht.

»Das liegt nur daran, dass du die Person kennst«, sagte Erik Henriksen leise; er beugte sich über sie, während sie die Bilder durchblätterte.

»Ich kenne sie nicht.«

»Ihr seid nicht befreundet, aber du weißt, wer sie ist. Das macht alles schlimmer. Peinlicher. Der Dreck, den wir uns nach den unsinnigen Razzien anschauen müssen, auf denen Puntvold in regelmäßigen Abständen besteht, zeigt Fremde, namenlose, fast gesichtslose Menschen. Das hier ist viel schlimmer. Nicht wahr?«

Annmari nickte unmerklich.

»Aber es hilft ein wenig, dass sie so schlecht sind«, sagte sie. »Rein technisch, meine ich. Wenn ich die Augen ein bisschen zusammenkneife, kann ich die beiden kaum erkennen.«

»Diese Bilder sind bestimmt mit versteckter Kamera aufgenommen worden«, sagte Erik und richtete sich auf. »Jetzt nimmt die Sache allmählich Form an.«

Er schnitt eine Grimasse und streckte die Arme durch.

»Wann hast du zuletzt geschlafen?«, fragte er.

»Weiß ich nicht mehr. Glaubst du, Hermine wollte, dass diese Bilder gemacht werden?«

»Schwer zu sagen. Sie hatte sie ja schließlich in ihrem Besitz. Und du weißt, wo wir das Zeug gefunden haben: in einer Art Geheimfach. Hinter den Schubladen in der Küche hatte sie eine Furnierplatte angebracht. Dahinter lagen die Bilder und eine leere Tüte mit Resten von, wie ich vermute, Heroin. Aus Erfahrung würde ich sagen, dass er es war, der diese Szenen verewigen wollte. Du weißt schon, um später in Gedanken alles noch einmal genießen zu können. Ich wüsste auch gern, wo die Bilder aufgenommen worden sind. Wir werden der Sache natürlich nachgehen, und da sie bei Hermine gefunden worden sind ... nein, ich weiß nicht.«

»O verdammt«, sagte Annmari angeekelt und drehte die Bilder um. »Es geht mich ja nichts an, was die Leute hinter verschlossenen Türen so treiben, und vielleicht habe ich meine Vorurteile. Aber die beiden sind doch mindestens vierzig Jahre auseinander. Und außerdem Onkel und Nichte. Herrgott, was für eine Familie. Die sich gegenseitig umbringt und miteinander vögelt ... Himmel!«

»Zumindest eins davon ist ja nicht verboten.«

»Nein. Sie ist ja erwachsen. Aber ... Himmel!«

Erik lachte und klopfte ihr auf die Schulter.

»Jetzt führst du dich aber wirklich ein wenig kindisch auf, Polizeijuristin Skar.«

»Kann schon sein. Aber ...«

Sie schaute rasch auf die Uhr. Es war zwanzig vor fünf.

»Wo steckt Hanne?«

»Keine Ahnung. Alle fragen nach ihr. Ihr Handy ist ausgeschaltet. Nicht einmal Billy T. weiß, wo sie sich herumtreibt. Aber was fangen wir jetzt eigentlich mit den Fotos an?«

Sie lagen jetzt aufeinander, mit dem Bild nach unten auf Annmaris Schreibtisch, ganz am Rand, als wolle sie ihren Arbeitsplatz nicht mehr besudeln als unbedingt nötig.

»Wir fahren natürlich zu Alfred Stahlberg. Offenbar hat er eine engere Beziehung zu Hermine, als wir geglaubt haben.«

Wieder schnitt sie eine angewiderte Grimasse und fügte leicht gereizt hinzu:

»Ist der Kerl in Verbindung mit Hermines Verschwinden überhaupt befragt worden?«

»Sicher. Telefonisch.«

»Telefonisch«, schnaubte Annmari. »Ich kann dir sagen, diesmal kommt er nicht so leicht davon. Schick eine Streife. Eine uniformierte. Ich will den Kerl hier haben. Und zwar sofort. Und wenn er nicht freiwillig mitkommt, dann stell ich einen blauen Zettel aus.«

»Weswegen denn? Weshalb willst du den Mann vorladen?«

»Keine Ahnung. Irgendwas. *Obstruction of justice.* Aber versuch es zuerst im Guten. Es wäre mir sehr lieb, du führest selbst hin, Erik. Aber was in aller Welt ist nur aus Hanne geworden?«

»Das wüsste ich auch gern«, sagte Billy T.; er kam ins Zimmer gestürmt, ohne auch nur anzuklopfen. »Sie ist gegen drei Uhr gesichtet worden und dann einfach verschwunden.«

»Hallo«, sagte Annmari. »Du bist noch immer derselbe höfliche Junge wie immer, was?«

»Red keinen Mist. Wir sind alle müde, Annmari. Kein Grund, hier rumzupöbeln. Sieh dir lieber dieses kleine Ding hier an, du. Dann wird deine Laune sich sicher bessern.«

Er legte eine durchsichtige Tüte vor sie hin.

»Ein Magazin?«

Annmari tippte mit einem Kugelschreiber an die Tüte.

»Ich schätze, dass es CC nicht besonders leichtfallen wird, das hier zu erklären. Das ist ein Glock-Magazin, Annmari. Das in einem schlampig montierten Safe in Mabelles Wohnung in Kampen lag. Hab mir eben bestätigen lassen, dass es wirklich zu einer Glock gehört. Auf Carl-Christians Namen ist keine solche Waffe registriert, und in seiner Wohnung befand sich auch nichts, das Ähnlichkeit mit einer Pistole gehabt hätte. Revolver, das schon, ein legaler sogar, das hab ich auch schon überprüft. Aber keine Pistole, nur diese Glock in Mabelles Wohnung sowie eine ganze Schachtel voll 9-mm-Parabellum. Subsonic. Zur Verwendung mit Schalldämpfer.«

Annmari schien diese neuen Auskünfte gar nicht richtig verkraften zu können. Als acht Tage zuvor in der Eckersbergs gate vier Tote gefunden worden waren, hatten sie alle sich auf Ermittlungen vorbereitet, die Monate oder schlimmstenfalls Jahre dauern würden. Mordfälle brauchten immer ihre Zeit. Sie hatte es noch nie mit einem Vierfachmord zu tun gehabt, aber sie war davon ausgegangen, dass sie die Ermittlungen breit anlegen müssten: eine langsame und sorgfältige Entwicklung, die vielleicht in ferner Zukunft zu einer Anklage führen würde. In der Nacht auf den vergangenen Freitag hatte sie im Bett gelegen und sich hin und her gewälzt; sie hatte an den Albtraum von Prozess gedacht, der noch kommen würde, mit langen Perioden des Stillstandes und dem einen oder anderen direkten Rückschlag. Aber stattdessen schien die Sache einer blitzschnellen Aufklärung entgegenzugehen.

Mit ausdruckslosem Gesicht starrte sie das Magazin an. Billy T. kratzte sich an der Leiste und fluchte energisch.

»Jetzt sag schon was! Das ist doch ein echter Durchbruch! Ballistik und Technik werden erst mal ganz schön zu tun haben, aber ich wette eine Tasse Kaffee, dass die Sache für sie jetzt interessant wird.«

Das Telefon klingelte.

Annmari griff zum Hörer und kläffte ein »Hallo«. Dann verstummte sie. Ihre Miene zeigte keine Verärgerung mehr, sondern Interesse, dann sagte sie mit einem ungläubigen Ausdruck im Gesicht:

»Sie kommen sofort in mein Büro. Und dann sehen wir weiter. Danke.«

Langsam legte sie den Hörer wieder auf die Gabel.

»Ein Zeuge«, sagte sie. »Hat sich gemeldet. Ein Mann, der sicher ist, dass vorige Woche Donnerstagabend eine Frau durch die Eckersbergs gate zur Gyldenløves gate gerannt ist.«

Billy T. starrte sie skeptisch an.

»Und dann meldet er sich erst jetzt? Acht Tage später?«

»Die Rezeption hat angerufen. Der Mann steht unten. Er hat es schon am Freitag versucht und war schließlich sauer, weil er einfach nicht durchkam. Er kam immer nur bis zur Zentrale, sagt er, dann riss die Verbindung ab, wenn er durchgestellt werden sollte.«

»Am Freitag hatten wir hier doch Wildwestzustände«, sagte Billy T.

»Genau. Und dieser Mann wollte mit seiner Frau über Weihnachten nach Italien fahren und hat die Sache dann aufgegeben.

Ist heute zurückgekommen. Nachdem er die Zeitungen der letzten Woche gelesen hat, war er so schockiert, dass er jetzt unten im Foyer steht.«

»Schockiert?«

»Ja«, sagte Annmari und strich sich langsam über die Wangen. »Er hat Bilder in den Zeitungen gesehen. Er sagt, dass es Hermine war. Die wie gehetzt von der Eckersbergs gate 5 davonstürzte. Sie rannte wie eine Irre, so hat er sich ausgedrückt. Rannte wie eine Irre ...«

Dann knallte sie mit der Hand auf den Tisch.

»Aber wo zum Teufel steckt Hanne Wilhelmsen?«

Hermine Stahlberg war nicht tot. Ihr Unterarm war nackt, und unter der Haut pulsierte ganz schwach eine Ader. Auch an ihrem Hals waren Lebenszeichen zu erkennen. Silje tastete sicherheitshalber noch einmal nach. Sie wagte nicht, die Frau zu bewegen, die halb nackt in einer Abstellkammer auf dem Boden lag. Aus einem Regal hatte sich eine Flasche Reinigungsmittel über sie ergossen. Der synthetische Geruch vermischte sich mit dem Gestank von Urin und Exkrementen. Silje deckte Hermine mit einer schottisch karierten Decke zu. Hermine drückte ein Plüschkaninchen an sich; ein schmutzigrosafarbenes Tier mit abgerissenem Ohr und überdimensionalen Glotzaugen aus Kunststoff. Behutsam versuchte Silje, ihren Griff zu lockern. Ihre Finger klebten wie festgefroren an dem verdreckten Plüschfell. Silje ließ Hermine ihr Schmusetier behalten.

Erik Henriksen fragte sich, was er eigentlich erwartet hatte. Die Vorstellung, was ihnen in Alfreds Wohnung schlimmstenfalls bevorstehen könnte, war so widerlich gewesen, dass er auf der ganzen Fahrt hierher versucht hatte, sich an alte Schlagertexte und die Flüsse Asiens zu erinnern.

»Ruf einen Krankenwagen an, Erik.«

Silje kam auf ihn zu und versetzte ihm einen energischen Rippenstoß. Er stand breitbeinig mit erhobenen Händen da, die Finger leicht gespreizt, wie um ein Kind hochzuheben.

»Oder zwei«, drängte sie. »Wir brauchen zwei Krankenwagen, Erik.«

»Ich weiß nicht, was ich erwartet hatte«, sagte er.

»Erik! Schnapp dir dein Telefon und ruf die Krankenwagen. Und zwar sofort!«

Er begriff nicht, warum sie das nicht selbst machte. Seine Hände wollten sich nicht bewegen. Der eiskalte Schweiß kitzelte unter seinen Armen.

»Sie wollte zur Polizei gehen«, jammerte Alfred aus einer Ecke in der Küche. »Sie wollte zur Polizei gehen, verstehen Sie! Ich konnte die Bilder doch nicht finden! Ich habe bei Hermine überall gesucht, aber ich konnte sie nicht ... Sie müssen doch einsehen, dass ich sie nicht zur Polizei gehen lassen konnte!«

Der korpulente Mann presste sich in eine Ecke. Ab und zu versuchten seine Arme gewaltige Ausfälle ins Nichts, es war eine komische Karateparodie.

»Ich habe nichts verbrochen«, sagte er laut und lachte. »Nehmen Sie sie nur mit. Nehmen Sie sie mit und verschwinden Sie!«

Beim Herumfuchteln mit steifen Fingern traf er Silje im Bauch, sie hatte versucht, sich dem Mann zu nähern.

»Und hol Verstärkung«, schrie sie und sprang einen Schritt zurück. »Sofort!«

Endlich ließ Erik seine Arme sinken. Sein Mund war unerträglich trocken. Er biss sich auf die Lippe. Und er vergrößerte diese Wunde noch, indem er seine Schneidezähne in das weiche Fleisch bohrte, er spürte, wie weh es tat.

Verwundert nahm er den Geschmack seines eigenen Blutes wahr und zog endlich sein Telefon hervor.

»Du hörst schon, hier ist der Bär los. Wo in aller Welt hast du gesteckt? Du siehst ... total krank aus. Ist was passiert?«

Hanne Wilhelmsen sah wirklich jämmerlich aus. In ihrem Eifer, ihr von den Ereignissen des Tages zu berichten, hatte Annmari gar nicht gemerkt, dass die Augen der Kollegin blutunterlaufen und geschwollen waren. Der Mund wies einen fremden, resignierten Zug auf; eine Verletzlichkeit, die Annmari ihres Wissens noch nie bei Hanne gesehen hatte. Hanne wirkte durch und durch niedergeschlagen.

»Gestern Abend ist mir ein Gespenst begegnet«, sagte Hanne mit freudlosem Lächeln. »Und der heutige Tag war davon dann irgendwie geprägt. Aber ich lebe noch. Ist das nicht das Wichtigste?«

»Wo hast du denn gesteckt?«

Hanne antwortete nicht sofort. Es war eine halbe Stunde vor Mitternacht, hinter den kalten Fensterscheiben war alles schwarz. Am Tischrand flackerte eine Kerze. Sie war fast niedergebrannt.

»Damit solltest du vorsichtig umgehen«, sagte Hanne müde. »Beim letzten Mal hättest du fast das ganze Haus angesteckt.«

»Ich hab die Manschette weggenommen, die letztes Mal Feuer gefangen hat. Wo hast du nun gesteckt? Dieser Tag war der totale Wahnsinn. Der Fall Stahlberg braust weiter wie ein Expresszug, und ich wäre sehr viel glücklicher, wenn meine Hauptermittlerin einsähe, dass sie dabei erreichbar ...«

»Ich habe gearbeitet«, fiel Hanne ihr ins Wort. »Das wirst du dir ja wohl denken können. Erst habe ich sehr lange geschlafen. Und dann habe ich mich an die Arbeit gemacht.«

Aus ihrer geräumigen Schultertasche zog sie zwei Plastiktüten. Sie knallte sie zwischen sich und die Polizeijuristin auf den Tisch.

»Wenn ich mich nicht sehr irre«, sagte sie, »dann sind das die Waffen, mit denen vorige Woche Donnerstag vier Menschen ums Leben gebracht worden sind. In zwei oder drei Tagen werden wir das sicher wissen. Und das hier ...«

Sie legte ein Dokument neben die Waffen.

»... ist eine von mir verfasste Aktennotiz. Darüber, wie sie gefunden worden sind. Ich habe die Geschichte so weit wie möglich geschönt, um einem vielversprechenden, aber ziemlich naiven und übereifrigen Jungspund nicht die Polizeikarriere zu ruinieren, noch ehe sie angefangen hat. Ich bitte dich, mir dabei den Rücken zu stärken. Er heißt Audun Natholmen. Merk dir den Namen.«

Annmari rührte sich nicht. Sie starrte Hanne an. Ihr leiser Atem, kurz und keuchend, bildete das einzige Geräusch im Raum.

Hanne verschränkte die Arme über der Brust, lächelte müde und schloss die Augen.

Die Waffen, eine Pistole und ein Revolver, beide in Plastiktüten, lagen vor ihr, ohne dass sie auch nur gewagt hätte, sie sich genauer anzusehen. Die Kerze flackerte und war nun wirklich fast heruntergebrannt, der Docht zischte schon. Die Deckenlampe flackerte ebenfalls, blau und bedrohlich. Dann erlosch die Neonröhre.

»Machst du Witze?«, fragte Annmari Skar endlich. »Willst du dich über mich lustig machen, Hanne Wilhelmsen?«

Ihre Stimme klang ängstlich, fast kindlich.

»Bist du krank?«, fügte sie plötzlich hinzu, ihre Stimme zitterte. »Hanne! Was um Himmels willen soll das? Du siehst krank aus! Woher hast du das hier?« Hanne öffnete langsam die Augen, wie aus einem Traum erwachend, den sie nicht vergessen wollte.

»Hier ist es so dunkel«, sagte sie und beugte sich zur Tischlampe vor. »So, das ist besser. Nein, ich bin nicht krank. Ich bin ...«

Mit der rechten Hand schob sie Annmari ihren Bericht hin, aber die wollte ihn nicht anrühren.

»Erklär mir das lieber mündlich. Erzähl.«

»Lies«, sagte Hanne.

Zögernd, und noch immer ohne die Schusswaffen genauer anzusehen, nahm Annmari sich den Bericht vor. Nach einigen Minuten schaute sie vom letzten Blatt auf und legte die Unterlagen an den Schreibtischrand, wie Unrat.

»Das ist ein Skandal, Hanne! Das kann alles verdorben haben. Diese Jungen haben doch nicht mal versucht, in der Umgebung Spuren zu sichern. Wie zum Teufel konnte er nur auf eine dermaßen durch und durch idiotische Idee kommen? Und warum hast du diesen Bericht geschrieben, der dich selbst mehr oder weniger zum Sündenbock macht? Schreib noch einen, Hanne. Der Junge ist doch so oder so erledigt. Dermaßen unüberlegt zu handeln, aufgrund eines Hinweises, den er im Dienst angenommen hat, ohne Spurensicherung, ohne ... es gibt keinerlei Grund, warum du dich mit in den Sog reißen lassen solltest. So lieferst du das hier nicht ab.«

»Es ist abgeliefert«, sagte Hanne. »Bei dir. Eben gerade. Und ich nehme die Schuld auf mich, weil die Schuld nun einmal bei mir liegt. Ich habe versucht, mich daran zu erinnern, was ich zu Audun gesagt habe. Das Ganze zu rekonstruieren. Wie es im Bericht steht: Ich habe mich äußerst missverständlich ausgedrückt. Natürlich sollte es ein Witz sein, aber ich hätte doch begreifen müssen, dass der Junge es anders auffassen würde, als eine Art ... Absegnung.«

»Hanne ...«

Annmari hatte sich jetzt etwas gefasst, das Kräfteverhältnis zwischen beiden Frauen schien sich geändert zu haben. Sie rückte die Schreibtischlampe zurecht und zog eine neue Kerze aus der Schublade.

»Vielleicht sollte ich mir eine andere Beschäftigung suchen«, fügte Hanne hinzu. »Sicherheitshalber.«

Sie lächelte verlegen.

»Meine Zeit bei der Polizei ist vielleicht zu Ende. Ich könnte so viele andere Dinge machen. Ich bin im richtigen Alter. Zweiundvierzig Jahre. Wenn ich in diesem Leben überhaupt noch etwas anderes versuchen will, dann muss ich jetzt die Gelegenheit nutzen.«

Annmari steckte die Kerze in den Halter und zündete sie an. Dann erhob sie sich und ging zu Hanne hinüber. Sie ging neben ihr in die Hocke. Hanne wandte sich ab. Die Arme hatte sie noch immer fest und abwehrend über der Brust verschränkt.

»Du könntest ohne diesen Job nicht überleben«, sagte Annmari ruhig. »Und für uns wäre es ohne dich auch unendlich viel langweiliger. Ich wünschte nur ... dass du ab und zu ein bisschen taktisch vorgingest. Wenn es um andere Menschen geht. Ich habe nie begriffen, warum du um jeden Preis den Laden hier herausfordern musst. Ich bin noch nicht so lange hier wie du, aber ich habe Geschichten darüber gehört, wie du früher warst. Distanziert, ja, gut, aber du hast dich immer an die Vorschriften gehalten. Immer tadellos. Was ... was ist passiert, Hanne?«

»Ich war müde. Ich konnte nicht mehr.«

»Was denn? Was konntest du nicht mehr?«

Hannes Augen liefen über.

»Das ist nur eine Entzündung«, sagte sie.

Vorsichtig versuchte Annmari, ihre Hand zu nehmen.

»Ich weine wirklich nicht«, sagte Hanne laut. »Meine Augen

tun nur so schrecklich weh. Und ich hab einfach keinen Nerv, über meine privaten Angelegenheiten zu reden. Wir haben doch eigentlich auch so mehr als genug Gesprächsstoff.«

Sie nickte zu den Waffen hinüber.

»Mehr als genug«, wiederholte sie und versuchte, sich anders hinzusetzen, ohne Annmari zu berühren.

»Sie haben es auf dich abgesehen, Hanne.«

»Wer?«

»Die Chefs. Sie haben es total satt. Du hast so viele Sonderregeln für dich gefordert, dass ihre Geduld zu Ende geht. Der Abteilungsleiter ...«

»Der ist vor allem sauer auf dich.«

»Da bin ich nicht so sicher. Außerdem ist hier nicht von mir die Rede. Der Abteilungschef ist stocksauer darüber, dass du nicht im Team arbeiten kannst, dass du immer ... du weißt, was ich meine. Was er meint. Und Puntvold hat die Sache auch satt. Er hat mich nicht weniger als drei Mal auf dich angesprochen. Und das allein in dieser Woche.«

»Dieser Scheißheuchler«, sagte Hanne wütend. »Mir kriecht er doch dauernd hinterher!«

»Er meint, du brauchtest Urlaub. Seiest überarbeitet. Hält dein ganzes Gerede über Sidensvans für eine fixe Idee. Und eigentlich ist er da ja nicht der Einzige.«

»Und du?«, fragte Hanne und schaute ihr endlich in die Augen. »Siehst du das auch so?«

Annmari erhob sich und schüttelte ein Bein aus.

»Wie ich das sehe?«, fragte sie, als sie sich wieder gesetzt hatte. »Ich denke auch, dass ein Urlaub dir guttun würde. Das war doch auch so geplant. Oder nicht? Dass du dir über Weihnachten vierzehn Tage freinehmen wolltest?«

»Ist Sidensvans deiner Ansicht nach eine fixe Idee von mir?«

Annmari hatte die Waffen noch immer nicht berührt. Sie musterte sie nur durch die Plastiktüte, als könne sie noch immer nicht begreifen, dass sie wirklich vorhanden waren.

»Knut Sidensvans ist einem grauenhaften Verbrechen zum Opfer gefallen«, sagte sie. »Und deshalb ist er eindeutig wichtig. Aber so, wie der Fall inzwischen explodiert ist, kann ich nicht einsehen, wieso es gerade jetzt solche Eile haben soll, mehr über ihn herauszufinden. Natürlich muss das geschehen. Aber unsere Mittel sind begrenzt. Die Beweise gegen gewisse Stahlbergs strömen nur so herein. Wie nach einem Dammbruch. Wir müssen mit Eile weilen. Der Sache Struktur geben, Stein auf Stein türmen und dafür sorgen, dass die Anklage, wenn sie denn irgendwann einmal erhoben wird, so unangreifbar ausfällt wie möglich. Alles zu seiner Zeit, Hanne!«

»Aber hör mir doch zu!«

Hanne schob die Waffentüten beiseite, lässig und beiläufig mit dem Handrücken, dann beugte sie sich zu der Polizeijuristin vor.

»Wir sollten die da wohl so schnell wie möglich in Sicherheit bringen«, sagte Annmari und zeigte auf die Waffen. »Die können doch nicht einfach so hier rumliegen ...«

»Ein Verbrechen«, sagte Hanne laut. Annmari wäre fast zusammengezuckt. »Ab und zu denke ich, dass ein Verbrechen seine eigene ... Persönlichkeit hat. Und was mir in all diesen Jahren geholfen hat, war, dass ich immer versucht habe, mich hineinzuversetzen. In das Verbrechen. Ich versuche ...«

Sie legte die Hand hinters Ohr und lächelte.

»Ich versuche zu hören«, sagte sie. »Was es mir erzählt.«

»Und der Fall Stahlberg erzählt dir ...«

»Vielerlei. Erstens, dass es nicht geplant gewesen sein kann. Nicht so, wie es durchgeführt wurde, jedenfalls. Natürlich kann irgendwer Pläne für diesen Abend gehabt haben, um eins oder mehrere der Opfer umzubringen, aber der ganze Tatort ist zu auffällig, zu ... laut. Zu lärmend. Der Täter oder die Täter hatten zum Beispiel ungeheures Glück, dass sie nicht gehört oder gesehen worden sind.«

»Schalldämpfer«, sagte Annmari und zeigte wieder auf die Waffen.

»Aber denk an das Geheul der anderen. An das Geschrei.«

»Hermine wurde doch gesehen. Wie ich dir gesagt habe. Als sie vom Tatort davonstürzte.«

»Vielleicht.«

Hanne nickte eifrig.

»Das ist gut möglich. Wir wissen nicht sicher, ob sie es war, aber es ist durchaus möglich, dass Hermine die Morde begangen hat. Und wenn Billy T.s Waffenfrau ...«

»Waffenfrau?«

»Vergiss es. Wenn diese Waffenverbindung die Glock hier identifizieren kann, dann sitzt Hermine wirklich in der Tinte. Aber hör zu, Annmari. Hör dem Verbrechen zu. Versuche, der Logik der Morde zu folgen.«

Annmari ertappte sich wirklich dabei, dass sie horchte, dass sie den Atem anhielt, um vielleicht eine Stimme zu erfassen, durch die Wand, von den Waffen her, aus ihrem eigenen Kopf.

»Hörst du?«

Hanne hielt ihren Blick fest.

»Die Lage ist chaotisch«, sagte sie leise. »Sidensvans kommt zu Besuch. Ein willkommener Gast. Er soll festlich empfangen werden, mit Champagner und Gourmet-Häppchen. Und Kuchen. Der Hausvater öffnet die Tür. Fröhlich, vielleicht. Und dann wird Sidensvans erschossen.«

»Wir wissen doch nicht ...«

»Sidensvans wurde als Erster erschossen, Annmari. Er fällt vornüber. Hermann ...«

»Hanne! Wir haben das alles noch nicht rekonstruiert! Daran wird wie besessen gearbeitet, aber ...«

»Hör doch zu, zum Henker!«

Hanne beugte sich jetzt weit vor und ergriff Annmaris Hände.

»Der Täter steht auf der Treppe oder bei der Haustür. Er erschießt Sidensvans. Danach geht er zum Treppenabsatz hoch und erschießt Hermann. Preben stürzt herbei. Und wird ebenfalls erschossen. Nur so lässt die Position der Leichen sich erklären. Sidensvans noch im Mantel, die Füße über der Türschwelle. Hermann dahinter, und Preben ...«

»Ja, sicher!«

Annmari riss ihre Hände los.

»Das haben wir ja als eine Art Arbeitshypothese genommen, aber was ...«

»Der Täter geht weiter in die Wohnung hinein. Wir haben die ganze Zeit geglaubt, dass er zu Turid wollte. Auch sie töten. Aber was, wenn es dem Täter gar nicht um Turid ging? Was, wenn der Mörder nur sichergehen wollte, dass es keine Zeugin mehr gab?«

»Aber sie ...«

»Sidensvans wurde zuerst ermordet, Annmari! Wenn Hermine schuldig ist, dann will ich wissen, was sie gegen Sidensvans hatte. So, wie der Fall zu mir spricht, erzählt er die Geschichte von einem misslungenen Mord.«

»Es waren vier Morde.«

»Die vielleicht gar nicht hätten passieren sollen. Dass wir heute, acht Tage darauf, tonnenweise über Beweise verfügen, die vielleicht für eine Verurteilung schon ausreichen, sollte uns doch stutzig machen. Hast du je ...«

Sie schlug sich energisch vor die Stirn, als ob der Schmerz ihre Gedanken klarer und ihre Worte überzeugender machen könnte.

»Hast du es je erlebt, dass wir in so kurzer Zeit in irgendeinem Fall über so viele Beweise gestolpert sind? Na? Hast du?«

Hanne schrie jetzt fast. Annmari hob besänftigend die Handflächen.

»Nein, aber ... «

»Die Stahlbergs waren eine kaputte Familie«, sagte Hanne plötzlich wieder ruhig. »Ein schöner Firnis, der gerade scheußliche Falten warf. Aber dass Familienmitglieder einander hassen, bedeutet nicht, dass sie sich gegenseitig umbringen. Wir sind es den drei Verdächtigen schuldig, dass wir auch in anderen Bahnen denken. Zumindest probeweise. Und sei es nur, weil das einen besseren Eindruck macht. Wir sind es uns auch selbst schuldig.«

Müde erhob sie sich aus dem Sessel.

»Ich muss gehen«, sagte sie. »Hab jede Menge Post zu sortieren.«

»Jetzt? Es ist doch schon ... halb eins!«

»Irgendwann muss ich das ja erledigen. Und außerdem ... «

Mit der Klinke in der Hand drehte sie sich ein letztes Mal zu Annmari um.

»Wenn Hermine zu einem Mord fähig ist«, sagte sie langsam, »was ja der Fall sein kann, warum hat sie dann nicht Alfred umgebracht? Warum um alles in der Welt hat sie dann einen solchen Kerl am Leben gelassen?«

Dann zuckte sie mit den Schultern und überließ Annmari sich selbst.

Hanne Wilhelmsen hatte das überquellende Postfach im menschenleeren Vorzimmer geleert. Im Korb für die eingegangene Post in ihrem Büro ragte auch ein Papierturm auf. Seit über einer

Woche hatte sie stets nur kurz überflogen, was ihr in die Hände gedrückt worden war. Sie würde Stunden brauchen, um alles durchzusehen. Aber da sie ohnehin nicht schlafen konnte, wollte sie so lange hier sitzen, wie sie es nur über sich brachte. Offenbar war sie hier im Haus nicht mehr wirklich willkommen. Und da war es doch schlichtweg angenehm, nachts zu arbeiten, ohne sich um andere kümmern zu müssen. Ungestört, so, wie es ihr am liebsten war.

Sie war unnormal und anders. Stur und unflexibel. Vielleicht war sie immer schon so gewesen. Kåre hatte vielleicht recht; mit ihr stimmte etwas nicht, von Geburt an, etwas Genetisches vielleicht, ein erblicher Fehler, der es ihr schon als Kind unmöglich gemacht hatte, geliebt zu werden. All die Jahre hindurch hatte sie ihr Anderssein für ihre freie Wahl gehalten. Aber das war vielleicht doch ein Selbstbetrug gewesen. Sie hatte keine Wahl gehabt. Sondern einen Defekt.

Sie biss die Zähne zusammen und öffnete den Verschluss einer halb leeren Colaflasche.

Es war aber auch nicht nur ihre Schuld. Nicht alles war ihre Schuld. Einer Vierjährigen darf man nicht erzählen, dass sie ein auf der Müllhalde entdecktes Findelkind ist, dachte sie, nur, weil sie nicht so früh lesen lernt wie ihre Geschwister. Ihr Vater hatte natürlich einen Witz gemacht. Aber Hanne war ein Kind gewesen und hatte ihm geglaubt.

Sie atmete jetzt ruhiger.

Sie hatte ein Zuhause, sie hatte Nefis. Nefis und sie gehörten zusammen. Und sie hatte Marry. Seit Alexander dazugekommen war, waren sie eine ganze Familie.

Sie fing an, die Hausmitteilungen auf einen Stapel zu legen, die offiziellen Schreiben verschiedener Dienststellen auf einen anderen und alles, bei dem sie nicht so recht wusste, was sie damit machen sollte, auf einen dritten. Als sie alle sortiert hatte, sank ihr der Mut. Jetzt ragten drei Türme auf ihrem Schreibtisch auf.

»Herrgott«, murmelte sie. »Da könnte ich auch gleich mit einem Sieb Wasser schöpfen.«

Als sie vorsichtig versuchte, zwei Stapel nach hinten zu schieben, um Platz für die Arbeit am dritten zu haben, stürzten alle Türme ein. Unterlagen und Briefumschläge, Zettel und Mitteilungen lagen jetzt wild durcheinander auf dem Boden. Sofort wurden ihre Kopfschmerzen schlimmer.

Ein Brief war bis zur Tür gesegelt. Hanne blieb einen Moment hilflos sitzen und überlegte, ob sie einfach alles liegen lassen sollte. Und nach Hause gehen. Schlafen. Der Putzmann würde alles aufräumen. Und andere konnten sich dann um die verdammte Post kümmern.

Natürlich würden sie das nicht tun.

Bei der Tür anzufangen, war vielleicht gar keine schlechte Idee. Das System des Zufalls ist ebenso gut wie jedes andere, dachte sie resigniert.

Der Briefumschlag, der ganz allein vor der Türschwelle lag, stammte von der Telefongesellschaft Telenor.

Hanne riss ihn auf und ließ ihre Finger über die dichten Zahlenkolonnen wandern, aus denen hervorging, welche Nummern Knut Sidensvans in den letzten Tagen seines Lebens angerufen hatte. Sechs Gespräche am Tag des Mordes, einige davon ziemlich ausdauernd.

Hanne ging zu ihrem Sessel zurück, ohne ihren Blick von dem Ausdruck zu entfernen. Um ihre Füße herum raschelten Briefe und Papier, fast der halbe Fußboden war jetzt damit bedeckt. Langsam setzte sie sich und schaltete ihren Computer ein. Der Ausdruck, den sie bei der Telefongesellschaft angefordert hatte, listete alle Nummern auf, die Sidensvans angerufen hatte oder von denen aus er angerufen worden war. Sie hatte vergessen, auch die Namen anzufordern. Die gerichtliche Erlaubnis hatte sie. Aber es würde viele Tage dauern, bis eine neue Aufstellung vorläge.

Der Bildschirm flackerte bläulich auf und kam endlich zur Ruhe. Das Suchprogramm brachte sofort die gewünschten Treffer.

An seinem Todestag hatte Knut Sidensvans zweimal in der Universitätsbibliothek angerufen. Beide Gespräche hatten weniger als zwei Minuten gedauert. Am frühen Morgen hatte er ein längeres Telefonat mit dem Meteorologischen Institut geführt. Um 13.32 Uhr hatte er sich vom Chinesen etwas zu essen bringen lassen. Und nach seinem allerletzten Gespräch brauchte sie nicht zu suchen. Die Nummer kannte sie nur zu gut. Sidensvans hatte mit irgendwem in Grønlandsleiret 44 gesprochen.

Um 14.29 Uhr am Donnerstag, dem 19. Dezember hatte Knut Sidensvans also das allerletzte Telefongespräch seines Lebens geführt, und zwar mit jemandem von der Polizei.

Das war eigentlich nicht weiter überraschend.

Er hatte an einem Artikel über die Polizei gearbeitet. Knut Sidensvans hatte über die Polizei schreiben sollen und dort natürlich Informanten gehabt.

Es war also nicht weiter überraschend.

Das allerletzte Telefongespräch seines ganzen Lebens.

Wieder empfand Hanne diese sonderbare Angst. Sie machte ihr das Herz schwer; eine Traurigkeit, vermischt mit Angst, die sie verunsicherte und Heimweh in ihr aufkommen ließ. Sie versuchte, sich zu erinnern, wann ihr zuletzt so zumute gewesen war, ob ihr jemals ein Fall solche Angst gemacht hatte, dass sie am liebsten aufgegeben hätte.

Ihr wurde heiß. Als sie die Nummer der Auskunft wählte, merkte sie, dass ihre Hände dennoch eiskalt waren.

»Åshild Meier«, bat sie. »In Drøbak. Bitte, stellen Sie mich gleich durch.«

Die Verlagslektorin meldete sich nach dreimaligem Klingeln, sie klang überaus schlaftrunken.

»Dieses Buch ist ziemlich umfassend«, sagte sie, als Hanne sich für den Zeitpunkt ihres Anrufs entschuldigt hatte. »Es ist eher ein Nachschlagewerk. Es enthält insgesamt mehr als dreißig Artikel, wir haben uns für die Artikelform entschieden, statt einer eher chronologischen, einheitlichen ...«

»Worüber sollte Sidensvans schreiben?«, fiel Hanne ihr ins Wort.

»Er sollte sich die Kriminalitätsentwicklung in den Großstädten vornehmen«, sagte Åshild Meier. »Von 1970 bis heute. Sidensvans kannte sich doch so gut mit Statistiken aus, und da dachten wir, er könnte einige Trends skizzieren, so könnte man das sagen. Er sollte die Entwicklung in Oslo und Bergen mit der in drei ausgewählten Kleinstädten vergleichen. Eine umfassende Arbeit, natürlich. Mehrere der Artikel hätten als eigenständige Abhandlungen durchgehen können. Aber das Buch soll ja auch erst im Januar 2006 erscheinen. Dann feiert das Polizeidirektorat seinen fünfzigsten Geburtstag. Aber das wissen Sie ja.«

»Wie weit war er gekommen?«

Hanne hatte das Gefühl, dass die Frau am anderen Ende der Leitung ihren Puls hören konnte, und sie gab sich alle Mühe, sich nicht auch noch atemlos anzuhören.

Åshild Meier zögerte mit der Antwort.

»Es hat uns ein wenig Probleme gemacht, ihn als Forscher anerkennen zu lassen«, sagte sie schließlich. »Er gehört doch keiner Forschungsinstitution an. Und er brauchte schließlich Zugang zu Archiven und so weiter. Aber darum hat sich dann am Ende das Direktorat gekümmert.«

»Aber wie weit war er gekommen?«

»Noch nicht sehr weit. Er hatte bisher noch nichts geschrieben, glaube ich. Aber nach allem, was er bei unserem letzten Gespräch erzählt hat, hatte er sich schon über allerlei Fälle informiert. Warum ... worum geht es hier eigentlich?«

Hanne gab keine Antwort. Aus ihrer linken Achselhöhle strömte kalter Schweiß. Sie glaubte, auf dem Gang Schritte zu hören. Sie hörte oft Schritte auf dem Gang, aber diese waren langsamer als gewöhnlich, und als sie genauer horchte, verstummten sie.

»Hallo?«

»Ich bin noch dran«, sagte sie rasch. »Hat er Ihnen überhaupt Genaues darüber erzählt, was er schon entdeckt hatte?«

»Nein, ich glaube nicht.«

Zum ersten Mal wirkte Åshild Meier ungeduldig.

»Tut mir leid«, sagte Hanne und kniff sich in die Nasenwurzel. »Es tut mir wirklich leid, dass ich Sie geweckt habe.«

»Ist schon gut«, sagte Åshild Meiers müde Stimme. »Kann ich sonst noch etwas für Sie tun?«

»Nein. Danke. Gute Nacht. Und ich möchte noch einmal um Entschuldigung bitten.«

Als sie auflegte, reichte sogar das Klicken des Hörers auf der Gabel aus, um ihr Angst einzujagen. Sie musste nach Hause. Ihr Gehirn brauchte eine Ruhepause. Ihre Nerven auch.

Ein einziges Mal hatte sie bisher so empfunden. Damals, als sie jung und beliebt gewesen war und ihre kühle Beherrschung aller Dinge überall Anerkennung gefunden hatte. Wenn sie die Augen schloss, konnte sie sich an das Datum erinnern: 11. Oktober 1992. Ein Sonntag, später Nachmittag. Sie hatte mitten in den Ermittlungen in einem Fall gesteckt, der immer weitere Kreise gezogen hatte, schließlich bis ins Regierungsgebäude hinein. Vor ihrem

Büro war sie niedergeschlagen worden, plötzlich, unerwartet. Von dem Schlag hatte sie eine Anfälligkeit für Kopfschmerzen übrig behalten, die ab und zu zwar nachließen, die sie in Zeiten wie diesen, mit wechselhaften Temperaturen und hoher Luftfeuchtigkeit, jedoch oft deprimierten und ihr den Schlaf raubten.

Trotzdem dachte sie jetzt nicht so sehr an den Überfall selbst.

Es war vielmehr die Angst von damals, die sie überkam, das Entsetzen der ersten Sekunden, nachdem sie im Krankenhaus wieder zu sich gekommen war. Jetzt, in dieser Nacht, kurz nach Weihnachten und über ein Jahrzehnt später, war diese Angst plötzlich zum Greifen nah. Die Angst davor, nicht beschützt zu werden. Die Angst davor, dass keine sicheren Mauern mehr zwischen ihr und denen da draußen aufragten.

Es war die Stille hinter der Tür, die sie bedrohte.

SAMSTAG, 28. DEZEMBER

Es war morgens um zehn vor neun. Wieder stand Hanne in Knut Sidensvans' Wohnung. Diesmal war sie allein, und sie ließ sich Zeit, um die ganz besondere Stimmung in dem übervollen Wohnzimmer in sich aufzunehmen. Die Türme aus Büchern und Zeitschriften auf dem Boden ergaben die Miniaturausgabe einer Großstadt; Wolkenkratzer des Wissens, getrennt durch Straßenschluchten. Langsam ging sie von der Tür zum Schreibtisch. Ein Schritt nach links, zwei nach rechts, dann geradeaus. Sie betrachtete das oberste Buch auf einem Stapel, der ihr bis an die Hüfte reichte. Es handelte von Schnauzern und war auf Deutsch verfasst.

Diesmal wagte sie, die Schreibtischlampe einzuschalten. Vorsichtig zog sie Silikonhandschuhe an, streifte sie über und drückte auf den Schalter. Das Licht fiel im schrägen Winkel auf die Platte, plötzlich fiel ihr ein Ausweis auf. Er lugte unter einer Zeitung hervor, die am Rand des großen Schreibtisches lag.

Vorsichtig zog sie den Pass hervor, sie berührte das kleine rote Heft dabei kaum. Sie hatte Sidensvans nur ein Mal gesehen. Mit einem Kopfschuss. Nachdem ein Hund einen Teil seines Ohrs abgebissen und sich an seinem Gehirn gütlich getan hatte. Sie blätterte weiter.

Das Bild zeigte einen ernsten Mann. Er hatte ein rundes Gesicht; die weichen Rundungen der Kinnpartie wirkten kindlich. Die Nase war klein, die Stirn breit, mit hohem Haaransatz und

Geheimratsecken. Eine kecke Spitze aus nach hinten gekämmten Haaren wurde von Gel oder Haarwasser genau in der Mitte festgehalten. Sidensvans war weder schön noch hässlich. Er sah ziemlich normal aus, das Klischee eines Beamten. Hanne hielt das Bild ins Lampenlicht.

Es waren die Augen, die ihn zu etwas Besonderem machten.

Das Passbild war bunt, aber es war so klein, dass Hanne sich in den Lichtkegel beugen musste, um richtig sehen zu können. Sidensvans' Augen saßen dicht nebeneinander. Das verstärkte den abweisenden Eindruck, zu dem auch der trotzig nach unten verzogene Mund beitrug.

Vorsichtig legte sie den Pass weg und machte sich an die Arbeit.

Als Erstes fotografierte sie die Wohnung. Das ist eigentlich nicht meine Aufgabe, dachte sie, während sie sorgfältig den auffälligen Unterschied zwischen dem Chaos auf dem Boden und der peinlichen Ordnung auf dem riesigen Schreibtisch dokumentierte. Sie machte trotzdem weiter. Energisch und zielsicher; die Angst der Nacht wich einer eifrigen Spannung. Die Kamera schien ihr dabei zu helfen, klarer zu sehen, als erleichtere der begrenzte Ausschnitt im Sucher ihr die Konzentration. Langsam ließ sie den Apparat sinken. Wieder wanderten ihre Blicke über den Tisch, über Stapel von leeren Blättern, über ein Buch über einen Meisterdieb und eine Organisationskarte des Polizeidistrikts Oslo. Sie hob eine Zeitung auf und fand darunter einen Sonderdruck über widerrechtlich verhängte Untersuchungshaft. Unter einem gläsernen Briefbeschwerer fand sie einen Artikel aus der Zeitung *Aftenposten*. Er stammte von einem bekannten Kriminologen und handelte davon, wie oft die Polizei Ermittlungen gegen bekannte Täter einstellte. Hanne erinnerte sich an den Artikel, er war mehrere Jahre alt. Vorsichtig stellte sie den Briefbeschwerer wieder zurück.

Irgendetwas fehlte.

Sie wusste, dass irgendetwas fehlte.

Auch wenn Knut Sidensvans von seinem Artikel über die Entwicklung der großstädtischen Kriminalität noch nicht viel geschrieben hatte, musste er doch schon mitten in der Arbeit gewesen sein. Vor weniger als zwei Stunden hatte Hanne Wilhelmsen in aller Herrgottsfrühe dem Fernarchiv einen Besuch abgestattet, wo alle eingestellten und abgeschlossenen Ermittlungen des Polizeidistrikts Oslo verzeichnet waren. Ein vergrätzter Archivar hatte sich aus den Federn zerren lassen, um ihr zu helfen. Sie hatten nur einige Minuten gebraucht, um festzustellen, dass Knut Sidensvans noch nie einen Fuß in dieses Archiv gesetzt hatte. Sein Name tauchte in keinem Protokoll auf. Hannes Enttäuschung war offenbar deutlich zu sehen gewesen. Der gähnende Archivar fuhr sich nachdenklich über die Haare und machte sich dann daran, den Posteingang zu untersuchen.

»Hier«, sagte er endlich. »Daher kenne ich den Namen also. Ich hatte es mir ja schon gedacht, wissen Sie, als ich diesen komischen Namen in der Zeitung gelesen habe. Von dem Burschen hab ich schon mal gehört, dachte ich. Aber ich kam einfach nicht darauf, wo.«

Er reichte ihr einen Brief.

Er stammte vom Polizeidirektorat und war vom 23. Oktober datiert. Er teilte mit, dass Knut Sidensvans im kommenden Jahr Zugang zu allen archivierten Fällen erhalten sollte. Und das Direktorat bat freundlichst um bereitwillige Unterstützung.

»Kopie an uns«, sagte der Mann und zeigte auf die letzte Zeile des Schriftstücks. »Es ist ja an den Chef gerichtet. Und dann an Bergen. Sie sollten bei der Polizei in Bergen anrufen. Vielleicht hat er ja dort angefangen. O verdammt! Ich wusste ja, dass ich schon mal von diesem Burschen gehört hatte!«

Dann gähnte er wieder, und Hanne überließ ihn seinem Schicksal. Sie wollte weg von Grønlandsleiret, aus dem Blickfeld der Kollegen, weg von den Fragen, auf die sie noch keine Antwort wusste. Erst, als sie auf dem Weg zu Sidensvans' Wohnung am Munch-Museum vorbeikam, blieb sie stehen, um ihren alten Kollegen Severin Heger anzurufen. Er hatte sich um eine Stellung in seiner Heimatstadt beworben, nachdem er sich als Schwuler geoutet und bei der Überwachungspolizei gekündigt hatte. Jetzt war er bei der Polizei in Bergen Abteilungsleiter und brauchte beeindruckenderweise nur neunzehn Minuten, um sie zurückzurufen.

»Er war hier, Hanne. Mehrmals sogar.«

Sein Akzent war jetzt deutlicher zu hören als damals, als er sich in den oberen, geheimen Etagen des Polizeigebäudes versteckt hatte. Eifrig und mit Zäpfchen-R redete er weiter:

»Komischer Kerl, sagen sie hier. Und Hanne ... ich sag es ja nicht gern, aber offenbar hat er von allerlei Unterlagen Kopien machen dürfen. Der Kerl hier im Archiv konnte nicht so recht einsehen, warum Sidensvans so viele Notizen machen konnte, wie er wollte, aber nichts kopieren durfte. Also hat er ... «

»Severin«, fiel Hanne ihm ins Wort. »Warum zum Henker habt ihr uns nicht mitgeteilt, dass ihr zu Sidensvans Kontakt hattet? Hier stecken wir mitten im größten Mordfall aller Zeiten, und dann latscht da bei euch irgendwer rum, der möglicherweise wichtige Informationen über eins der Opfer hat, und meldet sich nicht. Das macht mich doch ... «

»Es sind Ferien, Hanne. Es ist Weihnachten, verdammt noch mal!«

»Stell fest, was er kopiert hat, Severin. Tu mir den Gefallen!«

»Das kann dauern.«

»So schnell wie möglich.«

»Du hörst dich verdammt gestresst an, Hanne.«

»Bis nach dem Wochenende.«

»Aber ich soll doch feststellen ...«

»Und so diskret wie möglich. Okay?«

Das Telefon knisterte, als er lachte.

»Dieselbe alte Hanne, das merke ich schon. Geheimnisvoll und ...«

»Bis nach dem Wochenende. Bitte, Severin. Danke.«

Hanne brach die Verbindung ab, ehe er noch etwas sagen konnte. Inzwischen hatte sie die Wohnung auf Ola Narr fast erreicht. Ein Nachbar grüßte sie im Treppenhaus, als ob sie auch hier wohnte, was ihr gänzlich fernlag. Sidensvans' Wohnzimmer hatte etwas von einem Grab, es war ein verstaubtes Mausoleum eines vielseitig gebildeten Mannes, den niemand vermissen würde.

Hanne Wilhelmsen kannte sich mit Computern besser aus, als es bei der Polizei eigentlich erwartet wurde. Trotzdem war das, was sie jetzt tat, völlig inakzeptabel. Dafür hatten sie ihre eigenen Leute. Kompetente Spezialisten, die genau wussten, was sie taten, sodass nicht die Gefahr bestand, wichtige Beweise zu zerstören. Hanne wusste von Programmen, die Dateibestände zerstörten, sowie Unbefugte sich mehrmals falsch einloggten. Es gab andere Programme, die mögliche Beweise auf der Festplatte, die sie jetzt hochfuhr, sofort löschen würden, wenn sie nicht ein geheimes Passwort zur Hand hätte, das beim Starten abgefragt wurde. An das alles dachte sie, als ihr Finger sich dem Einschaltknopf näherte. Sie könnte mit einem Tastendruck alles zerstören.

Der Apparat begann zu summen. Das Bild auf dem Schirm flackerte.

Plötzlich dröhnte die Microsoft-Melodie aus den Lautsprechern; sie fuhr zusammen und drehte leiser.

Er hatte seinen Computer nicht einmal abgesichert.

Knut Sidensvans hatte offenbar keine Angst gehabt. Er hatte sich von nichts und niemandem bedroht gefühlt. Der Computer war ein offenes Buch, und es gab keine Codes oder geheime Passwörter. Hanne machte sich auf die Suche.

Es war kaum zu glauben.

Der Computer war fast leer.

In dem Ordner »Eigene Dateien« fand sie einen kurzen Text über Rhododendren und einen eingescannten Artikel über den Lebensstandard der Zuwanderer in Oslo. Sonst nichts. Sie öffnete einen Ordner nach dem anderen. Die meisten waren leer und hatten nichtssagende Bezeichnungen. In dem Ordner »Eigene Bilder« fand sie das Foto eines roten Luxuswagens.

Im Zimmer war es jetzt warm geworden. Überrascht stellte Hanne fest, dass sie noch immer ihre dicke Jacke trug. Sie streifte sie ab und legte sie vorsichtig auf den Boden, wo zwischen den vielen Stapeln aus Büchern und Zeitschriften gerade genug Platz war.

Sie öffnete Outlook Express, ohne eine Verbindung zum Netz herzustellen.

Der Posteingang enthielt sechs oder sieben Spam-Mails und eine Nachricht von Telenor, wo es um ein Angebot für billigeres Breitband ging. Das war alles. Sie sah unter »Gesendete Nachrichten« nach. Drei uninteressante Mails. »Entwürfe«. Nichts. »Gelöschte Nachrichten«. Leer.

Sie zögerte, aber nicht lange.

Sie klickte auf »Senden / Empfangen« und ging ins Netz. Vier Sekunden darauf liefen die Nachrichten ein.

Gerichtet waren sie an sidensvans@online.no.

Aber die Absenderadresse ließ sie stutzen: knutsiden@online. no.

Der Mann hatte vier Mails an sich selbst geschickt.

Wie Nefis es bisweilen ebenfalls machte.

Hanne schwitzte, wieder dieser kalte Schweiß, der ihr in großen Tropfen über den Körper lief. Vor Durst schien ihre Zunge dick angeschwollen zu sein. Langsam, noch immer vorsichtig, um nichts umzustoßen, suchte sie sich einen Weg vom Wohnzimmer in die Küche. Der widerliche Gestank verfaulender Nahrungsmittel schlug ihr entgegen, als sie die Tür öffnete. Jemand hätte den Kühlschrank leeren, das halb gegessene und total verschimmelte Brot aus der durchsichtigen Brottrommel aus Kunststoff entfernen müssen. Sie hätten diese Wohnung schon längst durchsuchen müssen. Ordnung schaffen und dafür sorgen, dass nichts beschädigt oder zerstört wurde. Und sei es auch nur aus Respekt vor dem Toten, einem Mann, der ein so stilles Leben geführt hatte und dann im Schatten von etwas ermordet worden war, das größer war als er selbst.

Hanne ließ lange das Wasser laufen. Statt in einem der altmodischen Hängeschränke nach einem Glas zu suchen, beugte sie sich über das Waschbecken und hielt den Mund unter den Hahn.

Als sie sich aufrichtete und mit dem Handrücken über ihren Mund fuhr, fiel ihr ein, warum Nefis zwei Mailadressen hatte und sich kurz vor Feierabend oft selber Unterlagen zuschickte. Mit geschlossenen Augen konnte Hanne ihre Stimme hören, singend, mit dem leichten Akzent, der jetzt fast verschwunden war.

»Eine zusätzliche Sicherheit. Wenn die Diskette mit der Datei kaputtgeht, dann liegt meine Arbeit draußen auf einem Server, und ich kann sie mir morgen früh zu Hause herunterladen.«

Knut Sidensvans hatte keine Angst vor einem Einbruch gehabt. Sondern davor, wichtige Unterlagen zu verlieren.

Hanne drehte den Wasserhahn zu. Dann ging sie zurück in

Knut Sidensvans' Wohnzimmer und öffnete die vier Dateien, die er sich selbst geschickt hatte. Sie brauchte zehn Minuten, um sie auszudrucken und zu sortieren. Eine halbe Stunde darauf hatte sie sie gelesen. Sie brauchte weitere dreißig Minuten, um zu begreifen, was sie da gelesen hatte.

Sorgfältig faltete sie die Blätter zusammen und fuhr den PC herunter. Die Unterlagen schob sie in ihren Hosenbund, ehe sie die Jacke anzog. Die Angst der letzten vierundzwanzig Stunden, die tiefe Unruhe, die sie während der letzten Tage gequält und für die sie keine Erklärung gefunden hatte, war verflogen.

Stattdessen fluchte sie. Sie stieß alle Verwünschungen aus, die ihr nur einfielen, und sie fluchte gotteslästerlich, als sie die Tür hinter sich schloss. Als sie die Treppe hinuntereilte, um so schnell wie möglich ein Taxi zu finden, fluchte sie im Takt, in dem ihre Absätze auf den Beton knallten: »Shit. Shit. Shit.«

Es gab jetzt viel zu tun. Das Allerwichtigste war, mit Henrik Heinz Backe zu sprechen.

Diesmal war es eine andere Frau. Sie war jünger und machte einen weniger freundlichen Eindruck. Carl-Christian Stahlberg hätte gern gewusst, ob sie Frauen einsetzten, weil sie meinten, dass er dann kooperativer werden würde. Und ehrlicher. Er wäre gern kooperativ und ehrlich gewesen, aber es war zu schwer, ohne Lügen zu dem vorzustoßen, was keine Lüge war.

»Hermine hat also eine Waffe gekauft.« Die Frau ließ nicht locker. »Wissen Sie darüber etwas?«

Ihre Stimme war hell, und sie lispelte ein wenig. Sie hatte einen Namen mit vielen Lispellauten, aber er konnte sich nicht daran erinnern. Sein Gehirn schien keinen Klebstoff mehr zu besitzen, kaum etwas blieb darin haften, kein Name. Nicht einmal der des Anwalts. Der war eine bekannte Mediengröße, das wusste er immerhin. Mabelle hatte sicher einige Fäden gezogen. Mit scharfem Blick und vornübergebeugt folgte er den Verhören, aber Carl-Christian konnte sich an seinen Namen nicht mehr erinnern.

»Was?«

»Haben Sie überhaupt gehört, was ich gesagt habe?«, fragte die Frau.

»Ja«, sagte er.

»War Ihnen bekannt, dass Ihre Schwester Hermine am 16. November dieses Jahres eine Waffe gekauft hat?«

»Nein.«

Er wollte Ja sagen, aber sein Mund schien ihm nicht zu gehorchen. Das war vielleicht gut so. Seine Gedanken waren so chaotisch, in seinem Kopf herrschte Chaos. Da machte es nichts, wenn er einfach nur lächelte.

»Das ist wirklich nicht komisch«, sagte die Frau.

»Nein«, sagte er.

»Ich muss Ihnen ein paar Bilder von unseren Funden zeigen.«

Bilder, dachte Carl-Christian Stahlberg. Die Frau hat Bilder.

Aber die Bilder waren verbrannt. Das wusste er noch. Sie lagen als Staub und Asche im Kamin.

»Sie können durchaus ... anstößig wirken. Das tut mir leid. Aber es ist wichtig ... «

Er hatte alle Bilder verbrannt. Da war er sich sicher. Seinem Gehirn schien ein Stoß verpasst worden zu sein, doch seine Gedanken schienen sich nun zusammenzufügen, in Reih und Glied, alles wurde in eine Art System gefasst, und wieder lächelte er. Der Anwalt wirkte gereizt. Er riss die Bilder an sich, ehe die Polizistin sie auf dem Tisch ausbreiten konnte.

»Muss das denn unbedingt sein«, fragte er und hielt sie von Carl-Christian fort. »Ich begreife wirklich nicht, was es nutzen soll, dass mein Mandant gezwungen wird, sich damit zu befassen.«

Carl-Christian begriff gar nichts. Die Bilder aus dem Safe in Kampen waren verschwunden. Er hatte sie selbst vernichtet, so wie Mabelle das verlangt hatte.

»Bilder«, sagte er verständnislos.

»Ich muss Sie bitten, mir diese Bilder zurückzugeben«, sagte die Frau.

Der Anwalt gab sie widerwillig her. Carl-Christian wartete. Jetzt musste er sich konzentrieren. Das hier war wichtig. Die Bilder von Mabelle hatte er doch verbrannt. Es gab sie nicht mehr, sie konnten nicht hier liegen, als dünner Stapel vor ihm auf dem Tisch. Er wagte nicht einmal, hinzusehen. Stattdessen schaute er auf. Sein Blick blieb an der Deckenlampe hängen.

Sein Vater konnte Kopien besessen haben. Die Fotos konnten in der Eckersbergs gate gelegen haben, in Hermanns Schreibtisch. Die Polizei hatte sie vielleicht dort gefunden.

Die Frau legte ihm die Hand auf den Unterarm. Deshalb ließ er überrascht den Blick sinken.

Die Bilder zeigten nicht Mabelle. Sondern Hermine.

Als er sah, wer hinter ihr stand, und als er nach einigen Sekunden endlich begriff, was seine Schwester und Onkel Alfred da machten, beugte er sich zur Seite und erbrach sich.

Niemand sagte etwas. Er besudelte sich selbst und auch den Boden, aber niemand rührte auch nur einen Finger.

Carl-Christian nahm in seinem Kopf ein Licht wahr, eine stille weiße Explosion. Auf einmal schien alles ganz deutlich zu werden, die vielen Jahre zu Hause, die vielen Streitereien, die gespannte Atmosphäre, der verletzte Blick der Mutter und die harte Hand des Vaters, die alles im Griff hatte, Hermines Versuche, sich durch die unwegsame, verminte Landschaft zu manövrieren, die die Familie Stahlberg immer dargestellt hatte. Er sah den Onkel vor sich, schmeichlerisch, verlogen und doch niemals verstoßen.

Carl-Christian begriff jetzt auf einen Schlag, warum Hermann seiner Tochter zu ihrem zwanzigsten Geburtstag ein Vermögen geschenkt hatte. Er sah plötzlich ein, als er sich ein weiteres Mal erbrach, dass er das alles schon längst hätte durchschauen können. Dass alles anders gekommen wäre, wenn er die Wahrheit nur hätte sehen wollen.

Als er sich endlich wieder aufrecht setzen konnte, musste er sich an der Tischplatte festhalten, um nicht vom Stuhl zu gleiten. Sein Kopf fühlte sich leicht an, sein Magen war leer und heiß. In ihm gab es nur Platz für ein einziges Gefühl: Er hasste seinen Vater jetzt glühender denn je.

»Ich habe sie umgebracht«, sagte er. »Ich habe meine Eltern und meinen Bruder umgebracht.«

Silje Sørensen riss verdutzt die Augen auf. Von allen durchsichtigen Lügen, die dieser Mann ihnen seit seiner Verhaftung am ersten Weihnachtstag in insgesamt mehr als elf Stunden Verhör aufgetischt hatte, war das hier die offenkundigste. Silje ließ ihren Blick von Carl-Christian zum Anwalt gleiten, in dem Versuch, zu verstehen, was jetzt plötzlich los war.

»Warum ... aber das kann nicht ...«, setzte sie an.

»Ich habe sie umgebracht«, sagte Carl-Christian und erhob sich.

Dann nahm er das oberste Bild und riss es in winzige Fetzen.

»Mein Junge!«

Die alte Dame im Blindernvei streckte begeistert die Arme aus, um ihren Besucher an sich zu ziehen.

»Du wolltest doch erst am Montag kommen! Und jetzt bist du schon hier!«

Ihr Sohn sank auf die Knie und ließ sich von seiner Mutter umarmen.

»Das kam mir so lang vor«, murmelte er halb erstickt in ihre dicke Wolljacke hinein. »Konnte dich doch nicht allein hier sitzen lassen. Stephanie und die Kinder kommen erst am Montagmorgen. Ich dachte, wir könnten zwei Tage für uns haben. Jetzt, wo alles nicht mehr ganz so frisch ist.«

»Du bist so lieb«, sagte die Mutter und wollte ihn gar nicht loslassen. »Und das bei deiner Arbeit und allem ...«

»Jetzt zu Weihnachten ist nicht so schrecklich viel zu tun«, sagte er und machte sich endlich los. »Ich musste nur schnell ein paar Sachen regeln. Wo das mit Papa so plötzlich passiert ist und ich doch ...«

»Den ganzen Weg aus Frankreich«, sagte die Mutter. »Du bist ein lieber Junge, Terje. Zweimal in einer Woche diese weite Reise zu machen. Du brauchst dich doch nicht so um mich zu sorgen. So ein lieber Junge.«

Terje Wetterland lachte und ging in die Küche, um Teewasser aufzusetzen.

»Das wäre ja noch schöner«, rief er, Tassen und Kanne klirrten. »Ich hatte ja schon ein schlechtes Gewissen, weil ich dich überhaupt allein gelassen habe. Wir werden ... aber was ist das hier eigentlich?«

»Was denn, mein Lieber? Der Tee ist in der verschlossenen Dose neben ...«

»Ich meine diese Papiere auf dem Küchentisch.«

»Ach, die ...«

Sie stand jetzt wieder in der Türöffnung.

»Das ist nur ein Ordner, den dein Vater mit nach Hause gebracht hatte. Er lag neben seinem Bett. An dem Abend ...«

Ihr kamen die Tränen, und sie schloss die Augen.

»Mama«, sagte Terje Wetterland und setzte sich neben sie. »Wir werden uns daran gewöhnen. Ich werde dafür sorgen, dass ich häufiger in Norwegen zu tun habe, damit ich dich öfter besuchen kann. Wir schaffen das, Mama.«

Rasch wischte sie sich die Tränen fort.

»Natürlich. Ich hatte Angst, diese Papiere im Schlafzimmer zu vergessen, und deshalb habe ich sie so hingelegt, dass du sie finden musstest. Kannst du dich darum kümmern, wenn du in seinem Archiv aufräumst? Denn du hast doch gesagt ... du bleibst doch lange genug, um die Papiere deines Vaters durchzugehen?«

»Ja«, sagte er und ging in die Küche zurück. »Und um mir mit dir ein paar schöne Stunden zu machen. Die Kinder freuen sich schon sehr auf dich. Und trauern schrecklich um ihren Opa. Wo, hast du gesagt, ist der Tee ... ah, hier ist die Dose. Camilla hat ein schönes Bild gezeichnet, das sie mit in den Sarg legen will. Es war ziemlich rührend, sie hat gestern mehrere Stunden daran gearbeitet.«

Terje Wetterland spülte die Glaskanne aus. Alte Teeblätter saßen in dem eingelassenen Sieb fest. Er versuchte, die größten zu entfernen. Am Ende gab er auf und rief:

»Du kochst aber nicht oft Tee!«

»Ist er zu alt? Hat er sein Aroma schon verloren?«

»Aber nein. Der ist völlig in Ordnung.«

Der Kessel pfiff. Terje Wetterland stellte die Kanne auf den Küchentisch, gab Tee in das Sieb und übergoss es mit dem kochenden Wasser. Das Sieb war so verstopft, dass das Wasser über den Rand lief, er verbrannte sich und fluchte leise.

»Was ist los, Lieber?«

»Nichts«, rief er und hielt den Daumen unter den Wasserhahn.

Langsam bildete sich unten am Daumen eine Blase von der Größe eines Fünfkronenstücks. Es tat schrecklich weh.

»Merde«, flüsterte er noch einmal und drehte sich um, um sich ein Handtuch zu nehmen.

Der Tee war über die Tischplatte geflossen und lief jetzt über die Unterlagen, die zum Teil aus dem Ordner herausgerutscht waren. Terje Wetterland packte einen Lappen und knallte ihn auf den Tisch. Nach allen Seiten spritzte goldene Flüssigkeit. Fluchend griff er nach den Papieren und hielt sie in die Höhe, um sie vor dem sich ausbreitenden Nass zu sichern.

»Was ist los? Was machst du da eigentlich so lange?«

»Nichts«, murmelte er und pustete auf seine Blase. »Alles in Ordnung.«

Die Unterlagen schienen unversehrt zu sein, abgesehen von einem hellbraunen Streifen und zwei Flecken auf dem obersten Blatt.

Terje Wetterland stutzte.

»Was ist das hier eigentlich, Mama?«

»Was denn? Kannst du nicht herkommen, wenn du mit mir reden willst? Dieses viele Rufen ist so anstrengend.«

Langsam, ohne von den Unterlagen aufzublicken, ging er ins Wohnzimmer.

»Stimmt was nicht? Ist das irgendwie gefährlich?«

Seine Mutter hatte sich nicht mehr so gut im Griff.

»Nein. Gefährlich ist das nicht. Aber ich sollte wohl doch die Polizei anrufen.«

»Die Polizei?«

»Keine Sorge, Mama. Aber weißt du, das hier ...«

Er blätterte vorsichtig weiter, mit dem Gefühl, dass er das eigentlich gar nicht tun dürfte. Es ging ihn nichts an, er las schließlich auch keine fremden Briefe. Aber er musste es tun. Er las, registrierte Namen und Daten, es fiel ihm schwer, klar zu sehen, seine Brille beschlug. Er nahm sie ab und las noch einmal.

»Mama«, sagte er endlich. »Gehörte die Familie Stahlberg zu Papas Mandanten?«

Jenny blieb vor der großen Pfütze stehen. Konzentriert stellte sie die Füße nebeneinander, dann sprang sie hinein. Es spritzte gewaltig. Billy T. fluchte heftig und packte seine Tochter am Oberarm. Er zog sie weiter, während das Kind heulte und nach seinem Schienbein trat.

»Papa wird triefnass«, jammerte er. »Das darfst du nicht.«

»Das tut weh«, schrie das Kind. »Au!«

Er ließ sie los und ging in die Hocke. Unter ihrer Nase hing eine Kruste von getrocknetem Rotz, und Billy T. betrachtete resigniert die immer wiederkehrende Entzündung, die wie gelber Eiter in ihren Augenwinkeln auf der Lauer lag.

»Hör mal, mein Herzchen.«

Er zwang sich ein Lächeln ab und streichelte ihren Arm.

»Es tut mir leid. Aber sonst werden wir so nass. Und jetzt muss Papa mal schnell telefonieren ...«

»Nein.«

»Doch. Ich muss nur mal eben mit Hanne reden, und dann können wir ...«

Jenny heulte los. Leute, die an den Geschäften im Markvei entlanghasteten, schauten ihn verstohlen und skeptisch an, als er Jenny hinten an ihrem Overall hochhob und sie wie eine lebende Einkaufstasche weitertrug. Erst, als er den Park am Olafs Ryes plass erreicht hatte, stellte er sie energisch wieder auf die Füße. Vor ihnen stand ein Bassin.

»Hier«, sagte er. »Hier hast du eine Riesenpfütze. Spring rein. Und Papa muss nur ganz schnell telefonieren, dann gehen wir zu McDonald's. Aber wenn du dich allzu sehr nass machst, geht's gleich nach Hause. Okay?«

Jenny kletterte in das Bassin, das sich mitten im Park befand. Die Mischung aus Schnee und Wasser, Hundekot und Papierabfällen stob bei jedem watenden Schritt in die Höhe. Sie lachte, blieb neben dem erloschenen Springbrunnen in der Mitte stehen und bohrte sich in der Nase.

»Hanne«, sagte Billy T. erleichtert, als sie sich überraschenderweise sofort meldete. »Ich hab schon hundert Mal versucht, dich anzurufen.«

»Elf Mal«, korrigierte sie. »Aber eigentlich habe ich keine Zeit. Was ist los?«

»Du hast ganz schön viel Ärger. Du hättest heute Morgen doch Carl-Christian vernehmen sollen.«

»Ich habe Annmari und dem Abteilungsleiter jeweils eine SMS geschickt«, blaffte sie ihn an. »Es muss in diesem verdammten Haus doch noch andere geben, die ab und zu mal ein Verhör durchführen können.«

»Aber du musst doch verdammt noch mal ans Telefon gehen, wenn wir mit dir sprechen wollen.«

»Dann würde ich sonst zu nichts kommen. Ich musste es ausschalten.«

»Jenny! Jenny!«

Er griff sich an die Stirn und rief laut und klagend:

»Du hast es nicht anders gewollt, Jenny. Jetzt müssen wir nach Hause gehen.«

Die Kleine hatte sich mitten ins Wasser gesetzt. Sie spielte mit einem Hundebaby, das ihr begeistert das Gesicht ableckte.

»Tone-Marit ist richtig krank«, stöhnte Billy T. in den Hörer. »Ich musste mir einfach freinehmen und mich ein paar Stunden um Jenny kümmern. Herrgott ...«

»Rufst du an, um mir mitzuteilen, dass ich jetzt im Haus eine Persona non grata bin, oder hast du mir etwas Wichtiges zu erzählen?«

Als er an diesem Morgen schweißnass aus einem Traum erwacht war und in alten Zeitungen herumgewühlt hatte, die Tone-Marit im Gang aufgetürmt hatte, war das aus einem plötzlichen Impuls heraus geschehen. Als er endlich *Aftenposten* vom 20. Dezember und den Artikel gefunden hatte, an den er sich von seinem Besuch bei Ronny Berntsen her erinnerte, hatte er es mit der Angst zu tun bekommen. Zwei Stunden darauf, im Polizeigebäude, als er so heftig wie kaum noch in den letzten Jahren gelogen hatte, fand er zu einer Gewissheit, die ihm große Sorgen machte.

»Diese Waffe«, sagte er und räusperte sich. »Der Revolver ...«

»Ja?«

»Die Pistole stammte von Sølvi Jotun. Sie wurde von Hermine gekauft. Da sind wir uns ziemlich sicher. Sølvi hat eine Kerbe im Schaft erkannt. Sie sitzt im Hinterhaus hinter Gittern und wird mich umbringen, wenn sie da jemals wieder rauskommt. Ich ...«

»Dir blieb nichts anderes übrig, Billy T. Du konntest sie nicht mehr beschützen. Wir werden später überlegen, was wir für sie tun können. Aber was ist mit diesem Revolver?«

»Der gehört uns.«

»Uns.«

Hanne wiederholte dieses Wort; nicht als Frage, auch Erstaunen schwang nicht in ihrer Stimme mit. Es klang eher wie eine Feststellung, als habe Billy T. etwas erzählt, was sie schon lange gewusst hatte, eine alltägliche Mitteilung, die eigentlich nicht besonders aufsehenerregend war.

»Na ja, nicht wirklich uns ...«

Er flüsterte fast. Die Straßenbahn schepperte durch die Thorvald Meyers gate, und Jenny hatte zu einer Schwimmpartie durch das Dreckswasser angesetzt. Das Hundebaby jaulte begeistert und riss ihr die Mütze vom Kopf. Die Hundebesitzerin sah nicht belustigt aus, sie schaute Billy T. vorwurfsvoll an und zeigte auf das inzwischen triefnasse Kind.

»Er stammt aus einer Beschlagnahmung, Hanne. Wir haben ihn vor sieben Monaten beschlagnahmt, und eigentlich müsste er fest unter Verschluss sein. Eine Beschlagnahmung! Ich habe ihn auf einem Bild erkannt, das am Tag des Mordes aufgenommen wurde. Ich habe es überprüft.«

Hanne blieb stumm. Billy T. schluckte. Das Schweigen verdichtete sich und tat gut. Es erinnerte ihn an ihre Beziehung, wie sie früher einmal gewesen war, in einer Zeit, in der sie kaum je hatten fragen müssen, was das Gegenüber dachte.

»Du bist ein Genie«, sagte Hanne dann endlich. »Weißt du das? Ein verdammtes Genie. Kannst du Jenny nicht irgendwie loswerden?«

»Nein.«

»Bring sie zu uns nach Hause. Nefis und Marry können …«

»Ich muss nach Hause, sie braucht trockene Kleider«, fiel er ihr ins Wort.

»Scheiß drauf. Nefis findet schon eine Lösung.«

Sie brauchte nur ein paar Minuten, um ihm zu erklären, was er zu tun hatte. Er beendete das Gespräch und steckte das Telefon in die Brusttasche. Dann kletterte er ins Becken. Vorsichtig hob er Jenny hoch und nahm sie in die Arme wie einen Säugling; sie legte den Kopf in den Nacken und lächelte ihn an, ein strahlendes Lächeln mit kreideweißen Zähnchen. Er beugte sein Gesicht über ihres, hielt seinen Mund an ihren, einen Kindermund mit Lachen und Spucke und Bonbonresten, die wie ein süßer Hauch auf der

Zunge lagen. Er küsste sie leicht auf die Nase, auf die Wangen, er schmatzte und schnüffelte, und Jenny lachte laut und lange.

»Ich liebe dich«, flüsterte er in ihr Ohr und machte sich auf den Weg zum Auto. »Ich liebe dich, du kleines Biest.«

Hanne hatte für den Weg zu Henrik Heinz Backe zwanzig Minuten gebraucht. Natürlich reagierte er nicht auf ihr Klingeln. Erst, als sie an die Tür hämmerte, Steinchen gegen seine Fenster warf, brüllte und schrie und am Ende versuchte, das Schloss mit Kreditkarte und Taschenmesser zu öffnen, tauchte ein verärgertes Gesicht im Türspalt auf. Sicherheitshalber schob sie ihren Fuß in den Spalt. Nach allerlei Überredungsversuchen wurde sie endlich eingelassen.

Die Wohnung war mit schweren Möbeln vollgestellt, und ein vager Gestank von ungewaschenem Mann schlug ihr entgegen, als sie ihm ins Wohnzimmer folgte, ohne auf seine Aufforderung zu warten. Trotz allem strahlte das Zimmer eine gewisse Gemütlichkeit aus. Die Bücherregale waren vollgestopft, und auf den Tischen lagen gehäkelte Decken und Läufer. Vor dem Fenster welkten drei Pelargonien in Delfter Töpfen vor sich hin. Das Sofa war mit bestickten Kissen geschmückt. Unter der Decke hing ein riesiger Leuchter. Drei Birnen waren erloschen, das Zimmer wurde ungleichmäßig beleuchtet. Plötzlich ging Hanne auf, dass diese aufs Haar der Wohnung der Stahlbergs entsprach, nur war sie spiegelverkehrt; ihr wurde geradezu schwindlig, als sie versuchte, die Lage der Küche zu berechnen.

»Blumen sind nicht meine Stärke«, sagte Backe und ließ sich in einen Sessel sinken. »Darum hat meine Frau sich immer gekümmert.«

Hanne entschied sich für das Sofa; von dort aus hatte sie das gesamte Wohnzimmer im Blick, und sie versuchte, ihm nicht allzu neugierig ins Gesicht zu starren. Er war nicht betrunken. Obwohl der Alkoholgeruch deutlich erkennbar gewesen war, als er endlich die Tür geöffnet hatte, bewegte er sich sicher und ruhig. Sein Genuschel lag eher an seinem fehlenden Gebiss als an der hohen Promillezahl. Er trug eine graue Hose und über einem weißen Hemd eine Art Rauchjacke, und alles sah durchaus sauber aus.

»Ihnen bin ich schon mal begegnet«, sagte er und kratzte sich nachdenklich am Handrücken.

»Ja. Ich habe Sie vor einer Woche nach Hause gefahren. Wissen Sie das noch?«

»Unn hatte wirklich einen grünen Daumen«, sagte er und lächelte. »Sie hätten mal unseren Garten sehen sollen. Im Frühling. Im Sommer. Er war so schön.«

Eine alte Wanduhr schlug schwere Schläge.

»Die Zeit vergeht«, sagte Backe.

»Sie haben gesagt, Sie hätten früher bei einer Versicherung gearbeitet«, sagte Hanne.

»Hier haben schon die Eltern meiner Frau gewohnt. Wir sind '58 eingezogen. Nein ...«

Er lächelte kurz und fuhr sich rasch über den Mund, verlegen über seine Vergesslichkeit.

»'85, meine ich. Da sind wir hergezogen. Meine Schwiegereltern waren damals schon tot. Alle beide. Die Zeit vergeht.«

»Und vorher haben Sie in Bergen gewohnt, nicht wahr?«

»Und Sie sind bei der Polizei, habe ich das richtig verstanden?«

Wieder schlug die Wanduhr, offenbar war sie defekt. Backe erhob sich und verschwand in der Küche. Als er zurückkam, brachte er ein bis zum Rand mit einer braunen Flüssigkeit gefülltes Wasserglas mit. Er schien Hanne nichts anbieten zu wollen.

»Es ist nicht leicht, nach so vielen Jahren allein zu sein«, sagte

er und setzte sich in einen anderen Sessel. »Versicherungsangestellter. Das war ich. Jetzt bin ich Rentner.«

Ein Schleier schien sich über seine Augen zu senken. Hanne
wischte sich die Hände an den Hosenbeinen ab. Sie faltete sie,
stützte die Ellbogen auf die Knie und beugte sich vor.

»Das hier ist sehr wichtig, Herr Backe. Ich wäre wirklich sehr
dankbar, wenn Sie meine Fragen beantworten könnten.«

Er starrte sie an, aber sie wusste noch immer nicht, ob er sie
wirklich sah.

»Sie hatten einen Fall«, sagte sie vorsichtig. »Sie hatten mehrere ... ich bin auf das hier gestoßen ...«

Sie schob die rechte Hand unter die Jacke und ging die Unterlagen durch.

»Sehen Sie«, sagte sie leise und legte die Papiere vor ihn auf
den Tisch.

Backe machte sich an seinem Glas zu schaffen. Es schwappte
über, und er blieb sitzen und rieb immer wieder in rhythmischen
Kreisen mit dem Finger über die Armlehne. Endlich schaute er
auf und griff nach den Papieren.

»Unn hätte das nicht ertragen«, sagte er leise. »Und da hatte
sie recht.«

»Wer?«, fragte Hanne.

»Ich hatte zu viel getrunken. Ich habe immer zu viel getrunken.«

Wie um diese Aussage unter Beweis zu stellen, leerte er auf
einen Zug das halbe Glas.

»Unn hat mit mir durchgehalten. Immer hat sie es versucht.
Mich zum Aufhören zu bringen. Aber es war so ... sie hätte das
hier nicht ertragen können. Sie verstehen ...«

Sein Gesicht hatte sich verändert, eine gewisse Ruhe war jetzt
in seine Züge getreten.

»Trinken ist teuer«, sagte er und räusperte sich kurz. »Ich habe mich dazu überreden lassen, dieses Geld anzunehmen. Natürlich habe ich es dann bereut. Habe es bitter bereut. Wollte es zurückgeben. Wollte Alarm schlagen. Aber er hatte recht. Unn hätte das nicht überlebt. Ja, ja, so war das.«

Sein Blick glitt über die Blätter. Hanne war nicht sicher, ob er wirklich las. Sie ging in die Hocke, um ihn besser sehen zu können. Er fuhr zusammen und schien sie erst jetzt wieder wahrzunehmen.

»Aber Unn ist nicht mehr da«, sagte er.

»Das hier ist sehr wichtig«, flüsterte Hanne; sie hatte Angst, er könnte plötzlich wieder einfach wegtauchen und nicht mehr ansprechbar sein. »Was ist passiert?«

»Der Junge war erst achtzehn. Feine Familie, wissen Sie. Und die feinen Familien in Bergen ...«

Jetzt lachte er. Hanne staunte darüber, wie schön seine Stimme dabei klang, tief und melodisch.

»Die sind feiner als die anderen. Alkohol am Steuer. War gegen eine Laterne gefahren. Kleinkram!«

Jetzt war das Glas endgültig leer.

»Aber die Sache hätte nicht einfach eingestellt werden dürfen. Er war ja ganz frisch, und da habe ich es im Guten versucht. Hab sie zurückgeschickt und gesagt, da sei wohl ein Irrtum passiert. Aber er wollte nicht nachgeben.«

Verwirrt starrte er in sein leeres Glas.

»Was ist passiert?«, fragte Hanne.

»Er wollte noch immer nichts unternehmen. Der Fall sollte nicht weiter verfolgt werden, sagte er. Typisch für die Reichen, die kommen immer leichter davon. Solche wie die ...«

Düster starrte er die Wand an, die seine Wohnung von der der Stahlbergs trennte.

»... diese verdammten Snobs. Halten sich für besser als ...«

Backe redete sich jetzt heftig in Rage. Speichel spritzte ihm beim Reden aus dem Mund, und er beschrieb mit seinem rechten Arm gewaltige Gesten.

»Und meine Schwiegereltern«, brüllte er. »Die fanden mich ja auch nie gut genug! Für Unn!«

Beim Namen seiner Frau ließ er sich wieder zurücksinken, er war erschöpft. Er rang um Atem. Er starrte auf sein leeres Glas und machte Anstalten, sich zu erheben. Hanne drückte ihn sanft in den Sessel zurück.

»Moment noch«, sagte sie freundlich. »Danach hole ich Ihnen mehr zu trinken. Wer hat gesagt, dass Unn das nicht überleben würde?«

»So schrecklich viel Geld war das ja auch wieder nicht«, sagte er, als habe er sie nicht gehört. »Aber als ich sagte, ich würde mich an seine Vorgesetzten wenden, verlegte er sich auf Drohungen. Und als das auch nichts half, weinte er. Er weinte! Ha! Ein erwachsener Mann!«

»Wer?«, fragte Hanne.

»Das sehen Sie ja. Da stehen doch unsere Namen. Er hatte das Geld schon angenommen. Ich bekam davon die Hälfte. Ich bekam ...«

Jetzt strömten ihm die Tränen übers Gesicht.

»Ein erwachsener Mann«, murmelte er. »Ein erwachsener Mann und jammerte wie ein Kind.«

Hanne griff nach seinem Glas. Als sie es gefüllt zurückbrachte, redete er bereits weiter.

»Ich wusste ja, dass es nicht das erste Mal war. Aber er versprach, dass es das letzte sein sollte. Ich nahm das Geld. Ich bekam fünfundzwanzigtausend Kronen. Dann hörte ich auf. Die Schande ... die Schande bin ich nie mehr losgeworden. Sie ist nie verschwunden. Versicherungsangestellter. Das bin ich. Glauben Sie, die gehen ein?«

Er sah sie jetzt an, schaute ihr direkt ins Gesicht; ein verzweifelter Blick, gern hätte sie ihm durchs Haar gestrichen. Stattdessen fragte sie:

»Wer?«

»Die Pelargonien. Ich habe versucht, sie zu gießen. Vielleicht zu oft. Unn hat sich mit Blumen ausgekannt. Ja, ja.«

Langsam ließ er sich im Sessel zurücksinken. Die Uhr schlug in unregelmäßigen Abständen fünfmal. Das Uhrwerk knackte heftig dabei. Der Schnapsgestank brannte in ihrer Nase. Hanne nahm die Unterlagen, die Dokumente eines Falls, bei dem 1984 in Bergen die Ermittlungen ohne triftigen Grund eingestellt worden waren, wieder an sich. Sie legte sie zu den drei anderen Fällen, Fällen, die aus ebenso haarsträubenden Gründen nicht weiterverfolgt worden waren, obwohl die Täter bekannt waren und ausreichende Beweise vorlagen. Keiner war wirklich schwerwiegend. Zweimal Alkohol am Steuer, eine heftige Geschwindigkeitsübertretung. Ein Angriff auf einen Taxifahrer. Vorfälle, die verschwinden, die leicht aus dem Umlauf genommen und im Archiv vergraben werden konnten. Und das war mit ihnen geschehen, sie waren in riesigen Archiven gelandet, ungelesen und ungesehen, beschützt von Backes schlechtem Gewissen, von Schuldgefühlen und seiner Liebe zu seiner Frau, bis sie dann bei Knut Sidensvans' Untersuchungen über norwegische Großstadtkriminalität wiederaufgetaucht waren. Achtzehn Jahre später.

»Glauben Sie, dass sie mir verzeiht?«, fragte Backe leise.

Hanne schob die Unterlagen zurück in ihren Hosenbund und zog ihre Jacke an. Als sie die Tür erreicht hatte, drehte sie sich um. Der erschöpfte Mann sah so klein aus in dem riesigen Wohnzimmer, so fehl am Platze, als sei er zufällig und ungebeten hier hereingeplatzt. Er hob das Glas an den Mund und trank.

»Davon bin ich überzeugt«, sagte sie und nickte. »Sie hat Ihnen schon längst verziehen.«

»Nur, wenn ...«, flüsterte Hermine und versuchte zu husten.

Ihre Lunge hatte nicht genug Kraft, und ihre Magenmuskeln gaben nach. Als sie weitersprach, hörte Hanne Wilhelmsen, dass ihre belegten Stimmbänder vibrierten.

»Nur, wenn Sie garantieren, dass Sie deshalb hier sind.«

»Ich schwöre«, sagte Hanne und hob die Hand halb, wie zu einem heiligen Eid.

Die Ärztin schaute zweifelnd zuerst die Patientin und dann die Hauptkommissarin an.

»Ich weiß ja noch immer nicht so recht«, sagte sie. »Und ich habe es noch nie erlebt, dass eine Polizeibeamtin ganz allein kommt.«

»Hauptkommissarin«, korrigierte Hanne, ohne sie anzusehen. »Und jetzt haben Sie meinen Dienstausweis so gründlich untersucht, dass er sich bald in seine Bestandteile auflösen wird. Außerdem gehe ich davon aus, dass Ihnen die Polizei normalerweise nicht die Türen einrennt. Also, bei allem Respekt. Ich will keine Probleme machen, Dr. Farmen, aber das hier ist ungeheuer wichtig.«

»Bitte«, sagte Hermine und trank durch einen Strohhalm Wasser. »Sie hat gesagt, dass es nicht so lange dauern wird.«

Die Ärztin zögerte noch immer. Sie strich der Patientin über die Stirn, schaute ihr in die Augen, musterte die Instrumente am Kopfende des Bettes. Ihre Hände gingen dabei geschickt und routiniert vor. Sie wirkte ehrlich besorgt. Wieder schaute sie Hanne an, der es plötzlich peinlich war, dass ihr Pullover auf der Brust einen Kaffeefleck aufwies.

»Es ist wichtig«, sagte Hermine. »Ich muss wirklich mit ihr reden.«

»Sie bekommen eine halbe Stunde«, entschied die Ärztin. »Dreißig Minuten.«

Endlich waren sie allein. Hanne schaute verstohlen zur Tür hinüber. Ihre Blase drückte dermaßen, dass ihr das Stillstehen schwerfiel. Obwohl das Zimmer über ein eigenes Badezimmer verfügte, wagte sie nicht, es zu benutzen. Sie wagte auch kaum, den Stuhl vom Fenster zum Bett zu ziehen.

»Sie sind ganz sicher«, sagte sie leise und setzte sich, »dass Ihnen das recht ist?«

»Sie sagen, dass Sie uns für unschuldig halten. Uns alle drei. CC, Mabelle und mich.«

Hermine streckte Hanne die Hand entgegen. Dann ließ sie sie kraftlos sinken, als könne sie einfach zu nichts und niemandem mehr Zutrauen haben.

»Ich bin ganz sicher«, sagte Hanne. »Aber es hängt von Ihnen ab, ob ich die anderen davon überzeugen kann.«

»Ich war so zugedröhnt. Das können Sie sich überhaupt nicht vorstellen.«

»Wann?«

»Als das alles passiert ist. Als ich losgegangen bin, um …«

Wieder versuchte sie, Schleim abzuhusten.

»Hier«, sagte Hanne und hielt ihr Glas und Trinkhalm hin. »Ich glaube, ich stelle Ihnen jetzt einfach ein paar Fragen. Dann sparen wir Zeit. Als Erstes muss ich wissen, ob Sie am Donnerstag, dem 19. Dezember, in der Eckersbergs gate waren. Am vergangenen Donnerstag.«

»Ja. Nein. Ich meine, ich war dort, aber es ist nichts passiert. Ich bin nicht hingekommen. Ich meine, ich war nicht bei meinen Eltern, ich …«

Hermine schloss die Augen. Sie sah klein aus in dem riesigen Krankenhausbett. Ihr linkes, halb geschlossenes Auge war blau und geschwollen. Ihre Lippen waren gesprungen, und in den Mundwinkeln klebte geronnenes Blut.

»Fangen wir mit dem Anfang an, Hermine. Sie wollten also Ihre Eltern besuchen.«

»Ja.«

»Hatten Sie dabei Waffen bei sich?«

Hermine nickte vorsichtig. Ihr Gesicht verzog sich zu einer Grimasse, offenbar hatte diese Bewegung ihr wehgetan.

»Eine Pistole«, murmelte sie. »Eine Pistole mit Schalldämpfer.«

»Warum waren Sie dann doch nicht bei Ihren Eltern, Hermine?«

»Die lag in einer Wohnung, die CC und Mabelle gehört. In Kampen. Da lag sie, in einem Safe.«

»Ich möchte wissen, was passiert ist, als Sie die Eckersbergs gate erreicht hatten.«

»Die Pistole gehörte CC und Mabelle. Ich hatte für sie eine Waffe gekauft, weil ... «

Aus den geschundenen Augen strömten die Tränen. Ihr schmächtiger Brustkasten hob und senkte sich unter der Decke, rasch, ein lautloses Weinen erschwerte ihr das Sprechen.

»Ganz ruhig, Hermine. Versuchen Sie, sich zu beruhigen. Jetzt wird alles gut. Wenn Sie es nur schaffen, mir Ihre Geschichte zu erzählen. Versuchen Sie das doch einfach.«

»Ich war so wütend. So unbeschreiblich wütend. An dem Nachmittag hatte meine Mutter mich angerufen und erzählt, dass Vater alles umändern wollte. Dass alle anderen Abmachungen, die wir getroffen hatten, alle Versprechen, alles ... ihm war das scheißegal. Mutter kam mir traurig vor, als ob sie das eigentlich nicht so wollte … So war meine Mutter. Erbärmlich. Immer wollte sie alles ausgleichen. Und mein Vater durfte entscheiden, alles. Er hat uns beherrscht, und meine Mutter hat sich damit abgefunden. Aber jetzt kam sie mir entsetzlich traurig vor. Sie … Meiner Mutter ist dieser ganze Streit wohl sehr nahegegangen. Der zwischen Vater und CC. Aber hat sie dagegen etwas unternommen? Ha!«

Ein Hustenanfall folgte. Hanne versuchte, ihr zu helfen. Sie stützte Hermines Rücken, spürte unter ihrem Arm deren Schulterblätter, scharf im mageren Fleisch; sie hob sie im Bett hoch und beugte sie vornüber.

»Der Husten an sich ist nicht so schlimm«, sagte Hermine, als Hanne sie wieder auf die Kissen sinken ließ. »Aber ich habe so schreckliches Bauchweh.«

»Warum sind Sie nicht ins Haus gegangen, Hermine?«

»Ich glaube … jedenfalls glaube ich jetzt, dass meine Mutter sich meinen Besuch wirklich gewünscht hatte. Sie hat es nicht offen gesagt, aber warum hätte sie sonst anrufen und mir von diesem Treffen erzählen sollen, wenn sie nicht … Obwohl mein Vater und ich uns in den letzten Monaten entsetzlich gestritten hatten, war doch irgendwie ich diejenige, die …«

Ihr Lächeln brachte einen tiefen Sprung in ihrer Unterlippe zum Bluten.

»Ich war immer die Vermittlerin, Papas kleiner Augenstern. So wirkte das jedenfalls auf andere.«

Ihr Lächeln wurde zu einer ironischen Grimasse.

»Vielleicht dachte Mutter, ich könnte das alles verhindern. Sie erwarteten einen Anwalt mit Papieren, um die Reederei auf Preben zu überschreiben. Mein Vater hatte den ganzen Konflikt mit CC satt, sagte Mutter. Er wollte sich nicht mehr unter Druck setzen lassen. Er hatte so viel gegen CC in der Hand, dass er nicht glaubte, dass es noch zu einem Prozess kommen würde. Und er hatte sich einen neuen Anwalt zugelegt, sagte meine Mutter. Einen, der sonst nichts mit der Reederei zu tun hatte. Mein Vater war wütend auf seine festen Anwälte, er fand, die nähmen zu viel Rücksicht auf CCs Interessen. Ich hatte fast den Eindruck, dass sie an diesem Abend eine Art Fest veranstalten wollten. An diesem grauenhaften Abend. Mutter kam mir eigentlich ziemlich verängstigt vor. Sie war so ... «

Die Tränen strömten immer haltloser, und Hermine kniff den Mund fest zusammen, wie um das Weinen einzusperren.

»Ich war einfach so unbeschreiblich zugedröhnt. Und ich hatte alles einfach verdammt satt. Ich hatte meinen Vater satt, seine ganzen Tricks, dass er immer Geld und Erbschaft benutzte, um uns allesamt bei der Stange zu halten, immer genau da, wo er uns haben wollte. Ich hatte meine Mutter satt, die mich immer heimlich anrief, als erwartete sie von mir, dass ich ihn daran hindern würde, die Familie zu zerstören. Er hatte früher im Herbst ein Testament aufgesetzt, das muss im August gewesen sein. Oder im September. Meine Mutter hatte mir davon erzählt. Er hatte es selbst aufgesetzt, weil er seine Firmenanwälte satthatte, die immer herumschrien, er müsse CC gegenüber fair bleiben. Mutter sagte, CC sei aus allem hinausgedrängt worden. Ich habe dieses Testament nie gesehen, und ich wollte CC und Mabelle auch nichts davon erzählen. Es war so traurig, es war ... einfach gemein. Vater hatte ihn ganz einfach enterbt. Und da fing ich an, das mit den Bildern zu planen. Mit solchen Bildern wie ... ich hab ein paar ziemlich ... «

Ihre Hand umklammerte die Bettdecke. Die Fingerknöchel wurden weiß. Ihr ganzer Körper schien zu erstarren, Hanne bekam es mit der Angst zu tun.

»Ganz ruhig«, flüsterte sie. »Außer uns ist niemand hier. Und jetzt wird alles gut.«

»Dass niemand ihn jemals zurückgehalten hat«, flüsterte Hermine.

»Ihren Vater?«

»Alfred. Dass niemand ihn zurückgehalten hat. Ich war zehn, als es losging.«

Hanne löste Hermines starre Finger, einen nach dem anderen, und nahm dann ihre Hand.

»Am Anfang war es gar nicht so schlimm«, sagte Hermine. »Anfangs brauchte ich ihm nur zuzusehen. Wenn er … «

»Sie brauchen keine Einzelheiten zu erzählen. Ich weiß ja, was Sie meinen.«

»Ich bekam so schöne Belohnungen. Geld. Geschenke. Schmuck. Und das hat mir seither wohl die größten Probleme gemacht, dass ich … «

Plötzlich schien sie ihre Kraft zurückzugewinnen. Sie fuhr im Bett hoch, befreite ihre Hand mit einem plötzlichen Ruck aus Hannes und schlug beide Hände vors Gesicht. Ihr Schluchzen wurde zu einem langen, heulenden Schrei.

»Ich hatte nicht so schrecklich viel dagegen«, jammerte sie dann. »Und deshalb konnte ich auch nichts dagegen machen. Ich ließ es einfach geschehen. Ich freute mich so über die Geschenke, und es machte mir nicht viel aus, anfangs nicht, solange er nur … aber dann, später, als ich größer wurde … «

»Das kann ich nicht weiter zulassen«, sagte Dr. Farmen energisch, Hanne hatte sie nicht kommen hören. »Ich muss Sie bitten, dieses Zimmer augenblicklich zu verlassen.«

»Das habe ich zu entscheiden«, sagte Hermine überraschend ruhig.

Sie holte rasch Atem, wischte sich die Augen und fügte hinzu:

»Ich bin erwachsen und sitze nicht im Gefängnis. Sie haben mir keine Vorschriften zu machen.«

»Doch«, beharrte die Ärztin. »Das hier ist nicht gut für Sie. Ich trage die medizinische Verantwortung für Sie, solange Sie sich hier aufhalten. Und ich habe Sie durch den ganzen Flur schreien hören.«

»Doktor Farmen«, sagte Hermine langsam, mit brüchiger Stimme. »Ich möchte mich jetzt mit Frau Wilhelmsen unterhalten. Für meine Gesundheit ist es von entscheidender Bedeutung, dass ich in Ruhe mit ihr sprechen kann. Und deshalb muss ich Sie nun bitten, dieses Zimmer zu verlassen. Jetzt sofort.«

Die Ärztin starrte die Patientin verdutzt an. Dann lächelte sie, offen und herzlich.

»Mit Ihnen kommt alles wieder in Ordnung, Hermine. Und das freut mich.«

Ihr Lächeln erlosch jedoch sofort, als sie Hanne anstarrte und erklärte:

»Die Verantwortung für diese Unterredung tragen Sie. Nur, damit das gesagt ist.«

Hanne hätte schwören können, dass die andere versuchte, im Gehen mit der Tür zu knallen. Aber das ging mit dieser Art von Türen nicht, die immer ganz langsam ins Schloss glitten.

»Das Schlimmste ist, dass ich nie aus der Sache herauskommen konnte«, sagte Hermine, als habe die Unterbrechung gar nicht stattgefunden. »Eins folgte immer aus dem anderen, wie von selbst. Am Ende war es so, als hätte ich das Ganze irgendwie ... akzeptiert. Aber meine Eltern ...«

Wieder ließ sie sich entkräftet auf die Kissen zurücksinken.

»Ich kann zwar nicht behaupten, dass sie davon wussten, aber vieles weist doch darauf hin, dass sie sich irgendetwas Derartiges gedacht haben. Wissen Sie, dass ich zu meinem zwanzigsten Geburtstag ein kleines Vermögen geschenkt bekommen habe?«

Hanne nickte.

»Darüber habe ich mich natürlich wahnsinnig gefreut. Zehn Millionen Kronen. Ich hatte nicht einmal geahnt, dass sie so reich waren. Auf jeden Fall nicht reich genug, um einfach so viel Geld zu verschenken. CC war stocksauer. Aber er sollte ja schließlich die Reederei übernehmen, also hielt er den Mund. Und Preben war über alle Berge. Also nahm ich das Geld. Ich nahm das Geld, obwohl ... Vater sagte, ich hätte das Geld bekommen, weil ich ein braves Mädchen war, das an die Familie dachte. An den guten Ruf der Familie. Mir war das damals scheißegal. Ich redete mir ein, er meinte sicher, dass ich mich anständig benehmen und in der Stadt nicht zu viel anstellen sollte. So ungefähr. Aber im Nachhinein ist mir aufgegangen, dass er Bescheid wusste. Er muss gewusst haben, was da zwischen Alfred und mir lief. Auf jeden Fall bis zu einem gewissen Punkt. Er muss einen Verdacht gehabt haben. Einen Gedanken, der so unangenehm war, dass er ihn nicht zu Ende dachte, denn was sollte aus dem guten Ruf der Familie werden, wenn ... Da war es schon besser, dafür zu sorgen, dass ich den Mund hielt. Eigentlich wurde ich bestochen. Ganz einfach. So blöd, wie ich war ... So blöd, wie ich hin ...«

Ihre Faust traf mit dumpfem Geräusch auf das Kissen auf. »Ich habe einfach alles angenommen und den Dingen ihren Lauf gelassen.«

»Bis jetzt.«

»Bis jetzt. Aber als ich im Herbst von diesem neuen Testament erfuhr, fand ich einfach, dass ich etwas tun müsste. Sozusagen Verantwortung übernehmen.«

Sie lachte heiser.

»Also baute ich eine Kamera ein. In Alfreds Schlafzimmer. Ich hatte immer einen Schlüssel zu seiner Wohnung. Die Bilder wurden gut. Damit ging ich zu meinem Vater. Sagte, ich würde sie in Umlauf bringen. Er war wütend. Außer sich vor Zorn. Auf mich! Auf mich, nicht auf Alfred.«

Es schien ihr leichter zu fallen, ihre Geschichte im Telegrammstil zu erzählen.

»Ich ließ mich nicht beirren. Und dann fing er an zu betteln. Und zu flehen. Eigentlich war das schön. Ich konnte meinen Willen durchsetzen. Er bekam die Bilder. Ich ein neues Testament. Das gerecht war.«

Zum ersten Mal schien sich ihr Gesicht zu öffnen, sie lächelte.

»Also ist bei der ganzen Sache ja doch etwas herausgekommen. Es liegt bei mir zu Hause. Und Abzüge von den Fotos hab ich auch. Mein blöder Vater hatte ja nicht die Herausgabe des Films verlangt.«

Hanne schwieg. Sie verschwieg, dass das Testament gefunden worden war. Dass es ungültig war. Hermines Opfer war umsonst gewesen, und irgendwann würde sie das erfahren müssen. Irgendwann, nicht jetzt.

»Schön«, sagte Hanne.

»Ich brauche Wasser«, sagte Hermine.

»Und ich muss ganz schrecklich dringend aufs Klo.«

»Da ist das Badezimmer.«

»Es dauert nur einen Moment.«

Hermine schaute ihr hinterher. Sie fühlte sich erleichtert. Langsam hob sie die rechte Hand ans Gesicht und zog den Verband von der Wunde, die sie sich beim Zerbrechen eines Whiskyglases zugezogen hatte. Die Wunde heilte jetzt langsam. Unter dem Pflaster war die Haut kreideweiß; hell und feucht und gewellt. Aber die Wunde hatte sich geschlossen. Es tat inzwischen nicht mehr so weh, den Daumen zu bewegen. Die zukünftige Narbe war schon als zartroter Strich zu sehen. Er bekam eine leichte Rundung, wenn Hermine die Finger spreizte.

»Es scheint so lange her zu sein«, sagte sie, als Hanne zurück-kam.

»Was denn?«

»Ich hatte mich geschnitten. Ich war betrunken. Und zuge-dröhnt. Vor einer Woche. Ehe ich im Krankenhaus gelandet bin. Das letzte Mal, meine ich. Es scheint schon schrecklich lange her zu sein. Dass ich die Pistole mitgenommen habe ... ich weiß gar nicht, warum ich das getan habe. Ich war voll auf Speed. Wollte ihnen wohl Angst machen, stell ich mir vor. Ich war in meinem Leben noch nicht so wütend gewesen. Es gab eine Waffe, und ich nahm sie ganz einfach mit. Wenn mein Vater sich von meinen anderen Drohungen nicht beeindrucken ließ, sollte er sich jetzt wenigstens vor mir fürchten. Ich weiß nicht ...«

»Dachten Sie wirklich, Ihr Vater würde sich von einer Schuss-waffe beeindrucken lassen?«

»Ich konnte überhaupt nicht denken. Echt nicht. Impuls-handlung, heißt das nicht so? Ich war in der Wohnung in Kam-pen, als meine Mutter mich auf dem Handy anrief ... Mabelle hat da eine Wohnung, wissen Sie. Und die kann ich benutzen, für ... so allerlei. CC ist das egal. Und es gibt da einen Safe, den hat Mabelle vor langer Zeit eingebaut. Schön praktisch, so was. Darin lag die Pistole.«

Ihre Augen fielen wieder zu.

»Ich bin so müde«, murmelte sie. »So schrecklich müde. Und ich begreife nicht so ganz ... ich habe mir nie überlegt ... ich habe eine Waffe besorgt, weil Mabelle das wollte. Sie glaubte, sie brauchten eine, um sich vor der Familie beschützen zu können. Und nach allem, was mein Vater so anstellte, da ... Aber warum lag die in der Wohnung in Kampen? Das habe ich mir nie über-legt ...«

»Glaubte Mabelle wirklich, es könne notwendig werden,

sich mit Schusswaffen zu verteidigen? Gegen Hermann Stahlberg?«

Hanne fühlte sich zum ersten Mal in diesem Gespräch provoziert. So verkorkst, wie diese Familie war, hatte Hermines Bericht bisher durchaus glaubwürdig geklungen. Und sogar logisch, wenn auch auf eine absurde Weise. Weil alles zusammenpasste. Aber dieses Letzte klang einfach himmelschreiend verlogen.

Hermine log vielleicht nicht bewusst, sie ging von dem aus, was sie selbst wusste und was ihr erzählt worden war, aber die Geschichte stimmte nicht. Nicht an diesem Punkt. Die Waffe war nicht angeschafft worden, um irgendwen zu beschützen. Das war eine Lüge; eine Lüge, die nur eine entkräftete Drogensüchtige mit geschwächter Urteilskraft hatte glauben können.

Mabelle und Carl-Christian hatten Hermann umbringen wollen. Und vielleicht auch Turid. Da war Hanne sich jetzt sicher, und seit Billy T. sie vor acht ewig langen Tagen zum ersten Mal eines Abends im Fall Stahlberg angerufen hatte, konnte sie allmählich ein Ende absehen. Sie ballte ihre Hand zusammen, bohrte die Nägel in den Ansatz des Daumens. Dann erhob sie sich und ging zum Waschbecken an der Wand. Lange ließ sie das Wasser einfach nur strömen. In einem kleinen Glasregal stand ein in Plastikfolie eingeschweißter Becher. Den packte sie aus und füllte ihn.

Noch ein paar Stunden, dachte sie und trank. Die paar Stunden schaffst du noch.

Mabelle und Carl-Christian hatten sich Waffen besorgt. Sie hatten Pläne geschmiedet. Sie besaßen ein Motiv, ein absolut überzeugendes Motiv. Sie hatten sicher versucht, die passende Gelegenheit herbeizuführen. Aber so weit waren sie noch nicht gekommen. Noch nicht. Die Morde in der Eckersbergs gate waren so brutal und so grausam, und sie wiesen so überdeutlich auf das junge Ehepaar hin, dass sie diese Morde unmöglich selbst begangen haben konnten. Mabelle und Carl-Christian hätten ganz einfach bessere Arbeit geleistet. Sie hätten es vermutlich auch getan. Irgendwann und auf eine viel ausgefeiltere Weise, statt in der Wohnung ihrer Eltern ein Massaker zu veranstalten.

Aber irgendwer war ihnen zuvorgekommen.

So musste es sein. Nur so schien alles einen Sinn zu bekommen, einen klaren Zusammenhang. Alle Lügen, die die beiden serviert hatten – diese himmelschreienden Ausflüchte, Carl-Christians Starrsinn, seine sichtbare Angst davor, sich noch weiter in dem Netz aus Erfindungen und Behauptungen zu verfangen, das ihn fesselte und am Boden hielt –, das alles war nur zu verstehen, wenn sich dahinter eine hässliche, gefährliche Lüge verbarg. Die Wahrheit hinter den Lügen war, dass die beiden niemanden umgebracht hatten. Die Lüge hinter dieser Wahrheit war, dass sie niemals einen Mord geplant hätten. Das hatten sie durchaus.

Hanne versuchte, ganz ruhig zu sprechen.

»Und haben Sie Mabelle zugestimmt? Dass Hermann ... irgendwie gefährlich war?«

»Zugestimmt? Weiß nicht. Ich war einfach total fertig. War nicht gerade klar im Kopf, um das mal so zu sagen. Mir kam es eigentlich plausibel vor. Mein Vater hatte Mabelle doch immerhin verhaften lassen, nur, weil sie mit ihrem eigenen Auto gefahren war. Er hatte irgendwelche scheußlichen Bilder von Mabelle aufgetrieben und wollte CC damit unter Druck setzen. Mein Vater ist ...«

Sie stockte. Sie schien sehr erschöpft zu sein. Ihr Kopf glitt langsam zur Seite. Ihr Mund stand halb offen. Sie atmete langsam und gleichmäßig.

»Hermine ...«

Hanne drückte vorsichtig ihre Hand.

»Was ist passiert, als Sie in die Eckersbergs gate kamen? Warum sind Sie nicht ins Haus gegangen? Ich muss einfach wissen, warum Sie nicht ins Haus gegangen sind.«

»Was? Ui. Da wär ich ja fast eingeschlafen. Wasser.«

Hanne hielt ihr das Glas an den Mund. Ihre Lippen suchten nach dem Trinkhalm.

»Ich hatte solche Angst«, sagte sie und fuhr sich mit der Hand über die Lippen.

»Wovor denn?«, fragte Hanne leise.

»Vor einem Tier. Einem Hund. Das war der scheußlichste, grässlichste ... Wissen Sie, in den Sekunden gleich danach, als ich losrannte, glaubte ich, das sei ein Albtraum. So ein richtiger *bad trip*. Ich hab zwar vor allen Hunden Angst, aber dieses Biest war ... und dann hatte ich die Pistole verloren. Ich hatte sie da verloren, vor der Eingangstür zum Haus meiner Eltern.«

Hanne machte sich jetzt Notizen.

»Sind Sie zurückgegangen?«, fragte sie, ohne von ihrem Notizblock aufzublicken.

»Ja, nach einer Weile. Ich habe keine Ahnung, wie viel später das war. Zuerst bin ich gerannt, und dann konnte ich nicht mehr. Mir war immer noch schrecklich schlecht, aber mein Kopf wurde langsam ein wenig klarer, um das mal so zu sagen. Ich merkte jetzt, dass das eine Überreaktion gewesen war. Ich kam mir total idiotisch vor. Ich war außer mir vor Panik. Wenn jetzt jemand die Pistole gefunden hatte! Mit Schalldämpfer und allem. Und mit meinen Fingerabdrücken. Wäre doch ziemlich dramatisch. Obwohl ich die Pistole ja nicht benutzt hatte, hätte es sicher nicht gut ausgesehen, wenn sie vor dem Haus meiner Eltern gefunden worden wäre, wo doch alle Welt von unserem Familienstreit wusste. Ich riss mich zusammen und ging zurück. Ich hoffte inständig, dass der Hund verschwunden war. Das war er. Aber ...«

»Es war inzwischen jemand anderes gekommen«, sagte Hanne. »Ein Mann.«

»Ja. Woher wissen Sie das?«

»Erzählen Sie.«

»Es waren zwei Männer. Ich war gerade um die Ecke gebogen, da sah ich den ersten, der vor der Haustür stehen geblieben war. Er schien nicht so recht zu wissen, wohin. Ich hatte solche Angst, dass ich fast ... Herrgott, ich glaube, ich habe in meinem ganzen Leben noch keine solche Angst gehabt. Als ich mich umdrehte und weglaufen wollte, gerade als der Mann auf die Haustür zuging, sah ich noch einen Typen. Er kam die Straße hoch. Der erste Mann hatte meine Pistole offenbar nicht gesehen, er hielt jedenfalls nichts in der Hand und machte auch keine Anstalten, sich zu bücken. Ich zögerte ein bisschen, dachte, ich könnte es ja doch probieren, die Pistole zu holen, meine ich, aber da sah ich, dass der andere ... Sie glauben mir, oder?«

»Ich glaube Ihnen.«

Hermine schielte ängstlich zu Hannes Notizblock hinüber.

»Warum machen Sie sich dann plötzlich Notizen? Macht die Polizei das nicht, um Lügen aufzudecken? Und um Widersprüche zu finden?«

Hanne klappte den Block zu und steckte den Kugelschreiber in die Tasche.

»Sie haben sich aber bisher in keine Widersprüche verwickelt, Hermine. Im Gegenteil. Was hat der andere gemacht? Der Mann, der die Straße hochkam?«

»Ich weiß nicht.«

»Können Sie sich nicht daran erinnern?«

»Ich weiß es ganz einfach nicht mehr. Jetzt, wo ich Ihnen das erzähle, bin ich nicht einmal sicher, ob er wirklich ins Haus wollte. Ich ... ich bin einfach davon ausgegangen. Es lag irgendwie an der Art, wie er sich bewegte. Er schaute am Haus hinauf ... ich weiß nicht. Jedenfalls war ich einige Sekunden lang wie gelähmt. Dann rannte ich los. Wagte nicht, nach der Pistole zu suchen. Blieb erst stehen, als ich zu Hause angekommen war. Und danach hab ich mich zugedröhnt. Als dann nachts die Bullerei – Verzeihung, die Polizei – kam, da war ich fast ...«

Die Hand, mit der sie sich die Augen rieb, wirkte noch magerer als früher.

»Ich kann nicht mehr. Ich muss jetzt schlafen.«

Ihr fielen die Augen zu. Sie schluchzte leicht auf, fast unhörbar, wie ein kleines Kind kurz vor dem Einschlafen. Hanne blieb einige Minuten sitzen, bis sie sicher war, dass Hermine tief schlief. Dann nahm sie ihre Jacke und verließ das Krankenzimmer so leise, wie sie nur konnte.

Auf dem Flur saßen Annmari Skar und Håkon Sand.

Sie starrten sie an, von ihren unbequemen Holzstühlen aus, ohne den Mund zu öffnen, ohne aufzustehen.

»Verdammt«, fluchte Hanne. »Hast du geplappert? Hast du es nicht ertragen können, dass ich mir doch noch freigenommen habe? Wo du mich doch fast dazu gezwungen hast!«

»Ich habe nicht geplappert«, sagte Annmari ruhig. »Ich habe mit Håkon gesprochen. Der unser beider Vorgesetzter ist, falls du das vergessen haben solltest. Dein Verhalten hat es einfach zwingend notwendig gemacht, Maßnahmen zu ergreifen.«

»Danke, dass ihr mich bei dieser Vernehmung wenigstens nicht unterbrochen habt«, sagte Hanne säuerlich und setzte sich in Bewegung. »Immerhin habe ich den Fall jetzt aufgeklärt.«

»Hanne!«

Sie sah sich nicht um, verlangsamte aber ihren Schritt. In Håkons Stimme lag etwas Irritierendes, eine unbekannte Stärke, ein

Anflug von Wut, wie sie es noch nie gehört hatte. »Hanne«, sagte er noch einmal, und sie drehte sich um. »So kannst du nicht weitermachen«, sagte er.

Er stand dicht vor ihr und ergriff ihre Hand. Annmari war still sitzen geblieben, sechs, sieben Meter von ihnen entfernt.

»Früher waren wir einmal zu dritt«, sagte er leise, er flüsterte fast. »Du und ich und Billy T. Und da konntest du so ungefähr machen, was du wolltest. Das konnten wir alle. Das war witzig. Aber es war eine andere Zeit. Eine ganz andere Zeit, mit anderen Methoden. Wir beide sind befreundet, Hanne, und unter Freunden kann man viel hinnehmen. Annmari ist keine Freundin. Sie ist deine Kollegin. Und sie ist dir gegenüber weisungsberechtigt, jedenfalls bei allen Maßnahmen, die mit der Staatsanwaltschaft zu tun haben.«

»Bisher habe ich noch keinen Haftbefehl beantragt«, sagte Hanne bissig. »Und ich finde es gelinde gesagt eine Unverschämtheit, dass ihr einfach herkommt und ... Hat diese blöde Kuh von Ärztin euch angerufen?«

»Hanne! Hast du denn vollständig den Verstand verloren?«

Ihre Gesichter waren nur Zentimeter voneinander entfernt. Sein Atem traf heiß auf ihre Wangen auf.

»Verzeihung«, murmelte sie. »Tut mir leid, Håkon. Ich weiß auch nicht, was in mich gefahren ist.«

»Du bist müde«, sagte er resigniert. »Aber wir dürfen das nicht immer als Entschuldigung heranziehen. Wir sind immer müde, Hanne. Bei der Polizei leisten wir eine verdammte Sisyphusarbeit. So ist es eben. Damit musst du dich abfinden. Und die Leute haben unsere ewigen Klagen satt, Hanne. Wenn dir der Job zu heftig wird, dann mach verdammt noch mal, dass du dir was Ruhigeres suchst.«

Hanne richtete sich gerade auf, runzelte die Stirn und musterte ihn von Kopf bis Fuß, als sehe sie sich plötzlich und unerwartet einem Fremden gegenüber.

»Lass den Unsinn, Hanne.«

Er flüsterte jetzt und zog sie noch einige Meter von Annmari fort.

»Alles schien doch wunderbar zu laufen«, sagte er. »Bei dir, meine ich. Selbst mit Billy T. hast du dich wieder gut verstanden, und ...«

»Lass den aus der Sache raus.«

»Liegt es an deinem Vater ... ich meine, an dem Todesfall, und ...«

»Hast du gehört, was ich gesagt habe?«

»Was?«

»Dass der Fall geklärt ist?«

Jetzt lachte er. Verzweifelt kratzte er sich am Kopf und lachte noch lauter.

»Ist das wirklich dein Ernst?«, fragte er endlich. »Glaubst du wirklich, dass CC und Mabelle unschuldig sind? Und Hermine noch obendrein? Carl-Christian hat gestanden, bist du dir überhaupt im Klaren ...«

»Silje hält das für eine glatte Lüge. Sie glaubt, dass CC seine Schwester decken will. Aber Silje irrt sich. Auch Hermine ist unschuldig. An den Morden jedenfalls. Diese drei Stahlbergs haben ganz schön viel auf dem Kerbholz, aber sie haben wirklich niemanden umgebracht. Ich muss noch ein paar Kleinigkeiten erledigen, dann wirst du alles erfahren. Lass mich das noch schnell in die Wege leiten, dann reden wir später weiter.«

»Hanne ...«

»Du hast es selbst gesagt, Håkon. Du bist mein Freund. Diese Chance musst du mir geben.«

Ohne auf Antwort zu warten, lief sie los. Das Letzte, was sie hörte, ehe sie die doppelte Glastür zum nächsten Gang erreichte, war Håkon, der Annmari hilflos fragte:

»Wir geben ihr ein paar Stunden, ja? Nur ein paar Stunden?«

Scharfer, nasskalter Wind strich an den sanften Hängen entlang. Das milde Wetter der letzten Tage hatte den Schnee in den Bäumen schmelzen lassen, sie ragten nun kahl und schwarz in den Abendhimmel. Die Loipen waren hart geworden. Der Schnee auf der Trasse war längst zu Eis geworden, und darüber hatte sich eine Wasserschicht gebildet, die das Gehen erschwerte. Sie waren so weit gefahren wie irgend möglich. Am Ende hatten sie die Schranke erreicht, zu der keiner der Schlüssel, die ihnen der Förster ausgehändigt hatte, passte. Billy T. und Hanne mussten das letzte Stück zu Fuß gehen, und Hanne ärgerte sich darüber, dass sie sich nicht die Zeit genommen hatte, sich rutschfeste Schuhe anzuziehen.

»Schlittschuhe wären hier besser als Stiefel«, sagte Billy T. und wäre fast gestürzt.

»Jammer nicht. Wir sind gleich da.«

Sie faltete den Zettel auseinander und studierte die Kartenskizze.

»Wie bist du eigentlich auf die Idee gekommen, die Tonbandaufnahmen bei der Telefonzentrale zu überprüfen?«, fragte er. »Dazu muss man doch eigentlich einen ziemlichen Wirbel veranstalten.«

»Durch die Liste von Sidensvans' Telefongesprächen«, sagte sie. »Er hatte innerhalb eines Monats mehrmals beim Polizeidistrikt Oslo angerufen, was ja auch natürlich ist, wenn wir an sein Buchprojekt denken. Aber ich fand es doch ein wenig auffallend, dass er sein letztes Telefonat in diesem Leben ausgerechnet mit uns geführt hat. Und als ich dann festgestellt hatte, dass er auch am Vortag schon bei der Polizei angerufen hatte, wollte ich wissen, mit wem er jeweils hatte sprechen wollen.«

Das Gehen wurde jetzt immer mühsamer. Der Weg schlängelte sich um eine Felskuppe und wurde immer steiler. Der Wald lag da wie ausgestorben, nur das monotone Rauschen des Windes in den nackten Baumwipfeln war zu hören.

»Glaubst du wirklich, er ist da oben?«, keuchte Billy T.; er quälte sich den Hang hinauf. »Er kann sich doch auch abgesetzt haben. Ins Ausland oder so.«

»Jens Puntvold hat sich nicht abgesetzt«, sagte Hanne. »Er wartet auf uns.«

»Ich begreife nicht, wie du da so sicher sein kannst.«

»Das Motiv«, sagte Hanne und blieb stehen.

Ihr Pullover klebte an ihrem schweißnassen Rücken, aber ihre Hände waren eiskalt. Langsam legte sie sie aneinander und hielt sie sich vor den Mund.

»Überleg doch mal, was er für ein Mensch ist«, sagte sie und hauchte in ihre Hände. »Er ist bereits gestürzt. Seine Ehre ist verloren. Als er erfahren hat, dass der Revolver aus dem Waldsee dort hinten ...«

Sie schaute aus zusammengekniffenen Augen nach Westen.

»Als ihm heute Nachmittag aufgegangen ist, dass sein Versuch, seinen eigenen, legalen Revolver mit einem beschlagnahmten zu vertauschen, entdeckt worden war, wusste er, dass es jetzt nur noch eine Frage der Zeit sein würde. Bis wir auch den Rest herausfinden, meine ich. Dass die Waffe, die er zurückgelegt hatte, damit nach dem Fotografieren die Anzahl stimmte, seine eigene war.«

»Die Jungs haben gesagt, dass die Fotosession mit den beschlagnahmten Waffen ganz überraschend angesetzt worden ist«, sagte Billy T. »Aber daran sind wir ja gewöhnt. Puntvold und seine vielen Aktionen für die Medien. Aber warum ...«

»Er muss total verzweifelt gewesen sein«, fiel Hanne ihm ins Wort. »Die eigene legale, registrierte Schusswaffe des Kriminalchefs. Mit der er sich brüstet, wenn er auf dem Schießplatz herumstolziert. Er hatte sicher vor, sie sich später zurückzuholen. Ein Vorwand wäre ihm sicher eingefallen.«

Sie trat einmal gegen das Eis und schlug die Hände gegeneinander, ehe sie sie in die Tasche steckte.

»Was ist das bloß für eine wahnwitzige Verwechslung, die hinter der ganzen Geschichte steckt«, sagte Billy T.

»Ja. Die Stahlbergs warteten auf diesen Anwalt, Wetterland, oder? Knut Sidensvans wollte zu Henrik Backe. Und aus irgendeinem Grund muss Hermann die Tür geöffnet haben. Vielleicht war es wie bei mir: Backe wollte nicht aufmachen. Oder vielleicht … vielleicht glaubte die Familie Stahlberg, er sei Wetterland. Silje hat mich vor einer halben Stunde wegen der Unterlagen angerufen. Hermann hatte offenbar die Nase endgültig voll. CC sollte aus dem Familienbesitz komplett hinausgedrängt werden. Wetterland hatte die Papiere vorbereitet, die fast alles, was Hermann besaß, auf Preben überschrieben. Als Vorschuss auf das Erbe, ganz einfach. Das sollte dann gefeiert werden. Und als Sidensvans kam … vom Wohnzimmerfenster aus konnten sie den kleinen Plattenweg vor dem Haus sehen. Und das erklärt auch die geöffnete Champagnerflasche.«

Sie lachte kurz, dann fügte sie hinzu:

»Auch wenn es höflicher ist, zu warten, bis alle da sind. Ein wenig übereifrig, ich muss schon sagen, die Flasche zu öffnen, sobald man die Gäste kommen sieht. Als Jens Puntvold die Haustür öffnete, musste er glauben, dass Sidensvans und Backe schon miteinander sprachen. Er konnte von der Treppe aus ja Hermann Stahlberg nicht sehen. Er hörte nur einen lauten alten Mann. Und da muss er total in Panik geraten sein.«

»Er war ja seit über einer Woche schon ziemlich nervös.«

»Genau. Er muss einen Höllenschrecken bekommen haben, als Sidensvans zum ersten Mal mit ihm reden wollte. Sidensvans wusste wahrscheinlich gar nicht, über was für eine Bombe er da gestolpert war. Sie haben sich getroffen, stelle ich mir vor. Puntvold wollte diesen Mann sehen. Wollte feststellen, wie groß die Bedrohung war. Vielleicht wollte Sidensvans seinerseits anfangs nur mit ihm sprechen. Ein paar harmlose Fragen stellen. Und dann erwachte sein Verdacht.«

Endlich flachte der Waldweg ab. Obwohl die schwere Nebeldecke der ganzen Umgebung Farben und Licht genommen hatte, war das, was sie jetzt sahen, doch eine Pracht. Das schmale Tal öffnete sich auf eine Anhöhe hin, die sich etwa einen Kilometer lang zu einem weiter nördlich gelegenen Hügelkamm hinzog. Es handelte sich eher um eine Kätnerstelle als um ein Ferienhaus. Zwei Gebäude, eins etwas größer als das andere, waren in schöner Lage an einem Bach errichtet worden, sie hörten das Wasser unter dem Eis gluckern. Die Häuser waren rot und wirkten gut erhalten, auch wenn sie einen neuen Anstrich hätten brauchen können.

Sie traten vom Weg zurück zwischen die Kiefern.

»Die Einstellung der Ermittlungen war wirklich ein Skandal«, sagte sie leise und suchte die Häuser auf irgendwelche Lebenszeichen hin ab. »Auffällig in allen vier Fällen, aber total unlogisch in dem des besoffenen reichen Knaben. Alles nur Bagatellen. Eben Fälle, die leicht abgehakt werden können, ohne weiteres Aufsehen zu erregen. Niemand fragt nach ihnen. Außer eifrigen Typen wie Henrik Heinz Backe.«

»Bagatellen«, wiederholte Billy T. »Aber sich korrumpieren zu lassen, ist keine Bagatelle.«

Hanne schlug die Beine gegeneinander und klapperte mit

den Zähnen. »Bestimmt nicht. Ein Polizist ist ruiniert, sowie er mehr annimmt als eine Tasse Kaffee. Hier aber ging es um fünfzigtausend Kronen. Und Sidensvans war der Sache auf der Spur. Er rief noch zweimal bei Puntvold an. Vorige Woche, am Mittwochnachmittag. Das passt zu dem Zeitpunkt der plötzlichen Anfrage bei *Aftenposten*, ob sie nicht eine Reportage über beschlagnahmte Waffen bringen wollen. Und dann rief Sidensvans noch einmal an.«

Eine Elster schrie, flog aus einem Baum am Waldrand auf und dicht an ihnen vorbei.

»Um halb drei am Mordtag«, sagte Hanne. »Bisher können wir nur Vermutungen darüber anstellen, was dabei gesagt wurde. Auf jeden Fall war Puntvold danach klar, dass alles, wofür er gearbeitet hatte, alle Träume ... dass sein ganzes Dasein auf dem Spiel stand. Alles, was sozusagen ... den Kriminalchef Jens Puntvold ausmachte.«

Billy T. grinste und hielt sich die Hände an die verfrorenen Ohren. »O verdammt, was für eine Situation für ihn! Vielleicht handelte es sich beim ersten Schuss ganz einfach um eine Reflexhandlung. Ausgelöst von aufgestauter Angst und Panik. Er muss sich in all den Jahren doch ständig vor so etwas gefürchtet haben.«

»Er hat die Sache sicher im Auge behalten«, sagte Hanne langsam und hielt noch immer Ausschau nach Anzeichen von Leben in den zweihundert Meter entfernt liegenden Häusern. »Henrik Backe war der Einzige, der ihm gefährlich werden konnte. Er hat die Sache im Auge behalten, Billy T. Das kannst du mir glauben. Er hat zugesehen, wie der alte Mann zugrunde ging. Hat den Alkoholismus und die beginnende Senilität registriert. Hat sich immer sicherer gefühlt. Bis Unn stirbt. Damit fehlt die Garantie für Backes Schweigen. Aber noch ist die Sache nicht wirklich gefährlich, noch nicht. Puntvold weiß, in welchem Zustand Backe ist. Das muss er gewusst haben. Aber dann taucht Sidensvans auf. Hier stand nicht nur Puntvolds Karriere auf dem Spiel. Sondern Jens Puntvolds Leben, Billy T.! Sein gesamtes Dasein. Er hätte nicht mehr Polizist sein können. Ich kann also durchaus verstehen, dass er den ersten Schuss auf Sidensvans abgegeben hat. Herrgott, überleg doch mal, weshalb manche Leute sich umbringen!«

»Sich selbst umzubringen ist aber leichter, als andere zu ermorden.«

»Manche bringen ihre Kinder um«, sagte Hanne und blieb wieder stehen. »Erst, als ich an die Männer gedacht habe, die ihre eigenen Kinder töten ...«

Sie stemmte sich gegen einen kräftigen Windstoß.

»Erst da konnte ich mir vorstellen, dass es möglich ist, andere umzubringen, um sich selbst vor dem Sturz zu bewahren. Um seine Ehre nicht zu verlieren. Und als dann der erste Schuss gefallen war, führte kein Weg mehr zurück. Alle in der Wohnung mussten sterben.«

»Nennst du das ein ... Verbrechen aus Ehre?«

»Eigentlich nicht. Im traditionellen Verbrechen aus Ehre, falls es so etwas überhaupt gibt, steht der Täter ja zu seiner Tat. Jedenfalls in seinen eigenen Kreisen. Die Ehre wird durch den Mord wiederhergestellt oder entsteht sogar erst durch ihn. Das Verbrechen ist der Sinn der Sache, und deshalb ist es kein Verbrechen, so sieht der Mörder das. Es ist eher ... eine Verpflichtung. In unserer Kultur sind wir ... vielleicht feiger.«

Sie dachte nach.

»Aber auch bei uns kommen Morde vor, die jemandes Ehre retten sollen. Manche Leute begehen Selbstmord, um Ermittlungen aufzuhalten, die gegen sie im Gange sind, oder um den

Hinterbliebenen ein positives Bild der eigenen Person zu vermitteln, neue Sympathien zu erwecken. Morde werden bisweilen begangen, damit kompromittierende Tatsachen nicht ans Licht gelangen. Auch eine Sache der Ehre also.«

»Tatsachen wie jene, dass Norwegens mutmaßlich nächster Polizeichef sich zu Anfang seiner Karriere als reichlich korrupt gezeigt hat«, sagte Billy T.

»Ja, solche Dinge.« Leise, aus der Ferne, von der Rückseite der Felskuppen, die im Süden der kleinen Anhöhe aufragten, war ein rhythmisches Dröhnen zu vernehmen.

»Wie viele kommen?«, fragte sie.

»Sechs Mann. Bewaffnet.«

»Lächerlich, einen Hubschrauber zu nehmen! Sie sind nur sauer, weil ich das hier unbedingt selbst übernehmen wollte. So viel Dramatik! Total unnötig. Puntvold sitzt da unten und wartet. Er weiß, dass die Schlacht verloren ist. Er hat keine Ehre mehr, die er verteidigen könnte.«

Sie lächelte und stupste leicht seine Schulter an.

»Die hätten ja wohl zu Fuß kommen können, so wie wir. Jetzt hört er sie schon aus weiter Ferne.«

»Nicht doch«, sagte Billy T. und wollte sie nicht loslassen. »Hör doch.«

Jetzt war es wieder still. Durch das Rauschen des Windes in den Baumwipfeln war nur der Bach zu hören. Billy T. legte Hanne den Arm um die Schultern. Sie lehnte sich mit ihrem ganzen Gewicht an ihn. So blieben sie stehen und wärmten sich gegenseitig, während sie warteten.

»Hast du den Tippzettel noch?«, fragte sie; im starken Wind waren ihre Worte kaum hörbar.

»Nein.«

»Gut.«

»Hat Puntvold dich verfolgt, Hanne?«

»Das glaube ich nicht. Er hatte nur Angst. Hat kaum geschlafen. War in meinem Büro. Hat meine Papiere durchsucht. Wollte wissen, was ich eigentlich machte. Ob ich ihm näher rückte. Und nicht ich hatte ja eigentlich Grund zur Angst. Sondern Jens Puntvold. Er hatte Grund dazu, sich vor mir zu fürchten. Sich sehr vor mir zu fürchten. Es war zum Beispiel idiotisch, die Schlüssel wieder in Sidensvans' Mantel zu stecken. Ich war absolut sicher, dass ich das Futter durchsucht hatte. Und das hat mich zuerst auf den Gedanken gebracht, meine Gedanken nach innen zu richten. Auf das Haus. Auf unsere eigenen Leute. Vielleicht nicht bewusst, aber dabei wurde ich dann wirklich misstrauisch.«

»Warum, glaubst du«, setzte Billy T. an und küsste ihre Haare, während er sie noch enger an sich zog, »hat er Hermines Pistole aufgehoben? Das wäre doch nicht nötig gewesen. Das machte doch ...«

»Schwer zu sagen«, sagte Hanne.

Ihre Augen folgten einem schmalen grauen Streifen, der aus dem Schornstein eines der beiden Häuser quoll, er verschwamm fast mit dem Himmel.

»Reflex. Was würdest du tun, wenn du auf offener Straße eine Waffe fändest?«

»Sie aufheben. Du hast recht, er ist zu Hause. Im Kamin brennt Feuer. Wissen wir, wo seine Freundin steckt?«

»Für die ist gesorgt. Komm.«

Hanne wand sich aus seinen Armen und setzte sich in Bewegung. Der Weg führte leicht abwärts, dann umrundete er ein Gehölz und wurde breiter, fast eine kleine Straße zum unten gelegenen Hof.

»Warte«, flüsterte Billy T., der Angst hatte, zu laut zu werden. »Die Jungs sind noch nicht da. Warte!«

»Puntvold ist nicht gefährlich«, sagte Hanne. »Wie oft soll ich dir das noch sagen? Er hat gemordet, um seine Ehre zu behalten. In seiner Schande wird er nicht morden.« Sie drehte sich im selben Moment um, in dem Billy T. ausrutschte. Er versuchte verzweifelt, aber vergeblich, sich an einem kleinen Baum festzuhalten. Sein eines Bein glitt ganz einfach immer wieder weg.

»Du fällst aber ganz schön oft«, sagte Hanne. »Du musst dir Eisspikes anschaffen.«

»Sehr witzig«, sagte er wütend und versuchte, auf die Beine zu kommen. »Verdammt, Hanne. Das ist doch total dilettantisch! Puntvold hat mehrere Waffen. Wir müssen auf die anderen warten. Die landen auf dem kleinen Fußballplatz, und wir müssen ... Hanne! Warte!«

Sie war schon losgelaufen.

Als sie die Tür des größeren der beiden roten Häuser erreichte, blieb sie für einen Moment stehen. Sie ertappte sich bei dem Gedanken an Cecilie. Sie hätte zu Weihnachten Cecilies Eltern besuchen müssen. Und das Grab, mit Blumen vielleicht und mit Kerzen. Die Gräber in der Ecke des riesigen Friedhofs waren immer so still, so gepflegt. Es hatte lang gedauert, aber inzwischen ging Hanne regelmäßig hin. Es gibt mir solche Ruhe, dachte sie, ich will Ruhe, und ich will nach Hause zu Nefis und Marry.

Dann griff sie nach der Klinke, während Billy T. den Weg hinuntergerannt kam.

Sie ging ins Haus.

Jens Puntvold saß in einem Sessel und schaute Hanne an. Als er die Waffe hob, lächelte Hanne überrascht und dachte daran, dass Nefis in der letzten Zeit so seltsam war. Sie konnte plötzlich total verstummen, ohne Anlass; sie trank keinen Tropfen Alkohol mehr und wirkte so verletzlich, so empfindlich. Aber jetzt würde alles besser werden, denn jetzt würde Hanne sich Urlaub nehmen. Und vielleicht sogar ganz bei der Polizei aufhören. Sie war zu eigensinnig, zu stur. Konnte mit niemandem mehr zusammenarbeiten, wirklich nicht. Ihr Bruder hatte recht. Sie hatte in dieser Hinsicht einen Defekt. Es war Zeit, aufzuhören.

Der Schuss schleuderte sie rückwärts.

Ihr Oberkörper krümmte sich. Ihre linke Schulter wurde durch diese heftige Bewegung ausgerenkt. Während sie zu Boden fiel, während dieses seltsamen Falls, der so lange dauerte, staunte sie noch darüber, dass sie noch immer sehen konnte. Billy T. stand in der Tür. Sie sah sein verzerrtes Gesicht, und in dem Bruchteil der Sekunde, ehe sie auf den Boden auftraf, lächelte sie.

»Wenn sie doch nur«, begann Jens Puntvold und ließ seine Waffe fallen. »Wenn sie doch nur ... «

Aber Hanne Wilhelmsen hörte ihn nicht mehr.

Und viele Dutzend Kilometer von ihnen entfernt, an einer Mauer vor einem Neubau in Frogner, schleppte sich ein räudiger Hund dahin. Er war alt und hatte Ähnlichkeit mit einer Hyäne. Sein Nacken war breit und hoch, die Rückenpartie niedrig. Der Köter hatte sein ganzes Leben in einem Revier, das fünfzehn oder sechzehn Blocks umfasste, verbracht. Viele hatten ihm im Laufe der Jahre nach dem Leben getrachtet, aber er war ein erfahrener Hund, schlau und stark, und er kannte sein Revier viel besser, als die Menschen es kannten, die dort lebten.

Das Tier hinkte stark. Links über seinem After konnte man im Schein der Straßenlaterne eine Wunde erkennen; Eiter und Bakterien saßen tief im Fleisch. Der Hund zitterte vor Kälte und Fieber. Seit drei Tagen hatte er nichts mehr zu fressen gefunden. Seine Kräfte reichten nicht mehr aus. In allen Abfallkellern und Hinterhöfen hing der Geruch fetter Speisen in der Luft, aber er konnte die Deckel nicht mehr hochheben oder die Eimer umstoßen. Er konnte nur noch trinken, Wasser und halb geschmolzenen Schnee aus den Pfützen auf dem Bürgersteig.

Ein Stück weiter die Straße hinunter gab es einen Keller mit einer zerbrochenen Luke. Der Hund konnte mit seinem einen Hinterbein nicht mehr auftreten. Im Schutze der hohen Eichen hinkte er über die Straße. Sein gequältes Wimmern wurde zu einem wütenden Knurren, als er sich durch ein Loch in einem Maschendrahtzaun quetschen musste. Die Drähte verhakten sich tief in der Wunde, und die fing wieder an zu bluten. Er blieb nicht stehen, um die Stelle zu lecken, die davon schon ganz kahl war. Er schleppte sich weiter, um das Haus herum, hinter einen Holzstapel, unter eine Plane, und ja: Diesmal hing die Luke ein bisschen schief, sodass er hineinschlüpfen konnte.

Weit hinten im Keller, auf einer achtlos weggeworfenen Decke, in einer Ecke, wo Wasser die eiskalte Mauer hinunterlief, da legte er sich hin.

Und dann schlief er ein, um nie wieder aufzuwachen.

Und so geht es weiter …

DER NORWEGISCHE GAST

Der achte Fall für Hanne Wilhelmsen

Über dem kleinen Bergdorf Finse tobt der schlimmste Schneesturm seit über einhundert Jahren. Der hochgelegene Ort ist nur mit der Bahn zu erreichen und das Unwetter lässt einen Zug entgleisen. Unter den Passagieren, die wie durch ein Wunder alle überleben, befindet sich die ehemalige Kommissarin Hanne Wilhelmsen. Ihnen allen bleibt nur die Zuflucht im einzigen Hotel am Platz, wo sie eingeschneit werden. Eines Nachts geschieht ein grausamer Mord an einem Pastor, der durch seine Fernsehauftritte berühmt geworden ist. Panik greift unter den unfreiwilligen Hotelgästen um sich. Zudem stehen geheimnisvolle Wachen vor den Türen, die etwas oder jemanden zu beschützen scheinen. Ist jemand aus der königlichen Familie vor Ort? Oder bewachen sie einen Terroristen? Gerade, als ein möglicher Zeuge auftaucht, wird auch er ermordet. Hanne, die im Rollstuhl sitzt, ist ganz auf sich allein gestellt, während sie alles daran setzt, den Mörder zu enttarnen.